高等职业院校规划教材·软件技术系列

U0140724

计算机软件技术基础

主编 杨 平

主审 褚建立

中国铁道出版社

CHINA RAILWAY PUBLISHING HOUSE

内 容 简 介

本书按照教育部提出的计算机基础课程三层次教学体系中的软件技术基础课程的要求，根据高职高专类学生的特点编写，实例贯穿其中，与现实生活相结合。全书共有数据结构、操作系统、软件工程三篇，分为 18 章。数据结构的主要内容包括算法、线性表、栈、队列、树、图、查找和排序；操作系统的主要内容包括操作系统引论、进程管理、处理机调度与死锁、存储器管理、设备管理及文件管理；软件工程的主要内容包括软件工程概述、传统软件工程设计、面向对象的软件工程及软件工程项目管理；最后附有软件项目开发计划文档供读者参考。本书在内容组织上由浅入深，循序渐进，语言通俗流畅，实例选用得当，与现实生活联系紧密，有利于读者理解和掌握。每章开头附有基本要求和重点难点，最后附有小结并配有相应的习题。

本书结构合理，内容丰富，通俗易懂，实用性强，适合作为高职高专院校的教材，也可作为计算机二级和三级等级考试的参考书。

图书在版编目（CIP）数据

计算机软件技术基础 / 杨平主编. —北京：中国铁道出
版社，2009.4
（高等职业院校规划教材. 软件技术系列）
ISBN 978-7-113-09935-0

Ⅰ.计… Ⅱ.杨 Ⅲ.软件－高等学校：技术学校－教
材 Ⅳ.TP31

中国版本图书馆 CIP 数据核字（2009）第 057128 号

书　名：计算机软件技术基础	
作　者：杨 平　主编	

策划编辑：翟玉峰　沈　洁	
责任编辑：翟玉峰	编辑部电话：(010) 63583215
编辑助理：张国成	
封面设计：付　巍	**封面制作**：白　雪
责任印制：李　佳	

出版发行：中国铁道出版社（北京市宣武区右安门西街 8 号　　邮政编码：100054）
印　　刷：河北省遵化市胶印厂
版　　次：2009 年 5 月第 1 版　2009 年 5 月第 1 次印刷
开　　本：787mm×1092mm　1/16　**印张**：16　**字数**：394 千
印　　数：4 000 册
书　　号：ISBN 978-7-113-09935-0/TP·3228
定　　价：25.00 元

前　言

　　计算机应用技术的飞速发展，正在逐步揭开计算机神秘的面纱，现在已把它从高等学府和研究院的专业实验室中解放出来，成为人们工作、学习和生活中不可缺少的工具。时至今日，使用计算机进行文字处理、网上通信、休闲娱乐等已经成为一种时尚。然而，对于计算机工作原理不了解，必然大大束缚使用者的手脚，尤其对于那些希望使用计算机解决某些特殊问题或者希望尝试使用某种新方法去解决某些问题的用户更是如此。因此，了解计算机的工作原理，学习程序设计的基本方法十分重要。

　　计算机科学研究的重点是信息在计算机中的表示和问题处理方法。这些问题出现在许多不同的研究层次和不同的应用领域。从程序设计的观点看，信息在计算机中的表示就是"数据结构"研究的问题；信息在计算机中的处理就是"算法"研究的问题。因此，学习算法和数据结构的基本知识是了解计算机工作基本原理、掌握程序设计基本技术的必经之路。

　　用计算机解决实际问题，就是在计算机中建立一个解决问题的模型。在这个模型中，计算机的内部数据表示了需要被处理的实际对象，包括其内在的性质和关系；处理这些数据的程序则模拟对象领域中的求解过程；通过解释计算机程序的运行结果，便得到了实际问题的解。

　　计算机软件技术基础是一门计算机专业基础课，是在学生了解计算机基础知识的基础上，为提高学生对软件本质的理解开设的一门课程，通过对计算机软件基础领域的基本原理、方法和思想的学习，来提高学生对软件开发工具的使用能力和对环境的适应能力；学习者除了要掌握现有计算机软件的使用方法外，还必须掌握软件设计与开发的基本知识和有关技术，如数据的组织、程序的组织、计算机资源的利用、数据处理技术等，以便得心应手地进行应用软件的设计与开发。

　　本书针对高职高专学生的特点、结合作者的实际教学经验，在知识上力求全面，在写法上力求精练、简明。全书共有三篇，分18章，每章后面都附有一定数量的习题。

　　第一篇为数据结构，主要介绍了算法、线性表、栈、队列、树、图以及查找、排序等，其中的算法是基于 C 语言实现的。

　　第二篇为操作系统，概括地介绍了操作系统的基本概念、地位、作用以及操作系统的五大管理功能（进程管理、处理机调度与死锁、存储器管理、设备管理、文件管理）。

　　第三篇为软件工程，主要包括软件工程概述、传统软件工程设计、面向对象的软件工程、软件工程项目管理等内容。

　　本书配有电子教案、教学计划与课程标准，可到网站 http://edu.tqbooks.net 下载。

　　本书由邢台职业技术学院杨平担任主编，褚建立担任主审。其中，杨平编写第 3、5 章并负责全书统稿，褚建立编写第 2、4 章并负责全书审定，吴丽丽编写第 6 章并负责全书订正、修改，第8 章由赵美枝编写，第 9、10、11、12、14、15 章由顾爱琴编写，第 13 章由顾爱琴、丁莉编写，第 16、18 章由曾凡晋编写，第 17 章由王月青编写，第 1 章由霍艳玲编写，第 7 章由王党利编写。

　　本书结构合理，层次清晰，讲解详细透彻，适合作为高职高专院校的教材，也可作为计算机二级和三级等级考试的参考书。

　　由于编者水平有限，加之时间仓促，书中难免有疏漏之处，欢迎大家批评指正。

编　者

2008 年 10 月

目 录

第一篇 数 据 结 构

第1章 算法 2

1.1 数据结构的概念 3

1.2 数据结构的基本概念和术语 4

1.3 算法的基本概念 6

    1.3.1 算法的基本特征 7

    1.3.2 算法设计基本方法 8

1.4 算法分析 10

    1.4.1 算法的时间复杂度 10

    1.4.2 算法的空间复杂度 11

小结 12

习题 12

第2章 线性表 13

2.1 线性表的概念及运算 13

2.2 线性表的顺序存储结构 15

    2.2.1 顺序表 15

    2.2.2 顺序表上的基本运算 16

2.3 线性表的链式存储结构 20

    2.3.1 单链表 21

    2.3.2 单链表上的基本运算 22

    2.3.3 循环链表 27

    2.3.4 双向链表 28

2.4 顺序表和链表的比较 30

小结 31

习题 31

第3章 栈 33

3.1 栈的概念及基本运算 33

3.2 栈的顺序存储结构 34

3.3 栈的链式存储结构 38

3.4 栈的应用 39

小结 43

习题 43

第4章 队列 45

4.1 队列的概念及基本运算 45

4.2 队列的顺序存储 46

4.2.1 顺序队列 46
4.2.2 循环队列 47
4.3 队列的链式存储 50
4.4 队列的应用 51
小结 53
习题 53

第 5 章 树 55
5.1 树的概念 55
5.2 二叉树 57
5.2.1 二叉树的概念 57
5.2.2 二叉树的性质 58
5.2.3 几种特殊形式的二叉树 59
5.2.4 二叉树的存储 60
5.3 二叉树的遍历 63
5.3.1 遍历方案 63
5.3.2 遍历算法 63
5.3.3 遍历序列 64
5.3.4 二叉链表的构造 65
5.4 线索二叉树 65
5.4.1 线索二叉树的概念 65
5.4.2 二叉树的中序线索化 66
5.5 树和森林与二叉树的转换 67
5.5.1 树、森林到二叉树的转换 67
5.5.2 二叉树到树、森林的转换 68
5.6 哈夫曼树及其应用 68
5.6.1 哈夫曼树的基本概念 69
5.6.2 构造最优二叉树 70
5.6.3 哈夫曼编码 71
小结 74
习题 74

第 6 章 图 77
6.1 图的概念 77
6.2 图的存储 80
6.2.1 邻接矩阵表示法 80
6.2.2 邻接表表示法 82
6.3 图的遍历 83
6.3.1 连通图的深度优先搜索遍历 83
6.3.2 连通图的广度优先搜索遍历 84
6.4 生成树和最小生成树 86
6.4.1 生成树 86
6.4.2 最小生成树 87
6.5 最短路径 90

6.6　拓扑排序 91
6.7　关键路径 93
小结 95
习题 95

第 7 章　查找 97
7.1　基本概念 97
7.2　线性表的查找 98
7.2.1　顺序查找 98
7.2.2　二分查找 99
7.2.3　分块查找 101
7.3　二叉排序树 103
7.4　散列表 108
7.4.1　散列表的概念 109
7.4.2　散列函数的构造方法 109
7.4.3　处理冲突的方法 111
7.4.4　散列表的查找及分析 114
小结 116
习题 116

第 8 章　排序 118
8.1　基本概念 118
8.2　插入排序 119
8.2.1　直接插入排序 120
8.2.2　希尔排序 121
8.3　交换排序 122
8.3.1　冒泡排序 122
8.3.2　快速排序 124
8.4　选择排序 126
8.4.1　直接选择排序 126
8.4.2　堆排序 127
8.5　归并排序 128
8.6　分配排序 130
8.7　内部排序方法的比较和选择 132
8.8　外部排序简介 132
8.9　排序应用举例 134
小结 135
习题 136

第二篇　操 作 系 统

第 9 章　操作系统引论 138
9.1　操作系统的概念 138
9.2　操作系统的发展过程 139

9.3 操作系统的基本特性 141

9.4 操作系统的主要功能 142

小结 143

习题 143

第 10 章 进程管理 144

10.1 进程的基本概念 144

10.2 进程的控制 148

10.3 进程的同步与互斥 149

    10.3.1 基本概念 149

    10.3.2 信号量机制 151

10.4 进程通信 153

小结 154

习题 155

第 11 章 处理机调度与死锁 156

11.1 处理机调度的基本概念 156

11.2 调度算法 157

11.3 死锁 159

    11.3.1 死锁的相关知识 159

    11.3.2 处理死锁的基本方法 160

小结 164

习题 164

第 12 章 存储器管理 165

12.1 存储器管理的基本概念 165

12.2 存储管理基本技术 167

12.3 分页存储管理 171

12.4 分段存储管理 175

12.5 段页式存储管理 176

小结 177

习题 177

第 13 章 设备管理 179

13.1 设备管理的功能及基本概念 179

13.2 I/O 控制方式 180

13.3 缓冲技术 182

13.4 设备分配 183

13.5 设备处理 185

小结 186

习题 186

第 14 章 文件管理 187

14.1 基本概念及术语 187

14.2 文件的组织结构和存取方式 188

14.3 文件目录管理 190

14.4 文件存储空间的管理 191

小结 192

习题 193

第三篇　软　件　工　程

第 15 章　软件工程概述 196

15.1 软件危机和软件工程的概念 196

15.2 软件生命周期 197

15.3 典型的软件工程模型 197

小结 201

习题 201

第 16 章　传统软件工程设计 202

16.1 软件需求分析 202

16.2 软件设计 209

16.3 编码 213

16.4 软件测试 215

16.5 软件维护 221

小结 222

习题 223

第 17 章　面向对象的软件工程 224

17.1 面向对象的基本概念 224

17.2 面向对象的系统分析和设计 225

17.3 UML 统一建模语言 227

小结 230

习题 230

第 18 章　软件工程项目管理 231

18.1 软件项目管理 231

18.2 编写"软件项目计划书" 233

18.3 软件配置管理 234

18.4 软件质量管理 235

小结 238

习题 238

附录 A　项目开发计划文档 239

参考文献 246

第一篇　数据结构

数据结构是计算机软件技术中最重要的一部分。计算机科学研究的重点是信息在计算机中的表示和问题的处理方法。这些问题出现在许多不同的研究层次和不同的应用领域。从程序设计的观点看，信息在计算机中的表示就是"数据结构"研究的问题；信息在计算机中的处理问题就是"算法"研究的问题。因此，学习算法和数据结构的基本知识是了解计算机工作基本原理、掌握程序设计基本技术的必经之路。

本篇以 C 语言作为算法的描述工具，系统介绍了算法和数据结构的基本概念、线性数据结构（线性表、栈、队列）、非线性数据结构（树、图）、数据查找和排序技术等。

数据结构是一门实践性较强的软件基础课程，为了学好这门课程，必须在掌握理论知识的同时，加强上机实践，达到理论与实际应用相结合的目的。通过本篇的学习，读者可以掌握计算机中数据的组织方式和基本算法思想，结合实际应用加深对基本概念的理解，提高在实际中运用数据结构知识的能力。数据结构学习的效果不仅关系到后续课程的学习，而且直接关系到软件设计水平的提高和专业素质的培养，因而成为提高软件水平的关键性课程。

第 1 章　算　法

基本要求：

- 理解数据结构的基本概念和术语
- 了解算法的概念和基本特征
- 理解算法的设计方法
- 掌握评价算法好坏的方法

教学重点和难点：

- 数据结构的概念
- 数据结构术语
- 算法的概念
- 算法的分析

众所周知，早期电子计算机的应用范围仅局限于科学计算，其处理的对象是纯数值性的信息，通常人们把这类问题称为数值计算。近 30 年来，电子计算机的发展异常迅猛，它不仅表现在计算机本身运算速度不断提高，信息存储量日益扩大，价格逐步下降，更重要的是计算机广泛应用于情报检索、企业管理、系统工程等方面，已远远超出了数值计算的范围，而渗透到人类社会活动的一切领域。相应地，计算机的处理对象也从简单的纯数值性信息发展到非数值性的和具有一定结构的信息。现代计算机科学的观点，是把计算机程序处理的一切数值的、非数值的信息，乃至程序统称为数据（data），而电子计算机则是加工处理数据（信息）的工具。

处理对象的转变导致系统程序和应用程序的规模越来越大，结构也相当复杂，单凭程序设计人员的经验和技巧已难以设计出效率高、可靠性强的程序，数据的表示方法和组织形式已成为影响数据处理效率的关键。因此，就要求人们对计算机程序所加工的对象进行系统的研究，即研究数据的特性以及数据之间存在的关系——数据结构（data structure）。

数据结构是随着电子计算机的产生和发展而发展起来的一门较新的计算机学科。1968 年，美国唐·欧·克努特教授开创了数据结构的最初体系，他所著的《计算机程序设计技巧》第一卷《基本算法》是第一本较系统阐述数据逻辑结构和存储结构及其操作的著作。从 20 世纪 60 年代末到 70 年代初，出现了大型程序，软件也相对独立，结构程序设计成为程序设计方法学的主要内容，人们越来越重视数据结构，认为程序设计的实质是对确定的问题选择一种好的结构，再设计一种好的算法。从 70 年代中期到 80 年代初，各种版本的数据结构著作相继出现。

"数据结构"在计算机科学中是一门综合性的专业基础课。数据结构的研究不仅涉及计算机硬件（特别是编码理论、存储装置和存取方法等）的研究范围，而且和计算机软件的研究有着密切的关系，无论是编译程序还是操作系统，都涉及数据元素在存储器中的分配问题。在研究信息检索时也必须考虑如何组织数据，以便查找和存取数据元素。

值得注意的是，数据结构的发展并未终结，一方面，面向各专门领域中特殊问题的数据结构得到研究和发展，如多维图形数据结构等；另一方面，从抽象数据类型的观点来讨论数据结构，已成为一种新的趋势，而且越来越被人们所重视。由此可见，数据结构技术的产生时间并不长，它正处于迅速发展阶段。同时，随着电子计算机的发展和更新，新的数据结构将会不断出现。

1.1 数据结构的概念

什么是数据结构？这是一个难于直接回答的问题。一般来说，用计算机解决一个具体问题时，大致需要经过下列几个步骤：首先要从具体问题中抽象出一个适当的数学模型，然后设计一个解此数学模型的算法（algorithm），最后编出程序、进行测试、调整直至得到最终解答。寻求数学模型的实质是分析问题，从中提取操作的对象，并找出这些操作对象之间含有的关系，然后用数学的语言加以描述。为了说明这个问题，下面首先看一个例子，然后再给出明确的含义。

假定为某个学校的全体学生建立一个通讯录，其中记录全体学生的姓名和相应的住址，现在要写一个算法，要求当给定任何一个学生的姓名时，该算法能够查出该学生的住址。这样一个算法的设计，将完全依赖于通讯录中的学生姓名及相应的住址是如何架构的，以及计算机是怎样存储通讯录中的信息。

如果通讯录中的学生姓名是随意排列的，其次序没有任何规律，那么当给定一个姓名时，则只能对通讯录从头开始逐个与给定的姓名进行比较，顺序查找，直至找到所给定的姓名为止。这种方法相当费时，而且效率很低。

然而，若对学生通讯录进行适当的组织，按学生所在班级来排列，并且再建立一个索引表，这个表用来登记每个班级学生姓名在通讯录中起始处的位置。这样一来，情况将大为改善。这时，当要查找某学生的住址时，则可先从索引表中查到该学生所在班级的学生姓名是从何处开始，而后就从此处开始查找，而不必去查看其他部分的姓名。由于采用了新的结构，于是，就可写出一个完全不相同的算法。

上述的学生通讯录就是一个数据结构问题。可以看到，计算机算法与数据的结构密切相关，算法无不依附于具体的数据结构，数据结构直接关系到算法的选择和效率。

下面再对学生通讯录作进一步讨论。我们知道，当有新学生进校时，通讯录需要添加新学生的姓名和相应的住址；在学生毕业离校时，应从通讯录中删除毕业学生的姓名和住址。这就要求在已安排好的结构中进行插入和删除。对于一种具体的结构，如何实现插入和删除？是把要添加的学生姓名和住址插入到前面，还是末尾，或是中间某个合适的位置上？插入后，对原有的数据是否有影响？有什么样的影响？删除某学生的姓名和住址后，其他的数据（学生的姓名和住址）是否要移动？若需要移动，则应如何移动？这一系列的问题说明，为增加和减少数据，还必须对数据结构定义一些运算。上面只涉及两种运算，即插入和删除运算。当然，还会提出一些其他可能的运算，如学生搬家后，住址变了，为适应这种需要，就应该定义、修改、运算等。

这些运算显然要由计算机来完成,这就要设计相应的插入、删除和修改的算法。也就是说,数据结构还须要给出每种结构类型所定义的各种运算的算法。

通过以上讨论,我们可以直观地认为:数据结构是研究程序设计中计算机操作的对象以及它们之间的关系和运算的一门学科。

1.2 数据结构的基本概念和术语

1. 数据

数据(data)是信息的载体,它能够被计算机识别、存储和加工处理,它是计算机程序加工的"原料"。例如,一个代数方程求解程序中所用的数据是整数和实数,而编译程序中使用的数据是字符串。随着计算机软、硬件的发展,计算机应用领域的扩大,数据的含义也随之拓广了。例如,计算机处理的图像、声音等,它们也属于数据的范畴。

2. 数据元素

数据元素(data element)是数据的基本单位。有些情况下,数据元素也称为元素、结点、顶点、记录。有时一个数据元素可以由若干个数据项(也可称为字段、域)组成,数据项是具有独立含义的最小标识单位。

3. 数据类型

数据类型(data type)是具有相同性质的计算机数据的集合及在这个数据集合上的一组操作。如整数,它是[-maxint,maxint]区间上的整数(maxint 是依赖于所使用的计算机及语言的最大整数),在这个整数集上可以进行加、减、乘、整除、取模等操作。

数据类型可以分为原子数据类型和结构数据类型。原子数据类型是由计算机语言提供的,如 C 语言的整型、字符型;结构数据类型是借用计算机语言提供的一种描述数据元素之间逻辑关系的机制,由用户自己定义的,如 C 语言的数组、结构体类型等。

4. 数据结构

简单地说,数据结构(data structure)是指相互有关联的数据元素的集合。例如,矩阵就是数据结构,在这个数据结构中,数据元素之间有着位置上的关系。又如,图书馆中的图书卡片目录则是一个较为复杂的数据结构,对于列在各卡片上的各种书之间,可能在主题、作者等问题上相互关联,甚至一本书本身也有不同的相关成分。

数据结构也就是数据的组织形式,它一般包括三个方面的内容。

① 数据的逻辑结构。数据的逻辑结构是从逻辑关系上描述数据,它与数据的存储无关,是独立于计算机的,因此数据的逻辑结构可以看做是从具体问题抽象出来的数学模型。

② 数据的存储结构。在实际进行数据处理时,被处理的各数据元素总是被存放在计算机的存储空间中,并且各数据元素在计算机存储空间中的位置关系与它们的逻辑关系不一定是相同的,而且一般也不可能相同。

数据的存储结构是逻辑结构用计算机语言的实现,它是依赖于计算机语言的,对机器语言而言,存储结构是具体的,但我们只在高级语言的层次上来讨论存储结构。

③ 数据的运算。数据的运算就是对数据施加的操作，它定义在数据的逻辑结构上，每种逻辑结构都有一个运算的集合。例如，最常用的运算有检索、插入、删除、更新、排序等。这些运算实际上只是在抽象的数据上所施加的一系列抽象的操作。所谓抽象的操作，是指我们只知道这些操作是"做什么"，而无须考虑"如何做"。只有确定了存储结构之后，才考虑如何具体实现这些运算。

例如，学生通讯录，如表 1-1 所示。

表 1-1 学生通讯录

学 号	姓 名	性 别	年 龄	联系方式	家庭住址
0203001	张三	女	17	0319-2278888	河北邢台
0203002	李四	男	18	0315-3247651	河北邯郸
0203003	王五	女	18	021-85623492	上海
0203004	马六	男	17	022-12369872	天津
0203005	赵七	男	18	010-65987412	北京
…	…	…	…	…	…

表 1-1 称为一个数据结构，表中的每一行是一个结点（或记录），它是由学号、姓名、性别、年龄、联系方式、家庭住址等数据项组成。该表中数据元素之间的逻辑关系是：对表中任意一个结点，与它相邻且在它前面的结点（或称为直接前驱，immediate predecessor）最多只有一个；与表中任意一个结点相邻且在其后的结点（或称为直接后继，immediate successor）也最多只有一个。表中只有第一个结点没有直接前驱，故称为开始结点；只有最后一个结点没有直接后继，故称之为终端结点。例如，表中"王五"所在结点的直接前驱和直接后继分别是"李四"和"马六"所在的结点，上述结点间的关系构成了学生通讯录的逻辑结构。

该表的存储结构则是指用计算机语言如何表示结点之间的这种关系，即表中的结点是顺序邻接地存储在一片连续的单元之中，还是用指针将这些结点链接在一起。在这个表中，可能要经常查看某一学生的学号，当学生退学时要删除相应的结点，进来新学生时要增加结点。怎样进行查找、删除、插入，这就是数据的运算问题。搞清楚上述三个问题，也就弄清了学生通讯录这个数据结构。

综上所述，可以将数据结构定义为：按某种逻辑关系组织起来的一批数据，应用计算机语言，按一定的存储表示方式把它们存储在计算机的存储器中，并在这些数据上定义了一个运算的集合，就叫做一个数据结构。

在不产生混淆的前提下，我们常常将数据的逻辑结构简称为数据结构。数据的逻辑结构有两大类：

① 线性结构。线性结构的逻辑特征是有且仅有一个开始结点和一个终端结点，并且所有结点都最多只有一个直接前驱和一个直接后继。例如，让表 1-1 中的几个同学按照学号站成一排，第 2 章中所要介绍的线性表就是一个典型的线性结构。

② 非线性结构。非线性结构的逻辑特征是一个结点可能有多个直接前驱和直接后继。例如，让表 1-1 中的几个同学手拉手站成一排。第 6 章介绍的图就是一个典型的非线性结构。

　　存储结构是数据结构不可缺少的一个方面，因此常常将同一逻辑结构的不同存储结构，冠以不同的数据结构名称来标识它们。例如，线性表是一种逻辑结构，若是采用顺序方法的存储表示，则称该结构为顺序表；若是采用链接方法的存储表示，则称该结构为链表。

　　同理，数据的运算也是数据结构不可分割的一个方面，在给定了数据的逻辑结构和存储结构之后，按定义的运算集合及其运算的性质不同，也可能导致完全不同的数据结构。例如，若对线性表的插入、删除运算限制在表的一端进行，则该线性表称为栈；若插入限制在表的一端进行，而删除限制在表的另一端进行，则该线性表称为队列。更进一步，若线性表采用顺序表或链表作为存储结构，则对插入和删除运算做了上述限制之后，可分别得到顺序栈或链栈、顺序队列或链队列。

　　数据的存储结构可用以下四种基本存储方法得到：

　　① 顺序存储方法。顺序存储方法是把逻辑上相邻的结点存储在物理位置相邻的存储单元中，结点间的逻辑关系由存储单元的邻接关系来体现。由此得到的存储表示称为顺序存储结构（sequential storage structure），通常顺序存储结构是借助于程序语言中的数组来描述的。该方法主要应用于线性的数据结构，非线性的数据结构也可以通过某种线性化的方法来实现顺序存储。

　　② 链接存储方法。链接存储方法不要求逻辑上相邻的结点在物理位置上也相邻，结点间的逻辑关系是由附加的指针字段表示的。由此得到的存储表示称为链式存储结构（linked storage structure），通常链接存储结构要借助于程序语言的指针类型来描述它。

　　③ 索引存储方法。索引存储方法通常是在存储结点信息的同时，建立附加的索引表。索引表中的每一项称为索引项，索引项的一般形式是关键字、地址，关键字是能唯一标识一个结点的那些数据项。若每个结点在索引表中都有一个索引项，则该索引表称为稠密索引（dense index）。若一组结点在索引表中只对应一个索引项，则该索引表称为稀疏索引（sparse index）。稠密索引中索引项地址指出结点所在的存储位置，而稀疏索引中索引项的地址则指示一组结点的起始存储位置。

　　④ 散列存储方法。散列存储方法的基本思想是根据结点的关键字直接计算出该结点的存储地址。

　　上述四种基本存储方法，既可以单独使用，也可以组合起来对数据结构进行存储映像。同一种逻辑结构采用不同的存储方法，可以得到不同的存储结构。选择何种存储结构来表示相应的逻辑结构，视具体要求而定，主要考虑运算是否方便及算法的时空要求。

　　有的教科书上将数据的逻辑结构和数据的存储结构定义为数据结构，而将数据的运算定义为数据结构的操作。但是，无论怎样定义数据结构，都应该将数据的逻辑结构、数据的存储结构及数据的运算这三方面看成一个整体。希望读者学习时，不要孤立地去理解某一个方面，而要注意它们之间的联系。

1.3　算法的基本概念

　　通俗地讲，一个算法就是一种解题方法。严格地讲，就是指解题方案的准确和对此完整的描述。

　　对于一个问题，如果可以通过一个计算机程序，在有限的存储空间内运行有限长的时间而得到正确的结果，则称这个问题是算法可解的。但算法不等于程序，也不等于计算方法。当然，程序也可以作为算法的一种描述，但程序通常还需考虑很多与方法和分析无关的细节问题，这是因为在编写程序时要受到计算机系统运行环境的限制。通常，程序的编制不可能优于算法的设计。

1.3.1　算法的基本特征

算法是对特定问题求解步骤的一种描述，它是指令的有限序列，其中每一条指令表示一个或多个操作。此外，一个算法还具有以下几个基本特征：

1．可行性（effectiveness）

算法的可行性包括以下两个方面：

① 算法中的每一个步骤必须能够实现。例如，在算法中不允许执行分母为 0 的操作，在实数范围内不能求一个负数的平方根等。

② 算法执行的结果要能够达到预期的目的。

针对实际问题设计的算法，人们总是希望能够得到满意的结果。但一个算法又总是在某个特定的计算工具上执行。因此，算法在执行过程中往往受到计算工具的限制，使执行结果产生偏差。例如，在进行数值计算时，如果某计算工具具有 7 位有效数字（如程序设计语言中的单精度运算），则在计算下列三个量 $X=10^{20}$，$Y=1$，$Z=-10^{20}$ 的和时，如果采用不同的运算顺序，就会得到不同的结果，即：

$$X+Y+Z=10^{20}+1+(-10^{20})=0$$
$$X+Z+Y=10^{20}+(-10^{20})+1=1$$

而在数学上，$X+Y+Z$ 与 $X+Z+Y$ 的结果是完全等价的。因此，算法与计算公式是有差别的。在设计一个算法时，必须考虑它的可行性，否则可能不会得到满意的结果。

2．确定性（definiteness）

算法的确定性是指算法中的每一个步骤都必须是有明确定义的，不允许有模棱两可的解释，也不允许有多义性。在解决实际问题时，可能会出现这样或那样的情况。例如，针对某种特殊问题，数学公式是正确的，但按此数学公式设计的计算过程可能会使计算机系统无所适从。这是因为根据数学公式设计的计算过程只考虑了正常使用的情况，而当出现异常情况时此计算过程就不适用了。

3．有穷性（finiteness）

算法的有穷性是指算法必须能在有限的时间内做完,即算法必须能够在执行有限个步骤之后终止。数学中的无穷级数在计算时只能取有限项，即计算无穷级数值的过程只能是有穷的。因此，一个数的无穷级数表示只是一个计算公式，而根据精度要求确定的计算过程才是有穷的算法。

算法的有穷性还应包括合理的执行时间的含义。因为如果一个算法需要执行千万年，显然失去了实用价值。

4．拥有足够的信息

一个算法是否有效还取决于为算法所提供的信息是否足够。通常，算法中的各种运算总是要施加到各个运算对象上，而这些运算对象又可能具有某种初始状态，这是算法执行的起点或依据。因此，一个算法执行的结果总是与输入的初始数据有关，不同的输入将会有不同的输出结果。当输入不够或输入错误时，算法本身也就无法执行或导致执行出错。一般来说，当算法拥有足够的信息时，此算法才是有效的，而当提供的信息不够时，算法并不有效。

综上所述，所谓算法，是一组严谨地定义运算顺序的规则，并且每一个规则都是有效的，且是明确的，此顺序将在有限的次数下终止。

1.3.2 算法设计基本方法

下面介绍几种常用的算法设计方法。

1. 列举法

列举法的基本思想是：根据提出的问题，列举所有可能的情况，并用问题中结合的条件检验哪些是需要的，哪些是不需要的。因此，列举法常用于解决"是否存在"或"有多少种可能"等类型的问题，例如求解不定方程的问题。

列举法的特点是算法比较简单，但当列举的可能情况较多时，执行列举算法的工作量将很大。因此，在用列举法设计算法时，使方案优化，尽量减少运算工作量，是应该重点注意的。通常，在设计列举算法时，只要对实际问题进行详细的分析，将与问题有关的知识条理化、完备化、系统化，从中找出规律；或对所有可能的情况进行分类，引出一些有用的信息，是可以大大减少列举量的。

例如，从 A 市到 B 市有 3 条路，从 B 市到 C 市有两条路。从 A 市经过 B 市到 C 市有几种走法？作图 1-1，然后把每一种走法一一列举出来：

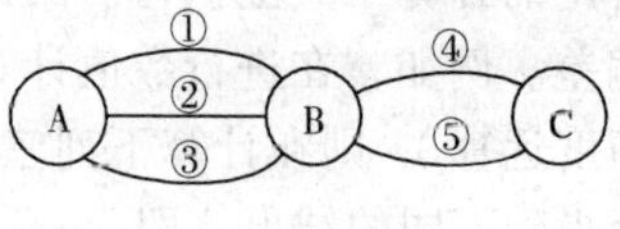

图 1-1　走法示意图

第一种走法：A ① B ④ C　　　　　第二种走法：A ① B ⑤ C

第三种走法：A ② B ④ C　　　　　第四种走法：A ② B ⑤ C

第五种走法：A ③ B ④ C　　　　　第六种走法：A ③ B ⑤ C

从 A 市经过 B 市到 C 市共有 6 种走法。

2. 归纳法

归纳法的基本思想是：通过列举少量的特殊情况，经过分析，最后找出一般的关系。显然，归纳法要比列举法更能反映问题的本质，并且可以解决列举量为无限的问题。但是，从一个实际问题中总结归纳出一般的关系并不是一件容易的事情，要归纳出一个数学模型则更为困难。从本质上讲，归纳就是通过观察一些简单而特殊的情况，最后总结出有用的结论或解决问题的有效途径。

归纳是一种抽象，即从特殊现象中找出一般关系。但由于在归纳过程中不可能对所有的情况进行列举，因此最后由归纳得到的结论还只是一种猜测，还需要对这种猜测加以必要的证明。实际上，通过精心观察而得到的猜测得不到证实或最后证明猜测是错的，也是常有的事。

例如，买葡萄的时候就用到了归纳法，我们往往先尝一尝，如果尝的几个很甜，就归纳出所有的葡萄都很甜的，然后可放心地买上一大串。

3. 递推

所谓递推，是指从已知的初始条件出发，逐次推出所要求的各中间结果和最后结果。其中，初始条件或者问题本身已经给定，或是通过对问题的分析与化简而得到确定。递推本质上也属于归纳，工程上许多递推关系式实际上是通过对实际问题的分析与归纳而得到的，因此递推关系式往往是归纳的结果。

递推算法在数值计算中是极为常见的。但是，对于数值型的递推算法必须注意数值计算的稳定性问题。

例如，一个数除以 4，再乘以 2，得 16，求这个数。由最后乘以 2 得 16 可看出，在没乘以 2 之前的数是 16÷2=8；在没除以 4 之前的数是 8×4=32；因此这个数是 32。

4．递归

人们在解决一些复杂问题时，为了降低问题的复杂程度（如问题的规模等），一般总是将问题逐层分解，最后归结为一些最简单的问题。这种将问题逐层分解的过程实际上并没有对问题进行求解，而只是当解决了最后那些最简单的问题后，再沿着原来分解的逆过程逐步进行综合，这就是递归的基本思想。由此可以看出，递归的基础也是归纳。在工程中，有许多问题就是用递归来定义的，数学中的许多函数也是用递归来定义的。递归在可计算性理论和算法设计中占有很重要的地位。

例如，编写计算斐波那契（Fibonacci）数列的第 n 项函数 fib(n)。

斐波那契数列为 0、1、1、2、3、…，即 fib(0)=0；fib(1)=1；fib(n)=fib($n-1$)+fib($n-2$)（当 $n>1$ 时）。

求解 fib(n)，把它推到求解 fib($n-1$) 和 fib($n-2$)。也就是说，为计算 fib(n)，必须先计算 fib($n-1$) 和 fib($n-2$)，而计算 fib($n-1$) 和 fib($n-2$)，又必须先计算 fib($n-3$) 和 fib($n-4$)。依此类推，直至计算 fib(1) 和 fib(0)，即得到结果 1 和 0。在递推阶段，必须要有终止递归的情况。例如，在函数 fib 中，当 n 为 1 和 0 的情况下，在回归阶段，当获得最简单情况的解后，逐级返回，依次得到稍复杂问题的解，如得到 fib(1) 和 fib(0) 后，返回得到 fib(2) 的结果，……；在得到了 fib($n-1$) 和 fib($n-2$) 的结果后，返回得到 fib(n) 的结果。

5．回溯法

前面讨论的递推和递归算法本质上是对实际问题进行归纳的结果，而减半递推技术也是归纳法的一个分支。在工程上，有些实际问题很难归纳出一组简单的递推公式或直观的求解步骤，并且也不能进行无限的列举。对于这类问题，一种有效的方法是"试"。通过对问题的分析，找出一个解决问题的线索，然后沿着这个线索逐步试探。对于每一步的试探，若试探成功，就得到问题的答案；若试探失败，就逐步回退，换其他路线再进行试探。这种方法称为回溯法。回溯法在处理复杂数据结构方面有着广泛的应用。

例如，找出从自然数 1，2，…，n 中任取 r 个数的所有组合。采用回溯法找问题的解，将找到的组合以从小到大顺序存于 $a[0]$，$a[1]$，…，$a[r-1]$ 中，组合的元素满足以下性质：

① $a[i+1]>a$，后一个数字比前一个大。

② $a-i \leqslant n-r+1$。

按回溯法的思想，求解过程如下：首先放弃组合数个数为 r 的条件，候选组合从只有一个数字 1 开始。因该候选解满足除问题规模之外的全部条件，扩大其规模，并使其满足条件①，候选组合改为 1、2。继续这一过程，得到候选组合 1、2、3。该候选解满足包括问题规模在内的全部条件，因而是一个解。在该解的基础上，选下一个候选解，因 $a[2]$ 上的 3 调整为 4，以及以后调整为 5 都满足问题的全部要求，得到解 1、2、4 和 1、2、5。由于对 5 不能再作调整，就要从 $a[2]$ 回溯到 $a[1]$，这时 $a[1]=2$，可以调整为 3，并向前试探，得到解 1、3、4。重复上述向前试探和向后回溯，直至要从 $a[0]$ 再回溯时，说明已经找完问题的全部解。

1.4 算法分析

求解同一个问题可以有许多不同的算法，究竟如何评价这些算法的好坏呢？

显然，选用的算法首先应该是"正确的"。此外，主要考虑如下三点：

① 执行算法所耗费的时间。

② 执行算法所耗费的存储空间，其中主要考虑辅助存储空间。

③ 算法应易于理解，易于编码，易于调试，等等。

当然，我们希望选用一个所占存储空间小、运行时间短、其他性能也较好的算法。然而，实际上很难做到十全十美。原因是上述要求有时相互抵触，要节约算法的执行时间往往要以牺牲更多的空间为代价；而为了节省空间可能耗费更多的计算时间。因此，只能根据具体情况有所侧重。若该程序使用次数较少，则力求算法简明易懂；对于反复多次使用的程序，应尽可能选用快速的算法；若待解决的问题数据量极大，机器的存储空间较小，则相应算法主要考虑如何节省空间。本书主要讨论算法的时间特性，偶尔也讨论空间特性。

1.4.1 算法的时间复杂度

所谓算法的时间复杂度，是指执行算法所需要的计算工作量。

一个算法所耗费的时间，应该是该算法中每条语句的执行时间之和，而每条语句的执行时间是该语句的执行次数（也称频度，frequency count）与语句执行一次所需时间的乘积。但是，当算法转换为程序之后，每条语句执行一次所需的时间取决于机器的指令性能、速度以及编译所产生的代码质量，这是很难确定的。假设执行每条语句所需的时间均是单位时间。一个算法耗费的时间就是该算法中所有语句的频度之和。于是，我们就可以独立于机器的软、硬件系统来分析算法的时间耗费。

【例 1.1】求两个 n 阶方阵的和 $Z=X+Y$，其算法如下：

```
#define n R                          /*R 可以设为任意一个自然数*/
SUM(float X[],float Y[],float Z[])
{ int i,j,k;
  for(i=0;i<n;i++)                   /*n+1*/
    for(j=0;j<n;j++)                 /*n(n+1)*/
      Z[i][j]=X[i][j]+Y[i][j];       /*n²*/
}
```

其中，注释中列出的是每个语句的频度。语句 for(i=0;i<n;i++)的循环控制变量 i 要增加到 n，测试 i≥n 成立才会终止，故它的频度是 $n+1$，但是它的循环体却只能执行 n 次。语句 for(j=0;j<n;j++)作为语句 for(i=0;i<n;i++)循环体内的语句应该执行 n 次，但语句 for(j=0;j<n;j++)本身要执行 $n+1$ 次，所以语句 for(j=0;j<n;j++)的频度是 $n(n+1)$ 次。语句 Z[i][j]=X[i][j]+Y[i][j];又作为语句 for(j=0;j<n;j++)循环体内的语句，应该执 n^2 次。该算法中所有语句的频度之和（即算法的时间耗费）为：

$$T(n)=n(n+1)+(n+1)+n^2=2n^2+2n+1 \qquad (1-1)$$

由此可知，算法 SUM 的时间耗费 $T(n)$ 是矩阵阶数 n 的函数。

当 n 充分大时，$T(n)$ 和 n^2 之比是一个不等于零的常数，即 $T(n)$ 和 n^2 是同阶的，或者说 $T(n)$ 和 n^2 的数量级相同。可记作 $T(n)=O(n^2)$ 是算法 SUM 的渐进时间复杂度。其中，记号 "O" 是数学符号。

评价算法的时间性能时，主要标准是算法时间复杂度的数量级，即算法的渐进时间复杂度。因此，在算法分析时，往往对算法的时间复杂度和渐进时间复杂度不予区分，而经常是将渐进

时间 $T(n)=O(f(n))$ 简称为时间复杂度，其中的 $f(n)$ 一般是算法中频度最大的语句的频度。例如，算法 SUM 的时间复杂度一般是指 $T(n)=O(n^2)$，这里的 $f(n)=n^2$ 是语句 Z[i][j]=X[i][j]+Y[i][j];的频度。

【例 1.2】交换 i 和 j 的内容。

```
t=i;
i=j;
j=t;
```

以上三条单个语句的频度均为 1，该程序段的执行时间是一个与问题规模 n 无关的常数，因此算法的时间复杂度为常数阶，记作 $T(n)=O(1)$。事实上，只要算法的执行时间不随着问题规模 n 的增加而增长，即使算法中有千条语句，其执行时间也不过是一个较大的常数。此时，算法的时间复杂度也只是 $O(1)$。

【例 1.3】变量计数。

```
a=0;b=0;
for(i=1;i<=n;i++)
    a++;
for(i=1;i<=n;i++)
  for(j=1;j<=n;j++)
      b++;
```

一般情况下，对步进循环语句只需考虑循环体中语句的执行次数，而忽略该语句中步长加 1、终值判别、控制转移等成分。因此，以上程序段中频度最大的语句是 b++;，其频度为 $f(n)=n^2$，所以该程序段的时间复杂度为 $T(n)=O(n^2)$。由此可见，当有若干个循环语句时，算法的时间复杂度是由嵌套层数最多的循环语句中最内层语句的频度 $f(n)$ 决定的。

很多算法的时间复杂度不仅仅是问题规模 n 的函数，还与它所处理的数据集的状态有关。在这种情况下，通常是根据数据集中可能出现的最坏情况，估计出算法的最坏（worst）时间复杂度。有时，我们也对数据集的分布做出某种假定（如等概率），并讨论算法的平均（average）时间复杂度。

1.4.2 算法的空间复杂度

一个算法的空间复杂度一般是指执行这个算法所需要的内存空间。

一个算法所占用的存储空间包括算法程序所占用的空间、输入的初始数据所占用的存储空间以及算法执行过程中所需要的额外空间。其中，额外空间包括算法程序执行过程中的工作单元以及某种数据结构所需要的附加存储空间（例如，在链式结构中，除了要存储数据本身外，还须要存储链接信息）。如果额外空间量相对于问题规模来说是常数，则称该算法是原地（in place）工作的。在许多实际问题中，为了减少算法所占用的存储空间，通常采用压缩存储技术，以便减少不必要的额外空间。例如：

```
float sum(float a[],int n)
{
    int i;
    float s=0.0;
    for(i=0;i<n;i++)  s=s+a[i];
    return s;
}
```

在程序中用整数 n 存放累加个数；用浮点数 s 作为存放累加值的存储空间；另外，该函数的参数 float a[]实际上传递了数组 a 的首地址，而不是把整个数组 a 都复制到函数的栈空间。因此，对于数组 a[]来说，只耗费了一个空间单元存放第一个元素 a[0]的地址。该函数需要空间为 sizeof(float) + sizeof(n) + sizeof(s) + sizeof(i)；因此，该函数所需要的存储空间也为一个常数。

小　结

本章简要介绍了数据、数据结构等基本概念；阐述了数据结构所包含的三个方面的内容，即数据的逻辑结构、数据的存储结构和数据的运算；讨论了线性结构和非线性结构的逻辑特征，以及数据存储的四种基本方法。

算法和数据结构密切相关，不可分割，本章引进了算法、算法的时间复杂度等概念，讨论了算法设计的五种方法以及分析时间复杂度的简易方法。

读者学习这些内容和例子后，希望能对数据结构的基本概念和算法的概念具有初步的认识和理解；对算法设计的方法和算法时间复杂度有一定的分析判断能力。

习　题

一、简答题

分别描述数据、数据元素、数据项、数据结构、逻辑结构、存储结构、算法的概念。

二、试分析下列程序段的时间复杂度

1.
```
for(i=0;i<n;i++)
    for(j=0;j<m;j++)
        A[i][j];
```
2.
```
i=s=0;
while(s<n)
{   i++;
    s+=i;
}
```
3.
```
s=0;
for(i=0;i<n;i++)
   for(j=0;j<n;j++)
    s+=B[i][j];
 sum=s;
```
4.
```
prime(int n)
{ int i=2;
   while((n%i)!=0 && i*1.0<sqrt(n))
     i++;
   if(i*1.0>sqrt(n))
    printf("%d是一素数\n",n);
   else
    printf("%d不是一素数\n"n);
}
```
5.
```
s1(int n)
{ int p=1,s=0;
   for(i=1;i<=n;i++)
   { p*=i;
    s+=p;
   }
   return(s);
}
```

第2章 线 性 表

基本要求:

- 了解线性结构的概念
- 理解线性表的逻辑结构和基本运算
- 掌握线性表的顺序存储和基本运算
- 掌握线性表的链式存储方式
- 掌握单链表和循环链表的基本运算

教学重点和难点:

- 线性结构的概念
- 顺序表的存储和基本运算
- 单链表和循环链表的基本运算

线性结构是最简单且最常用的数据结构,线性表是一种典型的线性结构。

现实生活中有很多线性表的例子,例如英文字母表*(A,B,C,…,Z)是一个线性表,表中的每一个英文字母是一个数据元素;四季(春、夏、秋、冬)也是一个线性表,其中每个季度是一个数据元素。在较为复杂的线性表中,数据元素可由若干数据项组成,如学生通讯录(见表1-1)中,每个学生的基本信息是一个数据元素,它由学号、姓名、性别、年龄、联系方式、家庭住址等数据项组成。

2.1 线性表的概念及运算

线性表是一种最简单也是最常用的一种线性结构。线性表中数据元素之间的关系是一对一的关系,即除了第一个和最后一个数据元素之外,其他数据元素都是首尾相接的。线性表的逻辑结构简单,便于实现和操作。因此,线性表这种数据结构在实际应用中是广泛采用的一种数据结构。

1. 线性表的逻辑结构

线性表是一种线性结构,它是一个含有 $n \geq 0$ 个结点的有限序列,对于其中的结点,有且仅有一个开始结点没有前驱但有一个后继结点,有且仅有一个终端结点没有后继但有一个前驱结点,其他的结点都有且仅有一个前驱结点和一个后继结点。

可以将线性表描述为：线性表（Linear_List）是由 n（$n \geqslant 0$）个数据元素（结点）a_1、a_2、…、a_n 组成的有限序列。其中数据元素的个数 n 定义为表的长度。当 $n=0$ 时称为空表，常常将非空的线性表（$n>0$）记作：（a_1，a_2，…，a_n）。这里的数据元素 a_i（$1 \leqslant i \leqslant n$）只是一个抽象的符号，其具体含义在不同情况下可以不同。

从线性表的定义可以看出，对于非空的线性表，它的逻辑特征如下：

① 有且仅有一个开始结点 a_1，没有直接前驱，有且仅有一个直接后继 a_2。

② 有且仅有一个终端结点 a_n，没有直接后继，有且仅有一个直接前驱 a_{n-1}。

③ 其余的内部结点 a_i（$2 \leqslant i \leqslant n-1$）都有且仅有一个直接前驱 a_{i-1} 和一个 a_{i+1}。

线性表中结点之间的逻辑关系就是上述的邻接关系，由于该关系是线性的，因此线性表是一种线性结构。

线性表有如下结构特点：

① 均匀性。虽然不同数据表的数据元素可以是各种各样的，但同一线性表的各数据元素必定具有相同的数据长度。

② 有序性。各数据元素在线性表中的位置只取决于它们的次序，数据元素之前的相对位置是线性的，即存在唯一的"第一个"和"最后一个"数据元素，除了第一个和最后一个外，其他元素均只有一个直接前驱和一个直接后继。

2. 线性表的基本运算

数据的运算是定义在逻辑结构上的，而运算的具体实现是在存储结构上进行的。因此，在逻辑结构上定义的运算，只要给出这些运算的功能是"做什么"，至于"如何做"等实现细节，只有确定了存储结构之后才考虑。

对于线性表的基本运算，常见的有以下几种：

① 建空表 Setnull(L)。构造一个空的线性表 L，即表的初始化。

② 求长度 Length(L)。求线性表 L 中的结点个数，即求表长。

③ 取结点 Get(L,i)。取线性表 L 中的第 i 个结点，这里要求 $1 \leqslant i \leqslant$ ListLength(L)。

④ 定位 Locate(L,x)。在 L 中查找值为 x 的结点，并返回该结点在 L 中的位置。若 L 中有多个结点的值和 x 相同，则返回首次找到的结点位置；若 L 中结点的值都不是 x，则返回一个特殊值表示查找失败。

⑤ 插入 Insert(L, x, i)。在线性表 L 的第 i 个位置上插入一个值为 x 的新结点，使得原编号为 i、$i+1$、…、n 的结点变为编号为 $i+1$、$i+2$、…、$n+1$ 的结点。这里 $1 \leqslant i \leqslant n+1$，而 n 是原表 L 的长度。插入后，表 L 的长度加 1。

⑥ 删除 Delete(L, i)。删除线性表 L 的第 i 个结点，使得原编号为 $i+1$、$i+2$、…、n 的结点变成编号为 i、$i+1$、…、$n-1$ 的结点。这里 $1 \leqslant i \leqslant n$，而 n 是原表 L 的长度。删除后表 L 的长度减 1。

在实际应用中，并非任何时候都需要同时执行以上运算。首先，不同问题中的线性表所须要执行的运算可能不同；其次，我们不可能也没有必要给出一组适合各种需要的运算。因此，一般只给出一组最基本的运算，对于实际问题中涉及的其他更为复杂的运算，可以用基本运算的组合来实现。

2.2 线性表的顺序存储结构

在计算机中用一组地址连续的存储单元依次存储线性表的各个数据元素，称做线性表的顺序存储结构。

2.2.1 顺序表

将一个线性表存储到计算机中，可以采用许多不同的方法，其中既简单又自然的是顺序存储方法；即把线性表的结点按逻辑次序依次存放在一组地址连续的存储单元里。用这种方法存储的线性表简称顺序表。

在线性表的顺序存储结构中，其前后两个元素在存储空间中是紧邻的，且前驱元素一定存储在后继元素的前面。由于线性表的所有数据元素属于同一数据类型，所以每个元素在存储器中占用的空间大小相同。因此，要在该线性表中查找某一个元素是很方便的。假设线性表中的第一个数据元素的存储地址为 $Loc(a_0)$，每一个数据元素占 d 个字节，则线性表中第 i 个元素 a_i 在计算机存储空间中的存储地址为：

$$Loc(a_i)=Loc(a_0)+id$$

在程序设计语言中，通常利用数组来表示线性表的顺序存储结构。这是因为数组具有如下特点：① 数组中元素间的地址是连续的；② 数组中所有元素的数据类型是相同的。这些与线性表的顺序存储空间结构是类似的。

用 C 语言声明数组的方式为：

数据类型　数组名[第一维数组长度][第二维数组长度]…

1．一维数组

若定义数组 $A[n]=\{a_0,a_1,a_2,\cdots,a_{n-1}\}$，假设每一个数组元素占用 d 个字节，则数组元素 $A[0]$、$A[1]$、$A[2]$、…、$A[n-1]$ 的地址分别为 $Loc(A[0])$、$Loc(A[1])+d$、$Loc(A[0])+2d$、$\cdots$、$Loc(A[0])+(n-1)*d$。其结构如图 2-1 所示。

逻辑地址	数据元素	存储地址	名称
0	a_0	$Loc(A[0])$	$A[0]$
1	a_1	$Loc(A[0])+d$	$A[1]$
…	…	…	…
i	a_i	$Loc(A[0])+i*d$	$A[i]$
…	…	…	…
$n-1$	a_{n-1}	$Loc(A[0])+(n-1)d$	$A[n-1]$

图 2-1　一维数组存储示意图

数组中数组元素地址的计算公式如下：

$$Loc(A[i])=Loc(A[0])+i*d$$

2．二维数组

若定义数组 $A[m][n]$，表示此数组有 m 行 n 列。在 C 语言中，二维数组的保存是按照行方式存储的，即先将第一行元素排好，接着排第二行元素，直至所有行的元素排完。

若已知数组 $A[m][n]$ 中的第一个元素的起始位置为 $Loc(A[0][0])$，每个元素占 d 个空间，则 $A[i][j]$ 的地址为：

$$Loc(A[i][j])=Loc(A[0][0])+i*n*d+j*d$$

例如，有一含有 5×8 个元素的数组 A，其起始地址 $A[0][0]$ 是 2000，每个元素占 2 个字节，则元素 $A[2][3]$ 的地址是 $Loc(A[2][3])=2000+2\times8\times2+3\times2=2\,038$。

2.2.2 顺序表上的基本运算

用 C 语言描述顺序存储结构下的线性表（顺序表）如下：

```
#define   TRUE   1
#define   FLASE   0
#define   MAXSIZE   <顺序表最大元素个数>
Elemtype   List[MAXSIZE];                    /*定义顺序表 List*/
Int num=-1;                                  /*定义当前数据元素下标，并初始化*/
```

将数组和表长封装在一个结构体中：

```
Typedef struct {
  Elemtype   List[MAXSIZE];                  /*定义数组域*/
  Int length;                                /*定义表长域*/
} Linear_List;
```

在线性表的顺序存储结构下，可以对线性表进行各种处理。最主要的是顺序表的插入和删除操作。

下面以一组数据 (14,45,78,57,28,58) 为例，使用线性表的顺序存储结构，对线性表进行插入和删除操作。

1．顺序表的插入操作

分两种情况，分析插入的过程。

第一种情况：在线性表的第 i（$1 \leq i \leq n+1$）个元素之前插入新的数据元素。

【例 2.1】在第二个数据元素之前插入一个新的数据元素 55，这样就形成了一组新的数据 (14,55,45,78,57,28,58)。

其插入新数据元素的过程如下：

① 判断线性表开辟的存储空间是否已满，如果已满，不能再进行插入操作，算法结束。这种现象称为"上溢"错误，如图 2-2（a）所示。

② 从最后一个数据元素开始直到第 2 个元素，将其中的每一个数据元素均依次往后移动一个位置，如图 2-2（b）所示。

③ 将新元素 55 插入到第 2 个位置，如图 2-2（c）所示。

④ 表的长度加 1。

依此类推，在线性表的六个元素之前插入数据的过程与插入 55 的过程是一样的。

第二种情况：在线性表的末尾插入新的数据元素。

在例 2.1 的基础上，末尾插入一个新的数据元素 100，即在第 7 个元素之后，插入新的数据元素 100，这样形成一组新的数据 (14,55,45,78,57,28,58,100)。

其插入新数据元素的过程如下：

① 判断线性表开辟的存储空间是否已满，如图 2-2（a）所示。

② 将新的数据元素 100，插入到第 8 个位置，如图 2-2（d）所示。

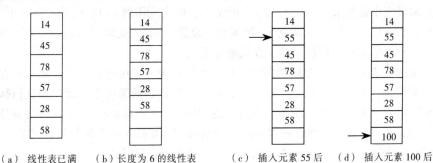

（a）线性表已满　（b）长度为 6 的线性表　（c）插入元素 55 后　（d）插入元素 100 后

图 2-2　线性表在顺序存储结构下的插入过程

用 C 语言描述的具体算法如下：

```
#define  MAXSIZE  8                   /*MAXSIZE 指示线性表最大元素个数*/
int list[MAXSIZE]={14,45,78,57,28,58};
int last=6;                          /*last 指示表中最后一个元素的序号*/
insert(int i,int x)                  /*i 指示插入的位置，x 指示插入元素*/
{ int k;
   if(last==MAXSIZE)
     { printf("线性表已满！\n"); exit(-1); }
   if(i<1||i>last+1)
     { printf("插入位置错误!\n" ); exit(-2); }
   else
     { for(k=last-1;K>=i-1;k--)      /* C 语言数组下标从 0 开始 */
          list[k+1]=list[k];
          list[i-1]=x;
          ++last;                    /* 长度加 1 */
      }
}
```

插入算法主程序如下：

```
main()
{ int x,j,loc;
  printf("Enter x,loc\n");
  scanf("%d,%d",&x,&loc);
  for (j=0;j<last-1;j++)             /*输出线性表中的数据元素*/
    printf("%d",list[j]);
  printf("\n");
  insert(loc,x);                     /*调用插入操作子函数*/
  for(j=0;j<last-1,j++)              /*输出插入数据元素后，新的线性表元素*/
    printf("%d",list[j]);
  printf("\n");
}
```

一般情况下，线性表的插入运算是指在表的第 i（$1 \leqslant i \leqslant n+1$）个位置上，插入一个新结点 x，使长度为 n 的线性表：

$$(a_1, a_2, \cdots, a_{i-1}, a_i, \cdots, a_n)$$

变成长度为 $n+1$ 的线性表：

$$(a_1, a_2, \cdots, a_{i-1}, x, a_i, \cdots, a_n)$$

用顺序表作为线性表的存储结构时，由于结点的物理顺序必须和结点的逻辑顺序保持一致，因此必须将表中位置 n、$n-1$、…、i 上的结点，依次后移到 $n+1$、n、…、$i+1$ 上，空出第 i 个位置，然后在该位置上插入新结点 x。如果插入位置 $i=n+1$，此时无须移动结点，直接将 x 插入表的末尾。插入结束后，线性表的长度就增加了 1。

显然，在线性表采用顺序存储结构时，如果在线性表的末尾进行插入，则只要在表的末尾增加一个元素即可，不须要移动表中的元素；如果在线性表的第 1 个元素之前进行插入，则需要移动表中所有的元素。一般情况下，在线性表的第 i 个（$1 \leq i \leq n+1$）个元素之前插入，平均要移动一半的元素。因此，在线性表顺序存储的情况下，要插入一个新的数据元素，效率很低，尤其是在线性表比较大的情况下更为突出，主要体现在因数据的移动而消耗的时间较多。

【结论】

假设线性表的存储空间为 m；在一个长度为 n（$n \leq m$）的线性表中插入新的元素 b，插入的位置为 i（i 表示在第 i 个元素之前插入），则插入的过程为：

① 首先处理三种情况：

a. 当存储空间已满（$n=m$）时，"上溢"错误，不能进行插入，算法结束。

b. 当 $i>n$ 时，即在最后一个元素之后插入。

c. 当 $i<1$ 时，即在第 1 个元素之前插入。

② 然后从最后一个元素开始，直到第 i 个元素，其中每一个元素均往后移动一个位置。

③ 最后将新元素插入到第 i 个位置，并且将线性表的长度加 1。

2. 顺序表的删除操作

与线性表的插入运算一样，删除线性表中最后一个元素，只要将线性表的长度减 1 即可，无须移动其他的数据元素。

删除线性表第 i（$1 \leq i \leq n+1$）个数据元素的分析过程见例 2.2。

【例 2.2】 删除线性表中第二个数据元素 45，这样就形成了一组新的数据（14,78,57,28,58）。

① 判断线性表开辟的存储空间是否已空，如果已空，就不能再删除，算法结束，这种现象称为"下溢"错误，如图 2-3（a）所示。

② 从第三个元素开始直到最后一个数据元素，将其中的每一个数据元素均依次往前移动一个位置，如图 2-3（b）所示。

③ 表的长度减 1。

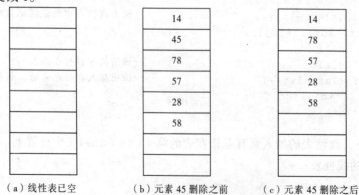

（a）线性表已空　　　（b）元素 45 删除之前　　　（c）元素 45 删除之后

图 2-3　线性表在顺序存储结构下的删除过程

线性表删除算法如下：

```
#define   MAXSIZE 8                          /* 例2-2主程序 */
int list[MAXSIZE]={14,45,78,57,28,58};
int last=6;
delete(int i)
{ int k;
  if(i<1||i>last)
    { printf("表中不存在位置为i的元素\n");
          exit(-1);
    }
  for(k=i-1;k<=last-2;k++)
     list[k]=last[k+1];
     last--;
}
```

删除算法主程序：

```
    main()
    { int j,loc;
    printf("Enter loc\n");
    scanf("%d",&loc);
    for(j=0;j<last-1,j++)
       printf("%d",list[j]);
    printf("\n");
    delete(loc);                          /*删除操作子函数*/
    for(j=0;j<last-1,j++)
       printf("%d",list[j]);
    printf("\n");
    }
```

线性表的删除运算是指将表的第 i（$1 \leq i \leq n+1$）个结点删去，使长度为 n 的线性表（$a_1, a_2, \cdots,$ $a_{i-1}, a_i, a_{i+1}, \cdots, a_n$）变成长度为 $n-1$ 的线性表（$a_1, a_2, \cdots, a_{i-1}, a_{i+1}, \cdots, a_n$）。和删除运算类似，在顺序表上实现删除运算也必须移动结点，才能反映出结点间逻辑关系的变化。若 $i=n$，则只须删除终端结点，无须移动结点；若 $1 \leq i \leq n-1$，则必须将表中位置 $i+1$、$i+2$、$\cdots$、n 上的结点，依次前移到位置 i、$i+1$、$\cdots$、$n-1$ 上，以填补删除操作造成的空缺。

显然，在线性表采用顺序存储结构时，如果在线性表的末尾进行删除，则只要将末尾元素删除即可，不需要移动表中的元素；如果删除线性表中的第 1 个元素，则须要移动表中所有的元素；一般情况下，要删除线性表的第 i 个（$1 \leq i \leq n+1$）个元素，平均要移动一半的元素。因此，在线性表顺序存储的情况下，要删除一个数据元素，效率是很低的，尤其是在线性表比较大的情况下更为突出，主要体现在因数据的移动而消耗的时间较多。

【结论】

假设线性表的存储空间为 m；在一个长度为 n（$n \leq m$）的线性表中插入新的元素 b，插入的位置为 i（i 表示在第 i 个元素之前插入），则插入的过程为：

① 首先处理两种情况。

a. 当存储空间已空（$n=0$）时，出现"下溢"错误，不能进行删除，算法结束。

b. 当 $i<1$ 或 $i>n$ 时，即删除的元素不存在。

② 从第 $i+1$ 个元素开始，直到最后一个元素，其中每一个元素均往前移动一个位置。

③ 最后将线性表的长度减 1。

3．顺序存储结构的特点

顺序存储结构就是用一组地址连续的存储单元依次存储线性表中的各个元素。由于表中各个元素具有相同的属性，所以占用的存储空间相同。因此，在内存中可以通过地址计算直接存取线性表中的任一元素。这种结构的特点是：

① 数据连续存放、随机存取。

② 逻辑上相邻，物理上也相邻。

③ 存储结构简单、易实现。

④ 插入、删除操作不便。

⑤ 存储密度大，空间利用率高。

顺序存储结构适用于表中元素变动较少的情况。

2.3　线性表的链式存储结构

由 2.2 节的讨论可知，线性表用顺序存储结构表示，数据连续存放，可以随机存取，逻辑上相邻的元素在物理上也相邻，并且存储结构简单，算法容易实现。但是，线性表的顺序存储结构在某些情况下显得不那么方便，运算效率也不那么高。主要表现在下面几点：

① 一般情况下，要在顺序表中插入一个新的元素或删除一个元素时，为了保证插入或删除后的线性表仍然为顺序存储，则在插入或删除过程中需要移动大量的数据元素。因此，对于较大的线性表，特别是元素的插入或删除很频繁的情况下，采用顺序存储结构是很不方便的，插入与删除运算的效率都很低。

② 当为一个线性表分配顺序存储空间后，如果出现线性表的存储空间已满，但还需要插入新的元素时，就会发生"上溢"错误。在这种情况下，如果在原线性表的存储空间后找不到与之连续的可用空间，则会导致运算的失败或中断。显然，这种情况的出现对运算是很不方便的。也就是说，在顺序存储结构下，线性表的存储空间不便于扩充。

③ 在实际应用中，往往同时有多个线性表共享计算机的存储空间。这种情况下，存储空间的分配就成了一个难题。如果将存储空间平均分配给各线性表，则有可能造成有的线性表空间不够用，而有的线性表则根本用不着分配那么多空间，这就使得有的线性表存储空间闲着，而有些线性表出现"上溢"错误，而无法进行操作。这种情况实际上是计算机的存储空间得不到充分利用。如果多个线性表共享存储空间时，对每一个线性表的存储空间进行动态分配，则为了保证每一个线性表的存储空间连续且顺序分配，会导致在对某个线性表进行动态分配存储空间时，必须要移动其他线性表中的数据元素。这就是说，线性表的顺序存储结构不便于对存储空间进行动态分配。

由于线性表的顺序存储结构存在以上缺点，因此，对于大的线性表，特别是元素变动频繁的大线性表不宜采用顺序存储结构，而是采用链接方式存储的线性表。通常将链接方式存储的线性表称为链表。

在链式存储方式中，要求每个结点由两部分组成：一部分用于存放数据元素值，称为数据域；另一部分用于存放指针，称为指针域。其中指针用于指向该结点的前一个或后一个结点。

在链式存储结构中，存储数据结构的存储空间可以不连续，各数据结点的存储顺序与数据元素之间的逻辑关系可以不一致，而数据元素之间的逻辑关系是由指针域来确定的。

从实现的角度看，链表可分为动态链表和静态链表；从链接方式的角度看，链表可分为单链表、循环链表和双链表。链接存储是最常用的存储方法之一，它不仅可用来表示线性表，而且可以用来表示各种非线性的数据结构，在以后的各章节中将反复使用。

2.3.1 单链表

顺序表是用一组地址连续的存储单元来依次存放线性表的结点，结点的逻辑次序和物理次序是一致的。而链表是用一组任意的存储单元来存放线性表的结点，这组存储单元既可以是连续的，也可以是不连续的，甚至是零散分布在内存中的任何位置上。因此，链表中结点的逻辑次序和物理次序不一定相同。

为了能正确表示结点间的逻辑关系，存储线性表中的每一个元素，一方面要存储数据元素的值，另一方面要存储各数据元素之间的前后关系。因此，将存储单元中的每一个结点分为两部分：一部分用于存储数据元素的值，称为数据域；另一部分用于存放下一个数据元素的存储序号（后续结点的地址），指向下一个结点，称为指针域。这两部分信息组成了链表中的结点结构，如图 2-4 所示。链表正是通过每个结点的链域将线性表的 n 个结点按其逻辑顺序链接在一起的。由于上述链表的每个结点只有一个链域，故将这种链表称为单链表。

显然，单链表中每个结点的存储地址存放在其前驱结点的 next 域中，而开始结点无前驱，因此应设头指针 head 指向开始结点。同时，由于终端结点无后继，故终端结点的指针域为空，即 NULL（C 语言中用 NULL 表示 0）。

数据域	指针域
data	next

图 2-4 链表的结点结构

由于单链表只注重结点间的逻辑顺序，并不关心每个结点的实际存储位置，因此通常用箭头来表示链域中的指针，于是链表就可以更直观地画成用箭头链接起来的结点序列。

线性链表(14,45,78,57,28,58)的逻辑结构如图 2-5 所示。

图 2-5 链表的逻辑结构

单链表由头指针唯一确定，因此单链表可以用头指针的名称来命名。例如，头指针名是 head，则把链表称为表 head。用 C 语言描述单链表如下：

```
struct    结构体类型名
{ 数据成员表；
  结构体类型名   *指针变量名；
};
typedef  int  datatype;
typedef  struct  lnode              /* 结点类型定义 */
{ datatype  data;
  struct  lnode * next;
}linklist;
```

在 C 语言中，用户可以利用 malloc 函数向系统动态申请分配链表结点的存储空间，其形式为：

```
malloc(存储区字节数)
```

该函数返回存储空间的首地址，例如：

```
malloc(sizeof(linklist))
```

为申请分配能存放一个链表结点 node 类型数据的存储空间，返回这个存储空间的首地址。

例如：

```
linklist *head, *p;
p=malloc(sizeof(linklist);
```

即函数 malloc 分配一个类型为 node 的结点变量的空间，并将其地址放入指针变量 p 中。一旦 p 所指的结点变量不再需要了，又可通过标准函数 free(p)释放 p 所指的结点变量空间。

注意，若指针变量 p 的值为空（NULL），则它不指向任何结点。此时，如通过*p 来访问结点意味着访问一个不存在的变量，从而会引起程序的错误。有关指针类型的意义和说明方式的详细解释，可参考 C 语言的有关资料。

2.3.2 单链表上的基本运算

下面讨论用单链表做存储结构时，如何实现线性表的几种基本运算，包括建立单链表和查找、插入、删除单链表中的数据。

1. 建立单链表

假设建立单链表(14,45,78,57,28,58)，从键盘上逐个输入这些数据，并以–1 为输入结束标志。动态地建立单链表的常用方法有以下两种。

（1）头插法建表

该方法从一个空表开始，重复读入数据，生成新结点，将读入数据存放到新结点的数据域中，然后将新结点插入到当前链表的表头上，直至读入结束标志为止。图 2-6 所示为在空链表 head 中依次插入 14、45、78 之后，将 57 插入到当前链表表头时指针的修改情况。具体算法如下：

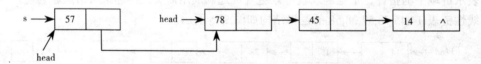

图 2-6 头插法建表

```
#define NULL 0
typedef struct lnode
{ int data;
  struct lnode * next;
}linklist;

linklist *creatlist()            /*生成单链表*/
 { int  n;
   linklist *head,*s;
   head=NULL;
   scanf("%d",&n);
   while(n!=-1)
   {  s=(linklist *)malloc(sizeof(linklist));
      s->data=n;
      s->next=head;
      head=s;
```

```
        scanf("%c",&ch);}
    return head;}

    main()
    { linklist *head,*p;
      head=creatlist();
      p=head;
      while(p!=NULL)                    /*输出单链表*/
       { printf("%d  ",p->data);
         p=p->next;}}
```

（2）尾插法建表

头插法建立链表虽然算法简单，但生成的链表中结点的次序和输入的顺序相反。若希望二者次序一致，可采用尾插法建表。该方法是将新结点插到当前链表的表尾，为此必须增加一个尾指针 r，使其始终指向当前链表的尾结点。例如，在空链表 head 中插入 14、45、78 之后，将57 插入到当前链表的表尾，其指针修改情况如图 2-7 所示。

图 2-7 尾插法建表

尾插法建表算法如下：

```
#define NULL 0
typedef struct lnode
{ int data;
  struct lnode *next;
}linklist;

linklist *creatlist()              /*生成单链表*/
{ int  n;
  linklist *head,*s,*r;
  head=NULL;
  r=NULL;
  scanf("%d",&n);
  while(n!=-1)
  { s=(linklist *)malloc(sizeof(linklist));
    s->data=n;
    if (head==NULL)
       head=s;
    else r->next=s;
       r=s;
    scanf("%d",&n);
  }
  if(r!=NULL)
     r->next=NULL;
  return head;}

main()
{ linklist *p,*head;
```

```
head=creatlist();
p=head;                    /*head 指针不能向后移动*/
while(p!=NULL)
{printf("%d",p->data);
 p=p->next;}}
```

在上述算法中，第一个生成的结点是开始结点，将开始结点插入到空表中，是在当前链表的第一个位置上插入，该位置上的插入操作和链表中其他位置上的插入操作处理是不一样的，原因是开始结点的位置存放在头指针中，而其余结点的位置在其前驱结点的指针域中。因此必须对第一个位置上的插入操作做特殊处理，为此上述算法使用了第一个 if 语句。算法中第二个 if 语句的作用是为了分别处理空表和非空表这两种不同的情况，若读入的第一个数据就是结束标志，则链表 head 是空表，尾指针 r 为空，结点 r 不存在；否则链表 head 非空，最后一个尾结点 r 是终端结点，应将次指针域置空。如果在链表的开始结点之前附加一个结点，并称它为头结点，那么会带来以下两个优点：

① 由于开始结点的位置被存放在头结点的指针域中，所以在链表的第一个位置上的操作就和在表的其他位置上操作一致，无须进行特殊处理。

② 无论链表是否为空，其头指针是指向头结点的非空指针（空表中头结点的指针域为空），因此空表和非空表的处理也就统一了。

带头结点的单链表如图 2-8 所示。

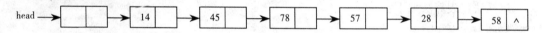

图 2-8　带头结点的单链表

引入头结点后，尾插法建立单链表的算法可简化为：

```
linklist *creatlist1()          /*生成单链表*/
{ int  n;
  linklist *head,*s,*r;
  head=(linklist *)malloc(sizeof(linklist));
  r=head;
  scanf("%d",&n);
  while(n!=-1)
  {     s=(linklist *)malloc(sizeof(linklist));
        s->data=n;
        r->next=s;
         r=s;
         scanf("%d",&n);
  }
  r->next=NULL;
  return head;
}
```

显然，算法 creatlist1 比 creatlist 简洁，因此链表中一般都附加一个头结点。

2．查找算法

找算法总共有两种，分别为按序号查找和按值查找。

（1）按序号查找

在链表中，即使知道被访问结点的序号为 1，也不能像顺序表中那样直接按序号 i 访问结点，而只能从链表的头指针出发，顺链域 next 逐个结点往下搜索，直至搜索到第 i 个结点为止。因此，链表不是随机存取结构。

设单链表的长度为 n，要查找表中第 i 个结点，仅当 $1 \leqslant i \leqslant n$ 时，i 值是合法的。但有时需要找头结点的位置，故把头结点看做第 0 个结点。因此下面给出的算法中，从头结点开始顺着链扫描，用指针 p 指向当前扫描到的结点，用 j 作计数器，累计当前扫描过的结点数。p 的初值指向头结点，j 的初值为 0，当 p 扫描下一个结点时，计数器 j 相应地加 1。因此当 j==i 时，指针 p 所指的结点就是要找的第 i 个结点。

其算法如下：

```
linklist * get(head,i)
linklist *head;
int i;
{ int j;
  linklist *p;
  p=head;
  j=0;                              /*从头结点开始扫描*/
  while((p->next!=NULL)&&(j<i))
  {   p=p->next;                    /*扫描下一个结点*/
      j++;}                         /*已扫描结点计数器*/
  if(i==j)  return p;              /*找到了第 i 个结点*/
  else  return NULL;              /*找不到，i≤0 或 i>n*/
}
```

（2）按值查找

按值查找是在链表中，查找是否有结点值等于给定值 key 的结点，若有的话，则返回首次找到的其值为 key 的结点的存储位置；否则返回 NULL。查找过程从开始结点出发，顺着链表逐个将结点的值和给定值 key 作比较。

其算法如下：

```
void locate(head,key)             /*按值查找函数*/
linklist *head;
int key;
{ int k=1;
  linklist *p;
  p=head;
  while(p!=NULL)
  if(p->data!=key)
  { p=p->next;
    k++;}
    else    break;
  if(p!=NULL)
    printf("%d de wei zhi shi %d",key,k);
  else   printf("NO the Number!");
}
```

3. 插入运算

假设指针 p 指向单链表的某一结点，指针 s 指向待插入的、其值为 x 的新结点。若将新结点 *s 插入结点 *p 之后，则简称为"后插"；若 *s 插入在 *p 之前，则简称为"前插"。两种插入操作都必须先生成新结点，然后修改相应的指针，再插入。

（1）后插操作

后插操作较简单，其插入过程如图2-9所示。

其算法如下：

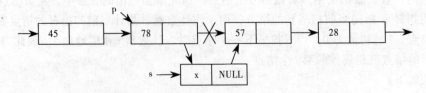

图2-9　将新结点插入到已知结点之后

```
INSERT(linklist *p, int x)
    {linklist *s;
     s=(linklist *)malloc(sizeof(linklist));
     s->data =x;
     s->next=p->next;
     p->next=s;
}
```

（2）前插操作

前插操作必须修改*p的前驱结点的指针域，需要确定其前驱结点的位置。但由于单链表中没有前驱指针，所以一般情况下，必须从头指针起，顺链找到*p的前驱结点*q。前插过程如图2-10所示。

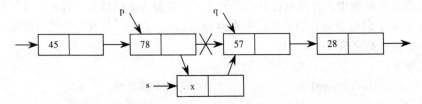

图2-10　将新结点插入到已知结点之前

其算法如下：

```
INSERTBEFORE(linklist *head,linklist *p,int x)
{ linklist *s,*q;
  s=(linklist *)malloc(sizeof(linklist));
  s->data=x;
  q=head;
     while(q->next!=p)
  q=q->next;
     s->next=p;
     q->next=s;
}
```

注意：在前插算法中，若单链表head没有头结点，则当*p是开始结点时，前驱结点*q不存在，必须作特殊处理。技巧是用后插法来完成前插的操作。即在*p之后插入新结点*s，然后交换*s和*p的值。

其算法如下：

```
INSERTBEFORE1(linklist *p, int x)
{ linklist *s;
  s=(linklist *)malloc(sizeof(linklist));
  s->data=p->data;
  s->next=p->next;
  p->data=x;
  p->next=s;
}
```

比较上述两种插入操作可知，除了在表的第一个位置上的前插操作外，表中其他位置上的前插操作都没有后插操作简单方便。因次在一般情况下，应尽量把单链表上的插入操作转化为后插操作。

4．删除运算

和插入运算类似，要删除单链表中结点*p 的后继很简单，首先用一个指针 r 指向被删除结点，接着修改*p 的指针域，最后释放结点*r。其过程如图 2-11 所示。

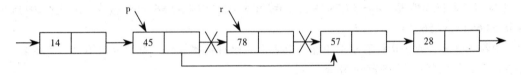

图 2-11　删除 78 结点

该过程的算法描述如下：

```
DELETE(linklist *p)
{ linklist *r;
  r=p->next;
  p->next=r->next;
  free(r);
}
```

若删除的结点就是 p 所指的结点本身，则和前插问题类似，必须修改*p 的前驱结点*q 的指针域。因此一般情况下也要从头指针开始顺着链找到*p 的前驱结点*q，然后删去*p。其删除过程如图 2-13 所示。但是较简单的方法是：把*p 结点的后继结点的值前移到*p 结点中，然后删去*p 的后继。此方法要求*p 有后继，也就是说，它不是终端结点。

2.3.3　循环链表

循环链表是一种首尾相接的链表。其特点是无须增加存储量，仅对表的链接方式稍作改变，即可使得对表的处理更加方便灵活。

在单链表中，将终端结点的指针域 NULL 改为指向表头结点或开始结点，就得到了单链形式的循环链表，简称单循环链表。类似地，还有多重链的循环链表。单循环链表中，表中所有结点被链接在一个环上，多重循环链表则是将表中结点链接在多个环上。为了使空表和非空表的处理一致，循环链表中也可设置一个头结点。这样，空循环链表仅由一个自成循环的头结点表示。带头结点的单循环链表如图 2-12 所示。

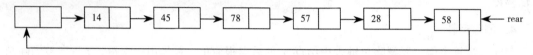

图 2-12　带头结点的单循环链表

在用头指针表示的单循环链表中，找开始结点很简单，然而要找到终端结点，则需从头指针开始遍历整个链表。在很多实际问题中，表的操作常常是在表的首尾位置上进行，此时头指针表示的单循环链表就显得不够方便。如果改用尾指针 rear 来表示单循环链表，如图 2-13 所示，则找到开始结点和终端结点都很方便，它们的存储位置分别是 rear->next->next 和 rear。显然，查找时间是一样的。因此，实际应用中多采用尾指针表示单循环链表。

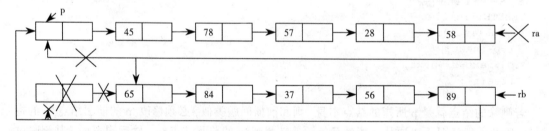

图 2-13　采用尾指针表示的循环链表

【例 2.3】将线性表 ra(45,57,78,28,58)和线性表 rb(65,84,37,56,89)链接成一个线性表(45,57,78,28,58,65,84,37,56,89)。

倘若在单链表或头指针表示的单循环链表上做这种链接操作，都须要遍历第一个链表，找到结点 58，然后将结点 65 链到 58 的后面。

若在尾指针表示的单循环链表上实现，则只须修改指针，无须遍历。指针修改过程如图 2-14 所示。其算法描述如下：

图 2-14　两单链表的合并过程

```
linklist  *CONNECT(linklist *ra,linklist *rb)
{ linklist *p;
  p=ra->next;
  ra->next=rb->next->next;
  free(rb->next);
  rb->next=p;
  return rb;
}
```

在单链表中，从一个已知结点出发，只能访问到该结点及其后续结点，无法找到该结点之前的其他结点。而在单循环链表中，从任一结点出发都可访问到表中所有结点，这一优点使得某些运算在单循环链表上易于实现。

2.3.4　双向链表

在单循环链表中，虽然从任一已知结点出发能找到其前驱结点，但耗费时间很长。若希望从表中快速确定一个结点的前驱，可以在单链表的每个结点里再增加一个指向其前驱的指针域 prior。这样形成的链表中有两条方向不同的链，故称之为双（向）链表。其结点结构如 2-15 所示。

结点描述为：

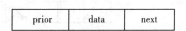

```
Typedef struct dnode
{ int data;
  Struct dnode *prior,*next;
}Dlinklist;
Dlinklist *head;
```

图 2-15　双链表结点结构

和单链表类似，双链表一般也是由头指针 head 唯一确定的，增加头结点也能使双链表上的某些运算变得方便，将头结点和尾结点链接起来也能构成循环链表，称之为双（向）循环链表，如图 2-16 所示。

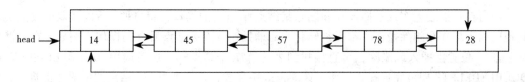

图 2-16　双（向）循环链表

回顾单链表的插入和删除操作，其前插不及后插方便，删除某结点*p 自身不如删除*p 的后继方便，原因是表中只有一条后向链。双链表结构是一种对称结构，既有前向链又有后向链，这就使得两种插入操作及两种删除操作都很方便。设指针 p 指向双链表的某一结点，则双链表结构的对称性可用下式描述：

p->prior->next=p=p->next->prior

即结点*p 的存储位置既存放在其前驱结点*p->prior 的后继指针域中，也存放在它的后继结点*p->next 的前驱指针域中。

双链表的前插操作如图 2-17 所示，其算法如下：

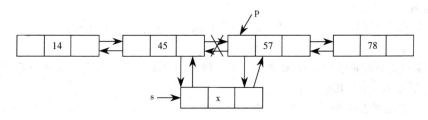

图 2-17　双链表的前插操作

```
DOUBLEINSERT(dlinklist *p,int x)
{ dlinklist *s;
  s=(dlinklist *)malloc(sizeof(dlinklist));
  s->data=x;
  s->prior=p->next;
  s->next=p;
  p->prior->next=s;
  p->prior=s;
}
```

双链表上删除结点*p 自身的操作如图 2-18 所示，其算法如下：

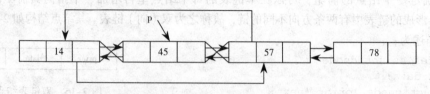

图 2-18　双链表的删除操作

```
DOUBLEDELETE(dlinklist *p)
{ p->prior->next=p->next;
  p->next->prior=p->prior;
  free(p);
}
```

因为在双链表上实现前插操作和删除某结点*p自身的操作都很方便，所以在双链表上实现其他的插入操作和删除操作，都无须转化为后插操作及删去结点后继的操作。例如，在双链表的第 i 个位置上插入或删除，可直接找到表的第 i 个结点*p，然后调用 DOUBLEINSERT 或 DOUBLEDELETE 即可完成操作，而不像单链表中那样，要找到第 i 个结点的前驱才能进行，所以双链表表示显得更为自然。

2.4　顺序表和链表的比较

本章介绍了线性表的逻辑结构及它的两种存储结构：顺序表和链表。通过对它们的介绍可知它们各有优缺点，顺序存储有三个优点：

① 方法简单，各种高级语言中都有数组，容易实现。

② 不用为表示结点间的逻辑关系而增加额外的存储开销。

③ 顺序表具有按元素序号随机访问的特点。

但它也有两个缺点：

① 在顺序表中做插入、删除操作时，平均移动大约表中一半的元素，因此对长度 n 较大的顺序表进行插入、删除操作时效率较低。

② 需要预先分配足够大的存储空间，若存储空间分配过大，可能会导致顺序表后部大量闲置；若分配过小，会造成溢出。

链表的优缺点恰好与顺序表相反。在实际中怎样选取存储结构呢？通常有以下几点考虑：

① 基于存储的考虑。顺序表的存储空间是静态分配的，在程序执行之前必须明确规定它的存储规模，也就是说事先对"MAXSIZE"要有合适的设定，过大造成浪费，过小造成溢出。可见对线性表的长度或存储规模难以估计时，不宜采用顺序表；链表不用事先估计存储规模，但链表的存储密度较低。存储密度是指一个结点中数据元素所占用的存储单元和整个结点所占用的存储单元之比。显然链式存储结构的存储密度是小于 1 的。

② 基于运算的考虑。在顺序表中按序号访问 a_i 的时间性能是 $O(1)$，而链表中按序号访问的时间性能 $O(n)$，所以如果经常做的运算是按序号访问数据元素，显然顺序表优于链表；而在顺序表中做插入、删除操作时平均移动表中一半的元素，当数据元素的信息量较大且表较长时，这一点是不应忽视的；在链表中作插入、删除操作，虽然也要寻找插入位置，但操作主要是比较操作，从这个角度考虑显然后者优于前者。

③ 基于环境的考虑。顺序表容易实现，任何高级语言中都有数组类型，链表的操作是基于指针的，相对来讲前者简单些，也是用户考虑的一个因素。

总之，两种存储结构各有长短，选择哪一种由实际问题中的主要因素决定。通常"较稳定"的线性表选择顺序存储，而频繁做插入、删除操作的即动态性较强的线性表宜选择链式存储。

小 结

线性结构是现实生活中最常见的一种结构，其中线性表又是线性结构中最基本、最常用的数据结构。本章介绍了线性表的定义、运算和各种存储结构的描述方法、算法的实现，重点讨论了线性表的顺序和链式两种存储方式以及在这两种存储结构上实现的基本运算。

在实际应用中，根据实际问题的要求来确定对线性表采用哪种存储结构，主要考虑求解算法的时间复杂度和空间复杂度。

习 题

一、简答题

1. 分别描述线性表、单链表、双链表、循环链表的概念。
2. 在处理某个问题时，需要存储的数据总量不能确定，并经常需要进行数据的添加和删除操作，此时应选用哪种存储结构，为什么？
3. 有哪些链表可仅由一个尾指针来唯一确定，即从尾指针出发能访问到链表上的任何一个结点。
4. 在单链表、双链表和单循环链表中，若仅知道指针 p 指向某结点，不知道头指针，能否将结点 p 从相应的链表中删除？若可以，其时间复杂度分别为多少？
5. 简述头指针、头结点和开始结点的区别，以及头指针和头结点的作用。
6. 带有头结点的链表的操作一定比不带头结点的链表操作简单吗？试举例说明。
7. 简述线性表的存储结构及各自的长处。
8. 为什么在单循环链表中设置尾指针比设置头指针更好？

二、算法设计题

1. 若已建立一个带有头结点的单向链表，且链表结点 data 成员中的数据按由小到大的顺序排列，编写函数实现算法：把 x 值插入到链表中，插入后链表中结点数据仍保持有序。其中 h 为指向头结点的指针。
2. 试编写算法：在顺序表 L 中查找值为 x 的元素位置。
3. 试编写算法：从顺序表 L 中删除第 i 个位置上的元素。
4. 试编写算法：删除表 L 中值为 y 的元素，函数返回 y 在线性表中的位置；若 y 不存在，返回 0 值。
5. 试编写算法：在顺序存储的线性表 L 的第 i 个位置上插入值为 x 的元素。
6. 试编写算法：利用头插法建立带有头结点的单向链表。
7. 试编写算法：利用尾插法建立不带头结点的单向链表。
8. 试编写算法：输出带有头结点的单向链表中各结点的值。

9. 试编写算法：在带有头结点的单向链表中查找值为 k 的结点，找到后返回其位置；否则返回 NULL。

10. 设有带头结点的单向链表，head 为指向头结点的指针。设计算法：实现在值为 x 的结点前插入值为 y 的结点。若值为 x 的结点不存在，则将值为 y 的结点插在链表的最后，作为尾结点。

11. 已知 A、B、C 为三个元素值递增有序的线性表，现要求对表 A 做如下运算：删去那些既在表 B 中出现又在表 C 中出现的元素，要求使用两种存储结构。

12. 已知线性表的元素是无序的，且以带头结点的单链表作为存储结构，试编写算法实现，删除表中所有值大于 min 且小于 max 元素的算法。

13. 假设在长度大于 1 的单循环链表中，既无头结点也无头指针，p 为指向该链表中某个结点的指针，编写算法实现删除该结点的前驱结点。

14. 设单向链表中结点按有序链接，设计算法：删除链表中值相同的结点，使之只保留一个。

15. 编写一个对单循环链表进行遍历（打印每个结点的值）的算法，已知链表中任意结点的地址为 P。

16. 对给定的带头结点的单链表 L，编写一个删除 L 中值为 x 的结点的直接前驱结点的算法。

17. 有两个循环单链表，链头指针分别为 head1 和 head2，编写一个函数，将链表 head1 链接到链表 head2，链接后的链表仍是循环链表。

18. 有一个由整数构成的单链表，长度为 n，试编写算法，将单链表分解成两个，一个只由奇数构成，另一个只由偶数构成。

第 3 章 栈

基本要求：

- 理解栈的定义及基本运算
- 了解栈顺序存储和链式存储，多栈共享邻接空间
- 掌握顺序栈的初始化、入栈、出栈、判断栈空和栈满等基本运算
- 理解链栈的基本运算
- 掌握栈在计算机中的应用

教学重点和难点：

- 栈的定义及"先进后出"原则
- 顺序栈的基本运算
- 链栈的基本运算
- 栈的应用

栈和队列是两种重要的线性结构，从数据结构角度看，栈和队列也是线性表，其特殊性在于栈和队列的基本操作是线性表操作的子集，它们是操作受限的线性表。因此，可称为限定性的数据结构。栈和队列被广泛应用于各种程序设计中。

3.1 栈的概念及基本运算

1. 栈的定义

栈（stack）是一种只允许在一端进行插入和删除的线性表，它是一种操作受限的线性表。在表中只允许进行插入和删除的一端称为栈顶（top），另一端称为栈底（bottom）。栈的插入操作通常称为入栈或进栈（push），而栈的删除操作则称为出栈或退栈（pop）。当栈中无数据元素时，称为空栈。

根据栈的定义可知，栈顶元素总是最后入栈的，因而是最先出栈；栈底元素总是最先入栈的，因而也是最后出栈的。这种表是按照后进先出（last in first out，LIFO）的原则组织数据的，因此，栈也被称为"后进先出"的线性表。

图 3-1 是一个栈的示意图，通常用指针 top 指示栈顶的位置，用指针 bottom 指向栈底。栈顶指针 top 动态反映栈的当前位置。

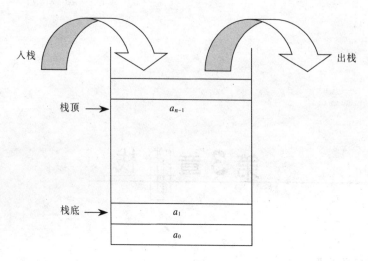

图 3-1 栈的示意图

2．栈的基本运算

栈有以下几种基本运算：

① setnull(s)置空栈：初始化一个新的栈。

② empty(s)栈的非空判断：若栈 s 不空，则返回 TRUE；否则，返回 FALSE。

③ push(s,x)入栈：在栈 s 的顶部插入元素 x，若栈满，则返回 FALSE；否则，返回 TRUE。

④ pop(s)出栈：若栈 s 不空，则返回栈顶元素，并从栈顶中删除该元素；否则，返回空值 NULL。

⑤ getTop(s)取栈顶元素：若栈 s 不空，则返回栈顶元素；否则返回空值 NULL。

栈是一种特殊的线性表，因此栈可采用顺序存储结构存储，也可以使用链式存储结构存储。

3.2 栈的顺序存储结构

栈的顺序存储主要是应用 C 语言中的数组来完成的。

1．栈的数组表示

栈是受限的线性表，因此与第 2 章讨论的线性表的顺序存储结构一样，利用一组地址连续的存储单元依次存放自栈底到栈顶的数据元素，这种形式的栈也称顺序栈。因此，可以使用一维数组作为栈的顺序存储空间。

因为栈底位置是固定不变的，所以可以将栈底位置设置在数组两端的任意一个端点；栈顶位置是随着入栈和出栈操作而变化的，故须用一个整型量 top 来指示当前栈顶位置。设指针 top 指向栈顶元素的当前位置，以数组下标下限作为栈底，通常以 top=-1 时为空栈，在元素进栈时指针 top 不断地加 1，当 top 等于数组的最大下标值时则栈满。

用 C 语言定义的顺序存储结构的栈如下：

```
#define  MAXSIZE <最大元素数>
typedef struct
{ int data[MAXSIZE];
  int top;
}seqstack;
```

C 语言中数组的下标约定是从 0 开始的，因而使用 C 语言的一维数组作为栈时，应设栈顶指针 top=-1 时为空栈。图 3-2 展示了顺序栈中数据元素与栈顶指针的变化。

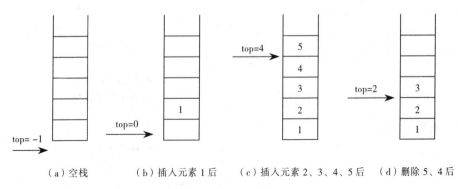

（a）空栈　　　　（b）插入元素 1 后　　（c）插入元素 2、3、4、5 后　　（d）删除 5、4 后

图 3-2　栈的顺序存储结构

容易看出，若栈底位置固定在数组的低端，即 s->data[0]是栈底元素，那么栈顶指针 s->top 是正向增长的，即进栈时需将 s->top 加 1，出栈时须将 s->top 减 1。因此，s->top<0 表示空栈，s->top=MAXSIZE-1 表示栈满。当栈满时再做入栈运算必定产生空间溢出，简称"上溢（overflow）"；当栈空时再做出栈运算也将产生溢出，简称"下溢（underflow）"。上溢是一种出错状态，应该设法避免；下溢则可能是正常现象，因为栈在程序中使用时，其初态或终态都是空栈，所以下溢常常用来作为程序控制转移的条件。

2．顺序栈的基本运算

在顺序栈上实现栈的五种基本运算，具体算法如下：

```
#define NULL 0
#define MAXSIZE 64
typedef struct node
{ int data[MAXSIZE];
  int top;
} seqstack;
```

（1）置空栈

```
setnull(seqstack *s )                     /*置空栈、初始化栈*/
{ s->top=-1;
}
```

（2）判空栈

```
int empty(seqstack *s)                    /*判断是否空栈*/
{ if (s->top<0) return 1;
    else return 0;
}
```

（3）入栈

```
seqstack * push(seqstack *s, int x)       /*入栈*/
{ if(s->top==maxsize-1)
  { printf("Overflow!"); return null;}    /*上溢*/
  else
  { s->top++;                             /*栈顶指针加 1*/
    s->data[s->top]=x; }                  /*将 x 插入当前栈顶*/
```

```
    return s;
}
```
（4）出栈
```
int pop(seqstack *s)                        /*出栈*/
{ if(empty(s))
  {printf("Underflow!"); return null;}      /*下溢*/
  else
   { s->top--;                              /*删去栈顶元素*/
     return(s->data[s->top+1]);}            /*返回被删元素值*/
}
```
（5）取栈顶元素
```
int top(seqstack *s)                        /*取栈顶元素*/
{ if(empty(s))
   { printf("Stack is empty!");return null;}
   else
     return(s->data[s->top]);
}
```

注意：

① 出栈时，判断栈是否为空。若为空，则称为下溢。

② 入栈时，判断栈是否为满。若为满，则称为上溢。

③ 在算法 pop 中，删去栈顶元素只要将栈顶指针减 1 即可，但该元素在下次入栈之前仍然是存在的，因此算法 pop 中返回的被删元素是正确的。

3. 多栈共享邻接空间

当一个程序中同时使用多个顺序栈时，为了防止上溢错误，须要为每个栈分配一个较大的空间，但是在某一栈发生上溢的同时，可能其余栈未用的空间很多，如果将这多个栈安排在同一个向量里，即让多个栈共享存储空间，就可以相互调节余缺，这样既节约了存储空间，又降低了上溢发生的概率。

栈的共享中最常见的是两栈的共享。假设两个栈共享一维数组 data[MAXSIZE]，则可以利用栈的"栈底位置不变，栈顶位置动态变化"的特性，两个栈底分别为-1 和 MAXSIZE，而它们的栈顶都往中间方向延伸。因此，只要整个数组 data[MAXSIZE]未被占满，无论哪个栈入栈都不会发生上溢。

C 语言定义的这种两栈共享邻接空间的结构如下：
```
typedef struct
{ int data[MAXSIZE];
  int lefttop;
  int righttop;
}dupseqstack;
```
两个栈共享邻接空间的示意图如图 3-3 所示。左栈入栈时，栈顶指针加 1，右栈入栈时，栈顶指针减 1。

为了识别左右栈，必须另外设定标志：
```
char status;
status='L';
status='R';
```

在进行栈操作时，须指定栈号：status='L'为左栈，status='R'为右栈，判断栈满的条件为
```
s->lefttop+1==s->righttop;
```

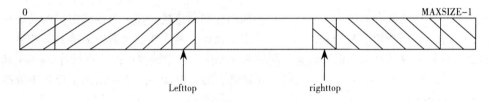

图 3-3　两个栈共享邻接空间

共享栈的基本操作如下：

（1）初始化操作

```
Int initdupstack(dupseqstack *s)
{ if (s=(dupseqstack *)malloc(sizeof(dupseqstack)))==NULL}
     return FALSE;
  s->lefttop=-1;
  s->righttop=MAXSIZE;
  return TRUE;
}
```

（2）入栈操作

```
 int pushdupstack(dupseqstack *s,char status,int x)
 {  if (s->lefttop==s->righttop) return FALSE;
    if (status='L')  s->data[++s->lefttop]=x;
    else  if (status='R')  s->data[--s->righttop]=x;
        else  return FALSE;
    return TRUE;
 }
```

（3）出栈操作

```
 int popdupseqstack(dupseqstack *s,char status)
 { if(status=='L')
     { if(s ->lefttop<0)
         return NULL;
      else return (s->data[s->lefttop--]);
     }
   else if(status='R')
      { if (s->righttop>MAXSIZE)
            return NULL;
        else return (s->data[s->righttop++]);
      }
      else return NULL;
 }
```

在计算机系统软件中，各种高级语言的编译系统都离不开栈的使用。一个程序中常常要用到多个栈，为了不发生上溢错误，就必须给每个栈预先分配一个足够大的存储空间，但实际很难准确地估计。另一方面，若每个栈都预分配过大的存储空间，势必会造成系统空间紧张。若让多个栈共用一个足够大的连续存储空间，则可利用栈的动态特性使它们的存储空间互补。这就是栈的共享邻接空间。

3.3 栈的链式存储结构

栈也可以采用链式存储结构表示，这种结构的栈简称链栈。在一个链栈中，栈底就是链表的最后一个结点，而栈顶总是链表的第一个结点。因此，新入栈的元素即为链表新的第一个结点，只要系统还有存储空间，就不会有栈满的情况发生。一个链栈可由栈顶指针 top 唯一确定，当 top 为 NULL 时，是一个空栈。栈顶指针就是链表的头指针。图 3-4 给出了链栈中数据元素与栈顶指针 top 的关系。

链栈的 C 语言定义为：

```
typedef struct Stacknode
{ int data;
  struct Stacknode *next;
}slstacktype;
```

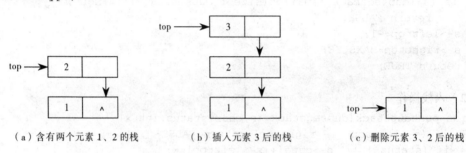

（a）含有两个元素 1、2 的栈　　　（b）插入元素 3 后的栈　　　（c）删除元素 3、2 后的栈

图 3-4　链栈的存储结构图

链栈中的结点是动态产生的，因而可以不考虑上溢问题，下面仅给出链栈上的入栈和出栈算法。

1．入栈算法

```
slstacktype *pushlstack(slstacktype *top,int x)
{ slstacktype *p;
  p=(slstacktype *)malloc(sizeof(slstacktype));
  p->data=x;
  p->next=top;
  return top;          /*返回栈顶指针*/
 }
```

2．出栈操作

```
slstacktype *poplstack(slstacktype *top,int x)
{ slstacktype *p;
  if (top==NULL) { printf("under flow"); return NULL;}
  else
  { x=top->data;
    p=top;
    top=top->next;
    free(p);
    return top; }
 }
```

3.4 栈 的 应 用

栈的应用非常广,只要问题满足后进先出原则,均可使用栈做为数据结构。

在各种程序设计语言中都有函数调用的功能,一个函数可以直接或间接地调用自身,这种调用就叫做递归调用。

【例 3.1】求 $n!$ 的递归方法的思路是:

$$n! = \begin{cases} 1 & (n=0,1) \\ n(n-1)! & (n>1) \end{cases}$$

相应的 C 语言函数是:

```
float fact(int n)
{ float s;
  if (n==0||n==1)  s=1;
  else s=n*fact(n-1);
  return(s);}
```

在该函数中可以理解为求 n!用 fact(n)来表示,则求(n-1)!就用 fact(n-1)来表示。

若求 5!,则有:

```
main()
{ printf("5!=%f\n",fact(5)); }
```

图 3-5 给出了递归调用执行过程,从图中可看到 fact()函数共调用 5 次,即 fact(5)、fact(4)、fact(3)、fact(2)、fact(1)。其中,fact(5)为主函数调用,其他则为在 fact()函数内的调用。每次递归调用并未立即得到结果,而是进一步向深度递归调用,直到 n=1 或 n=0 时,函数 fact()才得到结果为 1,然后再一一返回计算,最终得到结果。

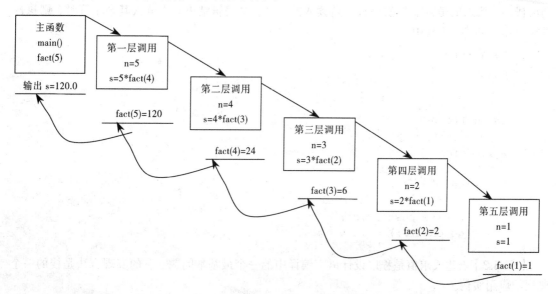

图 3-5 递归调用过程示意图

计算机系统处理上述过程时,其关键是要正确处理执行过程中的递归调用层次和返回路径,也就是要记住每一次递归调用时的返回地址。系统是用一个线性表动态记忆调用过程中的路径，其处理原则为：

① 在开始执行程序前，建立一个线性表，其初始状态为空。

② 当发生调用（递归）时，将当前调用的返回点地址插入到线性表的末尾。

③ 当调用（递归）返回时，其返回地址从线性表的末尾取出。

根据以上原则，可以给出线性表中元素的变化状态，如图 3-6 所示（一递归调用时，*n* 值的变化为例）：

由图 3-6 可以看出，在这种特殊的线性表中，它的插入和删除运算都只在线性表的一端进行，另一端是封闭的，不允许插入与删除元素。这种线性表就称为栈。

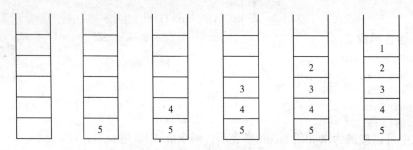

图 3-6　递归调用时线性表的状态

【例 3.2】设计一个简单的文字编辑器，使其具有删除打错字符的功能。

约定'#'表示删除前面的一个字符，'@'表示删除前面的所有字符，'*'表示输入结束。

假设从键盘输入字符串"abc#d##e"，按照约定，它实际上表示串"ae"，这是因为：第一个'#'删除了'c'，第二个'#'删除'd'，第三个'#'删除'b'。

这个问题可以用一个栈来实现，每次读一个字符，编辑器就进行判别：若读入的字符是'#'，则出栈；若读入的是'@'，则置空栈；若读入的是'*'，则编辑结束；当读入其余字符时，则执行进栈操作，将其加入栈中。

具体算法如下：

```
seqstack s;
edit()
{ char c;
  setnull(&s);
  c=getchar();
  while(c!='*')
    { if (c=='#')pop(&s);
      else
          if (c=='@')  setnull(&s);
          else push(&s,c);
      c=getchar();}
}
```

【例 3.3】表达式求值是程序设计语言编译中的一个最基本问题。它的实现方法是栈的一个典型的应用实例。

在计算机中，任何一个表达式都是由操作数（operand）、运算符（operator）和界限符（delimiter）组成的。其中，操作数可以是常数，也可以是变量或常量的标识符；运算符可以是算术运算符、关系运算符和逻辑运算符；界限符为左右括号和标识表达式结束的结束符。本例中仅讨论简单算术表达式的求值问题。在这种表达式中只包含加、减、乘、除四则运算，所有的运算对象均为单变量。表达式的结束符为"#"。

算术四则运算的规则：先乘除，后加减；同级运算时先左后右；先括号内，后括号外。

计算机系统在处理表达式前，首先设置两个栈：

① 操作数栈（OPRD）存放处理表达式过程中的操作数。

② 运算符栈（OPTR）存放处理表达式过程中的运算符。

开始时，在运算符栈中先在栈底压入一个表达式的结束符"#"。表 3-1 所示为+、-、*、/、（、）和#等算术运算符间的优先级关系。

表 3-1 运算符间的优先级

OP1 \ OP2	+	-	*	/	(	)	#
+	>	>	<	<	<	>	>
-	>	>	<	<	<	>	>
*	>	>	>	>	<	>	>
/	>	>	>	>	<	>	>
(	<	<	<	<	<	=	
)	>	>	>	>		>	>
#	<	<	<	<	<		=

其中，OP1 表示运算符栈栈顶运算符，OP2 表示读出的运算符。">"为运算符栈栈顶运算符优先级大于读出的运算符，"<"为运算符栈栈顶运算符优先级小于读出的运算符，"="为优先级相等。

计算机系统在处理表达式时，从左到右依次读出表达式中的各个符号（操作数或运算符），每读出一个符号后，根据运算规则作如下的处理：

① 假如是操作数，则将其压入操作数栈，并依次读取下一个符号。

② 假如是运算符，则按下列情况处理：

* 假如读出的运算符的优先级大于运算符栈栈顶运算符的优先级，则将其压入运算符栈，并依次读取下一个符号。

* 假如读出的是表达式结束符"#"，且运算符栈栈顶的运算符也为"#"，则表达式处理结束，最后表达式的计算结果在操作数栈的栈顶位置。

③ 假如读出的是"("，则将其压入运算符栈。

④ 假如读出的是"）"，则按下列情况处理：

* 若运算符栈栈顶不是"("，则从操作数栈连续退出两个操作数，从运算符栈中退出一个运算符，然后作相应的运算，并将运算结果压入操作数栈，然后继续执行。

* 若运算符栈栈顶为"）"，则从运算符栈退出"("，依次读下一个符号。

⑤ 假如读出的运算符的优先级不大于运算符栈栈顶运算符的优先级，则从操作数栈连续退出两个操作数，从运算符栈中退出一个运算符，然后作相应的运算，并将运算结果压入操作数栈。此时读出的运算符下次重新考虑（即不读入下一个符号）。

图 3-7 给出了表达式 6+(5-4/2)*4 的计算过程，最后的结果为 T4=18，置于 OPRD 的栈顶。

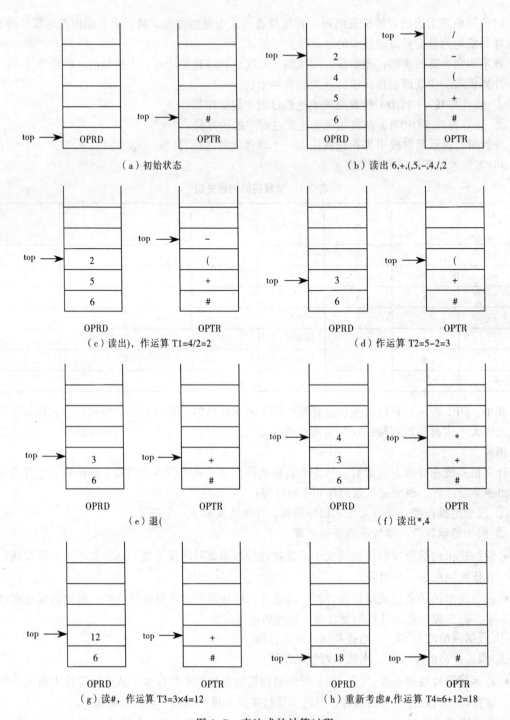

（a）初始状态 （b）读出 6,+,(,5,-,4,/,2

（c）读出),作运算 T1=4/2=2 （d）作运算 T2=5-2=3

（e）退(（f）读出*,4

（g）读#,作运算 T3=3×4=12 （h）重新考虑#,作运算 T4=6+12=18

图 3-7 表达式的计算过程

以上讨论的表达式一般都是运算符在两个操作数中间（除单目运算符外），这种表达式称为中缀表达式。中缀表达式有时必须借助括号才能将运算顺序表达清楚，处理起来比较复杂。在编译系统中，对表达式的处理采用的是另外一种方法，即将中缀表达式转变为后缀表达式，然后对后缀表达式进行处理，后缀表达式也称逆波兰式。

波兰表示法（也称为前缀表达式）是由波兰逻辑学家（Lukasiewicz）提出的，其特点是将运算符置于运算对象的前面，如 a+b 表示为+ab；逆波兰式则是将运算符置于运算对象的后面，如 a+b 表示为 ab+。中缀表达式经过上述处理后，运算时按从左到右的顺序进行，不需要括号。得到后缀表达式后，在计算表达式时，可以设置一个栈，从左到右扫描后缀表达式，每读到一个操作数就将其压入栈中；每读到一个运算符时，则从栈顶取出两个操作数进行运算，并将结果压入栈中，一直到后缀表达式读完。最后栈顶就是计算结果。

【例 3.4】将中缀表达式 A*(B+C/D)−E*F 分别转换成前缀表达式和后缀表达式。

将中缀表达式变为前（后）缀表达式的方法是：① 将中缀表达式根据运算的先后顺序用括号起来；② 移动所有的运算符取代所有最近的左（右）括号；③ 删除所有的右（左）括号。

转换成前缀式，过程如下：

A*(B+C/D)−E*F →((A*(B+(C/D)))−(E*F)) → ((A * (B + (C / D)))−(E * F))

结果为：−*A+B/CD*EF。

转换为后缀式，过程如下：

A*(B+C/D)−E*F →((A*(B+(C/D)))−(E*F)) →((A * (B + (C / D)))−(E * F))

结果为：ABCD/+*EF*−。

小　　结

栈是一种常见的数据结构，它是运算受限的线性表。栈的插入和删除操作均在栈顶进行，是先进后出的线性表。本章主要介绍了顺序栈的五种基本运算和链栈的插入和删除运算以及栈的应用。"上溢"和"下溢"概念及其判别条件应重点领会，希望读者能正确判别栈的空间满而产生的溢出，正确使用栈空来控制返回。

在具有先进后出特性的实际问题中，都可以使用栈这种数据结构来求解。

习　　题

一、简答题

1. 简单描述栈、链栈、空栈、栈顶、栈底的概念。

2. 试举出几个生活中的例子，其操作规律符合栈的操作特征。

3. 设将整数 1、2、3、4 依次进栈，只要出栈时栈非空，请回答下列问题：

① 若入、出栈的顺序为 push(1)，pop()，push(2)，push(3)，pop()，pop()，push(4)，pop()，写出出栈的数字序列；

② 能否得出出栈序列 1、4、2、3 和 1、4、3、2，说明原因。

4. 试根据栈的定义简述栈的基本性质。

5. 举例说明栈的"上溢"和"下溢"现象。

6. 链栈为何可以不设置有结点？

7. 写出下列表达式的后缀：

① (A+B)*C−E/(F+G/H)−D

② x1+x2*x3−x4/x5

二、算法设计题

1. 设用一维数组 stack[n]表示一个堆栈，若堆栈中每个元素需占用 M 个数组单元（$M>1$），试写出其入栈出栈操作的算法。

2. 试设计算法：利用栈结构和栈的基本运算，将一个十进制数转换成指定的 k（$k=2\sim9$）进制数。

3. 从键盘输入一串以"@"作为结束标志的字符，设计一个算法，利用栈的基本操作将字符串逆序输出。

4. 设在一个算术表达式中允许使用三种括号：圆括号"（"和"）"、方括号"【"和"】"、花括号"{"和"}"。试设计一个算法，利用栈结构来检查表达式中括号使用的合法性。即左、右括号是否配对；每对括号之间可以嵌套，但不允许交叉。

5. 已知求 n! 的递归定义如下：

$$fac = \begin{cases} 1 \\ n \times fac(n-1) \end{cases}$$

试写出求 fac(n)的递归算法，并画出 $n=3$ 时函数调用的递归展开示意图。

6. 写出下列程序段的输出结果。（栈元素类型为 char，初始状态为空）

```
main()
{
stack s;
char x,y;
x='c';  y='k';
push(s,x);push(s,'a'); push(s,y);
pop(s,x); push(s,'t'); push(s,x);
pop(s,x); push(s,'s');
while(!empty(s))
{ pop(s,y); printf(y);}
  Printf(x);
}
```

第4章 队　列

基本要求：

- 理解队列的概念及基本运算
- 了解队列的顺序存储和链式存储
- 掌握顺序队列和循环队列的初始化、入队、出队、判队空和队满等基本运算
- 理解链式队列的基本运算
- 掌握队列在计算机中的应用

教学重点和难点：

- 队列的定义及"先进先出"原则
- 顺序队列的基本运算
- 循环队列的基本运算
- 队列的应用

在日常生活中队列很常见，如我们经常排队购物或买票，排队体现了"先来先服务"（即"先进先出"）的原则。

队列在计算机系统中的应用也非常广泛。例如，操作系统中的作业排队。在多道程序运行的计算机系统中，可以同时有多个作业运行，它们的运算结果都需要通过通道输出，若通道尚未完成输出，则后来的作业应排队等待，每当通道完成输出时，则从队列的队头退出作业作输出操作，而凡是申请该通道输出的作业都从队尾进入该队列。

4.1　队列的概念及基本运算

队列（queue）也是一种运算受限的线性表。它只允许在表的一端进行插入，而在另一端进行删除。允许删除的一端称为队头（front），允许插入的一端称为队尾（rear）。队列的插入操作通常称为入队列或进队列，而队列的删除操作则称为出队列或退队列。当队列中无数据元素时，称为空队列。

根据队列的定义可知，对头元素总是最先进队列的，也总是最先出队列；队尾元素总是最后进队列，因而也是最后出队列。这种表是按照先进先出（first in first out，FIFO）的原则组织数据的，因此队列也被称为"先进先出"表。

假若队列 $q=(a_1,a_2,\cdots,a_n)$ 进队列的顺序为 $a_1,a_2,\cdots,a_n$，则队头元素为 a_1，对尾元素为 a_n。出队列的顺序为 $a_1,a_2,\cdots,a_n$。

图 4-1 是一个队列的示意图，通常用指针 front 指示队头的位置，用指针 rear 指向队尾。

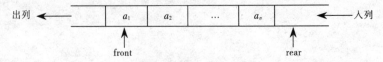

图 4-1　队列的示意图

队列的基本运算有以下五种：

① setnull(q)置空队：初始化一个新的空队列。

② empty(q)队列非空判断：若队列 q 不空，则返回 TRUE；否则，返回 FALSE。

③ enqueue(q,x)入队列：在队列 q 的尾部插入元素 x，使元素 x 成为新的队尾。若队列满，则返回 FALSE；否则返回 TRUE。

④ dequeue(q)出队列：若队列 q 不空，则返回队头元素，并从队头删除该元素，队头指针指向原队头的后续元素；否则，返回空值 NULL。

⑤ front(q)取队头元素：若队列 q 不空，则返回队头元素；否则返回空值 NULL。

队列是一种特殊的线性表,因此队列可采用顺序存储结构存储,也可以使用链式存储结构存储。

4.2　队列的顺序存储

队列的顺序存储方式主要有顺序队列和循环队列两种。

4.2.1　顺序队列

队列的顺序存储结构称为顺序队列。顺序队列实际上是运算受限的顺序表，和顺序表一样，顺序队列也必须用一个向量空间来存放当前队列中的元素。

一般情况下，使用一维数组来作为队列的顺序存储空间，由于队列的队头和队尾的位置均是变化的，因而要设置两个指针，一个为指向队头元素位置的指针 front，另一个为指向队尾元素位置的指针 rear。

C 语言中，数组的下标是从 0 开始的，因此为了设计算法的方便，在此我们约定：初始化队列时，令 front=rear=-1；当插入新的数据元素时，尾指针 rear 加 1，而当队头元素出队列时，队头指针 front 加 1。另外还约定，在非空队列中，队头指针 front 总是指向队列中实际队头元素的前面一个位置，而队尾指针 rear 总是指向队尾元素。图 4-2 给出了队列中头尾指针的变化状态。

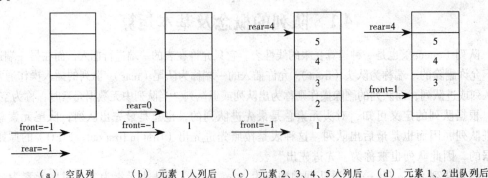

（a）空队列　　　（b）元素 1 入列后　　（c）元素 2、3、4、5 入列后　　（d）元素 1、2 出队列后

图 4-2　顺序队列运算时的头、尾指针变化状况

用 C 语言定义的顺序存储结构的队列如下：

```
#define MAXSIZE <最大元素数>
typedef struct
{ int data[MAXSIZE];
  int front;
  int rear;
}seqqueue;
```

下面给出顺序队列的基本运算算法：

（1）置空队列

```
setnull(seqqueue *q)
{ if ((q=(seqqueue *)malloc(sizeof(seqqueue))==NULL)   return FALSE;
  q->front=-1;
  q->rear=-1;
  return TRUE;
}
```

（2）判队列非空操作

```
Empty(seqqueue *q)
{ if (q->rear==q->front)   return TRUE;
  return FALSE;
}
```

（3）入队列操作

```
Enqueue(seqqueue *q,int x)
{ if (q->rear>=MAXSIZE-1)  return FLASE;
  q->rear++;
  q->data[q->rear]=x;
  return TRUE;
}
```

（4）出队列操作

```
dequeue(seqqueue *q)
{ int x;
  if (q->rear==q->front)  return NULL;
  x=q->data[++q->front];
  return x;
}
```

（5）取对头元素操作

```
front(seqqueue *q)
{ if (q->rear==q->front)  return NULL;
  return(q->data[q->front+1]);
}
```

4.2.2 循环队列

由图 4-2（d）可知，当前队列中的元素个数（队列的长度）是(q->rear)-(q->front)。若 q->front==q->rear，则队列长度为 0，即当前队列是空队列，如图 4-2（a）表示空队列。空队列再做出队操作便会产生"下溢"。队满的条件是当前队列长度等于向量空间的大小，即：

(q->rear)-(q->front)==MAXSIZE

队满时再做入队操作会产生"上溢"。但是，如果当前尾指针等于向量的上界（即 q->rear==

MAXSIZE-1），即使队列不满（即当前队列长度小于 MAXSIZE），再作入队操作也会引起溢出。例如，若图 4-2（d）是当前队列的状态，即 MAXSIZE=5，q->rear=4，q->front=1；因为 q->rear+1>MAXSIZE-1，故此时不能作入队操作，但当前队列并不满，我们把这种现象称为"假上溢"。

产生"假上溢"现象的原因是，被删元素的空间在该元素删除以后就永远使用不到。为克服这一缺点，可以采用三种可行的方法：

① 采用平移元素的方法，当发生假溢出时，就把整个队列的元素平移到存储区的首部，然后再插入新元素。这种方法需移动大量的元素，因而效率是很低的。

② 引入一个标志变量 s 以区别是空队还是满队。

③ 将顺序队列的存储区假想为一个环状空间，如图 4-3 所示。将 q->data[0]接在 q->data[MAXSIZE-1]的后面。当发生假溢出时，将新元素插入第一个位置上，这样做，虽然物理上队尾在队首之前，但逻辑上队首仍然在前。入列和出列仍按"先进先出"的原则进行，这就是"循环队列"。

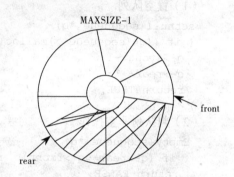

图 4-3　循环队列示意图

显然，循环队列不需要移动元素，操作效率高，空间的利用率也很高。若当前尾指针等于向量的上界，则再做入队操作时，令尾指针等于向量的下界，这样就能利用到已被删除的元素空间，克服假上溢现象。因此入队操作时，在循环意义下的尾指针加 1 操作可描述为：

```
q->rear=q->rear+1;
if (q->rear==MAXSIZE) q->rear=0;
```

如果利用"模运算"，上述循环意义下的尾指针加 1 操作可以更简洁描述为：

```
q->rear==(q->rear++)%MAXSIZE
```

同样，出队操作时，在循环意义下的头指针加 1 操作也可利用"模运算"来实现：

```
q->front==(q->front++)%MAXSIZE
```

因为出队和入队分别要将头指针和尾指针在循环意义下加 1，所以某一元素出队后，若头指针已从后面追上尾指针，即 q->front==q->rear，则当前队列为空；若某一元素入队后，尾指针已从后面追上头指针，即 q->rear==q->front，则当前队列为满。因此，仅凭等式 q->front==q->rear 无法判断是空队还是满队，另一种更为简单的方法是入队前，测试尾指针在循环意义下加 1 后是否等于头指针，若相等则认为是队满，即判别队满的条件是：

```
(q->rear+1)%MAXSIZE==q->front
```

从而保证了 q->rear==q->front 是队空的判别条件。应当注意，这里规定的队满条件使得循环向量中始终有一个元素的空间（即 q->data[q->front]）是空的，即有 MAXSIZE 个分量的循环向量只能表示长度不超过 MAXSIZE-1 的队列。这样就避免了由于判别另设的标志而造成时间上的损失。

图 4-4 所示为循环队列的三种状态。图 4-4（a）为队列空时 q->front==q->rear，图 4-4（c）为队列满时，也有 q->front==q->rear，因此仅凭 q->front==q->rear 不能判定队列是空还是满。

下面给出循环队列的五种基本运算算法：

（1）置空队列

```
setnull(seqqueue *q)
{ if ((q=(seqqueue *)malloc(sizeof(seqqueue))==NULL) return FALSE;
```

```
        q->front=-1;
        q->rear=-1;
        return TRUE;
    }
```

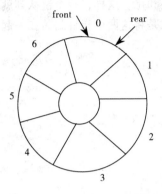

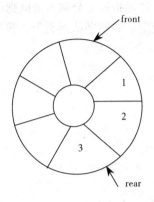

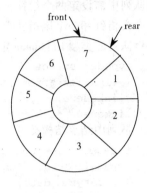

（a）队列空　　　　　　　　（b）队列非空　　　　　　　（c）队列满

图 4-4　循环队列示意图

（2）判队列非空操作

```
Empty(seqqueue *q)
{ if (q->rear==q->front)  return TRUE;
   return FALSE;
}
```

（3）入队列操作

```
Enqueue(seqqueue *q,int x)
{ if (q->front==(q->rear+1)%MAXSIZE)  return FLASE;
   else
      { q->rear==(q->rear+1)%MAXSIZE;
        q->data[q->rear]=x;
        return TRUE; }
}
```

（4）出队列操作

```
dequeue(seqqueue *q)
{ int x;
   if (q->rear==q->front)  return NULL;
   else
      { q->front==(q->front+1)%MAXSIZE;
        x=q->data[q->front];
        return x;
}
```

（5）取队头元素操作

```
front(seqqueue *q)
{ if (q->rear==q->front)  return NULL;
   return (q-> front+1)%MAXSIZE;
}
```

4.3 队列的链式存储

队列的链式存储结构称为链队列。它是限制在表头删除和表尾插入的单链表。因此在一个链队列中需设定两个指针（头指针和尾指针）分别指向队列的头和尾，这样，一个链队列就由一个头指针和一个尾指针唯一地确定。和顺序队列类似，我们也是将这两个指针封装在一起，将链队列的类型 linkqueue 定义为一个结构类型：

```
typedef struct
{ linklist *front,*rear;
}linkqueue;
linkqueue *q;
```

队列中结点结构类型：

```
typedef  datatype  char;
typedef  struct node
{ datatype data;
  Struct node *next;
}linklist;
```

和单链表一样，为了运算方便，我们也在队头结点前附加一个头结点，且头指针指向头结点。由此可知，一个链队列*q 为空时（即 q->front= =q->rear），其头指针和尾指针均指向头结点。图 4-5（a）所示为一个空队列，图 4-5（b）为一个非空队列。

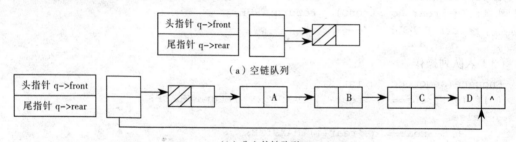

（a）空链队列

（b）非空的链队列

图 4-5　链队列示意图

下面给出链环队列的五种基本运算算法：

（1）置空队列

```
setnull(linkqueue *q)
{ q->front=malloc(sizeof(linkqueue));
  q->front->next=NULL;
  q->rear=q->front;
}
```

（2）判队列非空操作

```
datatype Empty(linkqueue *q)
{ if (q->rear= =q->front)  return TRUE;
  return FALSE;
}
```

（3）入队列操作

```
datatype Enqueue(linkqueue *q, typedef x)
{ q->rear->next=malloc(sizeof(linklist));
  q->rear=q->rear->next;
```

```
    q->rear->data=x;
    q->rear->next=NULL;
}
```

（4）出队列操作

```
datatype dequeue(linkqueue *q)
{ linkqueue *s;
    if(Empty(q))
    { printf("Linkqueue is Empty!");
     return NULL; }
    else
    { s->q->front;
     q->front=q->front->next;
     free(s);
     return(q->front->data);
}
```

（5）取队头元素操作

```
datatype front(linkqueue *q)
{ if(Empty(q))
    { printf("Linkqueue is Empty!");
     return NULL; }
    else
     return(q->front->data);
}
```

链队列和链栈类似，无须考虑判断队满的运算及上溢。在出队算法中，一般只需修改队头指针。但当原队中只有一个结点时，该结点既是队头也是队尾，故删去此结点时也需修改尾指针，且删去此结点后队列变为空。

4.4　队列的应用

队列在日常生活中的例子很多，如商场购物排队付款、学生在食堂排队打饭。在计算机软件设计中，队列的应用也是很普遍的。例如，操作系统中的作业排队，输入/输出缓冲区等都采用队列结构。总之，凡是"先来先服务"（"先进先出"）原则的问题，都可以用队列结构来解决。下面介绍两个模拟队列结构来解决的问题。

【例 4.1】输入/输出缓冲区的结构。

在计算机系统中，经常会遇到两个设备之间传送数据的问题，而不同的设备对数据操作的速度往往是不同的，这就存在两个设备在传送数据时速度不匹配的矛盾。

例如，计算机处理一批数据，并要将处理结果在打印机上打印输出。如果计算机处理一个数据元素需要 4ms，而打印机要将一个数据元素的处理结果打印出来需要 15ms。显然，当计算机连续处理一批数据时，打印机的打印速度是跟不上的，这就产生了矛盾。如果不设法解决这个矛盾，就会使处理结果信息因来不及打印输出而丢失；或者计算机每处理完一个数据后，均要停下来等待一段时间再处理下一个数据，从而使计算机的处理效率大大降低。

为了解决上述两个设备操作速度不匹配的矛盾，通常是在两个设备之间设置一个缓冲区，如图 4-6 所示。

由图 4-6 可以看出，当计算机处理完一个数据后，将处理结果传送给缓冲区，此时相当于往缓冲区加入一个元素；当打印机打印完一个处理结果后，就从缓冲区取出一个处理结果进行打印，此时相当于从缓冲区取出一个元素。有了这个缓冲区后，计算机就不必每次等待打印机打印完当前结果才去继续处理下一个元素。在这种情况下，由于打印机的输出速度比计

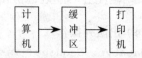

图 4-6 通过缓冲区传送数据示意图

算机的处理速度慢，因此来不及打印的处理结果将积累在缓冲区中等待打印，只要缓冲区足够大，就不会发生丢失处理结果的情况。开辟的缓冲区究竟需要多大，这由需要传送的数据量以及两个设备操作速度的差别有多大来决定。

通常，缓冲区是一个顺序存储空间。为了体现"先进先出"（先处理的结果应先打印输出）的原则，并充分利用缓冲区的存储空间，缓冲区应设计成循环队列的结构。为循环队列结构的缓冲区设置一个队尾指针和一个队头指针，初始时该循环队列为空。然后，计算机每处理完一个数据，就将处理结果加入到循环队列的队尾；打印机每打印完一个结果，就从循环队列的排头位置取出下一个结果再次打印输出。利用循环队列结构的缓冲区，解决了计算机处理数据与打印机打印输出的速度不匹配的矛盾，实现了两个设备之间数据的正常传送。

【例 4.2】模拟周末舞会寻找舞伴。

假设在周末舞会上，男士们和女士们进入舞厅后，等待舞伴跳舞。跳舞开始时，依次从男士和女士中各出一人配成舞伴；若两队初始人数不相同，则较长的那一队中未配对者等待下一轮舞曲；当某个舞伴跳完一曲后，就回到队伍中等待下一舞曲。

那么如何寻找舞伴呢？假设男士们和女士们都没有自己带舞伴来参加舞会，先来的男士和女士先寻找自己的舞伴。在这种原则下，男士和女士们进入舞厅后，各自排成一队，当这两个队列构造完成之后，依次将两队当前的队头元素出队来配成舞伴，直至某队列变空为止。若某队仍有等待配对者，他（或她）将是下一轮舞曲开始时第一个可获得舞伴的人。对应于这种分配原则所采用的数据结构是队列。

采用队列作为寻找舞伴的数据结构时，应该进行以下一些工作：

① 开辟两个队列结构的线性表。

② 为两个队列分别设置一个排头指针和一个队尾指针，初始时队列为空。

③ 进入舞厅的男士让他加入到男队的队尾，进入舞厅的女士加入到女队的队尾；当舞曲开始时，从男队的排头和女队的排头各出一个配成舞伴。

这是一个在日常生活中反映按队列处理的例子。具体算法及相关的类型定义如下：

```
typedef struct
{ char name[20];
  char sex;                      /*性别，F 表示女性，M 表示男性*/
}Person;
typedef Person DataType;         /*将队列中元素的数据类型改为 Person*/

void DancePartner(Person dancer[],int num)
{ /*结构数组 dancer 中存放跳舞的男女，num 是跳舞的人数*/
  int i;
  Person p;
  CirQueue Mdancers,Fdancers;
  InitQueue(&Mdancers);          /*男士队列初始化*/
```

```
     InitQueue(&Fdancers);                    /*女士队列初始化*/
     for(i=0;i<num;i++)                       /*依次将跳舞者依其性别入队*/
     { p=dancer[i];
       if(p.sex=='F')
             EnQueue(&Fdancers.p);            /*排入女队*/
       else
             EnQueue(&Mdancers.p);            /*排入男队*/
     }
     printf("The dancing partners are: \n \n");
     while(!QueueEmpty(&Fdancers)&&!QueueEmpty(&Mdancers))
     {      /*依次输入男女舞伴名*/
       p=DeQueue(&Fdancers);                  /*女士出队*/
       printf("%s",p.name);                   /*打印出队女士名*/
       p=DeQueue(&Mdancers);                  /*男士出队*/
       printf("%s\n",p.name);                 /*打印出队男士名*/
     }
     if(!QueueEmpty(&Fdancers))               /*输出女士剩余人数及队头女士的名字*/
     { printf("\n There are %d women waiting for the next round.\n",
       Fdancers.count);
       p=QueueFront(&Fdancers);               /*取队头*/
       printf("%s will be the first to get a partner. \n",p.name);
     }
     else
     if(!QueueEmpty(&Mdancers))               /*输出男队剩余人数及队头者名字*/
     { printf("\n There are%d men waiting for the next  round.\n",Mdacers.count);
       p=QueueFront(&Mdancers);
       printf("%s will be the first to get a partner.\n",p.name);
     }
   }
```

小 结

　　队列是常见的一种数据结构，它是运算受限的线性表。队列的插入和删除操作均在队尾和队头进行，是先进先出的线性表。本章主要介绍了顺序队列、循环队列和链队列的五种基本运算以及队列的应用。"上溢"和"下溢"概念及其判别条件应重点领会，希望读者能正确判别队列因空间满而产生的溢出，正确使用队空来控制返回。

　　具有先进后出特性的实际问题都可以使用队列这种数据结构来求解。

习 题

一、简答题

1. 简单描述队列、队头、队尾、空队列、链队列和循环队列的概念。
2. 线性表、栈、队列有什么异同？
3. 试举出几个生活中的例子，其操作规律符合队列的操作特征。
4. 什么是顺序队列的上溢现象？什么是顺序队列的假溢出现象？

5. 循环队列的优点是什么，如何判别它的空和满。

二、算法设计题

1. 已知 Q 是一个非空队列，S 是一个空栈。试设计一个算法，利用栈和队的基本运算，将队列 Q 中的全部元素逆序存放。

2. 试设计算法：求出循环队列中当前元素的个数。

3. 设计一个算法，将一个链式队列中的元素一次取出并打印输出。

4. 若要构成如图 4-7 所示的链队列，试写出相应的描述存储结构的类型定义。

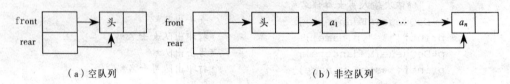

（a）空队列　　　　　　　　　　　　（b）非空队列

图 4-7　链队列

5. 试编写算法，利用两个堆栈 s1、s2 模拟一个队列的入队、出队和判断队列空的运算。

6. 回文是指正读和反读均相同的字符序列，如 "aabb" 和 "adbda"。试编写算法，判断给定的字符串是否是回文。

7. 设一个循环队列 Queue，只有头指针 front，不设尾指针，另设一个含有元素个数的计数器 count，试写出相应的入队算法和出队算法。

8. 用一个循环数组 Q[0,…,MAX–1]表示队列时，该队列只有一个头指针 front，不设尾指针，而改置一个计数器 count 用以记录队列中结点的个数。试编写一个能实现初始化队列、判队空、读队头元素、入队和出队操作的算法。

9. 一个用单链表组成的循环队列，只设一个尾指针 rear，不设头指针，试编写如下的算法：

（1）向循环队列中插入一个元素为 x 的结点。

（2）从循环队列中删除一个结点。

第5章 树

基本要求:

- 理解树的概念及基本术语
- 理解二叉树的概念和基本性质
- 掌握二叉树的顺序和链式两种存储方式及二叉树的遍历
- 了解线索二叉树,树和森林与二叉树的转换
- 掌握哈夫曼树的构造和哈夫曼编码

教学重点和难点:

- 树的概念
- 二叉树的概念和基本性质
- 二叉树的存储和遍历
- 线索二叉树
- 哈夫曼树和哈夫曼编码

树形结构类似于自然界中的树,是一类重要的非线性结构。它和线性结构的最大区别在于,在这类结构中,除去根结点外每个结点最多只能和上层的一个结点相关,但除叶子结点外每个结点都可以和下层的多个结点相关,结点间存在着明显的分支和层次关系。因此,树形结构是结点之间有分支,并具有层次关系的结构。树在计算机领域中也有着广泛的应用,例如在操作系统中,用树来表示多级文件目录结构;在编译程序中,用树来表示源程序的语法结构;在数据库系统中,可用树来组织信息。

5.1 树 的 概 念

树结构在客观世界中是大量存在的,家谱、行政组织机构都可用树形象地表示。例如,某家族的血统关系就是一个树形结构:李明有三个孩子李丽、李浩、李林;而李丽有两个孩子李华、李锋;李林有三个孩子李飞、李涛、李凯;李飞有两个孩子李超、李旭。这个家族关系可以用图 5-1 所示的树形图来描述,它就像一棵倒画的树。李明是树根,有三个树干李丽、李林、李飞,其他成员都是树叶。但是李丽、李林、李飞又可以看做是以李丽、李林、李飞为树根的三棵树,也是树形结构。由此可得到树的递归定义。

图 5-1　一个家族的结构　　　　　　图 5-2　含有 13 个结点的树

树（Tree）是 n（$n>0$）个结点的有限集合。在任意一棵非空树中：

① 有且有且仅有一个特定的称为根（root）的结点。

② 当 $n>1$ 时，其余的结点可分为 m（$m\geq0$）个互不相交的子集 T_1、T_2、…、T_m，其中每个子集本身又是一棵树，并称其为根的子树（subtree）。

下面给出树结构中常用的基本术语：

① 结点（node）：树中的元素，包含数据项及若干指向其子树的分支。

② 结点的度（degree）：树中的一个结点拥有的子树数；在图 5-2 中，结点 A 的度为 3，C 的度为 1，H 的度为 0。

③ 树的度：树中结点的最大度数；图 5-2 中树的度即为 3。

④ 叶子（leaf）：树中度为零的结点，又称终端结点。图 5-2 中，E、F、K、L、H、M、J 都是树的叶子。

⑤ 分支结点：树中度不为零的结点，又称非终端结点。

⑥ 内部结点：除根结点之外的分支结点统称为内部结点。根结点又称开始结点。

⑦ 孩子（child）：结点的子树的根称为该结点的孩子。

⑧ 双亲（parents）：对应上述称为孩子结点的上层结点即为这些结点的双亲。图 5-2 中，B 是 A 的孩子，A 是 B、C、D 的双亲。

⑨ 兄弟（sibling）：同一个双亲的孩子称为兄弟。图 5-2 中，B、C、D 之间互为兄弟。

⑩ 堂兄弟：其双亲在同一层的结点互为堂兄弟。图 5-2 中，K 与 L、M 互为堂兄弟。

⑪ 路径（path）：若树中存在一个结点序列 k_1、k_2、…、k_i，使得 k_i 是 k_{i+1} 的双亲（$1\leq i<j$），则称该结点序列是从 k_l 到 k_j 的一条路径（path）或道路。

⑫ 路径的长度：路径所经过的边（即连接两个结点的线段）的数目，等于 $j-1$。

⑬ 结点的祖先：从根结点到该结点路径上所经过的所有结点。图 5-2 中，M 的祖先为 A、D、I。

⑭ 结点的子孙：以某结点为根的子树中的所有结点称为该结点的子孙。图 5-2 中，D 的子孙为 H、I、J、M。

⑮ 结点的层数（level）：从根算起，根的层数为 1，其余结点的层数等于其双亲结点的层数加 1。图 5-2 所示的树，被分为 4 层。

⑯ 树的高度（height）：树中结点的最大层数称为树的高度或深度。图 5-2 中树的深度为 4。

⑰ 有序树（orderedtree）和无序树（unoderedtree）：若将树中每个结点的各子树看成是从左到右有次序的（即不能互换），则称该树为有序树；且把各子树分别称为第一子树，第二子

树……；否则，称为无序树。

⑱ 森林（forest）：是 m（$m \geqslant 0$）棵互不相交的树的集合。对树中每个结点而言，其子树的集合即为森林。

树形结构的逻辑特征可用树中结点之间的父子关系来描述：

① 树中任一结点都可以有零个或多个直接后继（即孩子）结点，但至多只能有一个直接前驱（即双亲）结点。

② 树中只有根结点无前驱，它是开始结点；叶结点无后继，它们是终端结点。

③ 祖先与子孙的关系是对父子关系的延拓，它定义了树中结点之间的纵向次序。

④ 有序树中，同一组兄弟结点从左到右有长幼之分。

对这一关系加以延拓，规定若 k_1 和 k_2 是兄弟，且 k_1 在 k_2 的左边，则 k_1 的任一子孙都在 k_2 的任一子孙的左边，那么就定义了树中结点之间的横向次序。

5.2　二　叉　树

二叉树是树形结构的一个重要类型，许多实际问题抽象出来的数据结构往往是二叉树的形式，即使是一般的树也能简单地转换为二叉树，而且二叉树的存储结构及其算法都较为简单，因此二叉树特别重要。

5.2.1　二叉树的概念

二叉树（binarytree）是 n（$n \geqslant 0$）个结点的有限集，它或者是空集（$n=0$），或者由一个根结点及两棵互不相交的、分别称做这个根的左子树和右子树的二叉树组成。

这是一个递归定义，二叉树可以是空集；根可以有空的左子树或右子树；或者左、右子树皆为空。因此，二叉树的五种基本形态如图 5-3 所示。

（a）空二叉树　（b）仅有一个根结点　（c）右子树为空　（d）左子树为空　（e）左、右子树均
　　　　　　　　的二叉树　　　　的二叉树　　　　的二叉树　　　　非空的二叉树

图 5-3　二叉树的五种基本形态

二叉树不是树的特例，原因是：

① 二叉树与无序树不同。二叉树中，每个结点最多只能有两棵子树，并且有左右之分；二叉树并非是树的特殊情形，它们是两种不同的数据结构。

② 二叉树与度数为 2 的有序树不同。在有序树中，虽然一个结点的孩子之间是有左右次序的，但是若该结点只有一个孩子，就无须区分其左右次序。

在二叉树中，即使是一个孩子也有左右之分。

图 5-4 是两棵不同的二叉树，它们同图 5-5 中的普通树（作为有序树或无序树）很相似，但却不等同于这棵普通树。若将这三棵树均看做普通树，则它们就是相同的。

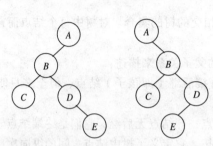

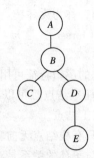

图 5-4　两棵不同的二叉树　　　　　　图 5-5　一棵普通树

5.2.2　二叉树的性质

二叉树具有以下重要性质：

① 二叉树第 i 层上的结点数目最多为 2^i-1（$i\geqslant 1$）。

证明：用数学归纳法证明。

归纳基础：$i=1$ 时，有 $2^{i-1}=2^0=1$。因为第 1 层上只有一个根结点，所以命题成立。

归纳假设：假设对所有的 j（$1\leqslant j<i$）命题成立，即第 j 层上至多有 2^{i-1} 个结点，证明 $j=i$ 时命题亦成立。

归纳步骤：根据归纳假设，第 $i-1$ 层上至多有 2^{i-2} 个结点。由于二叉树的每个结点至多有两个孩子，故第 i 层上的结点数至多是第 $i-1$ 层上的最大结点数的 2 倍。即 $j=i$ 时，该层上至多有 $2\times 2^{i-2}=2^{i-1}$ 个结点，故命题成立。

② 深度为 k 的二叉树至多有 2^k-1 个结点（$k\geqslant 1$）。

证明：在具有相同深度的二叉树中，仅当每一层都含有最大结点数时，其树中结点数最多。因此，利用性质①可得，深度为 k 的二叉树的结点数至多为：

$$2^0+2^1+\cdots+2^{k-1}=2^k-1$$

故命题正确。

③ 在任意一棵二叉树中，若终端结点的个数为 n_0，度为 2 的结点数为 n_2，则 $n_0=n_2+1$。

证明：因为二叉树中所有结点的度数均不大于 2，所以结点总数（记为 n）应等于 0 度结点数、1 度结点（记为 n_1）和 2 度结点数之和：

$$n=n_0+n_1+n_2 \tag{5-1}$$

另一方面，1 度结点有一个孩子，2 度结点有两个孩子，故二叉树中孩子结点总数是：

$$n_1+2n_2$$

树中只有根结点不是任何结点的孩子，故二叉树中的结点总数又可表示为：

$$n=n_1+2n_2+1 \tag{5-2}$$

由式子 5-1 和式子 5-2 得到：

$$n_0=n_2+1$$

④ 具有 n 个结点的完全二叉树的深度为 $\lfloor \log_2(n+1) \rfloor$（或 $\lceil \log_2(n+1) \rceil$）。

证明：设所求完全二叉树的深度为 k。由完全二叉树定义知道，深度为 k 得完全二叉树的前 $k-1$ 层是深度为 $k-1$ 的满二叉树，一共有 $2^{k-1}-1$ 个结点。由于完全二叉树深度为 k，故第 k 层上还有若干个结点，因此该完全二叉树的结点个数 $n>2^{k-1}-1$。另一方面，由性质②知道 $n\leqslant 2^k-1$，即：

$$2^{k-1}-1<n\leq 2^k-1$$

由此可推出，$2^{k-1}\leq n<2^k$，取对数后有：

$$k-1\leq \log_2 n<k$$

因为 $k-1$ 和 k 是相邻的两个整数，由此即得：

$$k=\lfloor \log_2 n\rfloor +1$$

5.2.3 几种特殊形式的二叉树

1. 满二叉树（full binarytree）

一棵深度为 k 且有 2^k-1 个结点的二叉树称为满二叉树。

图 5-6 是一个深度为 4 的满二叉树。满二叉树的特点：① 每一层上的结点数都达到最大值。即对给定的高度，它是具有最多结点数的二叉树。② 满二叉树中不存在度数为 1 的结点，每个分支结点均有两棵高度相同的子树，且树叶都在最下一层上。

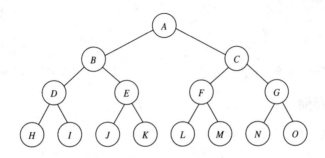

图 5-6 满二叉树

2. 完全二叉树（complete binarytree）

若一棵二叉树只有最下面的两层上结点的度数小于 2，并且最下层上的结点都集中在该层最左边的若干位置上，则此二叉树称为完全二叉树。

图 5-7 是一棵完全二叉树。完全二叉树的特点：① 满二叉树是完全二叉树，完全二叉树不一定是满二叉树。② 在满二叉树的最下一层上，从最右边开始连续删去若干结点后得到的二叉树仍然是一棵完全二叉树。③ 在完全二叉树中，若某个结点没有左孩子，则它一定没有右孩子，即该结点必是叶结点。

图 5-8 中，结点 F 没有左孩子而有右孩子 L，故它不是一棵完全二叉树。

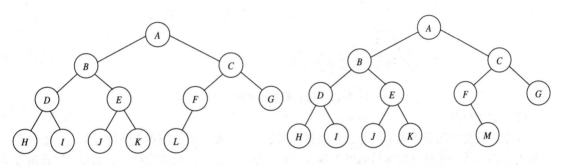

图 5-7 完全二叉树　　　　　　　图 5-8 普通二叉树

3．平衡二叉树（balance binarytree）

平衡二叉树又称为 AVL 树，它或者是一棵空树，或者是具有下列性质的二叉树：它的左子树和右子树都是平衡二叉树，且左子树和右子树的深度之差的绝对值不超过 1。

把结点的左子树深度减去它的右子树深度定义为结点的平衡因子，因此平衡二叉树上所有结点的平衡因子只可能是-1、0 和 1。只要二叉树上有一个结点的平衡因子绝对值大于 1，则该二叉树就是不平衡二叉树。图 5-9 是平衡二叉树，图 5-10 不是平衡二叉树。

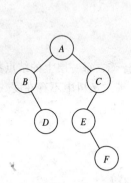

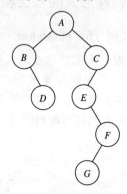

图 5-9　平衡二叉树

图 5-10　不平衡二叉树

5.2.4　二叉树的存储

二叉树主要有两种存储方式：顺序存储和链式存储。

1．顺序存储结构

把二叉树的所有结点按照一定的线性次序存储到一片连续的存储单元中，结点在这个序列中的相互位置还能反映出结点之间的逻辑关系。下面以完全二叉树结点编号为例：

（1）编号办法

在一棵有 n 个结点的完全二叉树中，从树根起，自上层到下层，每层从左至右，给所有结点编号，得到一个反映整个二叉树结构的线性序列，如图 5-11 所示。

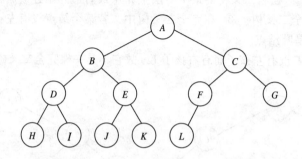

图 5-11　结点编号的完全二叉树

（2）编号特点

完全二叉树中除最下面一层外，各层都充满了结点。每一层的结点个数恰好是上一层结点个数的二倍。从一个结点的编号就可推得其双亲，左、右孩子，兄弟等结点的编号。假设编号为 i 的结点（$1 \leqslant i \leqslant n$），则有：

① 若 $i>1$，则 i 的双亲编号为 $2i$；若 $i=1$，则 i 是根结点，无双亲。

② 若 $2i≤n$，则 i 的左孩子的编号为 $2i$；否则，i 无左孩子，即 i 必定是叶子。因此完全二叉树中编号 $2i>n$ 的结点必定是叶结点。

③ 若 $2i+1≤n$，则 i 的右孩子的编号是 $2i+1$；否则，i 无右孩子。

④ 若 i 为奇数且不为 1，则 i 的左兄弟的编号是 $i-1$；否则，i 无左兄弟。

⑤ 若 i 为偶数且小于 n，则 i 的右兄弟的编号是 $i+1$；否则，i 无右兄弟。

（3）完全二叉树的顺序存储

将完全二叉树中所有结点按编号顺序依次存储在一个数组 bt 中。其中，bt[1,...,n]用来存储结点，bt[0]不用或用来存储结点数目。

表 5-1 是图 5-8 所示的完全二叉树的顺序存储结构，bt[0]为结点数目，b[7]的双亲、左右孩子分别是 bt[3]、bt[14]和 bt[15]。

表 5-1 图 5-11 所示完全二叉树的顺序存储结构

bt	0	1	2	3	4	5	6	7	8	9	10	11	12
结点		A	B	C	D	E	F	G	H	I	J	K	L

（4）一般二叉树的顺序存储

为了能用结点在数组中的相对位置来表示结点之间的逻辑关系，一般二叉树采用顺序存储时，也必须按完全二叉树的形式来存储树中的结点，这将造成存储空间的浪费。具体方法：

① 将一般二叉树添上一些"虚结点"，成为"完全二叉树"。

② 按完全二叉树形式给结点编号。

③ 将结点按编号存入向量对应分量中，其中"虚结点"用"∅"表示。

图 5-12 中单支树的顺序存储结构如表 5-2 所示。

表 5-2 图 5-9 中单支树的顺序存储结构

bt	0	1	2	3	4	5	6	7
结点	A	B	∅	∅	∅	∅	G	∅

对于完全二叉树而言，顺序存储结构既简单又节省存储空间。一般的二叉树采用顺序存储结构时，存储结构虽然简单，但易造成存储空间的浪费。最坏的情况下，一个深度为 k 且只有 k 个结点的右单支树需要 2^k-1 个结点的存储空间。在对顺序存储的二叉树做插入和删除结点操作时，要大量移动结点。

2．链式存储结构

一般二叉树用顺序方式存储时将会浪费存储空间，并且若在树中需要经常插入和删除结点时，将会移动大量结点。因此，一般采用链接方式存储二叉树。

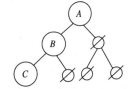

图 5-12 左单支树添上虚结点的完全二叉树

（1）结点的结构

二叉树的每个结点最多有两个孩子。用链接方式存储二叉树时，每个结点除了存储结点本身的数据外，还应设置两个指针域 lchild 和 rchild，分别指向该结点的左孩子和右孩子。结点的结构如下：

lchild	data	rchild

（2）结点的类型说明

```
typedef char DataType;
typedef struct node
{ DataType data;
  Struct node *lchild, *rchild;
}BTNode;
typedef  BTNode *BinTree;
```

在一棵二叉树中，所有类型为 BTNode 的结点，再加上一个指向开始结点（即根结点）的 BinTree 型头指针（根指针）root，就构成了二叉树的链式存储结构。我们把这种存储结构称为二叉链表。图 5-14 就是图 5-13 所示二叉树的二叉链表。

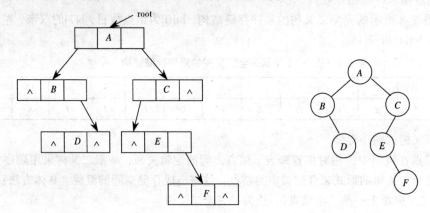

图 5-13 二叉链表   图 5-14 二叉树

二叉链表是二叉树最常用的存储结构，但是树形结构还可以有其他的链接存储方法。例如，若要经常在二叉树中寻找某结点的双亲时，可在每个结点上再加一个指向其双亲的指针域 parent，形成一个带双亲指针的二叉链表。图 5-15 是图 5-13 所示二叉树的带双亲指针的二叉链表。

由此可知，一个二叉链表由根指针 root 唯一确定。若二叉树为空，则 root=NULL；若结点的某个孩子不存在，则相应的指针为空。具有 n 个结点的二叉链表中，共有 $2n$ 个指针域。其中只有 $n-1$ 个用来指示结点的左、右孩子，其余的 $n+1$ 个指针域为空。二叉树存储方法的选择，主要依赖于所要实施的各种运算的频度。

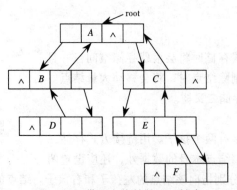

图 5-15 带双亲指针的二叉链表

5.3 二叉树的遍历

遍历二叉树是二叉树的一种重要的运算。所谓遍历是指沿某条搜索路径周游二叉树，对树中每个结点访问一次且仅访问一次。

5.3.1 遍历方案

从二叉树的递归定义可知，一棵非空的二叉树由根结点及左、右子树三个基本部分组成。因此，在任一给定结点上，可以按某种次序执行三个操作：① 访问结点本身（D）；② 遍历该结点的左子树（L）；③ 遍历该结点的右子树（R）。这样三种操作就有六种执行次序：DLR、LDR、LRD、DRL、RDL、RLD。其中前三种方案是按先左后右的次序遍历根的两棵子树，而后三种方案则是按先右后左的次序遍历根的两棵子树，由于二者对称，故我们只讨论前三种次序的遍历方案。

在遍历方案 DLR 中，因为访问根的操作是在遍历其左、右子树之前进行的，故称为前序遍历（或先根遍历）。类似地，LDR 和 LRD 分别称为中序遍历（或中根遍历）和后序遍历（或后根遍历）。

5.3.2 遍历算法

遍历算法总共有三种，分别是中序遍历、先序遍历和后序遍历。

1. 中序遍历

递归算法定义，若二叉树非空，则依次执行如下操作：

① 遍历左子树；

② 访问根结点；

③ 遍历右子树。

用二叉链表做为存储结构，中序遍历算法可描述为：

```
void InOrder(BinTree T)
 { if(T) {                              /*如果二叉树非空*/
      InOrder(T->lchild);
      printf("%c", T->data);           /*访问结点*/
      InOrder(T->rchild); }
 }
```

2. 先序遍历

递归算法定义，若二叉树非空，则依次执行如下操作：

① 访问根结点；

② 遍历左子树；

③ 遍历右子树。

用二叉链表做为存储结构，中序遍历算法可描述为：

```
void QrontOrder(BinTree T)
 { if(T) {
      printf("%c", T->data);
      QrontOrder(T->lchild);
      QrontOrder(T->rchild); }
 }
```

3. 后序遍历

递归算法定义，若二叉树非空，则依次执行如下操作：

① 遍历左子树；

② 遍历右子树；

③ 访问根结点。

用二叉链表做为存储结构，中序遍历算法可描述为：

```
void BackOrder(BinTree T)
{ if(T) {
    BackOrder(T->lchild);
    BackOrder(T->rchild);
    printf("%c", T->data); }
}
```

5.3.3 遍历序列

三种递归遍历算法的搜索路线相同，如图 5-16 所示。具体线路为：从根结点出发，逆时针沿着二叉树外缘移动，对每个结点均途经三次，最后回到根结点。

在搜索路线中，若访问结点均是第一次经过结点时进行的，则是先序遍历；若访问结点均是在第二次（或第三次）经过结点时进行的，则是中序遍历（或后序遍历）。只要将搜索路线上所有在第一次、第二次和第三次经过的结点分别列表，即可分别得到该二叉树的先序序列、中序序列和后序序列。

1. 中序序列

中序遍历二叉树时，对结点的访问次序为中序序列。中序遍历图 5-15 所示的二叉树时，得到的中序序列为 $DBAECF$。

2. 先序序列

先序遍历二叉树时，对结点的访问次序为先序序列。先序遍历图 5-15 所示的二叉树时，得到的先序序列为 $ABDCEF$。

3. 后序序列

后序遍历二叉树时，对结点的访问次序为后序序列。后序遍历图 5-15 所示的二叉树时，得到的后序序列为 $DBEFCA$。

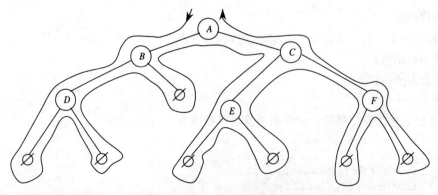

图 5-16　遍历二叉树的搜索路线

上述三种序列都是线性序列，有且仅有一个开始结点和一个终端结点，其余结点都有且仅有一个前驱结点和一个后继结点。为了区别于树形结构中前驱（即双亲）结点和后继（即孩子）结点的概念，对上述三种线性序列，要在某结点的前驱和后继之前冠以其遍历次序名称。例如，对图 5-11 所示的二叉树中结点 C，其前序前驱结点是 D，前序后继结点是 E；中序前驱结点是 E，中序后继结点是 F；后序前驱结点是 F，后序后继结点是 A。但是就该树的逻辑结构而言，C 的前驱结点是 A，后继结点是 E 和 F。

5.3.4　二叉链表的构造

二叉链表构造的基本思想，基于先序遍历的构造，以二叉树的先序序列为输入构造。先序序列中必须加入虚结点以示空指针的位置。例如，建立图 5-9 所示二叉树，其输入的先序序列是 ABDCEF。假设虚结点输入时以空格字符表示，相应的构造算法为：

```
void CreateBinTree (BinTree T)
 { /*构造二叉链表。T 是指向根的指针，故修改 T 就修改了实参(根指针)本身*/
   char ch;
   if((ch=getchar())==' ') T=NULL;        /*读入空格，将相应指针置空*/
   else{ /*读入非空格*/
        T=(BinTNode *)malloc(sizeof(BinTNode)); /*生成结点*/
        T->data=ch;
        CreateBinTree(T->lchild);        /*构造左子树*/
        CreateBinTree(T->rchild);        /*构造右子树*/
   }
 }
```

5.4　线索二叉树

当用二叉链表作为二叉树的存储结构时，因为每个结点中只有指向其左、右孩子结点的指针，所以从任一结点出发只能直接找到该结点的左、右孩子。在一般情况下靠它无法直接找到该结点在某种遍历次序下的前驱和后继结点。如果在每个结点中增加指向其前驱和后继结点的指针，将降低存储空间的效率。

与此同时，我们可以证明：在 n 个结点的二叉链表中含有 $n+1$ 个空指针。因为含 n 个结点的二叉链表中含有 $2n$ 个指针，除了根结点，每个结点都有一个从父结点指向该结点的指针，因此一共使用了 $n-1$ 个指针，所以在 n 个结点的二叉链表中含有 $2n-(n-1)=n+1$ 个空指针。

5.4.1　线索二叉树的概念

n 个结点的二叉链表中含有 $n+1$ 个空指针域，可以利用二叉链表中的空指针域，存放指向结点在某种遍历次序下的前驱和后继结点的指针，这种附加的指针称为"线索"。加上了线索的二叉链表称为线索链表，相应的二叉树称为线索二叉树（threaded binarytree）。

根据线索性质的不同，线索二叉树可分为前序线索二叉树、中序线索二叉树和后序线索二叉树三种。线索链表解决了二叉链表找左、右孩子困难的问题，出现了无法直接找到该结点在某种遍历序列中的前驱和后继结点的问题。

附加指针后，为了区分 lchild 和 rchild 指向的不同，将线索链表中的结点结构定义为：

lchild	ltag	data	rtag	rchild

ltag 和 rtag 是增加的两个标志域，用来区分结点的左、右指针域是指向其左、右孩子的指针，还是指向其前驱或后继的线索。

ltag=0：表示 lchild 指示结点的左孩子。

ltag=1：表示 lchild 指示结点的直接前驱。

rtag=0：表示 rchild 指示结点的右孩子。

rtag=1：表示 rchild 指示结点的直接后继。

例如，图 5-17 所示的中序线索二叉树，其线索链表如图 5-18 所示。图中的实线表示指针，虚线表示线索。

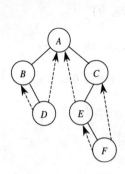

图 5-17 中序线索二叉树

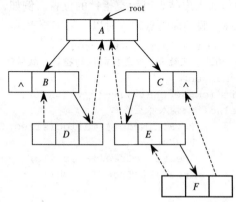

图 5-18 中序线索链表

5.4.2 二叉树的中序线索化

将二叉树变为线索二叉树的过程称为线索化。按某种次序将二叉树线索化的实质是：按该次序遍历二叉树，在遍历过程中用线索取代空指针。

二叉树的中序线索化算法与中序遍历算法类似，只需要将遍历算法中访问结点的操作具体化为建立正在访问的结点与其非空中序前驱结点间线索。

该算法应附设一个指针 pre 始终指向刚刚访问过的结点（pre 的初值应为 NULL），而指针 p 指示当前正在访问的结点。结点*pre 是结点*p 的前驱，而*p 是*pre 的后继。

将二叉树按中序线索化的算法如下：

```
typedef enum { Link, Thread} PointerTag;      /* Link 和 Thread 分别为 0, 1*/
typedef struct node{
  DataType data;
  PointerTag ltag,rtag;                        /*左右标志*/
  Struct node *lchild, *rchild;
  } BinThrNode;                                /*线索二叉树的结点类型*/
typedef BinThrNode *BinThrTree;
BinThrNode *pre=NULL;                          /*全局变量*/

void lnorderThreading(BinThrTree p)
{/*将二叉树 p 中序线索化*/
  if(p)                                        /*p 非空时，当前访问结点是*p*/
  { inorderThreading(p->lchild);               /*左子树线索化*/
    /*以下直至右子树线索化之前相当于遍历算法中访问结点的操作*/
```

```
        p->ltag=(p->lchild)?Link: Thread;        /*左指针非空时左标志为 Link*/
        p->rtag=(p->rchild)?Link: Thread;
        if(*(pre))        /*若 p 的前驱 pre 存在*/
        {   if(pre->rtag==Thread)                 /*若 p 的前驱右标志为线索*/
                pre->rchild=p;                     /*令 pre 的右线索指向中序后继*/
            if(p->ltag==Thread)                    /*p 的左标志为线索*/
                p->lchild=pre;                     /*令 p 的左线索指向中序前驱*/
        }                                          /* 完成处理 pre 的线索*/
        pre=p; /*令 pre 是下一访问结点的中序前驱*/
        InorderThreeding(p->rehild);               /*右子树线索化*/
    }
}
```

与中序遍历算法一样，递归过程中对每结点仅做一次访问。因此对于 n 个结点的二叉树，算法的时间复杂度亦为 $O(n)$。

前序线索化和后序线索化算法与二叉树的中序线索化类似，这里不再赘述。

5.5　树和森林与二叉树的转换

树或森林与二叉树之间有一个自然的一一对应关系。任何一个森林或一棵树可唯一地对应到一棵二叉树；反之，任何一棵二叉树也能唯一地对应到一个森林或一棵树。

5.5.1　树、森林到二叉树的转换

我们已经讨论了树的存储结构和二叉树的存储结构，从中可以看到，树的孩子兄弟链表结构与二叉树的二叉链表结构在物理结构上是完全相同的，只是它们的逻辑含义不同，所以树和森林与二叉树之间必然有着密切的关系。本节将介绍树和森林与二叉树之间的相互转换方法。

1.　将树转换为二叉树

树中每个结点最多只有一个最左边的孩子（长子）和一个右邻的兄弟，按照这种关系很自然地就能将图 5-19 所示的树转换成图 5-20 所示的二叉树：

① 在所有兄弟结点之间加一连线，如图 5-21 所示。

② 对每个结点，除了保留与其长子的连线外，去掉该结点与其他孩子的连线。

③ 按顺时针方向将连线旋转 45° 即可。由于树根没有兄弟，故树转化为二叉树后，二叉树的根结点的右子树必为空。

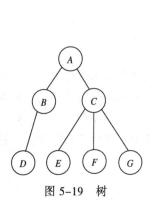

图 5-19　树　　　　图 5-20　旋转后转换为二叉树

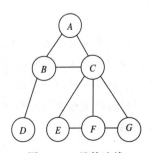

图 5-21　兄弟连线

2. 将一个森林转换为二叉树

具体方法是：① 将森林中的每棵树变为二叉树；② 将各二叉树的根结点视为兄弟连在一起；③ 按顺时针方向将连线旋转 45° 形成了一棵二叉树。

图 5-22 中包含三棵树的森林可转换为 5-23 所示的二叉树。

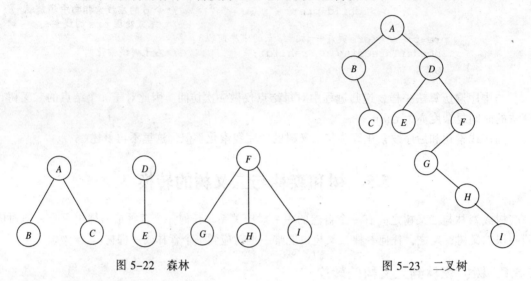

图 5-22 森林　　　　　　　　　　图 5-23 二叉树

5.5.2 二叉树到树、森林的转换

把二叉树转换为树和森林的方法是：若结点 x 是双亲 y 的左孩子，则把 x 的右孩子，右孩子的右孩子，……，都与 y 用连线连起来，最后去掉所有双亲到右孩子的连线。图 5-24 的森林就是由图 5-23 的二叉树转换而得到的。

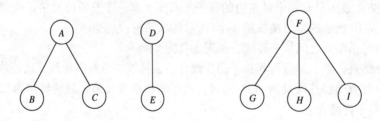

图 5-24 图 5-23 的二叉树转换为森林

5.6 哈夫曼树及其应用

哈夫曼树是树和二叉树的主要应用。哈夫曼在 21 世纪 50 年代初就提出这种编码，根据字符出现的概率来构造平均长度最短的编码。它是一种变长的编码。在编码中，若各码字长度严格按照码字所对应符号出现概率的大小逆序排列，则编码的平均长度是最小的。（注：码字即为符号经哈夫曼编码后得到的编码，其长度因符号出现的概率而不同，所以说哈夫曼编码是变长的编码。）

5.6.1 哈夫曼树的基本概念

1. 树的路径长度

树的路径长度是从树根到树中每一结点的路径长度之和。在结点数目相同的二叉树中，完全二叉树的路径长度最短。

图 5-25 所示的完全二叉树的路径长度：0+1+1+2+2+2=8。

图 5-26 所示的一般二叉树的路径长度：0+1+1+2+2+3=9。

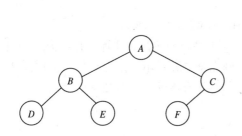
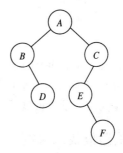

图 5-25 完全二叉树   图 5-26 一般二叉树

2. 树的带权路径长度

① 结点的权：在一些应用中，赋予树中结点的一个有某种意义的实数。

② 结点的带权路径长度：结点到树根之间的路径长度与该结点上权的乘积。

③ 树的带权路径长度（weighted path Length of tree，WPL）：定义为树中所有叶结点的带权路径长度之和，通常记为：

$$WPL = \sum_{1}^{k} w_i l_i$$

其中，n 表示叶子结点的数目；w_i 和 l_i 分别表示叶结点 k_i 的权值和根到结点 k_i 之间的路径长度。树的带权路径长度亦称树的代价。

结点 D 的带权路径长度：6×2=12。

图 5-27 所示树的带权路径长度：6×2+8×3=36。

3. 最优二叉树或哈夫曼树

在权为 W_1，W_2，…，W_n 的 n 个叶子所构成的所有二叉树中，带权路径长度最小（即代价最小）的二叉树称为最优二叉树或哈夫曼树。例如，给定 4 个叶子结点 a、b、c 和 d，分别带权 8、7、1 和 5。构造如图 5-28 所示的三棵二叉树（还有许多棵），它们的带权路径长度分别为：

① WPL=8×2+7×2+1×2+5×2=42

② WPL=8×3+7×3+1×1+5×2=56

③ WPL=8×1+7×2+1×3+5×3=40

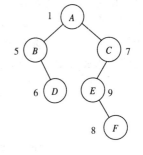

图 5-27 带权树

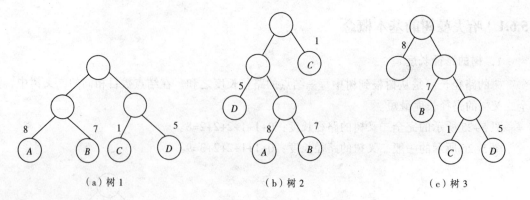

图 5-28　具有不同 WPL 的二叉树

其中，(c) 树的 WPL 最小，可以验证，它就是哈夫曼树。其特点有：① 叶子上的权值均相同时，完全二叉树一定是最优二叉树，否则完全二叉树不一定是最优二叉树。② 最优二叉树中，权越大的叶子离根越近。③ 最优二叉树的形态不唯一，但是 WPL 最小。

5.6.2　构造最优二叉树

由图 5-24 可看出，在叶子数目及权值相同的二叉树中，完全二叉树不一定是最优二叉树。一般情况下，权越大的叶子离根越近。那么如何构造最优二叉树呢？哈夫曼给出了对于给定叶子数目及其权值构造最优二叉树的方法，故称其为哈夫曼算法。基本思想是：

① 根据给定的 n 个权值 w_1, w_2, …, w_n 构成 n 棵二叉树的森林 $F=\{T_1, T_2, …, T_n\}$，其中每棵二叉树 T_i 中都只有一个权值为 w_i 的根结点，其左右子树均空。

② 在森林 F 中选出两棵根结点权值最小的树（当这样的树不止有两棵时，可以从中任选两棵），将这两棵树合并成一棵新树，为了保证新树仍是二叉树，需要增加一个新结点作为新树的根，并将所选两棵树的根分别作为新根的左右孩子（谁左谁右无关紧要），将这两个孩子的权值之和作为新树根的权值。

③ 对新的森林 F 重复步骤②，直到森林 F 中只剩下一棵树为止，这棵树便是哈夫曼树。

由此可得，初始森林中的 n 棵二叉树，每棵树有一个孤立的结点，它们既是根，又是叶子；n 个叶子的哈夫曼树要经过 $n-1$ 次合并，产生 $n-1$ 个新结点，最终求得的哈夫曼树中共有 $2n-1$ 个结点；哈夫曼树是严格的二叉树，没有度数为 1 的分支结点。用一个大小为 $2n-1$ 的向量来存储哈夫曼树中的结点，其存储结构为：

```
#define n 10              /*叶子数目*/
#define m 2*n-1           /*树中结点总数*/
typedef struct            /*结点类型*/
  { int  weight;          /*权值，不妨设权值均大于零*/
    int lchild, rchild, parent;   /*左右孩子及双亲指针*/
  }HTNode;
typedef HTNode HuffmanTree[m];
```

因为 C 语言数组的下界为 0，故用-1 表示空指针。树中某结点的 lchild、rchild 和 parent 不等于-1 时，它们分别是该结点的左、右孩子和双亲结点在向量中的下标。设置 parent 域有两个作用：一是使查找某结点的双亲变得简单；二是可通过判定 parent 的值是否为-1 来区分根与非根结点。在上述存储结构上实现的哈夫曼算法可以大致描述为（设 T 的类型为 HuffmanTree）：

① 初始化，将 $T[0,\cdots,m-1]$ 中 $2n-1$ 个结点里的三个指针均置为空（即置为-1），权值置为 0。

② 输入，读人 n 个叶子的权值存于向量的前 n 个分量（即 $T[0,\cdots,n-1]$）中。它们是初始森林中 n 个孤立的根结点上的权值。

③ 合并，对森林中的树共进行 $n-1$ 次合并，所产生的新结点依次放人向量 T 的第 i 个分量中（$n\leqslant i\leqslant m-1$）。每次合并分两步：

a. 在当前森林 $T[0,\cdots,i-1]$ 的所有结点中，选取权最小和次小的两个根结点 $T[p1]$ 和 $T[p2]$ 作为合并对象，这里 $0\leqslant p1$，$p2\leqslant i-1$。

b. 将根为 $T[p1]$ 和 $T[p2]$ 的两棵树作为左右子树合并为一棵新的树，新树的根是新结点 $T[i]$。具体操作：将 $T[p1]$ 和 $T[p2]$ 的 parent 置为 i；将 $T[i]$ 的 lchild 和 rchild 分别置为 p1 和 p2；新结点 $T[i]$ 的权值置为 $T[p1]$ 和 $T[p2]$ 的权值之和。合并后 $T[pl]$ 和 $T[p2]$ 在当前森林中已不再是根，因为它们的双亲指针均已指向了 $T[i]$，所以下一次合并时不会被选中为合并对象。

对哈夫曼算法求精可得：

```
void CreateHuffmanTree(HuffmanTree T)
{/*构造哈夫曼树，T[m-1]为其根结点*/
  int i,p1,p2;
  InitHuffmanTree(T);              /*将 T 初始化*/
  InputWeight(T);                  /*输入叶子权值至 T[0,…,n-1]的 weight 域*/
  for(i=n;i<m;i++){                /*共进行 n-1 次合并，新结点依次存于 T[i]中*/
    SelectMin(T,i-1,&p1,&p2);
    /*在 T[0,…,i-1]中选择两个权最小的根结点，其序号分别为 p1 和 p2*/
    T[p1].parent=T[p2].parent=i;
    TIi].1child=p1;                /*最小权的根结点是新结点的左孩子*/
    T[j].rchild=p2;                /*次小权的根结点是新结点的右孩子*/
    T[i].weight=T[p1].weight+T[p2].weight;
  }
}
```

以 4 个权值：8、7、1、5 为例，执行 CreateHuffmanTree 求最优二叉树的过程如图 5-29 所示。

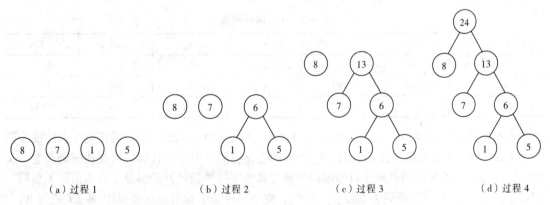

图 5-29 用哈夫曼算法构造最优二叉树的过程

5.6.3 哈夫曼编码

哈夫曼编码（Huffman coding）是一种编码方式，哈夫曼树——即最优二叉树，带权路径长度最小的二叉树，经常应用于数据压缩。

在计算机信息处理中,"哈夫曼编码"主要用于数据的无损压缩,是指使用一张特殊的编码表将源字符(例如某文件中的一个符号)进行编码。这张编码表的特殊之处在于,它是根据每一个源字符出现的估算概率而建立起来的(出现概率高的字符使用较短的编码,反之出现概率低的则使用较长的编码,这便使编码之后的字符串的平均期望长度降低,从而达到无损压缩数据的目的)。这种方法是由 David.A.Huffman 发展起来的。例如,在英文中 e 的出现概率很高,而 z 的出现概率则最低。当利用哈夫曼编码对一篇英文进行压缩时,e 极有可能用一个位(bit)来表示,而 z 则可能花去 25 个位(不是 26)。用普通的表示方法时,每个英文字母均占用一个字节(byte),即 8 个位。二者相比,e 使用了一般编码的 1/8 的长度,z 则使用了 3 倍多。倘若我们能实现对于英文中各个字母出现概率的较准确的估算,就可以大幅度提高无损压缩的比例。

1. 基本概念

(1)编码和解码

数据压缩过程称为编码。即将文件中的每个字符均转换为一个唯一的二进制位串。数据解压过程称为解码。即将二进制位串转换为对应的字符。

(2)等长编码方案和变长编码方案

给定的字符集 C,可能存在多种编码方案。

① 等长编码方案

等长编码方案将给定字符集 C 中每个字符的码长定为$[\lg|C|]$,$|C|$表示字符集的大小。例如,设待压缩的数据文件共有 100 000 个字符,这些字符均取自字符集 $C=\{a, b, c, d, e, f\}$,等长编码需要三位二进制数字来表示六个字符,因此,整个文件的编码长度为 300 000 位。

② 变长编码方案

变长编码方案将频度高的字符编码设置较短,将频度低的字符编码设置较长。例如,设待压缩的数据文件共有 100 000 个字符,这些字符均取自字符集 $C=\{a, b, c, d, e, f\}$,其中每个字符在文件中出现的次数(简称频度)如表 5-3 所示。

表 5-3　字符编码问题

字　符	a	b	c	d	e	f
频度(单位:千次)	45	13	12	16	9	5
定长编码	000	001	010	011	100	101
变长编码	0	101	100	111	1101	1100

根据公式计算:$(45\times1+13\times3+12\times3+16\times3+9\times4+584)\times1\,000=224\,000$,因此整个文件被编码为 224 000 位,比定长编码方式节约了约 25% 的存储空间。但是变长编码可能使解码产生二义性。产生该问题的原因是某些字符的编码可能与其他字符的编码开始部分(称为前缀)相同。例如,设 E、T、W 分别编码为 00、01、0001,则解码时无法确定信息串 0001 是 ET 还是 W。

(3)前缀编码方案

对字符集进行编码时,要求字符集中任一字符的编码都不是其他字符编码的前缀,这种编码称为前缀(编)码。显然,等长编码是前缀码。

(4)最优前缀码

平均码长或文件总长最小的前缀编码称为最优的前缀码。最优的前缀码对文件的压缩效果也最佳。设 P_i 为第 i 个字符出现的概率，L_i 为第 i 个字符的编码长度，用 $\sum_{i=1}^{n} P_i L_i$ 表示平均码长。

显然，平均码长越小，压缩效果越好。例如，若将表 5-3 所示的文件作为统计的样本，则 a 至 f 六个字符的概率分别为 0.45、0.13、0.12、0.16、0.09、0.05，变长编码求得的平均码长为：0.45×1+0.13×3+0.12×3+0.16×3+0.09×4+0.05×4=2.24，定长编码求得的平均码长为：（0.45+0.13+0.12+0.16+0.09+0.05）×3=3，因此变长编码优于定长编码。

2. 根据最优二叉树构造哈夫曼编码

利用哈夫曼树很容易求出给定字符集及其概率（或频度）分布的最优前缀码。哈夫曼编码正是一种应用广泛且非常有效的数据压缩技术。该技术一般可将数据文件压缩掉 20% 至 90%，其压缩效率取决于被压缩文件的特征。

对给定的字符集 $C=\{C_1, C_2, \cdots, C_n\}$ 及其概率分布 $P=\{P_1, P_2, \cdots, P_n\}$，可以这样求得最优前缀码：用字符 C_i 作为叶子，P_i 做为叶子 C_i 的权，构造一棵哈夫曼树，并将树中左分支和右分支分别标记为 0 和 1；然后将从根到叶子的路径上的标号依次相连，作为该叶子所表示字符的编码。显然，每个叶子字符 C_i 的码长恰为从根到该叶子的路径长度 l_i，平均码长（或文件总长）又是二叉树的带权路径长度 WPL，而哈夫曼树是 WPL 最小的二叉树，因此编码的平均码长（或文件总长）也最小。另外树中没有一片叶子是另一叶子的祖先，每片叶子对应的编码就不可能是其他叶子编码的前缀，即上述编码是二进制的前缀码。综上所述，由哈夫曼树求得的编码是最优前缀码，亦称为哈夫曼编码。

例如，对表 5-3 给出的字符集及其概率分布，用哈夫曼算法构造的哈夫曼树及其对应的哈夫曼编码，如图 5-30 所示。

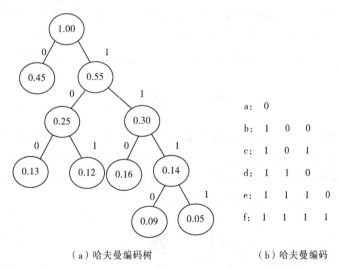

（a）哈夫曼编码树　　　　　（b）哈夫曼编码

图 5-30　哈夫曼编码树及其对应的哈夫曼编码

3. 哈夫曼编码算法

给定字符集的哈夫曼树生成后，求哈夫曼编码的具体实现过程是：依次以叶子 $T[i](0 \leq i \leq n-1)$ 为出发点，向上回溯至根为止。上溯时走左分支，则生成代码 0；走右分支，则生成代码 1。由于生成的编码与要求的编码反序，将生成的代码先从后往前依次存放在一个临时向量中，并设一个指针 start 指示编码在该向量中的起始位置（start 初始时指示向量的结束位置）。当某字符编码完成时，从临时向量的 start 处将编码复制到该字符相应的位串 bits 中即可。因为字符集大小为 n，故变长编码的长度不会超过 n，加上一个结束符'\0'，bits 的大小应为 $n+1$。字符集编码的存储结构及其算法描述如下：

```
typedef struct
  { char ch;                              /*存储字符*/
    char bits[n+1];                       /*存放编码位串*/
  }CodeNode;
typedef CodeNode HuffmanCode[n];

void CharSetHuffmanEncoding(HuffmanTree T,HuffmanCode H)
{ /*根据哈夫曼树 T 求哈夫曼编码表 H*/
  int c,p,i;                              /*c 和 p 分别指示 T 中孩子和双亲的位置*/
  char cd[n+1];                           /*临时存放编码*/
  int start;                              /*指示编码在 cd 中的起始位置*/
  cd[n]='\0';                             /*编码结束符*/
  for(i=0,i<n,i++)                        /*依次求叶子 T[i]的编码*/
    { H[i].ch=getchar();                  /*读入叶子 T[i]对应的字符*/
      start=n;                            /*编码起始位置的初值*/
      c=i;                                /*从叶子 T[i]开始上溯*/
      while((p=T[c].parent)>=0)           /*直至上溯到 T[c]是树根为止*/
        {   /*若 T[c]是 T[p]的左孩子，则生成代码 0;否则生成代码 1*/
          cd[--start]=(T[p].1child==C)?'0': '1';
          c=p;                            /*继续上溯*/
        }
      strcpy(H[i].bits, &cd[start]);      /*复制编码位串*/
    }
}
```

哈夫曼树也可用来译码。与编码过程相反，其过程是：依次读入文件的二进制码，从哈夫曼树的根结点（即 $T[m-1]$）出发，若当前读入 0，则走向左孩子，否则走向右孩子。一旦到达某一叶子 $T[i]$时，便译出相应的字符 $H[i]$.ch。然后重新从根出发继续译码，直至文件结束。

小　　结

树和二叉树是一类具有层次或嵌套关系的非线性结构，被广泛地应用于计算机领域，尤其是二叉树最重要、最常用。本章主要介绍了树和二叉树的概念、性质和存储方式；二叉树的三种遍历操作；线索二叉树的有关概念和运算。同时介绍了树、森林与二叉树之间的转换；最后讨论了最优二叉树（哈夫曼树）的概念及其应用。

习　　题

一、简答题

1. 简单描述什么是树、二叉树、结点的度、树的度、完全二叉树、满二叉树、哈夫曼树。

2. 一棵度为 2 的树与一棵二叉树有何区别？

3. 已知一棵树边的集合如下，画出此树，并回答问题。

   $\{(L, M),(L, N),(E, L),(B, E),(B, D),(A, B),(G, J),(G, K),(C, G),(C, F),(H, I),(C, H),(A, C)\}$

（1）哪个是根结点？　　（2）哪些是叶子结点？　　（3）哪个是 *G* 的双亲？

（4）哪些是 *G* 的祖先？　（5）哪些是 *G* 的孩子？　　（6）哪些是 *E* 的子孙？

（7）哪些是 *E* 的兄弟？哪些是 *F* 的兄弟？

（8）结点 *B* 和 *N* 的层次各是多少？　　　　　　（9）树的深度是多少？

（10）以结点 *C* 为根的子树的深度是多少？　　　（11）树的度数是多少？

4. 从数据的逻辑结构（即数据的组织形式）方面简述数据结构中树形结构与线性结构的特点。

5. 分别画出含三个结点的树与二叉树的所有不同形态。

6. 根据如图 5-31 所示的二叉树，画出该二叉树的中序线索二叉树。

7. 已知一棵二叉树的中序遍历序列为 *D H B E A I F C G J K*，该二叉树的后序遍历序列是 *H D E B I F J K G C A*，现画出这棵二叉树。

8. 二叉树按中序遍历的结果为 ABC，试问有几种不同形态的二叉树可以得到这一遍历结果，并画出这些二叉树。

9. 已知一棵二叉树的后序遍历和中序遍历的序列分别为：

A C D B G I H F E 和 *A B C D E F G H I* 。

试画出该二叉树，并写出它的先序遍历的序列。

10. 已知一棵二叉树的先序遍历和中序遍历的序列分别为：

A B D G H C E F I 和 *G D H B A E C I F* 。

试画出此二叉树，并写出它的后序遍历的序列。

11. 已知一棵二叉树的层次序列为：*A B C D E F G H I J*，中序序列为 *D B G E H J A C I F*，试画出该二叉树。

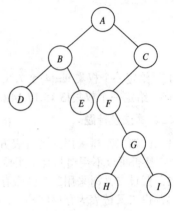

图 5-31　二叉树

12. 把图 5-32 中的一般树转换为二叉树。

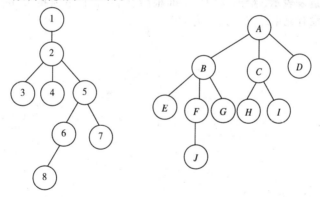

图 5-32　一般二叉树

13. 把图 5-33 中的森林转换为二叉树。

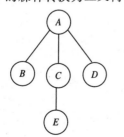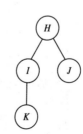

图 5-33　森林

14. 把图 5-34 中的二叉树还原为森林。

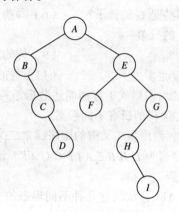

图 5-34　二叉树

15. 给定一个权集 $w=\{4, 5, 7, 8, 6, 12, 18\}$，试画出相应的哈夫曼树，并计算其带权路径长度 WPL。

16. 给定一个权集 $\{3,15,17,14,6,16,9,2\}$，试画出相应的哈夫曼树，并计算其带权路径长度 WPL。

二、算法设计题

1. 已知二叉树采用二叉链表方式存放，要求返回二叉树 T 的后序序列中的第一个结点的指针，是否可以不用递归且不用栈来完成？试说明原因。

2. 假设二叉树采用二叉链表存储结构，设计一个非递归算法求二叉树的高度。

3. 以二叉链表为存储结构，编写计算二叉树中叶子结点数目的递归函数。

4. 以二叉链表作存储结构，编写按层次遍历二叉树的算法。

5. 设二叉树以二叉链表表示，给出树中一个非根结点（由指针 p 所指），并求它的兄弟结点（用指针 q 指向，若没有兄弟结点，则 q 为空）。

第6章 图

基本要求:

- 掌握图的基本概念、存储结构及两种搜索路径的遍历算法
- 掌握生成树的概念及构造最小生成树的算法
- 理解用 Dijkstra 方法求解单源最短路径问题
- 掌握求拓扑排序及关键路径的方法

教学重点和难点:

- 图的存储结构及其构造算法
- 图的深度优先遍历和广度优先遍历算法
- 最小生成树的构造及其算法
- 最短路径
- 拓扑排序

图在人工智能、工程、物理、数学、化学、计算机科学等领域中均有着广泛的应用,例如可以用图来模拟设计"旅游景点的导游程序"或"求校园最短路径"等问题,为来访的客人或学生提供便利。

6.1 图 的 概 念

图(graph)是一种较线性表和树更为复杂的数据结构,线性表中的数据元素之间是线性关系,每个数据元素只有一个直接前驱和一个直接后继;树中的数据元素之间是层次关系,每一层上的元素可以与下一层的多个元素相联结,但只能与上一层的一个元素联结。而在图结构中,结点间的联系是任意的,任何一个元素都可以与其他元素相联结。所以,可以说树是特殊的图。

在图中,常常将数据元素称为顶点(vertex),将顶点之间的关系用边(edge)来表示。

1. 图的定义

图(graph)是由顶点的有穷非空集合和顶点之间边的集合组成,通常表示为 $G=(V,E)$。其中,G 表示一个图,V 是图 G 中顶点的集合,E 是图 G 中顶点之间边的集合。若顶点 v_i 和 v_j 之间的边没有方向,则称这条边为无向边,用无序偶对(v_i,v_j)来表示;若从顶点 v_i 到 v_j 的边有方向,则称这条边为有向边(也称为弧),用有序偶对<v_i,v_j>来表示,v_i 称为弧尾(tail),v_j

称为弧头（head）。如果图的任意两个顶点之间的边都是无向边，则称该图为无向图（undirected graph），否则称该图为有向图（directed graph）。

例如，图 6-1 所示 G_1 是一个无向图，G_2 是一个有向图。

G_1 的顶点集合为：$V=\{v_1,v_2,v_3,v_4,v_5\}$。

G_1 的边集合为：$E=\{(v_1,v_2),(v_1,v_4),(v_2,v_3),(v_2,v_5),(v_3,v_4),(v_3,v_5),(v_4,v_5)\}$。

G_2 的顶点集合为：$V=\{v_1,v_2,v_3,v_4\}$。

G_2 的弧集合为：$E=\{<v_1,v_2>,<v_1,v_3>,<v_3,v_4>,<v_4,v_1>\}$。

2. 图的基本术语

（1）简单图

在图中，若不存在顶点到其自身的边，且同一条边不重复出现，则称这样的图为简单图（simple graph）。在数据结构中讨论的图均为简单图。

（2）邻接点

若无向图中存在边（v_i,v_j），则称顶点 v_i 和 v_j 互为邻接点（adjacent），或称 v_i 和 v_j 相邻接；并称边（v_i,v_j）关联于顶点 v_i 和 v_j。

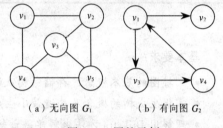

（a）无向图 G_1　　　（b）有向图 G_2

图 6-1　图的示例

（3）无向完全图、有向完全图

在无向图中，如果任意两个顶点之间都存在边，则称该图为无向完全图（undirected complete graph）。含有 n 个顶点的无向完全图有 $n\times(n-1)/2$ 条边。

在有向图中，如果任意两顶点之间都存在方向互为相反的两条弧，则称该图为有向完全图（directed complete graph）。含有 n 个顶点的有向完全图有 $n\times(n-1)$ 条边。

显然，在完全图中，边（或弧）的数目达到最多。

（4）稀疏图、稠密图

边数很少的图称为稀疏图（sparse graph）；反之，称为稠密图（dense graph）。稀疏和稠密本身是模糊的概念，稀疏图和稠密图常常是相对而言的。

（5）顶点的度、入度、出度

在无向图中，顶点 v 的度（degree）是指依附于该顶点的边的个数，记为 $TD(v)$。在具有 n 个顶点 e 条边的无向图中，有下式成立：

$$\sum_{i=1}^{n}TD(v_i)=2e$$

在有向图中，顶点 v 的入度（indegree）是指以该顶点为弧头的弧的个数，记为 $ID(v)$；顶点 v 的出度（outdegree）是指以该顶点为弧尾的弧的个数，记为 $OD(v)$。在具有 n 个顶点 e 条边的有向图中，有下式成立：

$$\sum_{i=1}^{n}ID(v_i)=\sum_{i=1}^{n}OD(v_i)=e$$

（6）权、网

在图中，权（weight）通常是指对边赋予的有意义的数值。在实际应用中，权可以有具体的含义。例如，对于城市交通线路图，边上的权表示该条线路的长度或者等级；对于电子线路图，边上的权表示两个端点之间的电阻、电流或电压值；对于工程进度图，边上的权表示从前一个工程到后一个工程所需要的时间等。

边上带权的图称为网或网络（network）。图 6-2 所示为一个无向网。

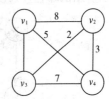

图 6-2 无向网示意图

（7）路径、路径长度、回路

若图中存在一个从顶点 v_i 到顶点 v_j 的顶点序列，则这个顶点序列称为路径（path）。若路径中除第一个顶点和最后一个顶点相同以外，其余顶点均不重复，则称之为回路或环（cycle）。一条路径上经过的边的数目称为路径长度（path length）。

显然，在图中路径可能不唯一，回路也可能不唯一。

（8）简单路径、简单回路

在路径序列中，顶点不重复出现的路径称为简单路径（simple path）。除了第一个顶点和最后一个顶点之外，其余顶点不重复出现的回路称为简单回路（simple circuit）。

（9）子图

对于图 $G=(V,E)$，$G'=(V',E')$，如果 $V'\subseteq V$ 且 $E'\subseteq E$，则称图 G' 是 G 的子图（subgraph）。图 6-3 分别给出了无向图 G_1 的一个子图和有向图 G_2 的一个子图。

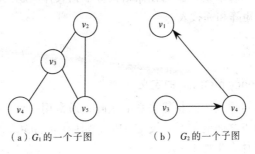

（a）G_1 的一个子图　　　　　（b）G_2 的一个子图

图 6-3 子图的例子

（10）连通图、连通分量

在无向图中，若任意顶点 v_i 和 $v_j(i\neq j)$ 之间有路径，则称该图是连通图（connected graph）。图 6-1（a）是连通图，图 6-4（a）是非连通图。非连通图的极大连通子图称为连通分量（connected component），极大的含义是指包括所有连通的顶点以及和这些顶点相关联的所有边。图 6-4（a）所示的非连通图有两个连通分量，如图 6-4（b）所示。

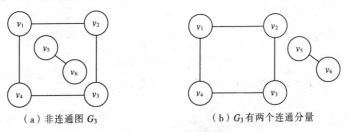

（a）非连通图 G_3　　　　　　（b）G_3 有两个连通分量

图 6-4 非连通图的连通分量

（11）强连通图、强连通分量

在有向图中，对任意顶点 v_i 和 v_j（$i\neq j$），若从顶点 v_i 到 v_j 和从顶点 v_j 到 v_i 均有路径，则称

该有向图是强连通图（strongly connected graph）。图 6-5（a）是强连通图，图 6-5（b）是非强连通图。非强连通图的极大强连通子图称为强连通分量（strongly connected component）。图 6-5（b）所示的非强连通图有两个强连通分量，如图 6-5（c）所示。

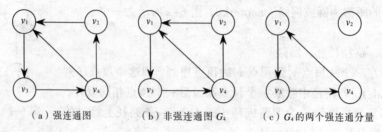

（a）强连通图　　　　（b）非强连通图 G_4　　　　（c）G_4 的两个强连通分量

图 6-5　强连通图及强连通分量

6.2　图 的 存 储

从图的定义可知，一个图包括两部分信息：顶点的信息以及描述顶点之间关系（边或弧）的信息。因此，无论采用什么方法存储图，都要完整、准确地反映这两方面的信息。在图中，任意两个顶点之间都可能存在边，所以无法通过顶点的存储位置反映顶点之间的邻接关系，因此图没有顺序存储结构。一般来说，图的存储结构应根据具体问题的要求来设计，本节仅介绍两种最常用的方法：邻接矩阵和邻接表。

6.2.1　邻接矩阵表示法

1. 邻接矩阵（adjacency matrix）的定义

邻接矩阵实际上是表示顶点之间相邻关系的矩阵，通常用一个一维数组存放顶点信息，用一个二维数组表示 n 个顶点之间的关系。设 $G=(V,E)$ 是具有 n（$n>0$）个顶点的图，则 G 的邻接矩阵 A 是 n 阶方阵，其具体含义如下：

① 如果 G 是无向图，则：

$$A[i][j]=\begin{cases} 1, & \text{若}(v_i,v_j)\in E(G) \\ 0, & \text{其他} \end{cases}$$

② 如果 G 是有向图，则：

$$A[i][j]=\begin{cases} 1, & \text{若}<v_i,v_j>\in E(G) \\ 0, & \text{其他} \end{cases}$$

③ 如果 G 是网络，则：

$$A[i][j]=\begin{cases} w_{ij}, & \text{若 } v_i\neq v_j \text{ 且}(v_i,v_j)\in E(G)\text{或}< v_i,v_j >\in E(G) \\ 0, & v_i=v_j \\ \infty, & \text{其他} \end{cases}$$

例如，图 6-6 中的矩阵 A_1 是无向图 G_5 的邻接矩阵。

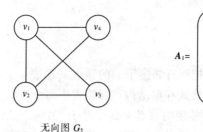

无向图 G_5

图 6-6 无向图 G_5 及其邻接矩阵

2. 图的邻接矩阵存储表示

用邻接矩阵表示法表示图，除了存储用于表示顶点间相邻关系的邻接矩阵外，通常还需要用一个顺序表来存储顶点信息，其形式如下：

```
#define  n  6                      /*图的顶点数*/
#define  e  8                      /*图的边数*/
typedef char vextype;             /*顶点的数值类型*/
typedef float adjtype;            /*权值类型*/
typedef struct {
   vextype vexs[n];               /*存放顶点信息*/
   adjtype arcs[n][n];
}graph;                           /*图的定义*/
```

若图中顶点信息是 $0 \sim n-1$ 的编号，则无须令权值为 1，存储一个邻接矩阵就可以表示图。若是网络，则 adjtype 为权的类型。由于无向图或无向网络的邻接矩阵是对称的，故可采用压缩存储的方法，仅存储下三角阵（不包含对角线上的元素）中的元素即可。显然，邻接矩阵表示法的空间复杂度 $S(n)=O(n^2)$。以下是建立一个无向网络的算法：

```
CREATGRAPH(graph *ga)                 //建立无向网络
{ int i,j,k;
  float w;
  for(i=0;i<n;i++)ga->vexs[i]=getchar();  //读入顶点信息，建立顶点表
  for(i=0;i<n;i++)
   for(j=0;j<n;j++)ga->arcs[i][j]=0;     //初始化邻接矩阵
   for(k=0;k<e;k++)                      //读入 e 条边
   {scanf("%d,%d,%f",&i,&j,&w);          //读入边（vi,vj）上的权值 w
   ga->arcs[i][j]=w;
   ga->arcs[j][i]=w;}}                   // CREATGRAPH
```

以上算法的执行时间是 $O(n+n^2+e)$，其中邻接矩阵初始化耗费时间为 $O(n^2)$，因为 $e<n^2$，所以算法的时间复杂度是 $O(n^2)$。

在图的邻接矩阵存储中容易解决下列问题：

① 对于无向图，顶点 i 的度等于邻接矩阵的第 i 行（或第 i 列）非零元素的个数。对于有向图，顶点 i 的出度等于邻接矩阵的第 i 行非零元素的个数；顶点 i 的入度等于邻接矩阵的第 i 列非零元素的个数。

② 要判断顶点 i 和 j 之间是否存在边，只须测试邻接矩阵中相应位置的元素 $A[i][j]$，若其值为 1，则有边；否则，顶点 i 和 j 之间不存在边。

③ 找顶点 i 的所有邻接点，可依次判别顶点 i 与其他顶点之间是否有边（无向图）或顶点 i 到其他顶点是否有弧（有向图）。

6.2.2 邻接表表示法

1．邻接表（adjacency list）定义

若对于图 G 中的每个顶点 v_i，该方法把所有邻接于 v_i 的顶点 v_j 连成一个单链表，这个单链表就称为顶点 v_i 的邻接表，它是图的一种链式存储结构。邻接表中每个表结点都有两个域，一个是邻接点域（adjvex），用于存放与 v_i 相邻接的顶点 v_j 的序号 j；另一个是链域（next），用来将邻接表的所有表结点链在一起。并为每个顶点 v_i 的邻接表设置一个具有两个域的表头结点；一个是顶点域（vertex），用于存放顶点的信息；另一个是指针域（link），用于存入指向 v_i 的邻接表中第一个表结点的头指针。为了便于随机访问任一顶点的邻接表，将所有邻接表的表头结点顺序存储在一个向量中，这样图 G 就可以由这个表头向量来表示。

例如，图 6-7 所示为无向图 G_5 的邻接表。

图 6-7 中对于无向图而言，v_i 的邻接表中每个表结点都对应于 v_i 相关联的一条边；对于有向图来说，v_i 的邻接表中每个表结点都对应于以 v_i 为始点射出的一条边。因此，将无向图的邻接表称为边表，将有向图的邻接表称为出边表，将邻接表的表头向量称为顶点表。

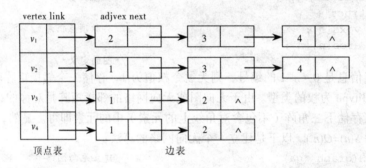

图 6-7　G_5 的邻接表表示

2．图的邻接表存储表示

下面给出邻接表的说明及算法：

```
typedef struct node{
  int adjvex;                    /*邻接点域*/
  struct node *next;             /*链域*/
}edgenode;                       /*边表结点*/
typedef struct {
  VertexType vertex;             /*顶点信息*/
  edgenode *link;                /*边表头指针*/
}vexnode;                        /*顶点表结点*/
vexnode ga[n];
CREATADJLIST(ga)                 /*建立无向图的邻接表*/
vexnode ga[ ];
{int i,j,k;
 edgenode *s;
 for(i=0;i<n;i++)                /*读入顶点信息*/
{ga[i].vertex=getchar();
 ga[i].link=NULL;}               /*边表头指针初始化*/
 for(k=0;k<e;k++)                /*建立边表*/
{scanf("%d%d",&i,&j);            /*读入边（vi,vj）的顶点序号*/
```

```
  s=malloc(sizeof(edgenode));        /*生成邻接点序号为 j 的表结点*/
  s->adjvex=j;
  s->next=ga[i].link;
ga[i].link=s;                        /*将*s 插入顶点 vi 的边表头部*/
  s=malloc(sizeof(edgenode));        /*生成邻接点序号为 i 的边表结点*s*/
  s->adjvex=i;
  s->next=ga[j].link;
ga[j].link=s; }                      /*将*s 插入顶点 vj 的边表头部*/
```

显然该算法的时间复杂度是 $O(n+e)$。建立有向图的邻接表与此类似，甚至更简单。值得注意的是，一个图的邻接矩阵表示是唯一的，但其邻接表表示不唯一，这是因为邻接表表示中，各边表结点的链接次序取决于建立邻接表的算法以及边的输入次序。

6.3 图 的 遍 历

从图中某一顶点出发，按某种搜索方法访遍其余顶点，且使每一顶点仅被访问一次。这一过程称为图的遍历。根据搜索路径的方向不同，遍历图的方法主要有两种：深度优先搜索（depth first search）和广度优先搜索（broad first search）。在搜索过程中，为了避免重复访问同一个顶点，须要记住每个顶点是否被访问过。因此，可设置一个布尔向量 visited[n]，它的初值为 FALSE，一旦访问了顶点 v_i，便将 visited[i-1] 置为 TRUE。

6.3.1 连通图的深度优先搜索遍历

深度优先搜索遍历类似于树的前序遍历，它是每次在访问完当前顶点后，首先访问当前顶点的一个未被访问过的邻接顶点，然后去访问这个邻接点的一个未被访问过的邻接点，显然这样的算法是一个递归算法。其算法思想为：

① 访问初始顶点 v，并将其标记为已访问。

② 查找顶点 v 的第一个邻接顶点 w。

③ 若顶点 v 的邻接顶点 w 存在，则继续执行；否则回溯到 v，再找 v 的另外一个未访问过的邻接点。

④ 若顶点 w 尚未被访问，则访问顶点 w 并标记顶点 w 为已访问。

⑤ 继续查找顶点 w 的下一个邻接顶点 w_i，如果 v 取值 w_i 则转到步骤③。直到连通图中所有顶点全部访问过为止。

【例 6.1】现以图 6-8（a）为例说明深度优先搜索过程。假定 v_1 是出发点，首先访问 v_1。因 v_1 有两个邻接点 v_2、v_3 均未被访问过，可以选择 v_2 作为新的出发点，访问 v_2 之后，再找 v_2 未访问过的邻接点。同 v_2 邻接的有 v_1、v_4、v_5，其中 v_1 已被访问过，而 v_4、v_5 尚未被访问过，可以选择 v_4 作为新的出发点。重复上述搜索过程，继续依次访问 v_8、v_5。访问 v_5 之后，由于与 v_5 相邻的顶点均已被访问过，搜索退回到 v_8。由于 v_8、v_4、v_2 都是已被访问的邻接点，所以搜索过程连续地从 v_8 退回到 v_4，再退回到 v_2，最后退回到 v_1。这时选择 v_1 未被访问过的邻接点 v_3，继续往下搜索，依次访问 v_3、v_6、v_7，从而遍历了图中全部顶点。在这个过程中得到的顶点的访问序列为 $v_1 \rightarrow v_2 \rightarrow v_4 \rightarrow v_8 \rightarrow v_5 \rightarrow v_3 \rightarrow v_7 \rightarrow v_6$。

对图进行深度优先搜索遍历时，按访问顶点的先后次序得到的顶点序列，称为该图的深度优先搜索遍历序列，简称 DFS 序列。一个图的 DFS 序列不一定唯一，它与算法、图的存储结构以及初始出发点有关。

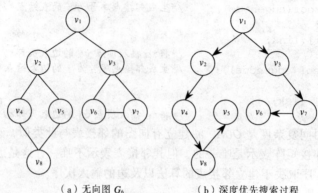

（a）无向图 G_6 （b）深度优先搜索过程

图 6-8　无向图 G_6 及其深度优先搜索过程

下面分别以邻接矩阵和邻接表做为图的存储结构，给出深度优先搜索遍历的算法。

（1）邻接矩阵的深度优先遍历算法

```
Boolean visited[n];            // 定义布尔向量visited为全局量
graph g;                       // 图g为全局量
DFS(int i)                     // 对图g作深度优先遍历,g用邻接矩阵表示
{ int j;
  printf("%c\n",g.vexs[i]);    // 访问出发点 v[i+1]
  visited[i]=TRUE;             //标记顶点 v[i+1] 已访问过
  for(j=0; j<MAX; j++)         //依次搜索 v[i+1] 的邻接点
  if ((g.arcs[i][j]==1)&&(!visited[j])) DFS(j);
  // 若 v[i+1] 的邻接点 v[j+1] 尚未访问过，则从 v[j+1] 出发进行深度优先搜索
}
```

用邻接矩阵表示图时，搜索一个顶点的所有邻接点需花费 $O(n)$时间，则从 n 个顶点出发搜索的时间应为 $O(n^2)$，即 DFS 算法的时间复杂度是 $O(n^2)$。

（2）邻接链表的深度优先遍历算法

```
vexnode gl[n];
DFSL(int i)                    // 从第 v[i+1] 个顶点出发深度优先遍历图 gl,gl用邻接表表示
{ int j;
  edgenode *p;
  printf("%c\n",gl[i].vertex);
  visited[i]=TRUE;
  p=gl[i].link;                // 取 v[i+1] 的边表头指针
  while(p!=NULL)
   {if(!visited[p->adjvex]) DFSL(p->adjvex);
  p=p->next;                   // 找 v[i+1] 的下一个邻接点
}}
```

使用邻接链表来表示图时，其 DFSL 算法的时间复杂度为 $O(n+e)$，此处 e 为无向图中的边数或有向图中的弧数。

6.3.2　连通图的广度优先搜索遍历

图的广度优先搜索（broad first search）遍历是一个分层搜索的过程，和树的按层次遍历类似，它也需要一个队列以记录遍历过的顶点顺序，以便按出队的顺序再去访问这些顶点的邻接

顶点。图的广度优先遍历算法思想为：

① 顶点 v 入队列。

② 当队列非空时则继续执行，否则算法结束。

③ 出队列取得队头顶点 v；访问顶点 v 并标记顶点 v 已被访问。

④ 查找顶点 v 的第一个邻接顶点 col。

⑤ 若 v 的邻接顶点 col 未被访问过的，则 col 入队列。

⑥ 继续查找顶点 v 的另一个新的邻接顶点 col，转到步骤⑤。直到顶点 v 的所有未被访问过的邻接点处理完。转到步骤②。

下面仍以图 6-8（a）为例说明广度优先搜索的过程。首先从起点 v_1 出发访问 v_1。v_1 有两个未曾访问的邻接点 v_2 和 v_3。先访问 v_2，再访问 v_3。然后再先访问 v_2 的未曾访问过的邻接点 v_4、v_5 及 v_3 的未曾访问过的邻接点 v_6 和 v_7，最后访问 v_4 的未曾访问过的邻接点 v_8。至此图中所有顶点均已被访问过。得到的顶点访问序列为：

$$v_1 \rightarrow v_2 \rightarrow v_3 \rightarrow v_4 \rightarrow v_5 \rightarrow v_6 \rightarrow v_7 \rightarrow v_8。$$

和定义图的 DFS 序列类似，将广度优先搜索遍历图所得的顶点序列，定义为图的广度优先搜索遍历序列，简称 BFS 序列。一个图的 BFS 序列也不是唯一的，它与算法、图的存储结构及初始出发点有关。

下面分别以邻接矩阵和邻接链表做为图的存储结构，给出广度优先遍历算法。

（1）邻接矩阵的广度优先遍历算法

```
BFS(int k) {// 按广度优先非递归遍历图 g,g 用邻接矩阵表示, visited 为访问标志向量
  int i,j;
  SETNULL(Q);              //置空队 Q
  pirntf("%c\n",g.vexs[k]);
  visited[k]=TRUE;         //标记 vk+1 已访问
  ENQUEUE(Q, k);           //已访问过的顶点（序号）入队列
  while (!EMPTY(Q)) {      // 队非空时执行
    i=DEQUEUE(Q);          // 队头元素出队列
    for(j=0;j<n;j++) if((g.arcs[i][j]==1)&&(!visited[j]))
    {printf("%c\n",g.vexs[j]);
     visited[j]=TRUE;
     ENQUEUE(Q, j); }      //访问过的顶点入队
} } // BFS
```

邻接矩阵表示图时，搜索一个顶点的所有邻接点需花费 $O(n)$ 时间，则从 n 个顶点出发搜索的时间应为 $O(n^2)$，即 BFS 算法的时间复杂度是 $O(n^2)$。

（2）邻接链表的广度优先遍历算法

```
BFSL(int k)              //广度优先搜索图 gl,gl 用邻接链表表示
{ int i;
  edgenode *p;
  SETNULL(Q);
  printf("%c\n",gl[k].vertex);
  visited[k]=TRUE;
  ENQUEUE(Q,k);
  while(!EMPTY(Q))
  { i=DEQUEUE(Q);
    p=gl[i].link;         //取 vi+1 的边表头指针
    while(p!=NULL)        //依次搜索 vi+1 的邻接点
```

```
   {if(!visited[p->adjvex])                   //访问 v_{i+1} 的未曾访问的邻接点
    { printf("%c\n",gl[p->adjvex].vertex);
      visited[p->adjvex]=TRUE;
      ENQUEUE(Q,p->adjvex);}                   //访问过的顶点入队
    p=p->next;                                 //找 v_{i+1} 的下一个邻接点
}}}                                            //BFSL
```

使用邻接链表来表示图时，其 BFSL 算法的时间复杂度为 $O(n+e)$，此处 e 为无向图中边的数目或有向图中弧的数目。

6.4   生成树和最小生成树

6.4.1   生成树

对于一个有 n 个顶点的连通图 $G=(V, E)$，若它的一个连通子图 G' 包含 n 个顶点且边的条数为 $n-1$，则称图 G' 是图 G 的生成树。

① 若 G 是强连通的有向图，则从其中任一顶点 v 出发，都可以访问 G 中的所有顶点，从而得到以 v 为根的生成树。

② 若 G 是有根的有向图，设根为 v，则从根 v 出发可以完成对 G 的遍历，得到 G 的以 v 为根的生成树。

图 6-9（a）是有向图 G_7，它的 DFS 生成树和 BFS 生成树分别如图 6-9（b）和 6-9（c）所示。

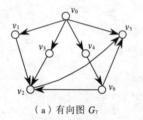
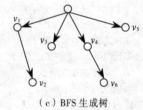

（a）有向图 G_7　　　　　　（b）DFS 生成树　　　　　　（c）BFS 生成树

图 6-9　有向图 G_7 及其生成树

③ 若 G 是非连通的无向图，则要若干次从外部调用 DFS（或 BFS）算法，才能完成对 G 的遍历。每一次外部调用，只能访问到 G 的一个连通分量的顶点集，这些顶点和遍历时所经过的边构成了该连通分量的一棵 DFS（或 BPS）生成树。G 的各个连通分量的 DFS（或 BFS）生成树组成了 G 的 DFS（或 BFS）生成森林。

④ 若 G 是非强连通的有向图，且源点又不是有向图的根，则遍历时一般也只能得到该有向图的生成森林。

对于一个给定的连通图，如何求得其生成树呢？可以从连通图的任意一个顶点出发，进行一次深度优先搜索或广度优先搜索，将图的所有顶点都访问到。在这两种搜索方法中，从一个已访问过的顶点 v_i 搜索到一个未曾访问过的邻接点 v_j，必定要经过 G 中的边（v_i,v_j）；而两种方法对图中的 n 个顶点都仅访问过一次，因此除初始出发点外，对其余 $n-1$ 个顶点的访问一共要经过 G 中的 $n-1$ 条边，这 $n-1$ 条边将 G 中的 n 个顶点连接成 G 的极小连通子图，即为 G 的一棵生成树。图 6-10（b）和图 6-10（c）所示分别为无向图 G_8 的两种生成树。

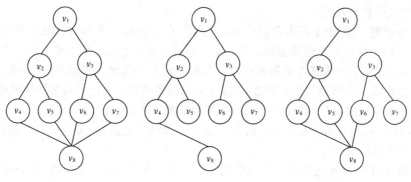

（a）无向图 G　　　　（b）G₈的广度优先生成树　　　（c）G₈的深度优先生成树

图 6-10　无向图 G₈ 及其两种生成树

一个连通图所对应的生成树不是唯一的。图 6-11（a）中，无向图 G₉ 的生成树分别为图 6-11（b）、图 6-11（c）和图 6-11（d）所示。

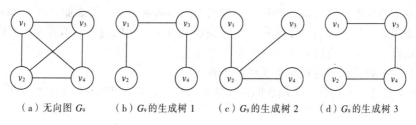

（a）无向图 G₉　　（b）G₉的生成树 1　　（c）G₉的生成树 2　　（d）G₉的生成树 3

图 6-11　无向图 G₉ 及其三种生成树

6.4.2　最小生成树

在生成树的实际应用中（如运输、通信），经常会遇到一个问题，那就是网络。假设要在 n 个城市之间建立通信联络网，则连通 n 个城市之间须要修建 $n-1$ 条线路，如何在最节省经费的前提下建立这个通信网呢？

该问题等价于：构造网的一棵最小生成树，即在 e 条带权的边中选取 $n-1$ 条（不构成回路），使"权值之和"为最小。

对于一个带权连通无向图，它的所有生成树中必有一棵树，其边的权值之和为最小值，称这棵生成树为最小代价生成树，简称最小生成树（minimun spanning tree，MST）。许多应用问题都是一个求无向连通图的最小生成树问题，因此找出一个网络的最小生成树具有现实意义。

构造最小生成树可以有多种算法，其中大多数构造法都利用了最小生成树的下述性质：设 $G=(V,E)$ 是一个连通网络，U 是顶点集 V 的一个真子集。若 (u,v) 是 G 中所有的一个端点在 U（$u \in U$）里、另一个端点不在 U（即 $v \in V-U$）里的边中，具有最小权值的一条边，则一定存在 G 的一棵最小生成树包括此边 (u,v)，该性质称为 MST 性质。MST 性质可用反证明法证明，为方便说明，先做以下约定：

① 将集合 U 中的顶点看做是红色顶点。

② 而 $V-U$ 中的顶点看做是蓝色顶点。

③ 连接红色顶点和蓝色顶点的边看做是紫色边。

④ 权最小的紫色边称为轻边（即权重最"轻"的边）。于是，MST 性质中所述的边 (u,v) 就可简称为轻边。

以下为反证明的全过程：

假设 G 中任何一棵 MST 都不含轻边(u,v)。则若 T 是 G 的一棵 MST，则它不含此轻边。由于 T 是包含了 G 中所有顶点的连通图，所以 T 中必有一条从红点 u 到蓝点 v 的路径 P，且 P 上必有一条紫边(u',v') 连接红点集和蓝点集，否则 u 和 v 不连通。当把轻边(u,v)加入树 T 时，该轻边和 P 必构成一个回路。删去紫边（u',v'）后回路也消除，由此可得另一生成树 T'。T' 和 T 的差别仅在于 T' 用轻边(u, v)取代了 T 中权重可能更大的紫边(u', v')。因为 $w(u, v) \leqslant w(u', v')$，所以 $w(T')=w(T)+w(u,v)-w(u',v') \leqslant w(T)$，故 T' 亦是 G 的 MST，它包含边(u,v)，这与假设矛盾。

所以，MST 性质成立。

如何利用 MST 性质来构造最小生成树呢？常见的算法有两种：普里姆（Prim）算法和克鲁斯卡尔（Kruskal）算法。

1. 普里姆（Prim）算法

（1）普里姆算法思想

普里姆算法是从另一个角度构造连通网的最小生成树的过程，它的基本思想是：取图中任何一个顶点 v 作为生成树的根，然后往生成树上添加新顶点 w。新添加顶点 w 和顶点 v 之间必定存在一条边，并且该边的权值在所有连通顶点 v 和 w 之间的边中取值最小。之后继续往生成树上添加顶点，直至生成树上含有 $n-1$ 个顶点为止。

以下是普里姆算法构造最小生成树的步骤：

设 $G=(V,E)$是一个具有 n 个顶点的带权的连通网络，$T=(U,TE)$是构造的生成树。

① 初始时，$U=\{V_0\}$，$TE=\phi$。

② 在所有 $u \in U$、$v \in V-U$ 的边(u,v)中选择一条权值最小的边，设为(u,v)。

③ 将(u,v)加入 TE，同时将 u 加入 U。

④ 重复步骤②和③，直到 $U=V$ 为止。

对图 6-12（a）所示的连通网络，按照 Prim 算法思想形成最小生成树的过程如图 6-12（b）~（g）所示，图中的单圆圈表示红点，虚线表示红的树边，双圆圈表示蓝点，实线表示紫边。

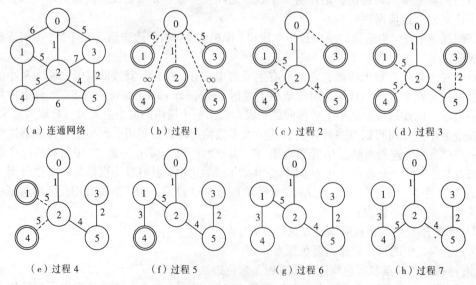

（a）连通网络　　（b）过程 1　　（c）过程 2　　（d）过程 3

（e）过程 4　　（f）过程 5　　（g）过程 6　　（h）过程 7

图 6-12　用 Prim 算法构造最小生成树的过程

注意：连通网的最小生成树不一定是唯一的，如图 6-12（h）就是生成的另一棵最小生成树。

（2）算法特点

该算法的特点是当前形成的集合 T 始终是一棵树。将 T 中 U 和 TE 分别看做红点和红边集，$V–U$ 看做蓝点集。算法的每一步均是在连接红、蓝点集的紫边中选择一条轻边扩充进 T 中。MST 性质保证了此边是安全的。T 从任意的根 r 开始，并逐渐生长直至 $U=V$，即 T 包含了 G 中所有的顶点为止。MST 性质确保此时的 T 是 G 的一棵 MST。因为每次添加的边都使树中的权尽可能小。

（3）算法分析

该算法的时间复杂度为 $O(n^2)$。与图中边数无关，该算法适合于稠密图。

2．克鲁斯卡尔（Kruskal）算法

（1）克鲁斯卡尔算法思想

① T 的初始状态只有 n 个顶点而无边的森林 $T=(V,\phi)$。

② 按边长递增的顺序选择 E 中的 $n–1$ 安全边(u,v)并加入 T，生成 MST。

注意：安全边指两个端点分别是森林 T 里两棵树中的顶点的边。加入安全边，可将森林中的两棵树连接成一棵更大的树，因为每一次添加到 T 中的边均是当前权值最小的安全边，MST 性质也能保证最终的 T 是一棵最小生成树。

（2）算法特点

该算法的特点是：当前形成的集合 T 除最后的结果外，始终是一个森林。

（3）Kruskal 算法简单描述

```
T=(V，Φ);
while (T 中所有边数小于 n-1)
{ 从 E 中选取当前最短边(u,v);
  从 E 中删去边(u,v);
  if((u,v)并入 T 之后不产生回路)将(u,v)并入 T 中;
}
```

对图 6-12（a）所示的连通网络，按照 Kruskal 算法构造最小生成树的过程如图 6-13（a）~（e）所示。

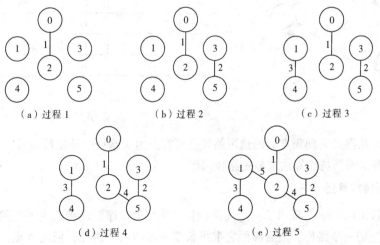

图 6-13　用 Kruskal 算法构造最小生成树的过程

（4）算法分析

Kruskal 算法的时间主要取决于边数。该算法须对 e 条边按权值进行排序，其时间复杂度为 $O(eloge)$，则适于稀疏图。

6.5 最短路径

交通网络可以画成带权的图，图中顶点表示城市，边代表城市间的公路，边上的权表示公路的长度。对于这样的交通网络常常提出这样的问题：两地之间是否有公路可通？在有几条路可通的情况下，哪一条路最短？以上提出的问题就是在带权图中求最短路径问题，此时路径的长度不是路径上边的数目，而是路径上的边所带权值的总和。

设 A 城到 B 城有一条公路，A 城的海拔高于 B 城，若考虑到上坡和下坡的车速不同，则边 $<A,B>$ 和边 $<B,A>$ 上表示行驶时间的权值也不同，即 $<A,B>$ 和 $<B,A>$ 应该是两条不同的边，考虑到交通网络的这种有向性，本节只讨论有向网络的最短路径问题，并假定所有的权为非负实数。习惯上称路径开始顶点为源点，路径的最后一个顶点为终点。

1. 最短路径

所谓最短路径问题是指：如果从图中某一顶点（源点）到达另一顶点（终点）的路径可能不止一条，如何找到一条沿此路径上各边的权值总和（称为路径长度）达到最小。

2. 单源最短路径

单源最短路径问题是：对于给定的有向带权图（简称有向网）$G=(V,E)$，找出从某个源点 $s \in V$ 到 V 中其余各顶点的最短路径。

【例 6.2】图 6-14 所示的有向网络 G_{10}，假定以顶点 v_1 为源点，则源点到其余各顶点的最短路径如表 6-1 所示。

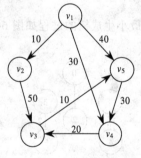

图 6-14 有向网络 G_{10}

表 6-1　G_{10} 从源点到其余各顶点的最短路径

源点	中间顶点	终点	路径长度
v_1		v_2	10
v_1		v_4	30
v_1		v_5	40
v_1	v_4	v_3	50

表 6-1 中，从源点 v_1 到顶点 v_3 的最短路径是所有到达 v_3 路径中长度最短者。

下面讨论用迪杰斯特拉算法求最短路径问题。

3. 迪杰斯特拉算法

迪杰斯特拉（Dijkstra）提出了一个按路径长度递增的次序，逐步产生最短路径的算法。首先求出长度最短的一条路径，然后参照它求出长度次短的一条路径，依此类推，直到从顶点 v

到其他各顶点的最短路径全部求出为止。

过程如下：设集合 S 中存放已经求出的最短路径的终点，初始状态时，集合 S 中只有一个源点，不妨设为 v_0。以后每求得一条最短路径（$v_0,\cdots,v_k$），就将 v_k 加到集合 S 中，直到全部顶点都加入到集合 S 中，算法就可结束。

该算法可用反证法来证明：假设此路径上有一个顶点不在 S 中（$v_p \in V-S$），则说明存在一条终点不在 S 而长度比此路径短的路径。但是，这是不可能的。因为我们是按路径长度递增的次序来产生各最短路径的，故长度比此路径短的所有路径均已产生，它们的终点必定在 S 中，即假设不成立。

因此，在一般情况下，下一条长度次短的最短路径的长度必是：$D[j]=\text{Min}\{ D[i] \mid v_i \in V-S\}$。其中，$D[i]$ 或者是弧（v_0,v_i）上的权值，或者是 $D[k]$（$v_k \in S$）和弧（v_k，v_i）上的权值之和。

在每次求得一条最短路径之后，其终点 v_j 加入集合 S，然后对所有的 $v_i \in V-S$，修改其 $D[i]$；$D[i] =\text{Min}\{ D[i], D[i]+\text{arcs}[j][k]\}$。其中，$\text{arcs}[j][k]$ 是弧（j,k）上的权值。迪杰斯特拉算法的时间复杂度是 $O(n^2)$。

以图 6-15 为例讲述用迪杰斯特拉算法求最短路径的过程，如表 6-2 所示。

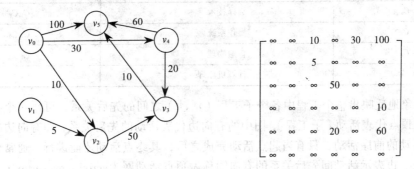

图 6-15　有向图 G_{11} 及其邻接矩阵

表 6-2　迪杰斯特拉算法对有向图 G_{11} 求最短路径的过程

终点	从 v_0 到各终点的 D 值和最短路径的求解过程			
v_1	∞	∞	∞	∞	∞
v_2	$10,(v_0,v_2)$				
v_3	∞	$60,(v_0,v_2,v_3)$	$50,(v_0,v_4,v_3)$		
v_4	$30,(v_0,v_4)$	$30,(v_0,v_4)$			
v_5	$100,(v_0,v_5)$	$100,(v_0,v_5)$	$90,(v_0,v_4,v_5)$	$60,(v_0,v_4,v_3,v_5)$	
v_j	v_2	v_4	v_3	v_5	
S	$\{v_0,v_2\}$	$\{v_0,v_2,v_4\}$	$\{v_0,v_2,v_3,v_4\}$	$\{v_0,v_2,v_3,v_4,v_5\}$	

6.6　拓扑排序

一个较大的工程往往被划分成许多子工程，这些子工程称做活动（activity）。在整个工程中，有些子工程（活动）必须在其他有关子工程完成之后才能开始，或者说，一个子工程的开始是以它的所有前序子工程的结束为先决条件的,当这些子工程完成时,整个工程也就完成了。拓扑排序就是测试一个工程能否顺利进行。

例如,计算机专业的学生必须完成一系列规定的专业基础课和专业课才能毕业,这个过程就可以被看成是一个工程,而活动就是学习每一门课程。学习每门课程的先决条件是学完它的全部先修课程。我们不妨把这些课程的名称与相应的代号列于表6-3中。表6-3中,学习"数据结构"课程就必须安排在学完它的两门先修课程"离散数学"和"程序设计基础"之后。学习"高等数学"课程则可以随时安排,因为它是基础课程,没有先修课。

表6-3 计算机专业的必修课示例

课 程 代 号	课 程 名 称	先 修 课 程
C_1	高等数学	无
C_2	程序设计基础	无
C_3	离散数学	C_1, C_2
C_4	数据结构	C_3, C_5
C_5	算法语言	C_2
C_6	编译技术	C_4, C_5
C_7	操作系统	C_4, C_9
C_8	普通物理	C_1
C_9	计算机原理	C_8

为了形象地反映出整个工程中各个子工程(活动)之间的先后关系,可用一个有向图来表示,图中的顶点代表活动(子工程),图中的有向边代表活动的先后关系,即有向边的起点的活动是终点活动的前序活动,只有当起点活动完成之后,其终点活动才能进行。通常,把这种顶点表示活动、边表示活动间先后关系的有向图称做顶点活动网(activity on vertex network),简称AOV网。

【例6.3】图6-16就是表6-3中各课程的AOV网。其中,顶点表示课程,有向边表示前提条件,若课程c_i为课程c_j的先修课,则必然存在有向边$<c_i, c_j>$。

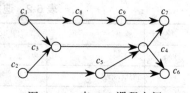

图6-16 表6-3课程之间
关系的AOV网

在AOV网中,若从顶点v_i到顶点v_j之间存在一条有向路径,称顶点v_i是顶点v_j的前驱,或者称顶点v_j是顶点v_i的后继。若是图中的弧,则称顶点v_i是顶点v_j的直接前驱,顶点v_j是顶点v_i的直接后继。

对AOV网进行拓扑排序的方法和步骤如下:

① 从AOV网中选择一个没有前驱的顶点(该顶点的入度为0)并且输出它。

② 从网中删去该顶点,并且删去从该顶点发出的全部有向边。

③ 重复上述两步,直到剩余网中不再存在没有前驱的顶点为止。

操作的结果有两种:

① 网中全部顶点都被输出,这说明网中不存在有向回路,拓扑排序成功。

② 网中顶点未被全部输出,剩余的顶点均有前驱顶点,这说明网中存在有向回路,不存在拓扑有序序列。

【**例 6.4**】图 6-17 给出了一个 AOV 网求拓扑序列的过程。

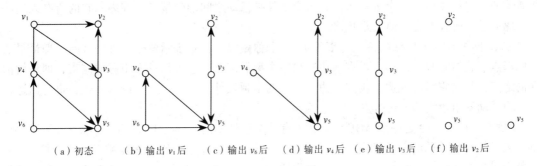

（a）初态　（b）输出 v_1 后　（c）输出 v_6 后　（d）输出 v_4 后　（e）输出 v_3 后　（f）输出 v_2 后

图 6-17　求拓扑序列的过程

将一个有向无环图进行拓扑排序得到的线性序列称为满足拓扑次序（topological order）的序列，简称拓扑序列。例如，图 6-17 最后得到的拓扑序列为 v_1,v_6,v_4,v_3,v_2,v_5。

为了避免在每一步选入度为零的顶点时重复扫描表头数组，利用表头数组中入度为零的顶点域作为链栈域，存放下一个入度为零的顶点序号，零表示栈底，栈顶指针为 top，邻接链表如图 6-18（a）所示；寄生在表头数组的入度域中的入度为零的顶点链表如图 6-18（b）所示。

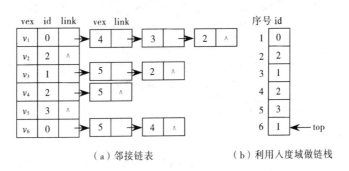

（a）邻接链表　　　（b）利用入度域做链栈

图 6-18　AOV 网的邻接链表表示法

拓扑排序算法如下：

① 扫描顶点表，将入度为零的顶点入栈。

② While（栈非空）

{ 将栈顶点 v_j 弹出并输出；

　在邻接链表中查 v_j 的直接后继 v_k，把 v_k 的入度减 1，若 v_k 的入度为零则进栈；

}

对一个具有 n 个顶点，e 条边的网来说，初始建立入度为零的顶点栈，要检查所有顶点一次，执行时间为 $O(n)$；排序中，若 AOV 网无回路，则每个顶点入、出栈各一次，每个表结点被检查一次，因而执行时间是 $O(n+e)$。所以，整个算法的时间复杂度是 $O(n+e)$。

拓扑排序是对于有向无环图才可以排序成功的，若图中存在有向环，则该拓扑序列不存在。

6.7 关 键 路 径

与 6.6 节 AOV 网相对应的是 AOE 网（activity on edge network），即边表示活动的网络。它与 AOV 网比较，更具有实用价值，主要用来估算工程的完成时间。AOE 网是一个有向带权图，图中的边表示活动（子工程），边上的权表示该活动的持续时间（duration time），即完成该活动所需要的时间；图中的顶点表示事件，每个事件是活动之间的转接点，即表示它的所有入边活动到此完成，所有出边活动从此开始。

AOE 网中有两个特殊的顶点（事件），一个称做源点，它表示整个工程的开始，即最早活动的起点，显然它只有出边，没有入边；另一个称做汇点，它表示整个工程的结束，即最后活动的终点，显然它只有入边，没有出边。除这两个顶点外，其余顶点都既有入边，也有出边，是入边活动和出边活动的转接点。

【例 6.5】图 6-19 是一个 AOE 网。其中有 9 个事件 $v_1,v_2,\cdots,v_9$；11 项活动 $a_1,a_2,\cdots,a_{11}$。每个事件表示在它之前的活动已经完成，在它之后的活动可以开始。如 v_1 表示整个工程开始，v_9 表示整个工程结束。v_5 表示活动 a_4 和 a_5 已经完成，活动 a_7 和 a_8 可以开始。与每个活动相联系的权表示完成该活动所需的时间。如活动 a_1 需要 6 天时间可以完成。

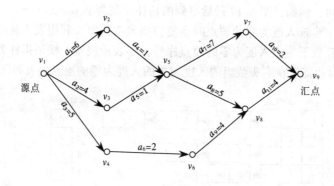

图 6-19 一个 AOE 网

1. AOE 网的性质

① 只有在某顶点所代表的事件发生后，从该顶点出发的各有向边所代表的活动才能开始。

② 只有在进入某一顶点的各有向边所代表的活动都已经结束，该顶点所代表的事件才能发生。

③ 表示实际工程计划的 AOE 网应该是无环的，并且存在唯一入度为 0 的开始顶点和唯一出度为 0 的完成顶点。

2. 求关键活动

由事件 v_j 的最早发生时间和最晚发生时间的定义，可以采取以下步骤求出关键活动：

① 从开始顶点 v_1 出发，令 $v_e(1)=0$，按拓扑有序序列求其余各顶点的可能最早发生时间，计算机公式为 $v_e(k)=\max\{v_e(j)+dut(<j,k>)\}$ $j \in T$。

其中，T 是以顶点 v_k 为尾的所有弧的头顶点的集合（$2 \leqslant k \leqslant n$）。

如果得到的拓扑有序序列中顶点的个数小于网中顶点个数 n，则说明网中有环，不能求出关键路径，算法结束。

② 从完成顶点 v_n 出发，令 $v_l(n)=v_e(n)$，按逆拓扑有序求其余各顶点允许的最晚发生时间：$v_l(j)=\min\{v_l(k)-dut(<j,k>)\}$ $k \in S$。

其中，S 是以顶点 v_j 为头部的所有弧的尾顶点集合（$1 \leqslant j \leqslant n-1$）。

③ 求每一项活动 a_i（$1 \leqslant i \leqslant m$）的最早开始时间：$e(i)=v_e(j)$；最晚开始时间：$l(i)=v_l(k)-dut(<j,k>)$。

若某条弧满足 $e(i)=l(i)$，则它是关键活动。

对于图 6-19 所示的 AOE 网，按以上步骤的计算结果如表 6-4 和表 6-5 所示，可得到 a_1、a_4、a_7、a_8、a_{10}、a_{11} 是关键活动。

表 6-4　顶点发生时间

顶点	$v_e[i]$	$v_l[i]$
v_1	0	0
v_2	6	6
v_3	4	6
v_4	5	6
v_5	7	7
v_6	7	8
v_7	14	14
v_8	12	12
v_9	16	16

表 6-5　活动的开始时间

活动	$e[i]$	$l[i]$	$l[i]-e[i]$
a_1	0	0	0
a_2	0	2	2
a_3	0	1	1
a_4	6	6	0
a_5	4	6	2
a_6	5	6	1
a_7	7	7	0
a_8	7	7	0
a_9	7	8	1
a_{10}	7	14	0
a_{11}	7	12	0

④ 求出 AOE 网中所有关键活动后，只要删去 AOE 网中所有的非关键活动，即可得到 AOE 网的关键路径。

这时从开始顶点到达完成顶点的所有路径都是关键路径。一个 AOE 网的关键路径可以有不止一条，如图 6-19 中的 AOE 网中有两条关键路径：(v_1,v_2,v_5,v_7,v_9) 和 (v_1,v_2,v_5,v_8,v_9)，它们的路径长度都是 16。

小　结

不同于链表和树，图是一种复杂的非线性结构。本章主要介绍了图的基本概念和两种常用的存储结构，对图的遍历、最小生成树、最短路径、拓扑排序及关键路径等问题也做了较详细的讨论。相对而言，本章内容较难，建议大家理解算法的实质、掌握图的有关术语和存储表示。解决实际问题时，学会引用本章的有关内容。

习　题

1. n 个顶点的无向图采用邻接矩阵存储，回答下列问题：

（1）图中有多少条边？

（2）任意两个顶点 i 和 j 是否有边相连？

（3）任意一个顶点的度是多少？

2. 已知图 6-20 所示的连通图，试给出图的邻接矩阵和邻接表存储示意图。若从顶点 v_1 出发对该图进行遍历，分别给出一个按深度优先遍历和广度优先遍历的顶点序列。

3. 图 6-21 所示是一个带权有向图，求从源点 v_1 到其他各顶点的最短路径。

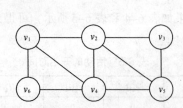

图 6-20　连通图

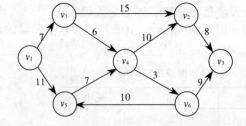

图 6-21　带权有向图

4. 分别写出求 DFS 和 BFS 生成树（或生成森林）的算法，要求打印出所有的树边。

第7章 查 找

基本要求：

- 了解查找的概念
- 掌握顺序查找算法和二分法查找算法
- 理解分块查找的算法思想
- 掌握二叉排序树的生成、插入、删除，在二叉排序树上查找数据的算法
- 理解散列表的查找思想
- 掌握散列函数的构造和冲突的处理方法以及散列表的查找算法

教学重点和难点：

- 查找的基本概念
- 顺序查找和二分查找
- 二叉排序树的生成和查找过程
- 散列表的概念
- 散列函数的构造和冲突的处理方法
- 散列表的查找

查找在任何一个计算机系统软件和应用软件中都会涉及，使用频率很高，所以当问题所涉及的数据量相当大时，查找算法的效率显得格外重要。在一些实时查询系统中尤其如此。

7.1 基 本 概 念

一般来说，假定被查找的对象是由一组结点组成的表（table）或文件，而每个结点是由若干个数据项组成，并假设每个结点都有一个能唯一标识该结点的关键字。

1. 查找（searching）的定义

给定一个值 K，在含有 n 个结点的表中找出关键字等于给定值 K 的结点。若找到，则查找成功，返回该结点的信息或该结点在表中的位置；否则查找失败，返回相关的指示信息。

2. 动态查找表和静态查找表

若在查找的同时对表做修改操作（如插入和删除），则相应的表称之为动态查找表；否则称之为静态查找表。

3．内查找和外查找

查找有内查找和外查找之分。若整个查找过程都在内存进行，则称之为内查找；反之，若查找过程中须要访问外存，则称之为外查找。

4．平均查找长度（average search length, ASL）

查找运算的主要操作是关键字的比较，所以通常把查找过程中对关键字需要执行的平均比较次数（也称平均查找长度）作为衡量一个查找算法效率优劣的标准。平均查找长度（ASL）定义为：

$$ASL=\sum_{i=1}^{n}P_iC_i$$

其中，n 是结点的个数；P_i 是查找第 i 个结点的概率。若不特别声明，认为每个结点的查找概率相等，即 $P_1=P_2=\cdots=P_n=1/n$；C_i 是找到第 i 个结点所需进行的比较次数。

为了简单起见，假定表中关键字的类型为整数：

```
typedef  int  KeyType;      /*KeyType 应由用户定义*/
```

7.2 线性表的查找

在表的组织方式中，线性表是最简单的一种，本节将介绍三种在线性表上进行查找的方法，分别是顺序查找、二分查找和分块查找。

7.2.1 顺序查找

顺序查找是最简单的一种查找方法。

1．顺序查找的基本思想

顺序查找的基本思想是：从表的一端开始，顺序扫描线性表，依次将扫描到的结点关键字和给定值 K 相比较。若当前扫描到的结点关键字与 K 相等，则查找成功；若扫描结束后，仍未找到关键字等于 K 的结点，则查找失败。

顺序查找方法既适用于线性表的顺序存储结构，也适用于线性表的链式存储结构。使用单链表作存储结构时，扫描必须从第一个结点开始。

2．基于顺序结构的顺序查找算法

（1）类型说明

```
typedef struct
{ KeyType key;
  InfoType otherinfo;              /*此类型依赖于应用*/
}NodeType;
typedef NodeType SeqList[n+1];     /*0 号单元用做监视哨*/
```

（2）具体算法

```
int SeqSearch(Seqlist R,KeyType K)
{      /*在顺序表 R[1…n]中顺序查找关键字为 K 的结点,*/
       /*成功时返回找到的结点位置,失败时返回 0*/
       int i;
```

```
        R[0].key=K;                   /*设置监视哨*/
        for(i=n;R[i].key!=K;i--);     /*从表后往前找*/
        return i; /*若 i 为 0，表示查找失败，否则 R[i]就是要找的结点*/
}
```

（3）算法分析

① 算法中监视哨 $R[0]$ 的作用：为了在 for 循环中省去判定防止下标越界的条件 $i \geqslant 1$，从而节省比较的时间。

② 成功时顺序查找的平均查找长度：在等概率情况下，$P_i = 1/n(1 \leqslant i \leqslant n)$，故成功的平均查找长度为 $(n + \cdots + 2 + 1)/n = (n+1)/2$，即查找成功时的平均比较次数约为表长的一半。若 K 值不在表中，则须进行 $n+1$ 次比较之后才能确定查找失败。

③ 有时表中各结点的查找概率并不相等。例如，在由全校学生的病历档案组成的线性表中，体弱多病同学的病历的查找概率必然高于健康同学的病历，由于上式的 ASL 在 $P_n \geqslant P_{n-1} \geqslant \cdots \geqslant P_2 \geqslant P_1$ 时达到最小值。

若事先知道表中各结点的查找概率不相等和它们的分布情况，则应将表中结点按查找概率由小到大存放，以便提高顺序查找的效率。

为了提高查找效率，对算法 SeqSearch 做如下修改：每当查找成功，就将找到的结点和其后继（若存在）结点交换。这样，使得查找概率大的结点在查找过程中不断往后移，便于在以后的查找中减少比较次数。

3．顺序查找的优缺点

顺序查找的优点是算法简单，且对表的结构无任何要求，无论是用向量还是用链表来存放结点，也无论结点之间是否按关键字有序，它都同样适用。顺序查找的缺点是查找效率低。因此，当 n 较大时不宜采用顺序查找。

7.2.2　二分查找

二分查找（binary search）又称为折半查找，它是一种效率较高的查找方法。但是，二分查找要求线性表是有序表，即表中结点按关键字有序，并且要用向量作为表的存储结构。不妨设有序表是递增有序的。

1．二分查找的基本思想

二分查找的基本思想是：设 $R[low, \cdots, high]$ 是当前的查找区间，首先确定该区间的中点位置 mid，mid = (low+high)/2；然后，将待查的 K 值与 $R[mid].key$ 比较，若相等，则查找成功并返回此位置，否则须确定新的查找区间，继续二分查找，具体方法如下：

① 若 $R[mid].key > K$，则由表的有序性可知 $R[mid, \cdots, n].keys$ 均大于 K，因此若表中存在关键字等于 K 的结点，则该结点必定是在位置 mid 左边的子表 $R[1, \cdots, mid-1]$ 中，故新的查找区间是左子表 $R[1, \cdots, mid-1]$。

② 类似地，若 $R[mid].key < K$，则要查找的 K 必在 mid 的右子表 $R[mid+1, \cdots, n]$ 中，即新的查找区间是右子表 $R[mid+1, \cdots, n]$。下一次查找是针对新的查找区间进行的。

因此，从初始的查找区间 $R[1, \cdots, n]$ 开始，每经过一次与当前查找区间的中点位置上的结点关键字的比较，就可确定查找是否成功，不成功则当前的查找区间就缩小一半。这一过程重复直至找到关键字为 K 的结点，或者直至当前的查找区间为空（即查找失败）时为止。

2．二分查找算法

二分查找算法的执行过程为：

设算法中输入的有序关键字序列为（03，15，20，26，45，60，64，72，81，88，95），要查找的关键字 K 分别是 26 和 85 的具体查找过程如图 7-1 所示，图中用方括号表示当前的查找区间。

```
[03    15    20    26    45    60    64    72    81    88    95]
                         ↑ mid

[03    15    20    26    45]   60    64    72    81    88    95
               ↑ mid

03    15    20    [26   45]   60    64    72    81    88    95
                  ↑ mid
```
（a）查找 K=26 的过程（经过三次比较后查找成功）
```
[03    15    20    26    45    60    64    72    81    88    95]
                         ↑ mid

03    15    20    26    45    60    [64   72    81    88    95]
                                    ↑ mid

03    15    20    26    45    60    64    72    81    [88   95]
                                                     ↑ mid

03    15    20    26    45    60    64    72    81]   [88   95
```
（b）查找 K=85 的过程（经过三次比较后查找失败）

图 7-1　二分查找过程示例

二分查找算法的程序如下：

```
int BinSearch(SeqList R, KeyType K)
{ /*在有序表 R[1…n]中进行二分查找,成功时返回结点的位置,失败时返回零*/
  int low=1, high=n, mid;           /*置当前查找区间上、下界的初值*/
  while(low<=high)                  /*当前查找区间 R[low,…,high]非空*/
  { mid=(low+high)/2;
    if(R[mid].key==K)  return mid;/*查找成功返回*/
    if(R[mid].key>K)
       high=mid-1;                  /*继续在 R[low,…,mid-1]中查找*/
    else
       low=mid+1; }                 /*继续在 R[mid+1,…,high]中查找*/
  return 0;                         /*当 low>high 时表示查找区间为空,查找失败*/
}
```

二分查找过程可用二叉树来描述，把当前查找区间的中间位置上的结点作为根，左子表和右子表中的结点分别作为根的左子树和右子树。由此得到的二叉树，称为描述二分查找的判定树（decision tree）或比较树（comparison tree）。例如，具有 11 个结点的有序表可用图 7-2 所示的判定树来表示。

（1）二分查找判定树的组成

树中结点内的数字表示该结点在有序表中的位置。

（2）二分查找判定树的查找

将给定值 K 与二分查找判定树的根结点的关键字进行比较。若相等，则查找成功。否则，若小于根结点的关键字，到左子树中查找。若大于根结点的关键字，则到右子树中查找。例如，对于有 11 个结点的表, 若查找的结点是表中第 6 个结点, 则只须进行一次比较; 若查找的结点是表中第 3 或第 9 个结点, 则需进行二次比较; 找第 1、4、7、10 个结点须要比较三次; 找到第 2、5、8、11 个结点须要比较四次。

由此可见, 成功的二分查找过程恰好是走了从判定树的根到被查结点的一条路径, 经历比较的关键字次数恰为该结点在树中的层数。例如, 用图 7-2 所示判定树描述图 7-1 (a) 查找 $K=26$ 的过程时, 所经历的比较路径就是 6、3、4, 查找过程将 K 分别与结点 6、3 和 4 比较, 共进行了三次比较后才成功。

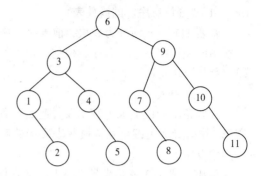

图 7-2 具有 11 个结点的二分查找判定树

注意: 判定树的形态只与表结点个数 n 相关, 而与算法输入实例中 $R[1,\cdots,n].keys$ 的取值无关。

3. 二分查找的平均查找长度

设结点的总数为 $n=2^h-1$, 则判定树是深度为 $h=\log_2(n+1)$ 的满二叉树。树中第 k 层上的结点个数为 2^{k-1}, 查找它们所需的比较次数是 k。因此, 在等概率假设下, 二分查找成功时的平均查找长度为:

$$\text{ASL}=\sum_{i=1}^{n} P_i C_i = \sum_{i=1}^{n} C_i / n = \sum_{k=1}^{n} k \times 2^{k-1}/n = ((n+1) \times \log_2(n+1)-1)/n$$

当 n 很大时, 可用近似公式:

$$\text{ASL}\approx\log_2(n+1)-1$$

作为二分查找的平均查找长度。二分查找在查找失败时所需比较的关键字个数不超过判定树的深度, 在最坏情况下查找成功的比较次数也不超过判定树的深度。由此可见, 二分查找的最坏性能和平均性能相当接近。

4. 二分查找的优缺点

虽然二分查找的效率高, 但是要将表按关键字排序。而排序本身是一种很费时的运算。即使采用高效率的排序方法也要花费 $O(n\log_2 n)$ 的时间。二分查找只适用顺序存储结构。为了保持表的有序性, 在顺序结构里插入和删除都必须移动大量的结点。因此, 二分查找特别适用于那种一经建立就很少改动而又经常需要查找的线性表。对那些查找少而又经常需要改动的线性表, 可采用链表作存储结构, 进行顺序查找。链表上无法实现二分查找。

7.2.3 分块查找

分块查找 (blocking search) 又称索引顺序查找。它是一种性能介于顺序查找和二分查找之间的查找方法。

1. 分块查找表存储结构

分块查找表由 "分块有序" 的线性表和索引表组成。

（1）"分块有序"的线性表

将表 $R[1,\cdots,n]$ 均分为 b 块，前 $b-1$ 块中结点个数为 $s=n/b$，第 b 块的结点数小于等于 s；每一块中的关键字不一定有序，但前一块中的最大关键字必须小于后一块中的最小关键字，即要求表是"分块有序"的。

（2）索引表

抽取各块中的最大关键字及其起始位置构成一个索引表 $ID[1,\cdots,b]$，即 $ID[i](1\leqslant i\leqslant b)$ 中存放着第 i 块的最大关键字及该块在表 R 中的起始位置。由于表 R 是分块有序的，所以索引表是一个递增有序表。

例如，图 7-3 就是满足上述要求的存储结构，其中 R 有 18 个结点，被分成 3 块，每块中有 6 个结点，第一块中最大关键字 23 小于第二块中最小关键字 28，第二块中最大关键字 48 小于第三块中最小关键字 50。

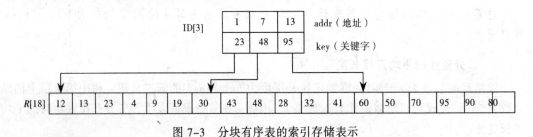

图 7-3 分块有序表的索引存储表示

2．分块查找的基本思想

分块查找的基本思想是：首先查找索引表，因为索引表是有序表，可采用二分查找或顺序查找，以确定待查的结点在哪一块；然后在已确定的块中进行顺序查找（由于块内无序，只能用顺序查找）。例如，在图 7-3 所示的存储结构中，查找关键字等于给定值 $K=43$ 的结点，因为索引表小，不妨用顺序查找方法查找索引表。即首先将 K 依次和索引表中各关键字比较，直到找到第一个关键字大小等于 K 的结点，由于 $K<48$，所以关键字为 43 的结点若存在的话，则必定在第二块中；然后，由 $ID[2].addr$ 找到第二块的起始地址 7，从该地址开始在 $R[7,\cdots,12]$ 中进行顺序查找，直到 $R[11].key=K$ 为止。查找关键字等于给定值 $K=35$ 的结点，类似地，先确定第二块，然后在该块中查找，因该块中查找不成功，故说明表中不存在关键字为 35 的结点。

3．分块查找算法

（1）索引表的结点类型

```
typedef struct
{ keytype key;
  int addr;
}IDtable;
IDtable ID[b];
```

（2）选用二分查找法查找索引表，算法如下：

```
int BlkSearch(SeqList R,IDtable ID,keytype K)
{ /*分块查找，成功时返回关键字等于K的结点在R中的序号，失败时返回-1*/
  int i,low1,low2,mid,high1,high2;
  low1=1; high1=b;            /*置二分查找区间下、上界的初值*/
  while(low1<=high1)
  { mid=(low1+high1)/2;
```

```
    if (K<=ID[mid].key)   high1=mid-1;
    else  low1=mid+1;
  }                                    /*查找完毕，low1 为找到的块号*/
  if (low1<b+1)                        /*若 low1>b，则 K 大于 R 中所有关键字*/
  { low2=ID[low1].addr;                /*块起始地址*/
    if (low1==b)   high2=n;            /*求块末地址*/
    else high2=ID[low1+1].addr-1;
    for(i=low2;i<=high2;i++)           /*在块内顺序查找*/
      if(R[i].key==K)  return i;       /*查找成功*/
  }
  return -1;                           /*查找失败*/
}
```

4．算法分析

分块查找是两次查找过程，整个查找过程的平均查找长度是两次查找的平均查找长度之和。以二分查找来确定块，分块查找成功时的平均查找长度（ASL）：

$$ASL_{blk}=ASL_{bn}+ASL_{sq}\approx\log_2(b+1)-1+(s+1)/2\approx\log_2(n/s+1)+s/2$$

以顺序查找确定块，分块查找成功时的平均查找长度：

$$ASL'_{blk} = (b+1)/2+(s+1)/2=(s^2+2s+n)/(2s)$$

注意：

① 当 $s=\sqrt{n}$ 时 ASL'_{blk} 取极小值 $\sqrt{n}$ +1，即当采用顺序查找确定块时，应将各块中的结点数选定为 n。例如，若表中有 100 个结点，则应把它分成 10 个块，每块中含 10 个结点。用顺序查找确定块，分块查找平均须要做 10 次比较，而顺序查找平均须做 50 次比较，二分查找最多须做 4 次比较。

② 分块查找算法的效率介于顺序查找和二分查找之间。

在实际应用中，分块查找不一定要将线性表分成大小相等的若干块，可根据表的特征进行分块。例如，一个学校的学生登记表，可按系号或班号分块。此外，各块可放在不同的向量中，也可将每一块存放在一个单链表中。

5．分块查找的优缺点

分块查找的优点是：在表中插入或删除一个记录时，只要找到该记录所属的块，就在该块内进行插入和删除运算。因为块内记录的存放是任意的，所以插入或删除比较容易，无须移动大量记录。分块查找的主要代价是增加一个辅助数组的存储空间和将初始表分块排序的运算。

7.3　二叉排序树

当用线性表作为表的组织形式时，可以有三种查找法，其中以二分查找效率最高。但由于二分查找要求表中结点按关键字有序，且不能用链表作存储结构。因此，当表的插入或删除操作频繁时，为维护表的有序性，势必要移动表中很多结点。这种由移动结点引起的额外时间开销，就会抵消二分查找的优点。也就是说，二分查找只适用于静态查找表。若要对动态查找表进行高效率的查找，可采用下面介绍的几种特殊的二叉树或树作为表的组织形式。

1. 二叉排序树的概念

二叉排序树（binary sort tree）又称二叉查找（搜索）树（binary search tree）。它是一种特殊结构的二叉树，其定义为：二叉排序树或者是空树，或者是满足如下性质的二叉树：① 若它的左子树非空，则左子树上所有结点的值均小于根结点的值；② 若它的右子树非空，则右子树上所有结点的值均大于根结点的值；③ 左、右子树本身又各是一棵二叉排序树。

上述性质简称二叉排序树性质（BST 性质），故二叉排序树实际上是满足 BST 性质的二叉树。从二叉排序树的定义可得：二叉排序树中，各结点关键字是唯一的；按中序遍历该树所得到的中序序列是一个递增有序序列。例如，图 7-4 所示的两棵树均是二叉排序树，它们的中序序列均为有序序列：2，3，4，5，7，8。

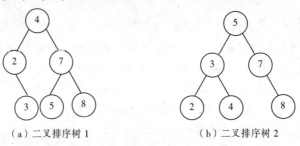

（a）二叉排序树 1　　　　　　　　（b）二叉排序树 2

图 7-4　二叉排序树示例

二叉排序树中结点的存储类型如下：

```
typedef struct node
{ KeyType key;
  InfoType otherinfo;
  struct node *lchild,*rchild; /*左、右孩子指针*/
} BSTNode;
typedef BSTNode *BSTree;
```

2. 二叉排序树的插入和生成

（1）二叉排序树的插入

在二叉排序树中插入新结点，要保证插入后仍满足 BST 性质。其插入过程是：若二叉排序树 T 为空，则为待插入的关键字 key 申请一个新结点，并令其为根；若二叉排序树 T 不为空，则将 key 和根的关键字比较：

① 若二者相等，则说明树中已有此关键字 key，无须插入。

② 若 key<T->key，则将 key 插入根的左子树中。

③ 若 key>T->key，则将它插入根的右子树中。

子树中的插入过程与上述树中插入过程相同。如此进行下去，直到将 key 作为一个新的叶结点的关键字插入到二叉排序树中，或者直到发现树中已有此关键字为止。二叉排序树插入新结点的非递归算法如下：

```
void InsertBST(BSTree *Tptr，KeyType key)
{ /*若二叉排序树 *Tptr 中没有关键字为 key,则插入,否则直接返回*/
  BSTNode *f,*p=*TPtr;            /*p 的初值指向根结点*/
  while(p)                        /*查找插入位置*/
  { if(p->key==key) return;       /*树中已有 key,无须插入*/
    f=p;                          /*f 保存当前查找的结点*/
```

```
p=(key<p->key)?p->lchild: p->rchild;
   /*若 key<p->key,则在左子树中查找,否则在右子树中查找*/}
p=(BSTNode *)malloc(sizeof(BSTNode));
p->key=key;  p->lchild=p->rchild=NULL;   /*生成新结点*/
if(*TPtr==NULL)                          /*原树为空*/
   *Tptr=p;                              /*新插入的结点为新的根*/
else /*原树非空时将新结点 p 作为 f 的左孩子或右孩子插入*/
   if(key<f->key)
      f->lchild=p;
   else  f->rchild=p;
}
```

例如，在图 7-4（a）所示的二叉排序树上插入关键字 1 的结点的过程如图 7-5 所示。由于
插入前二叉排序树非空，故将 1 和根结点 4 比较，因 1<4，
则应将 1 插入到 4 的左子树上；又因 4 的右子树不空，将 1
再和左子树的根 2 比较，因 1<2，则 1 应插入到 2 的左子树
上，故将 1 作为 2 的左孩子插入到树中。

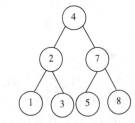

图 7-5　二叉排序树的插入过程

（2）二叉排序树的生成

二叉排序树的生成，是从空的二叉排序树开始，每输入
一个结点数据，就调用一次插入算法将它插入到当前已生成
的二叉排序树中。生成二叉排序树的算法如下：

```
BSTree CreateBST(void)
{ /*输入一个结点序列,建立一棵二叉排序树,将根结点指针返回*/
   BSTree T=NULL;                        /*初始时 T 为空树*/
   KeyType key;
   scanf("%d",&key);                     /*读入一个关键字*/
   while(key){                           /*假设 key=0 是输入结束标志*/
      InsertBST(&T,key);                 /*将 key 插入二叉排序树 T*/
      scanf("%d",&key);                  /*读入下一关键字*/
   }
   return T;                             /*返回建立的二叉排序树的根指针*/
}
```

例如，设关键字的输入次序为 5、3、7、2、4、8，根据生成二叉排序树算法生成二叉排序
树的过程如图 7-6 所示。二叉排序树的中序序列是一个有序序列。所以对于一个任意的关键字
序列构造一棵二叉排序树，其实质是对此关键字序列进行排序，使其变为有序序列。"排序树"
的名称也由此而来。通常将这种排序称为树排序（tree sort），输入序列决定了二叉排序树的
形态。

3. 二叉排序树的删除

从二叉排序树中删除一个结点，不能把以该结点为根的子树都删去，并且还要保证删除后
所得的二叉树仍然满足 BST 性质。也就是说，在二叉排序树中删去一个结点相当于删去有序序
列中的一个结点。

删除操作必须首先进行查找，以确定被删结点是否在二叉排序树中。若不在，则不做任何操
作；否则，令 p 指向当前访问到的结点，parent 指向其双亲（其初值为 NULL）。删去*p，应将*p
的子树（若有）仍连接在树上且保持 BST 性质不变。按*p 的孩子数目分三种情况进行处理。

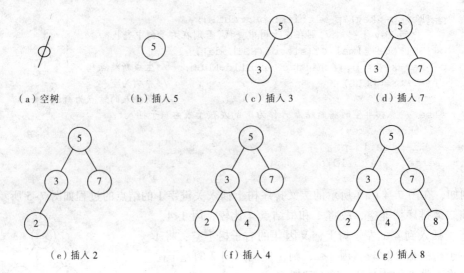

图 7-6 二叉树生成的过程

① *p 是叶子（即它的孩子数为 0）：无须连接*p 的子树，只需将*p 的双亲*parent 中指向*p 的指针域置空即可。

② *p 只有一个孩子*child：只需将*child 和*p 的双亲直接连接后，即可删去*p。那么*p 既可能是*parent 的左孩子也可能是其右孩子，而*child 可能是*p 的左孩子或右孩子，共有 4 种状态，如图 7-7 所示。

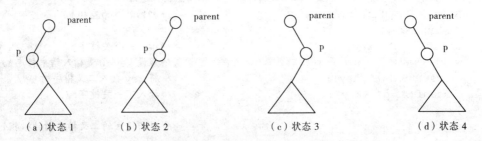

图 7-7 删去*p 的四种状态

③ *p 有两个孩子：令 q=p，将被删结点的地址保存在 q 中；然后找*q 的中序后继*p，并在查找过程中仍用 parent 记住*p 的双亲位置。*q 的中序后继*p 一定是*q 的右子树中最左下的结点，它无左子树。因此，可以将删去*q 的操作转换为删去*p 的操作，即在释放结点*p 之前将其数据复制到*q 中，就相当于删了*q。

二叉排序树的三种删除情况都可以统一到情况②，二叉排序树的算法中只须针对情况②处理即可。注意边界条件：若 parent 为空，被删结点*p 是根，故删去*p 后，应将*child 置为根。二叉排序树的算法如下：

```
void DelBSTNode(BSTree *Tptr, KeyType key)
{ /*在二叉排序树*Tptr 中删去关键字为 key 的结点*/
  BSTNode *parent=Null,*p=*Tptr,*q,*child;
  while(p)        /*从根开始查找关键字为 key 的待删结点*/
  { if(p->key==key) break;              /*已找到，跳出查找循环*/
    parent=p;                          /*parent 指向*p 的双亲*/
    p=(key<p->key)?p->lchild: p->rchild;   /*在 p 的左或右子树中继续找*/
```

```
    }
    if(!p) return;           /*找不到被删结点则返回*/
    q=p;                     /*q记住被删结点*p*/
    if(q->lchild && q->rchild)        /**q的两个孩子均非空，故找*q的中序后继*p*/
      for(parent=q,p=q->rchild;p->lchild;parent=p,p=p=->lchild);
        child=(p->lchild)?p->lchild: p->rchild;
    if(!parent)          /**p的双亲为空，说明*p为根，删*p后应修改根指针*/
      *Tptr=child;       /*若是情况(1)，则删去*p后，树为空；否则child变为根*/
    else                 /**p不是根，将*p的孩子和*p的双亲进行连接，*p从树上被摘下*/
    { if(p==parent->lchild)
        parent->lchild=child;
      else parent->rchild=child;
      if(p!=q)           /*是情况(3)，需将*p的数据复制到*q*/
        q->key=p->key;   /*若还有其他数据域也需复制*/
    }
  }
```

例如，对图 7-8（a）所示的二叉排序树，删去关键字 3 和 7 结点后，结果如图 7-8（b）
所示。

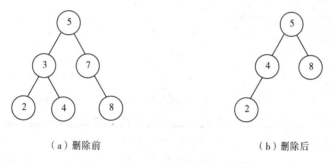

（a）删除前 　　　　　　　　　　　　　（b）删除后

图 7-8　删除结点 3 和 7 前后二叉排序树的形态示例

4．二叉排序树的查找

二叉排序树可看做是一个有序表，所以在二叉排序树上进行查找，与二分查找类似，也是
一个逐步缩小查找范围的过程。实际上二叉排序树的插入和删除操作都使用了查找操作，因此
不难给出二叉排序树上的查找算法。递归的查找算法如下：

```
BSTNode *SearchBST(BSTree T,KeyType key)
{  /*在 T 上查找关键字为 key 的结点，成功时返回该结点位置，否则返回 Null*/
  if(T==NULL||key==T->key)            /*递归的终结条件*/
   return T;  /*T 为空，查找失败；否则成功，返回找到的结点位置*/
  if(key<T->key)
   return SearchBST(T->lchild,key);
  else
   return SearchBST(T->rchild,key); /*继续在右子树中查找*/
}
```

显然，在二叉排序树上进行查找时，若查找成功，则是从根结点出发走了一条从根到待查
结点的路径；若查找不成功，则是从根结点出发走了一条从根到某个叶子的路径。因此与二分
查找类似，和关键字比较的次数不超过树的深度。然而，二分查找法查找长度为 n 的有序表，
其判定树是唯一的，而含有 n 个结点的二叉排序树却不唯一。对于含有同样一组结点的表，由
于结点插入的先后次序不同，所构成的二叉排序树的形态和深度也不同。在二叉排序树上进行

查找时的平均查找长度和二叉树的形态有关。如图 7-9（a）所示的树，其插入次序为 5、3、7、2、4、8。而图 7-9（b）所示的树，它的插入次序为 2、3、4、5、7、8。

这两棵二叉树的深度分别为 3 和 6，因此，在查找失败的情况下，在这两棵树上所进行的关键字比较次数分别为 3 和 6；在查找成功的情况下，它们的平均查找长度也不相同。所以，在等概率假设下，图 7-9（a）中二叉排序树查找成功的平均查找长度为：

$$ASL=（1+2×2+3×3）/6=2.3$$

在等概率假设下，图 7-9（b）所示的树在查找成功时的平均查找长度为：

$$ASL_b=(1+2+3+4+5+6)/6=3.5$$

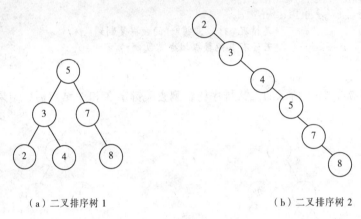

（a）二叉排序树 1　　　　　　　　　　　　（b）二叉排序树 2

图 7-9　由同一组关键字构成的两棵形态不同的二叉排序树

由此可见，在二叉排序树上进行查找时的平均查找长度和二叉树的形态有关。在最坏情况下，二叉排序树是通过把一个有序表的 n 个结点依次插入而生成的，此时所得的二叉排序树蜕化为一棵深度为 n 的单支树，它的平均查找长度和单链表上的顺序查找相同，也是$(n+1)/2$。在最好情况下，二叉排序树在生成的过程中，树的形态比较匀称，最终得到的是一棵形态与二分查找的判定树相似的二叉排序树，此时它的平均查找长度大约是 $\log_2 n$。插入、删除和查找算法的时间复杂度均为 $O(\log_2 n)$。

二叉排序树和二分查找的比较，就平均时间性能而言，二叉排序树上的查找和二分查找差不多。就维护表的有序性而言，二叉排序树无须移动结点，只须修改指针即可完成插入和删除操作，且其平均的执行时间均为 $O(\log_2 n)$，因此更有效。二分查找所涉及的有序表是一个向量，若有插入和删除结点的操作，则维护表的有序性所花的代价是 $O(n)$。当有序表是静态查找表时，宜用向量作为其存储结构，而采用二分查找实现其查找操作；若在有序表里动态查找表，则应选择二叉排序树作为其存储结构。因此，人们又常常将二叉排序树称为二叉查找树。

7.4　散　列　表

前面章节所讨论的各种数据结构（线性表、树、图等）中，结点在数据结构中的相对位置是随机的，位置和结点的关键字之间不存在确定的关系。因此，在查找结点时需要进行一系列和关键字的比较。查找的效率依赖于查找过程中进行比较的次数。是否可以不用比较就能直接计算出记录的存储地址，从而找到所要的结点呢？回答是肯定的。下面就讨论这种查找技术。

7.4.1 散列表的概念

散列（hashing）是一种重要的存储方法，也是一种常见的查找方法。散列方法不同于顺序查找、二分查找、二叉排序树上的查找。它不以关键字的比较为基本操作，而采用直接寻址技术。在理想情况下，无须任何比较就可以找到待查关键字，查找的期望时间为 $O(1)$。

散列查找的基本思想是：以结点的关键字 k 为自变量，通过一个确定的函数关系 f，计算出对应的函数值 $f(k)$，把这个值解释为结点的存储地址，将结点存入 $f(k)$ 所指的存储位置上。查找时再根据要查找的关键字用同样的函数计算地址，然后到相应的单元里去取要找的结点。因此，散列法又称关键字—地址转换法。用散列法存储的线性表叫做散列表（hash table），上述的函数 f 称为散列函数，$f(k)$ 称为散列地址。

通常散列表的存储空间是一个一维数组，散列地址是数组的下标，在不至于混淆时，就将这个一维数组空间称为散列表。例如，已知某班 7 名学生的学号和考试成绩，现在要将这些数据组织成一张表以便于存储。我们规定学生学号的末位数字与一维数组下标的对应关系来组织成绩表，如表 7-1 所示。

表 7-1 学号的末位数字与下标对应组织的成绩表

地址	学 号	数 学	物 理	计 算 机
1	200801	85	92	89
2				
3	200803	90	95	98
4	200804	75	80	92
5				
6	200806	80	95	78
7	200807	65	72	81
8	200808	92	83	79
9				
10				
11	200811	69	85	97

用这种方法存储后，要找学号为 200803 的学生，则直接到下标为 3 的单元中查找即可，要查找学号为 200805 的学生，则查找失败。

由此可知，该存储方式的散列函数为：H(学号)=学号-200800。

然而关键字集合往往比地址集合大的多，哈希函数是个压缩函数，这样会产生不同的关键字映像到同一地址的情况。上例中，若哈希函数为 H(学号)=学号%10，则学号 200803 和 200813 经过哈希函数都映射到地址 3 上，这种现象叫做冲突。当然为了不出现冲突现象就应该使用均匀的哈希函数，即散列而成的地址均匀分布，但由于关键字集合比地址集合大，冲突现象不可能完全避免，关键是冲突出现后要有办法解决。

7.4.2 散列函数的构造方法

散列函数的种类繁多，一个好的散列函数应使函数值均匀分布在存储空间的有效地址范围内，以尽可能减少冲突。但鉴于实际问题中关键字的不同，没法构造出统一的散列函数。构造散列函数的方法多种多样，这里只介绍一些比较常用的、计算较为简便的方法。为讨论简单起见，以下均假定关键字是数字型的，若关键字是字符型的，则可先将其转换成数值。

1．数字选择法

若事先知道关键字集合，且关键字的位数比散列表的地址位数多，则可选取数字分布比较均匀的若干位作为散列地址。

例如，有一组由 10 个数字组成的学号关键字，如表 7-2 所示。

表 7-2　关键字及其相应的散列地址表示

关　键　字	散列地址 1（0~999）	散列地址 2（0~99）
0707041101	411	01
0707041102	412	02
0707041103	413	03
0707041104	414	04
0707041105	415	05
0707041106	416	06
0707041107	417	07
0707041108	418	08
0707041109	419	09
0707041110	410	10

分析这 10 个关键字，若表长为 1 000（即地址为 0~999），则可以取关键字中的第 6、8、10 位的三位数字作为散列地址；若表长为 100（即地址为 0~99），则可取第 9、10 位作为散列地址等，其结果见表 7-2 中的散列地址 1 和散列地址 2。

这种方法的使用前提是：必须能预先估计到所有关键字的每一位上各种数字的分布情况。

2．平方取中法

这是一种比较常见的散列函数，具体方法是：先通过求关键字的平方值扩大相近数的差别，然后根据表长度取中间的几位数作为散列函数值。又因为一个乘积的中间几位数和乘数的每一位都相关，所以由此产生的散列地址较为均匀。

例如，将一组关键字（0100，0110，1010，1001，0111）平方后得
（0010000，0012100，1020100，1002001，0012321）

若取表长为 1000，则可取中间的三位数作为散列地址集：
（100，121，201，020，123）。

相应的散列函数用 C 语言实现很简单：

```
int Hash(int key)              /*假设 key 是 4 位整数*/
{ key*=key; key/=100;          /*先求平方值，后去掉末尾的两位数*/
  return key%1000;             /*取中间三位数作为散列地址返回*/
}
```

3．除余法

该方法是最为简单、常用的一种方法。它是以表长 P 来除关键字，取其余数作为散列地址，即 $H(\text{key})=\text{key}\%P$。

该方法的关键是选取 P。如果选 P 为偶数，则它总是把奇数的关键字转换到奇数地址，把偶数的关键字转换到偶数地址，这当然不好。如果选 P 是关键字的基数的幂次，则就等于选择关键字的最后若干位数字作为地址，而与高位无关。于是高位不同而低位相同的关键字均互为同义词。如果关键字是十进制整数，其基为 10，则当 $m=100$ 时，159，259，359，…，等均互为同义词。

因此，选取的 P 应使得散列函数值尽可能与关键字的各位相关，P 最好为素数。一般地选 P 为小于或等于散列表长度 P 的某个最大素数比较好。

例如，表长为 8、16、32、64、128、256、512、1024，则对应选取 P: 7、13、31、61、127、251、503、1019。

4. 随机数法

选择一个随机函数，取关键字的随机函数值为它的散列地址，即

$$h(\text{key})=\text{random}(\text{key})$$

其中，random 为伪随机函数，但要保证函数值是在 0 到 $m-1$ 之间。

通常，当关键字长度不等时采用此法构造散列地址较恰当。

一般情况下，散列表的空间必须比结点的集合大，此时虽然浪费了一定的空间，但换取的是查找效率。设散列表空间大小为 m，填入表中的结点数是 n，则称 $\alpha = n/m$ 为散列表的装填因子（load factor）。实用时，常在区间[0.65，0.9]上取 α 的适当值。

散列函数的选择有两个标准：简单和均匀。简单指散列函数的计算简单快速；均匀指对于关键字集合中的任一关键字，散列函数能以等概率将其映射到表空间的任何一个位置上。也就是说，散列函数使其冲突最小化。

7.4.3 处理冲突的方法

通常有两类方法处理冲突：开放定址（open addressing）法和拉链（chaining）法。

1. 开放定址法

用开放定址法解决冲突的做法是：当冲突发生时，使用某种探查（亦称探测）技术在散列表中形成一个探查（测）序列。沿此序列逐个单元地查找，直到找到给定的关键字，或者碰到一个开放的地址（即该地址单元为空）为止（若要插入，在探查到开放的地址后，则可将待插入的新结点存入该地址单元）。查找时探查到开放的地址则表明表中无待查的关键字，即查找失败。显然，用开放定址法建立散列表，建表前必须将表空间的所有单元置空。

（1）开放定址法的一般形式

开放定址法的一般形式为：

$$h_i=(h(\text{key})+d_i)\%\, m \quad (1 \leqslant i \leqslant m-1)$$

其中，$h(\text{key})$ 为散列函数，d_i 为增量序列，m 为表长；h(key)是初始的探查位置，后续的探查位置依次是 h_1，h_2，…，h_{m-1}，即 h(key)，h_1，h_2，…，h_{m-1} 形成了一个探查序列。若令开放定址一般形式的 i 从 0 开始，并令 $d0=0$，则 $h0=h(\text{key})$，则有：

$$h_i=(h(\text{key})+d_i)\%\, m \quad (0 \leqslant i \leqslant m-1)$$

探查序列可简记为 $h_i(0 \leqslant i \leqslant m-1)$。

（2）开放定址法装填因子的要求

开放定址法要求散列表的装填因子 $\alpha \leqslant 1$，实用中取 α 为 0.5 ~ 0.9 之间的某个值为宜。

（3）形成探测序列的方法

按照形成探查序列的方法不同，可将开放定址法区分为线性探查法、二次探查法、双重散列法等。

① 线性探查法（linear probing）。该方法的基本思想是：将散列表 $T[0,...,m-1]$ 看成是一个循环向量，若初始探查的地址为 d（即 $h(key)=d$），则最长的探查序列为：

$$d, d+1, d+2, \cdots, m-1, 0, 1, \cdots, d-1$$

即探查时从地址 d 开始，首先探查 $T[d]$，然后依次探查 $T[d+1]$，$\cdots$，直到 $T[m-1]$。此后又循环到 $T[0]$，$T[1]$，$\cdots$，直到探查到 $T[d-1]$ 为止。

探查过程终止于三种情况：若当前探查的单元为空，则表示查找失败（若是插入，则将 key 写入其中）；若当前探查的单元中含有 key，则查找成功，但对于插入意味着失败；若探查到 $T[d-1]$ 时仍未发现空单元也未找到 key，则无论是查找还是插入均意味着失败（此时表满）。利用开放定址法的一般形式，线性探查法的探查序列为：

$$h_i=(h(key)+i)\%m（0 \leqslant i \leqslant m-1）$$

【例 7.1】 已知一组关键字为(26, 36, 41, 38, 44, 15, 68, 12, 06, 51)，用除余法构造散列函数，用线性探查法解决冲突构造这组关键字的散列表。

为了减少冲突，通常令装填因子 $\alpha < 1$。这里关键字个数 $n=10$，不妨取 $m=13$，此时 $\alpha \approx 0.77$，散列表为 $T[0,\cdots,12]$，散列函数为：$h(key)=key\%13$。

由除余法的散列函数计算出的上述关键字序列的散列地址为：

$$0, 10, 2, 12, 5, 2, 3, 12, 6, 12$$

前 5 个关键字插入时，其相应的地址均为开放定址，故将它们直接插入 $T[0]$、$T[10]$、$T[2]$、$T[12]$ 和 $T[5]$ 中。当插入第 6 个关键字 15 时，其散列地址 2（即 $h(15)=15\%13=2$）已被关键字 41（15 和 41 互为同义词）占用。故探查 $h_1=(2+1)\%13=3$，此地址开放，所以将 15 放入 $T[3]$ 中。当插入第 7 个关键字 68 时，其散列地址 3 已被非同义词 15 先占用，故将其插入到 $T[4]$ 中。当插入第 8 个关键字 12 时，散列地址 12 已被同义词 38 占用，故探查 $h_1=(12+1)\%13=0$，而 $T[0]$ 亦被 26 占用，再探查 $h_2=(12+2)\%13=1$，此地址开放，可将 12 插入其中。类似地，第 9 个关键字 06 直接插入 $T[6]$ 中；而最后一个关键字 51 插入时，因探查的地址 12、0、1、$\cdots$、6 均非空，故 51 插入 $T[7]$ 中。如图 7-10 所示。

散列地址	0	1	2	3	4	5	6	7	8	9	10	11	12
关 键 字	26	12	41	15	68	44	06	51			36		38

图 7-10　线性探查法构造散列表

用线性探查法解决冲突时，当表中 i，$i+1$，$\cdots$，$i+k$ 的位置上已有结点时，一个散列地址为 i，$i+1$，$\cdots$，$i+k+1$ 的结点都将插入在位置 $i+k+1$ 上。把这种散列地址不同的结点争夺同一个后继散列地址的现象称为聚集或堆积（clustering）。这将造成不是同义词的结点也处在同一个探查序列之中，从而增加了探查序列的长度，即增加了查找时间。若散列函数不好或装填因子过大，都会使堆积现象加剧。

例 7.1 中，$h(15)=2$，$h(68)=3$，即 15 和 68 不是同义词。但由于处理 15 和同义词 41 的冲突时，15 抢先占用了 $T[3]$，这就使得插入 68 时，这两个本来不应该发生冲突的非同义词之间也会发生冲突。

为了减少堆积的发生，不能像线性探查法那样探查一个顺序的地址序列（相当于顺序查找），而应使探查序列跳跃式地散列在整个散列表中。

② 二次探查法（quadratic probing）。二次探查法的探查序列是：$h_i=(h(key)+i*i)\%m$（$0\leq i\leq m-1$），即探查序列为 $d=h(key)$，$d+1^2$，$d+2^2$，…。

该方法的缺陷是不易探查到整个散列空间。

③ 双重散列法（double hashing）。该方法是开放定址法中最好的方法之一，探查序列是：$h_i=(h(key)+i*h_1(key))\%m$（$0\leq i\leq m-1$），即探查序列为：$d=h(key)$，$(d+h_1(key))\%m$，$(d+2h_1(key))\%m$，…，等。

该方法使用了两个散列函数 $h(key)$ 和 $h_1(key)$，故也称为双散列函数探查法。定义 $h_1(key)$ 的方法较多，但无论采用什么方法定义，都必须使 $h_1(key)$ 的值和 m 互素，才能使发生冲突的同义词地址均匀地分布在整个表中，否则可能造成同义词地址的循环计算。

例如，若 m 为素数，则 $h1(key)$ 取 1 到 $m-1$ 之间的任何数均与 m 互素。因此，我们可以简单地将它定义为：$h_1(key)=key\%(m-2)+1$。

对于例 7.1，可取 $h(key)=key\%13$，而 $h_1(key)=key\%11+1$。

若 m 是 2 的方幂次，则 $h_1(key)$ 可取 $1\sim m-1$ 之间的任何奇数。

2．拉链法

拉链法解决冲突的做法是：将所有关键字为同义词的结点链接在同一个单链表中。若选定的散列表长度为 m，则可将散列表定义为一个由 m 个头指针组成的指针数组 $T[0,\cdots,m-1]$。凡是散列地址为 i 的结点，均插入到以 $T[i]$ 为头指针的单链表中。T 中各分量的初值均应为空指针。在拉链法中，装填因子 α 可以大于 1，但一般均取 $\alpha\leq1$。

【例 7.2】已知一组关键字和选定的散列函数与例 7.1 相同，用拉链法解决冲突构造这组关键字的散列表。取表长为 13，故散列函数为 $h(key)=key\%13$，散列表为 $T[0,\cdots,12]$。

当把 $h(key)=i$ 的关键字插入第 i 个单链表时，既可插入在链表的头上，也可以插在链表的尾上。这是因为必须确定 key 不在第 i 个链表时，才能将它插入表中，所以也就知道链尾结点的地址。若采用将新关键字插入链尾的方式，依次把给定的这组关键字插入表中，则所得到的散列表如图 7-11 所示。

与开放定址法相比，拉链法有如下几个优点：拉链法处理冲突简单，且无堆积现象，即非同义词决不会发生冲突，因此平均查找长度较短；由于拉链法中各链表上的结点空间是动态申请的，故它更适合于造表前无法确定表长的情况；开放定址法为减少冲突，要求装填因子 α 较小，故当结点规模较大时会浪费很多空间。而拉链法中可取 $\alpha\geq1$，且结点较大时，拉链法中增加的指针域可忽略不计，因此节省空间；在用拉链法构造的散列表中，删除结点的操作易于实现。只要简单地删去链表上相应的结点即可。而对开放定址法构造的散列表，删除结点不能简单地将被删结点的空间置为空，否则将截断在它之后填入散列表的同义词结点的查找路径。这是因为各种开放定址法中，空地址单元（即开放定址）都是查找失败的条件。因此在用开放定址法处理冲突的散列表上执行删除操作，只能在被删结点上做删除标记，而不能真正删除结点。

拉链法的缺点是：指针需要额外的空间，故当结点规模较小时，开放定址法较为节省空间，而若将节省的指针空间用来扩大散列表的规模，可使装填因子变小，这又减少了开放定址法中的冲突，从而提高平均查找速度。

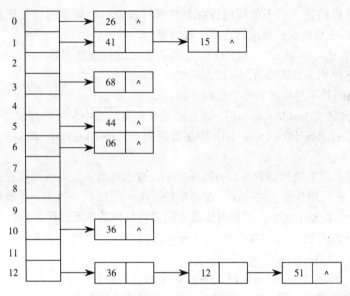

图 7-11 拉链法构造散列表

7.4.4 散列表的查找及分析

散列表的查找过程和建表过程相似。假设给定的值为 k，根据建表时设定的散列函数 H，计算出散列地址 $H(k)$，若表中该地址对应的空间未被占用，则查找失败，否则将给地址中的结点与给定值 k 比较，若相等则查找成功，否则按建表时设定的处理冲突方法查找下一个地址，如此反复下去，直到某个地址空间未被占用（查找失败）或者关键字比较相等（查找成功）为止。

1. 散列表类型

散列表类型定义如下：

```
#define  NULL  -1
#define  M 63                        /*表长度依赖于应用，一般 M 为素数*/
typedef struct
{ KeyType key;
  InfoType otherinfo;
} NodeType;
typedef NodeType HashTable[M];
```

2. 基于开放定址法的查找算法

（1）开放定址法一般形式的函数表示

```
int Hash(KeyType K, int i)
{ /*求在散列表 T[0,…,m-1]中第 i 次探查的散列地址 hi, 0≤i≤m-1*/
  /*下面的 h 是散列函数。Increment 是求增量序列的函数，它依赖于解决冲突的方法*/
   return(h(K)+Increment(i))%m;       /*Increment(i)相当于是 di*/
 }
```

若散列函数用除余法构造，并假设使用线性探查的开放定址法处理冲突，则上述函数中的 $h(K)$ 和 Increment(i)可定义为：

```
int h(KeyType K)                      /*用除余法求 K 的散列地址*/
```

```
{  return K%m;
}

int Increment(int i)                    /*用线性探查法求第 i 个增量 di*/
{  return i;
}
```

（2）通用的开放定址法的散列表查找算法

```
int HashSearch(HashTable T, KeyType K, int *pos)
{  /*在散列表 T[0,…,m-1]中查找 K,成功时返回 1*/
   /*失败有两种情况:找到一个开放定址时返回 0,表满未找到时返回-1*/
   /*用*pos 记录找到 K 或找到空结点时表中的位置*/
   int i=0;
   do{
    *pos=Hash(K, i);                    /*求探查地址 hi*/
    if(T[*pos].key==K) return 1;
    if(T[*pos].key==NULL) return 0;
   }while(++i<m)                        /*最多做 m 次探查*/
   return -1;                           /*表满且未找到时,查找失败*/
}
```

上述算法适用于任何开放定址法，只要给出函数 Hash 中的散列函数 $h(K)$ 和增量函数 Increment(i)即可。

虽然散列表在关键字和存储位置之间建立了对应关系，理想情况是无须关键字的比较就可查找到待查关键字。但是由于冲突的存在，散列表的查找过程仍是一个和关键字比较的过程，不过散列表的平均查找长度比顺序查找、二分查找等完全依赖于关键字比较的查找要小得多。在例 7.1 和例 7.2 的散列表中，假设结点的查找概率相等，线性探查法和拉链法查找成功的平均查找长度分别为：

```
ASL=(1×6+2×2+3×1+9×1)/10=2.2        /*线性探查法*/
ASL=(1×7+2×2+3×1)/10=1.4            /*拉链法*/
```

而当 $n=10$ 时，顺序查找和二分查找的平均查找长度（成功时）分别为：

```
ASL=(10+1)/2=5.5                     /*顺序查找*/
ASL=(1×1+2×2+3×4+4×3)/10=2.9        /*二分查找,可由判定树求出该值*/
```

对于不成功的查找，顺序查找和二分查找所需进行的关键字比较次数仅取决于表长，而散列查找所需进行的关键字比较次数和待查结点有关。因此，在等概率情况下，也可将散列表在查找不成功时的平均查找长度，定义为查找不成功时对关键字需要执行的平均比较次数。在例 7.1 和例 7.2 的散列表中，在等概率情况下，查找不成功时的线性探查法和拉链法的平均查找长度分别为：

```
ASL′=(9+8+7+6+5+4+3+2+1+1+2+1+10)/13=59/13≈4.54
ASL′=(1+0+2+1+0+1+1+0+0+0+1+0+3)/13≈10/13≈0.77
```

由以上可知：

① 由同一个散列函数、不同解决冲突方法构造的散列表，其平均查找长度是不相同的。

② 散列表的平均查找长度不是结点个数 n 的函数，而是装填因子 α 的函数。因此在设计散列表时可选择 α 以控制散列表的平均查找长度。

③ α 的取值。α 越小，产生冲突的机会就小，但 α 过小，空间的浪费就过多。只要 α 选择合适，散列表上的平均查找长度就是一个常数，即散列表上查找的平均时间为 $O(1)$。

小　　结

　　查找是数据处理中经常使用的一种运算。关于线性表的查找，本章主要介绍了顺序查找、折半查找和分块查找三种方法。若线性表是有序表，则折半查找是一种最快的查找方法。关于树表的查找，介绍了二叉排序树和平衡二叉树。这些方法都是基于关键字比较进行的查找，而散列表方法则是直接计算出结点的地址，这里介绍了散列表的概念、散列函数和处理冲突的方法。

习　　题

一、简答题

1. 简单描述什么是静态查找、动态查找、平衡二叉树、平均查找长度、哈希函数、冲突。

2. 分别画出在线性表(1,2,3,4,5)中用折半查找法查找关键字值等于 0、1、3、5、7 的过程。

3. 选取散列函数。用开放定址法处理冲突，试在 0 ~ 10 的散列地址空间中对关键字序列(22, 41,53,46,30,13,01,67)构造散列表，并求其在等概率下查找成功和查找不成功的平均查找长度。

4. 设关键字码的输入序列为(50,31,11,37,46,66,63,2,8)。

（1）从空树开始，构造平衡二叉树，画出每加入一个新结点时二叉树的形态。若发生不平衡，指明需进行平衡旋转的类型及平衡旋转的结果。

（2）计算该平衡二叉排序树在等概率下查找成功的平均查找长度和查找不成功的平均查找长度。

5. 试推导含 12 个结点的平衡二叉树的最大深度，并画出一棵这样的平衡二叉树。

6. 对于给定结点的关键字集合 {5,7,3,1,9,6,4,8,2,10 }。

（1）试构造一棵二叉排序树。

（2）求等概率情况下的平均查找长度 ASL 。

7. 对于给定结点的关键字集合 $K = \{ 10,18,3,5,19,2,4,9,7,15 \}$。

（1）试构造一棵二叉排序树。

（2）求等概率情况下的平均查找长度 ASL 。

8. 对于给定结点的数据集合 $D = \{1,12,5,8,3,10,7,13,9 \}$

（1）依次取出 D 中各数据，构成一棵二叉排序树 BT 。

（2）如何依据此二叉树得到 D 的有序序列。

（3）在二叉排序树 BT 中删除 "12" 后的树的结构。

9. 给定结点的关键字序列为(19,14,23,1,68,20,84,27,55,11,10,79)。设哈希表的长度为 13,哈希函数为 $H(K) = K \bmod 13$。

（1）试画出线性探测再哈希解决冲突时所构造的哈希表。

0	1	2	3	4	5	6	7	8	9	10	11	12

（2）试画出链地址法解决冲突时所构造的哈希表，并求出其平均查找长度。

10. 将数据序列(25,73,62,191,325,138)依次插入图 7-12 所示的二叉排序树中，并画出最后的结果。

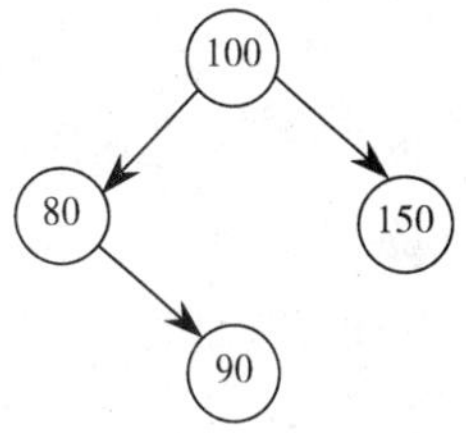

二、算法设计题

1. 设单链表的结点是按关键字从小到大排列的，试写出对此链表的查找算法，并说明是否可以采用折半查找。

2. 试设计一个在使用开放定址法解决冲突的哈希表上删除一个指定结点的算法。

3. 设给定的哈希表存储空间为 $H[1-m]$，每个单元可存放一个记录，$H[i]$的初始值为零，选取哈希函数为 $H(R.key)$，其中 key 为记录 R 的关键字，解决冲突的方法为线性探测法，编写一个函数将某记录 R 填入到哈希表 H 中。

4. 设二叉排序树的每个结点中，含有关键字域和统计相同关键字结点个数的 count 域，当向树中插入一个元素时，若树中已有相同关键字的结点，就使该结点的 count 域增 1；否则，生成一个新结点，插入到树中，试按这种要求编写插入算法。

5. 写出折半查找的递归算法。

6. 利用折半查找算法的思想，编写算法，查找第一个（下标最小）大于给定关键字值的记录。

图 7-12 二叉排序树

第8章　排　序

基本要求:

- 了解排序的概念
- 掌握计算机中排序方法分类
- 重点掌握几种常用的内部排序方法

教学重点和难点:

- 算法优劣的评价及稳定性
- 插入排序中的希尔排序
- 交换排序中的快速排序
- 选择排序中的堆排序
- 归并排序

排序（sorting）是计算机程序设计中的一种重要操作，其功能是将一个数据元素（或记录）的任意序列，重新排列成一个按关键字有序的序列。

8.1　基　本　概　念

所谓排序，就是要整理文件中的记录，使之按关键字递增(或递减)次序排列起来。其确切定义如下：输入 n 个记录 R_1，R_2，$\cdots$，R_n，其相应的关键字分别为 K_1，K_2，$\cdots$，K_n。输出 R_{i1}，R_{i2}，$\cdots$，R_{in}，使得 $K_{i1} \leqslant K_{i2} \leqslant \cdots \leqslant K_{in}$（或 $K_{i1} \geqslant K_{i2} \geqslant \cdots \geqslant K_{in}$）。

1. 排序码

通常，一个数据表包含若干条记录（既数据元素），每个数据元素由若干数据项组成，如图 8-1 所示。

其中，能够唯一标识该数据元素的数据项称为主要关键字或关键码，如图 8-1 中的"学号"，若没有重名的话，"姓名"也可以作为主要关键字。可以标识

学号	姓名	班级	成绩

图 8-1　数据元素结构

多条记录的数据项称为次要关键字，如图中的"成绩"。作为排序依据的数据项称为排序码，排序码可以是主要关键字，也可以是次要关键字，因排序文件不同而异。

为了便于查找，通常希望计算机中的数据表是按关键字有序的。如有序表的折半查找，查

找效率较高。若关键字是主关键字，则对于任意待排序序列，经排序后得到的结果是唯一的；若关键字是次关键字，排序结果可能不唯一，这是因为具有相同关键字的数据元素在排序结果中，它们之间的位置关系与排序前不能保持绝对一致。

2. 排序的稳定性

如果在需要排序的文件中存在两个或两个以上相同关键字的记录，经过排序后这些记录的相对次序仍保持不变，则称这种排序算法是稳定的，否则这种算法是不稳定的。

3. 排序类型

根据排序过程中涉及的存储器的不同，可将排序分为两大类：内部排序和外部排序。前者是指将需要排序的记录完全存放在内存储器中进行的排序过程；后者是指需要排序的记录的数量很大，以致内存储器一次不能够容纳全部记录，在排序过程中还需要外部存储器进行访问的排序过程。内部排序适合于不太大的元素序列，外部排序用于较大的元素序列。

内部排序是排序的基础，根据排序所依据的原则，内部排序大致分为：插入排序、交换排序、选择排序、归并排序和基数排序五种。本章主要介绍内部排序，简单介绍外部排序。

4. 排序算法种类及其评价

排序是计算机程序设计中的一种重要操作，由于排序的记录数量不同，使得排序过程中涉及的存储器不同，可将排序方法分为两大类：内部排序和外部排序。内部排序方法常用的有插入排序、希尔排序、选择排序、快速排序、堆排序、归并排序、分配排序等。外部排序一般用于大文件的排序，常用方法主要是平衡归并排序方法。内部排序和外部排序比较，前者待排序文件较小且记录数较少，只在内存中进行，因此算法相对简单，效率较高；而外部排序是对存储在外存储器上的大文件进行操作的，排序过程中需要在内存和外存之间进行多次数据交换，因此所用的时间多、占据空间大，算法也相对复杂。

评价排序算法优劣的标准主要有两条：一是算法的时间复杂度，这主要通过记录的比较次数和移动次数来反映；另一条是执行算法所需要的附加存储单元。

本章的内部排序算法，我们做一个假定，就是待排序记录存放在地址连续的一组内存单元中；且为了讨论方便，假设记录的关键字均为整数。即在以后讨论的大部分排序算法中，待排序记录的数据类型为：

```
typedef struct record
{ int key;
   anytype data;
}Redtype;
Redtype R[recnum];
```

【说明】所有的排序数据存放于数组 *R* 中，recnum 为当前数组中的记录个数，anytype data 表示记录中的其他数据，如此设定是为了讨论的方便，在具体实现时，需要明确定义出来。

8.2　插　入　排　序

插入排序（insertion sort）是把一个记录插入到已排序的有序文件中去，使得插入这个记录之后，得到的仍然是有序文件。插入记录，首先要对有序文件进行查找，以确定这个记录的插入位置。插入排序有两种：直接插入排序和希尔排序。

8.2.1 直接插入排序

直接插入排序是一种最简单的插入排序算法，它的基本操作是将一个记录插入到已经排好序的有序表中，从而得到一个新的、记录增加 1 的有序表。

【例 8.1】某班有 8 名同学，按照学号其成绩分别为 85、66、87、97、90、48、56、85，存放于数组 $R[9]$ 中。试按照成绩从高到低对他们进行排名。

此例中，需要进行成绩的排序，则成绩就是当前记录序列的关键字。观察 8 位同学的成绩，基本处于无序状态。这时可以假设第一位同学的成绩是有序的（因为只有一个成绩），则需要把从第二名同学开始的其他各位同学的成绩逐步插入到已有序的记录（第一位同学，成绩为 85 中）。

初始的序列为

[85 66 87 97 90 48 56 85]

在完全无序的序列中，假设第一个记录关键字是有序的

[85]

此时无序的记录序列是[66 87 97 90 48 56 85]，第一趟排序时，需要将无序记录序列中的关键字 66 与 85 比较，查找该记录有关插入的位置。为了保证数据不被破坏，免去在查找过程中的每一步检查数组 R 是否结束，下标是否越界，设置 $R[0]$ 为"监视哨"。首先，将 66 的记录放入 $R[0]$ 中，66 比 85 小，找到了 66 应该插入的位置，将 85 右移一个单元到 R[2]中，将 R[0]再放入 $R[1]$ 中。第一趟插入完成，得到如下有序序列：[66 85]，此时无序序列为[87 97 90 48 56 85]。

从 87 开始往右，逐个查找要插入的位置，按照上述过程反复插入，直到序列完全有序结束。其过程如图 8-2 所示：

	R[0]		R[1]	R[2]	R[3]	R[4]	R[5]	R[6]	R[7]	R[8]
i=1			[85]	66	87	97	90	48	56	85
i=2	[66]		[66	85]	87	97	90	48	56	85
i=3	[87]		[66	85	87]	97	90	48	56	85
i=4	[97]		[66	85	87	97]	90	48	56	85
i=5	[90]		[66	85	87	90	97]	48	56	85
i=6	[48]		[48	66	85	87	90	97]	56	85
i=7	[56]		[48	56	66	85	87	90	97]	85
i=8	[85]		[48	56	66	85	85	87	90	97]

监视哨

图 8-2 直接插入排序示例

以上过程用自然语言描述其算法思路：

① 设置监视哨 $R[0]$，将待插入记录的值赋给 $R[0]$。

② 设置开始查找的位置 j。

③ 在数组中进行搜索，搜索中将第 j 个记录右移，直到 $R[0].key>=R[j].key$。

④ 将 $R[0]$ 插入到 $R[j+1]$ 中。

算法如下：

```
void zhijie_insert(Redtype R[],int n)
{ int i,j;
  for(i=2;i<n;i++)
  { R[0]=r[i];
    j=i-1;
    while(R[0].key<R[j].key)
    { R[j+1]=R[j];
      j--; }
    R[j+1]=R[0]; }
}
```

【说明】C 语言中，数组的下标以 0 开始，以 $n-1$ 结束，因此以上算法是 $n-1$ 个记录的排序算法。下面分析算法时，以 n 个记录为准。

分析以上算法，为了正确地插入第 i 个记录，最多比较 i 次，最少比较 1 次，平均比较 $i/2$ 次。按平均比较次数来算，将 n 个记录直接插入排序所需要的平均比较次数为：

$$\sum_{2}^{n}\frac{i}{2}=\frac{(n+2)(n-1)}{4}=\frac{(n^2+n-2)}{4}\approx\frac{n^2}{4}$$

插入排序中记录的移动次数也是比较多的，用与上面的类似方法可以算出，插入 n 个记录所需的平均移动次数近似为 $n^2/4$。因此，直接插入排序的时间复杂度为 $O(n^2)$。

由于直接插入排序在整个排序过程中只需要一个记录单元的辅助空间，所以其空间复杂度为 $O(1)$。直接插入排序是一种稳定的排序方法。

8.2.2 希尔排序

希尔排序又称"缩小增量排序"，也是一种插入排序，但在时间效率上有较大的改进。

希尔排序的思路是：选定一个增量 $d_1<n$，把全部记录按此值从第一个记录起进行分组，所有相距为 d_1 的记录作为一组，先在各组内进行插入排序，然后减少间隔，取第二个增量 $d_1<d_2$，重复上述分组和排序过程，直至增量值 $d_i=1$ 为止，即所有的记录放在同一组内排序。

对于增量的取法可以有多种，希尔提出的是：$d_1=n/2$，$d_{i+1}=d_i/2$。克努特（Knuth）提出的是 $d_{i+1}=d_i/3$，还有别的取法。这里采用希尔的取法。

下面我们用希尔排序法解决例 8.1，过程如图 8-3 所示。

希尔排序算法：

① 外循环以各种不同的间隔距离 d 进行插入排序，直到 $d=1$ 为止。

② 第二重循环是在某一个 d 值下对各组进行排序，若在某个 d 值下发生了记录的交换，则需要第三重循环，直至各组内均无记录的交换为止，也即各组内已经完成排序。

③ 第三重循环是从第一个记录开始，按某个 d 值为间距进行比较，若有逆序，则进行交换。

算法如下：

```
void xier_sort(Redtype R[],int n)
{ Redtype t;
```

```
int i,j,d;
d=n/2;
while(d>=1)
  { for(i=d+1;i<n;i++)
      { t=R[i];
        j=i-d;
        while((j>0)&&(t.key<R[j].key))   /*按某个 d 值进行间距内比较*/
          { R[j+d]=R[j];
            j=j-d;}
        R[j+d]=t; }
    d=d/2; }
}
```

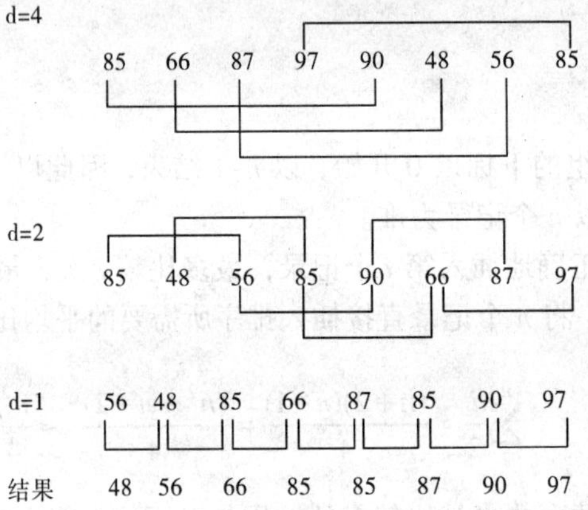

d=4

85 66 87 97 90 48 56 85

d=2

85 48 56 85 90 66 87 97

d=1 56 48 85 66 87 85 90 97

结果 48 56 66 85 85 87 90 97

图 8-3 希尔排序示例

希尔排序的特点是每一次以不同的间隔距离进行插入排序。当 d 较大时，被移动的记录是跳跃式的。到最后一次排序时（d=1），许多记录已经有序，不需要多少移动，所以提高了排序的速度。需要注意的是，应该使增量序列中的值没有除 1 之外的其他公因子，而且最后一个增量必须是 1。

通过分析直接插入排序算法得知，当待排序记录的序列中记录个数较少时或者序列接近有序时，直接插入排序的效率较高，希尔排序就是基于这两点的考虑。开始排序时，由于选取的间隔值比较大，各组内的记录数较少，因此组内排序快。在以后的排序中，虽然各组中的记录个数增多，但通过前面几次排序，组内记录基本接近有序，所以各组内排序也比较快。

计算表明，希尔排序的平均比较次数和平均移动次数大约都是 $n^{1.3}$ 左右，一般认为其时间复杂度为 $O(n\log_2 n)$。该排序算法是不稳定的。

8.3 交 换 排 序

交换排序是通过两两比较待排序记录的关键字（排序码），交换不满足顺序的那些偶数对，直到全部满足为止。常用的有两种交换排序方法：冒泡排序和快速排序。

8.3.1 冒泡排序

冒泡排序也叫气泡排序。它是通过相邻之间的记录两两比较和交换，使关键字较小的记录好比水中的气泡一样逐步向上漂浮，而关键字较大的记录好比石块一样往下沉，每一趟有一块最大的"石头"沉到水底。

【例 8.2】 有学校教师情况表，如表 8-1 所示，按基本工资由低到高进行排序。

表 8-1 教师情况表

姓 名	学 历	工 龄	职 称	基 本 工 资
张为明	本科	7	讲师	1 108
李利	本科	10	副教授	1 430
胡海琴	硕士	8	讲师	1 240
孙维	硕士	15	教授	1 620
刘名强	本科	3	助教	992
柳伟廷	硕士	3	助教	1 100

此题采用冒泡排序法。其基本思想是：将第一个记录的关键字（基本工资）和第二个记录的关键字（基本工资）进行比较；若前者比后者大，则交换两个记录，然后比较第二个和第三个记录的基本工资；若为逆序，再交换两个记录。如此反复，直到第五个和第六个记录的关键字比较结束为止，就完成了一趟排序，此时基本工资最高（1 620）的记录就"沉"到了最下边。第二趟排序重复第一趟的过程，到第五个记录截止。如此反复，最后一趟排序只有第一个记录和第二个记录参与。上述数据表按"基本工资"排序的过程如图 8-4 所示。

总结以上过程，可以将冒泡排序的算法思路描述为：

① 第一重循环进行 $n-1$ 趟排序，$k=0$。

② 第二重循环是在进行第 i 趟排序时进行 $n-i$ 次两两比较，若逆序，交换并使 k 增加，找出该趟中关键字最大的记录放在 $n-i+1$ 位置上，继续下一趟排序；比较过程中，若为顺序，则无须交换，$k=0$，退出整个排序循环。

```
1108      1108      1108      1108      992       992
1430      1240      1240      992       1100      1100
1240      1430      992       1100      1108      1108
1620      992       1100      1240      1240      1240
992       1100      1430      1430      1430      1430
1100      1620      1620      1620      1620      1620

初始      第一      第二      第三      第四      第五
状态      趟排序    趟排序    趟排序    趟排序    趟排序
```

图 8-4 冒泡排序过程示意图

算法如下：

```c
void maopao_sort(Redtype R[],int n)
{   int i,j,k;
    Redtype t;
    i=1; k=1;
    while((i<n)&&(k>0))                  /*进行 n-1 趟排序*/
    { k=0;
      for(j=0;j<n-i;j++)                 /*进行第 i 趟排序时进行 n-i 次两两比较*/
      { if(R[j+1].key<R[j].key)          /*交换记录*/
          { k++;                         /*改变交换标志*/
            t=R[j];  R[j]=R[j+1];  R[j+1]=t; }
      i++;}
}
```

当初始序列中记录已按关键字次序排好，则只需要进行一趟排序，在排序过程中只需进行 $n-1$ 次比较，记录移动次数为 0；若初始序列中记录按逆序排列，待排序的记录数为 n，最多进行 $n-1$ 趟排序，最大比较次数为：

$$\sum_{i=1}^{n-1}(n-i) = \frac{n(n-1)}{2} = \frac{n^2}{2}$$

交换记录时移动记录的次数约为 $3n^2/2$ 次，所以总的时间复杂度为 $O(n^2)$。冒泡排序是稳定的，因为关键字相等的记录不会发生交换。

8.3.2　快速排序

快速排序是由冒泡排序法改进得到的，是一种区分交换排序的方法。

快速排序的基本思想是：一次快速排序采用从两头向中间扫描的办法，同时交换与基准记录逆序的记录。给定一个记录序列 $(R[1], R[2], \cdots, R[n])$，在其中任意取一个记录的排序码作为"基准"（记做 $temp$），以此为基准将当前无序区划分为左右两个较小的无序子区 $(R[1], \cdots, R[i])$ 和 $(R[i+1], \cdots, R[n])$，并且左边的无序子区中记录的排序码均小于或等于基准记录的排序码，右子区中记录的排序码都大于或等于基准记录的排序码。而基准 $temp$ 位于最终排序的位置上，即：

$$(R[1], \cdots, R[i]) \leqslant temp \leqslant (R[i+1], \cdots, R[n])$$

当左右子区均非空时，分别对它们进行上述划分，直到所有无序子区中的记录都已排好序为止。具体步骤为：

① 设置两个指针 i 和 j，它们的初值分别指向序列的头和尾，即 $i=1$，$j=n$，并将第一个记录的排序码置于 $temp$，$temp=R[1].key$。

② 首先令 j 自 n 起向左扫描，直至 $temp>R[j].key$，将 $R[j]$ 移到 $R[i]$，即 $R[i]=R[j]$；然后令 i 自 $i+1$ 起向右扫描，直至 $temp<R[i].key$，将 $R[i]$ 移到 $R[j]$，即 $R[j]=R[i]$；（当 $i<j$ 时，重复此步骤）。

③ 当 $i=j$ 时，i 就是基准的最终位置，一次划分完成。

此时所有的 $R[s](s=1, 2, \cdots, i-1)$ 的关键字都小于 $temp$，而所有 $R[t]=(t=j+1, j+2, \cdots, n)$ 的关键字都大于 $temp$。则可将 $temp$ 中的记录移动至 i 所指位置，它将无序中的记录划分成 $R[1, 2, \cdots, i-1]$ 和 $R[i+1, \cdots, n]$，这两部分再分别进行划分排序。

【例 8.3】有数据序列 49、38、65、97、76、13、27、49，对其进行一次快速排序（划分）的过程如图 8-5 所示。排序基准码 $temp=49$。

以上过程的一次划分算法如下：

```
Qpass(Redtype R[],int low,int high)
{ int i,j,temp;  Redtype x;
  i=low;  j=high;
  x=r[low];   temp=r[low].key;
  while(i<j)
  {
    while(i<j&&r[j]>=temp)j--;
    r[i]=r[j];
    i++;
    while(i<j&&r[i].key<=temp)i++;
    r[j]=r[i];
    j--;
```

```
    }
        r[i]=x;
        return i;
    }
```

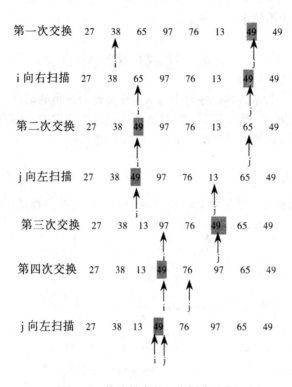

图 8-5　快速排序的一次划分过程

快速排序过程实质上是划分过程的重复，是一个递归的过程，算法如下：

```
void quicksort(Redtype R[],int low,int high)
{ int i;
    if(low<high)
    {i=Qpass(r,low,high);
     quicksort(r,low,i-1);
     quicksort(r,i_1,high);
    }
}
```

快速排序是递归的，每层递归调用时的指针和参数均要用栈来存放。从空间角度考虑，存储开销在理想情况下为 $O(\log 2n)$，在最坏情况下为 $O(n)$。就时间复杂度而言，在 n 个记录的待排序列中，一次划分需要约 n 次关键码比较，时效为 $O(n)$，若设 $T(n)$ 为对 n 个记录的待排序列进行快速排序所需时间。

理想情况下：每次划分，正好分成两个等长的子序列，则

$T(n) \leqslant cn+2T(n/2)$

$\leqslant cn+2(cn/2+2T(n/4))=2cn+4T(n/4)$

$\leqslant 2cn+4(cn/4+T(n/8))=3cn+8T(n/8)$

...

$\leqslant cn\log 2n+nT(1)=O(n\log 2n)$，c 是一个常数

最坏情况下：即每次划分，只得到一个子序列，时效为 $O(n^2)$。

快速排序是通常被认为在同数量级（$O(n\log 2n)$）的排序方法中平均性能最好的。但若初始序列按关键码有序或基本有序时，快速排序反而蜕化为冒泡排序。为改进快速排序，通常以"三者取中法"来选取支点记录，即将排序区间的两个端点与中点三个记录关键码居中的调整为支点记录。快速排序是一个不稳定的排序方法。

8.4 选 择 排 序

选择排序主要是每一趟从待排序序列中选取一个关键码最小的记录，也即第一趟从 n 个记录中选取关键码最小的记录，第二趟从剩下的 $n-1$ 个记录中选取关键码最小的记录，直到整个序列的记录选完。这样，由选取记录的顺序便得到按关键码有序的序列。

8.4.1 直接选择排序

【例 8.4】有记录的初始关键字为（43,89,21,43,28,15）。直接选择排序过程如图 8-6 所示。

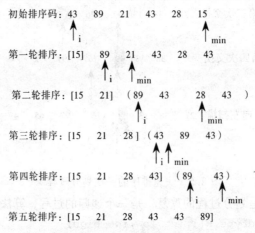

图 8-6　直接选择排序过程

根据以上过程，设待排序记录为（$R[1],R[2],\cdots,R[n]$），我们总结出直接选择排序的基本思路如下：

① 置 i 为 1。

② 当 $i<n$ 时，重复下列步骤：a. 从（$R[i],\cdots,R[n]$）中选择一个关键字最小的记录 $R[\min]$，若 $R[\min]\neq R[i]$，则交换 $R[i]$ 和 $R[\min]$ 的位置；否则不交换。b. i 值加 1。

算法如下：

```
void selectsort(Redtype R[ ],int n)
{ int i,min,j; Redtype temp;
  for(i=1;i<n;i++)
  {  min=i;
     for(j=i+1;j<=n;j++)
       if(s[j].key<s[min].key)
         min=j;
       if(min!=i)
        { temp=s[min];   s[min]=s[i];
```

```
            s[i]=temp;
        }}
}
```

分析上述算法，第一遍扫描时，在 n 个记录中选择最小排序码的记录，需要进行 $n-1$ 次比较，第二遍扫描时，在余下的 $n-1$ 个记录中再选出最小排序码的记录需比较 $n-2$ 次，依此类推，第 $n-1$ 遍扫描时，在最后的两个记录中比较一次选出最小排序码的记录。因此，算法的比较次数为：

$$C=\sum (n-i)=n(n-1)/2=n^2/2，i \text{ 取 } 1 \sim n-1$$

即算法的时间复杂度为 $O(n^2)$。

选择法排序只需少量中间变量作为辅助空间，其算法不稳定。

8.4.2　堆排序

堆排序（heapsort）是简单选择排序的改进。用直接选择排序 n 个记录选择出关键字值最小的记录需要做 $n-1$ 次比较，然后从 $n-1$ 个记录中选择关键字值次小的记录需要比较 $n-2$ 次，显然，相邻两趟中某些比较是重复的。鉴于这些不足，可以采用树形选择排序，即堆排序。堆排序的特点是：在排序过程中，将 $R[1,\cdots,n]$ 看成是一棵完全二叉树的顺序存储结构，利用完全二叉树中双亲结点和孩子结点之间的内在关系（参见二叉树的顺序存储结构），在当前无序区中选择关键字最大（或最小）的记录。

堆的定义是：n 个元素的关键字序列 k_1、k_2、k_3、$\cdots$、k_n，当且仅当满足

$$\begin{cases} k_i \leqslant k_{2i} \\ k_i \leqslant k_{2i+1} \end{cases} \qquad \begin{cases} k_i \geqslant k_{2i} \\ k_i \geqslant k_{2i+1} \end{cases} \qquad i=1,2,\cdots,[n/2]$$

堆可以借助完全二叉树来描述。完全二叉树的每个结点对应一个关键字，根结点对应关键字 k_1。堆在完全二叉树中的解释为：完全二叉树中任一分支结点的关键字都不大于（或不小于）其左右孩子的值，所以堆顶元素（或完全二叉树的根）k_1 必为序列中 n 个元素的最小值（或最大值）。例如，序列{12，36，24，85，47，30}，堆顶元素取最小值的堆，如图 8-7 所示。

堆排序的思路是：对一组待排序的记录序列，先将其关键字按堆的定义排列一个序列，称为初建堆，找到最小（最大）关键字后，将其取出。用剩余的 $n-1$ 个元素再重新建堆，找到次小（次大）的关键字值。如此反复，直到全部关键字排好序为止。

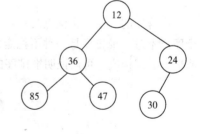

图 8-7　堆顶元素取最小值的示例

因此，实现堆排序需解决两个问题：

① 如何将 n 个元素的序列按关键字建成堆。

② 输出堆顶元素后，怎样调整剩余 $n-1$ 个元素，使其按关键字成为一个新堆。

首先，讨论输出堆顶元素后，对剩余元素重新建成堆的调整过程。

调整方法：设有 m 个元素的堆，输出堆顶元素后，剩下 $m-1$ 个元素。将堆底元素送入堆顶，堆被破坏，其原因仅是根结点不满足堆的性质。将根结点与左、右子女中较小（或大）的进行交换。若与左子女交换，则左子树堆被破坏，且仅左子树的根结点不满足堆的性质；若与右子女交换，则右子树堆被破坏，且仅右子树的根结点不满足堆的性质。继续对不满足堆性质的子树进行

上述交换操作，直到叶子结点，堆被建成。称这个自根结点到叶子结点的调整过程为筛选。

筛选算法如下：

```
int shaix(Redtype R[ ],int t,int w)        /*在R[t]到R[w]中，调整R[t]*/
  { int i,j;
  Redtype x;
  i=t;
  x=R[i];                      /*将待筛选结点放入辅助单元x中*/
  j=2*i;                       /*R[j]是R[i]的左孩子*/
  while(j<=w)
  {
    if((j>w)&&(R[j].key>R[j+1].key))
          j++;                 /*若存在右子树且右子树的关键字小，则从右分支筛选*/
    if(x.key>R[j].key)   /*孩子结点关键字值较小*/
      { R[i]=R[j];  i=j;  j=j+2;}       /*将R[j]与其双亲位置对调，往下搜索*/
     else
          j=w+1;               /*根不大于它的孩子时，调整完毕，结束循环*/
    }
    R[i]=x;                    /*将最初被调整的结点放入正确位置*/
}
```

堆排序算法如下：

```
 void Heapsort(Redtype R[ ],int n)
{
  int i;
  Redtype x;
  for(i=n/2;i>=1;i--)                    /*建初始堆*/
   shaix(R,i,n);
  for(i=n;i>=2;i--)                      /*n-1趟堆排序*/
  { x=R[i]; R[i]= R[j];  R[j]=x;         /*将第一个记录和当前堆中最后一个记录交换*/
    shaix(R,1,i-1);                      /*筛选R[1]结点，得到具有n-i个结点的堆*/
  }
}
```

堆排序的一个突出优点是：在空间方面很节约，只须存放一个记录的辅助空间，也称原地排序。不过，堆排序是一种不稳定的排序方法。堆排序的算法时间由建立初始堆和不断调整堆两部分时间构成，可以证明堆排序的时间复杂度为 $O(n\log_2 n)$。

8.5 归并排序

将两个或两个以上的已排序文件合并成一个有序文件的过程叫归并。归并排序（merge sort）就是用归并的方法进行排序。将两个有序文件合并成一个有序文件称为二路归并，也有三路归并，四路归并等。其中，最简单的是二路归并，是其他归并的基础，本节只讨论二路归并。

假设待排序的表中有 n 个记录，则可以看成 n 个子表，每个子表只含有一个记录，所以是有序的。通常将首尾相接的（即相邻的）两个子表进行合并，得到 $n/2$ 个较大的有序子表，每个子表包含两个记录，称为一趟归并排序。再对这些有序子表两两合并，依此类推，得到一个含有 n 个记录的有序表为止，排序完成。其中每步合并都采用二路归并，这种方法称为二路归并排序。

【例8.5】有一序列为55、58、12、36、87、9、11、75，对其进行二路归并排序。

开始排序时，先把这8个记录看成长度为1的8个有序子表，然后逐步进行归并。过程如图8-8所示。

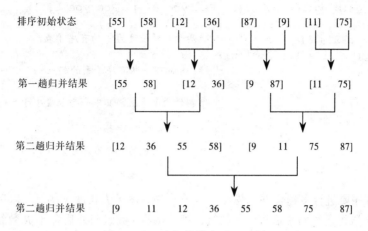

图8-8 二路归并排序过程示例

由以上过程可以看出，合并是归并排序的核心，在合并的基础上进行一趟排序，在一趟排序的基础上进行多趟排序。

从以上例子可总结合并排序算法思路如下：

① 假设数组 R 中的两个有序子表分别为 R[low]到 R[m]和 R[m+1]到 R[high]。最后形成的有序子表为 R[low,…,high]。

② 设置三个指针分别指向1）中的三个有序表的第一个单元。

③ 比较 R[i]和 R[j]的关键字的大小，若 R[i].key≤R[j].key，则将第一个有序子表的记录 R[i]复制到数组 s[k]中，并使 i+1、k+1。

④ 否则，将第二个有序子表的记录 R[j]复制到数组 s[k]中，并使 j+1、k+1。依此类推，直到全部记录都复制到 R[low]到 R[high]中。

合并算法如下：

```
void hebing(Redtype R[ ],int low,int m,int high, Redtype t[ ])
{
  int i=low,j=m+1,k=low-1;
  while((i<=m)&&j<=high))
  { k++;
    if(R[i].key<=R[j].key)          /*复制*/
       t[k]=R[i++];
    else
       t[k]=R[j++];
  }
  if(i>m)
     while(j<=high)                 /*复制第二个有序子表的剩余记录*/
       t[++k]=R[j++];
  else
     while(i<=m)                    /*复制第一个有序子表的剩余记录*/
       t[++k]=R[i++];
}
```

一趟归并的思路是：把数组 R 中的长度为 s 的相邻有序子表两两合并，归并成一个长度为 $2s$ 的有序子表，存于数组 t 中。

一趟归并算法如下：

```
void yit_guibing(int s,int n, Redtype R[ ], Redtype t[ ])
{ int i=1;
  while(i<=(n-2*s+1))          /*两两归并长度为1的有序子表*/
  { hebing(R,i,i+s-1,i+2*-1,t);
    i=i+2*s;                   /*i指向下一队有序子表的起点*/
  }
  if(i<n-s+1)                  /*剩余两个子表，其中一个长度小于s*/
    hebing(R,i,i+s-1,n,t);
  else
    while(i<=n)                /*把剩余的最后一个有序子表复制到t中*/
[i]=R[i++];
  }
```

二路归并排序要进行多趟合并，思路是：第一趟有序子表长度 s 为 1，以后每趟 s 增加一倍。第一趟将 R 数组进行归并后存于 t 数组，第二趟将 t 数组归并后存于 R 数组，依此类推，若归并的趟数为奇数，需从 t 数组复制到 R 数组。

归并排序算法如下：

```
void Merge_sort(Redtype R[ ],int n)
{ int i,s=1;
  Redtype t[ ];
  while(s<n)
  { yit_guibing(s,n,R,t);       /*一趟归并，结果存于t中*/
    s=s*2;                       /*将子表的长度扩大一倍*/
    if(s<n)
    { yit_guibing(s,n,R,t);   /*再次归并，结果存于R中*/
      s=s*2;
    }
    else
    { i=1;                       /*若趟数为奇数，从t复制到R中*/
      while(i<=n)
        R[i]=t[i++];
    }
  }
}
```

归并排序的效率可以分析如下：排序需要一个与表等长的辅助元素数组空间，所以空间复杂度为 $O(n)$。对 n 个元素的表，将这 n 个元素看做叶结点，若将两两归并生成的子表看做它们的父结点，则归并过程对应由叶向根生成一棵二叉树的过程。所以归并趟数约等于二叉树的高度 -1，即 $\log_2 n$，每趟归并需移动记录 n 次，故时间复杂度为 $O(n\log_2 n)$。

8.6 分 配 排 序

前面几节中介绍的排序方法都是根据关键字值的大小来进行的。本节简单介绍一种按照组成关键字的各个位的值来实现的排序，属于分配类的排序。该类排序方法中常用的一种方法叫做基数排序（radix sort），采用基数排序需要使用一批桶（或箱子），故又称为吊桶排序。

设线性表中各元素的关键字具有 k 位有效数字，基数排序的基本思想是：从有效数字的最低位开始直到最高位，对于每一位有效数字对线性表进行重新排列。调整的原则是：

① 下面以十进制数为例说明基数排序的过程。

② 假设待排序文件中所有记录的关键字为不超过 d 位的非负整数，从最高位到最低位（个位）的编号依次为 1、2、…、d。设置 10 个队列（即上面提到的桶），它们的编号依次是 0、1、2、…、9。

基数排序的基本步骤如下：

① 首先，按个位数分配。第一遍扫描时，将记录按关键字的个位（即第 d 位）数分别放到相应的队列中：个位数为 0 的关键字，其记录依次放入 0 号队列中，个位数为 1 的关键字，其记录依次放入编号为 1 的队列中，依此类推，直到将个位数为 9 的关键字放入 9 号队列中。

② 第一遍收集。此时把 10 个队列中的记录，按 0 号、1 号、…、9 号队列的顺序收集和排列起来，同一队列中的记录按先进先出的次序排列。

③ 按十位数分配。将第一遍排序后的记录按其关键字的十位数（第 $d-1$ 位）进行第二遍扫描。方法同步骤①。

④ 第二遍收集。将按照十位数分配好的记录，再按照 0 号、1 号、…、9 号队列的顺序收集和排列起来，同一队列中的记录按先进先出的次序排列。

⑤ 重复以上步骤，到第 d 遍排序时，按第 $d-1$ 遍排序后记录的关键字的最高位（第一位）进行分配，再收集和排列各队列中的记录，得到原文件的有序文件。

【例 8.6】给出一组文件的关键字序列(3,67,70,53,65,21,55,12,37,21)，用基数排序法进行排序。

分析：该序列的关键字除了 3 之外都是两位的正整数，因此可以将关键字 3 补成两位数 03。这样，首先按照个位数进行分配和排序，然后按照十位数分配和排序即可完成，如图 8-9 所示。

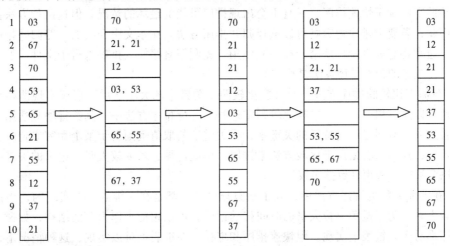

图 8-9 基数排序过程示例

此例中，文件和所有队列都表示成一维数组。文件中，关键字的某一位可能均为同一数字，这时所有的记录同时装入同一个队列中。因此，如果每个队列的大小和文件大小相同，则需要一个 10 倍于文件大小的附加空间。此外，排序时需要反复地分配和收集记录，所以采用顺序表实现比较困难。

基数排序所需要的计算时间不仅与文件大小 n 有关，而且还与关键字的位数、关键字的基数有关。设关键字的基数为 r（十进制数基数为 10，二进制数的基数为 2），为建立 r 个空队列所需要的时间为 $O(r)$。把 n 个记录分到各个队列中并重新收集起来所需的时间为 $O(n)$，因此排序一遍所用的时间为 $O(n+r)$。若每个关键字有 d 位，则一共要进行 d 遍排序，所以基数排序的时间复杂度为 $O(d*(n+r))$。由于关键字的位数 d 与基数 r 及最大关键字的值有关，所以不同的 r 和关键字将需要不同的时间。

8.7　内部排序方法的比较和选择

目前，已有的排序方法远不止本章讨论的这些，人们之所以热衷于研究多种排序方法，不仅因为排序在计算机中的重要地位，而且还因为不同的排序方法各有优劣，可适用于不同的场合。一般地，选择排序方法时需要考虑以下一些因素：

① 记录本身信息量的大小。

② 关键字的结构及分布情况。

③ 对排序稳定性的要求。

④ 语言工具的条件、辅助空间的大小等。

依据这些因素，可以得出如下结论：

① 若 n 较小（如 $n \leq 50$），则可以采用直接插入或直接选择法排序。因为直接插入排序所需记录移动操作比直接选择排序法要多，因此若记录本身信息量较大时，则选用直接选择排序。

② 若文件的初始状态已是按关键字基本有序的，则宜选用直接插入排序法。

③ 若 n 较大时，则应采用时间复杂度比较小的排序方法，如快速排序、堆排序或归并排序等。快速排序是目前基于内部排序中被认为是最好的方法，其排序的平均时间最少；堆排序所需的辅助空间少于快速排序，并且不会出现排序可能的最坏的情况，但这两种方法都是不稳定的。因此，若要求排序稳定则可以选择归并排序方法。在本文中介绍的二路归并排序并不值得提倡，通常将它和直接排序结合在一起使用。先利用直接插入排序求得子文件，然后再两两归并，这样改进的归并排序算法是稳定的。

④ 在基于比较的排序方法中，每次比较两个关键字的大小之后，仅仅出现两种可能的转移，因此可以用一棵二叉树来描述比较判定过程。分配排序方法中，基数排序只适用于像字符串和整数这一类有明显结构特征的关键字，当关键字的取值范围属于某个无穷集合时，无法使用基数排序，这时只有借助于比较方法来排序。由此可见，若 n 较大时，记录的关键字位数较少且可以分解时，采用基数排序较好。

⑤ 在前面介绍的排序方法中，除了基数排序外，都是在一维数组上实现的，当记录本身信息量较大时，为了避免浪费大量的时间移动记录，可以用链表作为存储结构，如插入排序和归并排序都易于在链表上实现。但快速排序和堆排序在链表上难以实现，这种情况下，可以提取关键字建立索引表，然后对索引表进行排序。

8.8　外部排序简介

外部排序基本上由两个相互独立的阶段组成。首先，按可用内存大小，将外存上含 n 个记录的文件分成若干长度为 k 的子文件或段（segment），依次读入内存并利用有效的内部排序方法对它们进行排序，并将排序后得到的有序子文件重新写入外存。通常称这些有序子文件为归并段或顺串；然后，对这些归并段进行逐趟归并，使归并段（有序子文件）逐渐由小到大，直至得到整个有序文件为止。

显然，第一阶段的工作已经讨论过。以下主要讨论第二阶段即归并的过程。先从一个例子来看外部排序中的归并是如何进行的。

假设有一个含 10 000 个记录的文件，首先通过 10 次内部排序得到 10 个初始归并段 $R1 \sim R10$，其中每一段都含 1 000 个记录。然后对它们作如图 8-10 所示的两两归并，直至得到一个有序文件为止。

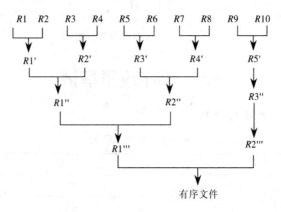

图 8-10 外部排序之归并过程示意图

从图 8-10 可见，由 10 个初始归并段到一个有序文件，共进行了四趟归并，每一趟从 m 个归并段得到 $m/2$ 个归并段，这种归并方法称为 2-路平衡归并。

将两个有序段归并成一个有序段的过程，若在内存中进行，则很简单，前面讨论的 2-路归并排序中的 Merge 函数便可实现此归并。但是，在外部排序中实现两两归并时，不仅要调用 Merge 函数，而且要进行外存的读/写，这是由于我们不可能将两个有序段及归并结果同时放在内存中的缘故。对外存上信息的读/写是以"物理块"为单位。假设在上例中每个物理块可以容纳 200 个记录，则每一趟归并需进行 50 次"读"和 50 次"写"，四趟归并加上内部排序时所需进行的读/写，使得在外排序中总共需进行 500 次的读/写。

一般情况下，外部排序所需总时间=内部排序（产生初始归并段）所需时间（$m×\text{tis}$）+ 外存信息读写的时间（$d×\text{tio}$）+内部归并排序所需时间（$s×u\text{tmg}$）。

其中，tis 是为得到一个初始归并段进行的内部排序所需时间的均值；tio 是进行一次外存读/写时间的均值；utmg 是对 u 个记录进行内部归并所需时间；m 为经过内部排序之后得到的初始归并段的个数；s 为归并的趟数；d 为总的读/写次数。

由此，上例 10 000 个记录利用 2-路归并进行排序所需总的时间为：

$10×\text{tis}+500×\text{tio}+4×10000\text{tmg}$

其中，tio 取决于所用的外存设备，显然，tio 较 tmg 要大得多。因此，提高排序效率应主要着眼于减少外存信息读写的次数 d。

下面来分析 d 和"归并过程"的关系。若对上例中所得的 10 个初始归并段进行 5-平衡归并（即每一趟将 5 个或 5 个以下的有序子文件归并成一个有序子文件），则从图 8-11 可见，仅需进行两趟归并，外部排序时总的读/写次数便减少至 $2 \times 100+100=300$，比 2-路归并减少了 200 次的读/写。

可见，对于同一文件而言，进行外部排序时所需读/写外存的次数和归并的趟数 s 成正比。而在一般情况下，对 m 个初始归并段进行 k-路平衡归并时，归并的趟数 $s=[\log_k m]$，

若增加 k 或减少 m 便能减少 s。

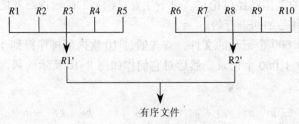

图 8-11　5-路平衡归并示意图

8.9　排序应用举例

【例 8.7】表 8-2 为一学生成绩表。

表 8-2　学生成绩表

学　号	姓　名	英　语	计　算　机
2007001	孙名	88	69
2007002	刘利	45	71
2007003	柳易	78	60
2007004	赵灵	89	75
2007005	王欣	66	80

试用选择排序法，将上述成绩单按计算机成绩由低到高进行排序。要求写出完整程序，按照给出的表的形式输出结果。

分析：本题中的表中给出了 5 条记录，分别有 4 个字段。对于排序而言，这 4 个字段均可以作为排序码，此题要求对计算机成绩排序，则字段"计算机"就是排序关键字。算法步骤大致如下：

① 定义原始数据（结构体）。

② 输入数据。

③ 调用选择排序算法进行排序。

④ 输出排序结果。

根据以上步骤，写出完整程序如下：

```
typedef struct
{ long num;
  char name[15];
  int english;
  int computer;}STU;                       /*定义学生信息结构体*/
void selectsort(STU stu[n+1],int n)    /*选择法排序*/
{ int k,j,min;  STU temp;
    for(k=1;k<n;k++)
      { min=k;
```

```
        for(j=k+1;j<=n;j++)
          if(stu[j].computer<stu[min].computer)    min=j;
         if(min!=k)
          { temp=stu[min];
            stu[min]=stu[k];    stu[k]=temp;} }
      }
main( )
{ STU stu[6];   int  k;
 printf("请输入 5 个学生的信息: \n");
 for(k=1;k<6;k++)
 scanf("%ld%s %d%d\n",&stu[k].num,stu[k].name,
                        &stu[k].english,&stu[k].computer);
selectsort(stu,5);   /*调用排序算法*/
printf("排序结果为: \n");
for(k=1;k<6;k++) /*按照表格形式输出结果*/
   printf("%9ld%8s%5d%5d\n",stu[k].num,stu[k].name,
                    stu[k].english,stu[k].computer);
}
```

程序运行结果如图 8-12 所示。

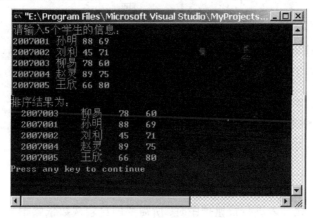

图 8-12　选择法排序运行结果

<h1 style="text-align:center">小　结</h1>

　　本章主要介绍了排序的基本概念、基本思想、排序过程和几种常用的内部排序方法，并且通过各种方法的时间复杂度和空间复杂度的比较，使读者进一步了解不同排序方法的优劣，以便在实际使用中可以选择合适的方法进行排序。

　　一个好的排序算法所需要的时间和空间都比较少，但实际上，从本章的介绍中可以看出，不存在一个非常完美的算法，各种方法各有优缺点，可以适用于不同的场合。读者应该深入了解不同排序方法的基本思想、排序过程以及效率的分析。无论哪种方法，读者应该认识到，排序和查找很多情况下是紧密结合在一起的，排序中少不了对某个元素的查找和移动。在本章介绍的几种内部排序方法中，比较简单的是直接插入排序。这种方法要求文件记录的初始状态基本有序，则采用该方法效率较高。若初始排序的文件记录数不是很大，而且初始状态是任意的，则通常要用到选择法排序或冒泡法排序，虽然排序中比较的次数多了一点，但基本不需要大量移动元素。若待排序记录数较大时，一般可以用快速排序、堆排序或归并排序，这几种方法在算法实现上略显复杂，排序过程也不像插入排序和选择排序简单，但对于记录数很大的内部排序完全可以胜任。分配排序中的基数排序一般常用于字符串和整数这一类有明显结构特征的关键字，当关键字的取值范围属于某个无穷集合时，无法使用基数排序，这时只有借助比较方法来实现排序。

本章中几种主要的内部排序算法的时间复杂度如下：

① 线性插入排序：$O(n^2)$。

② 希尔排序：$O(n\log_2 n)$。

③ 冒泡排序：$O(n^2)$。

④ 交换排序：$O(n^2)$（最坏的情况）。

⑤ 直接选择法排序：$O(n^2)$。

⑥ 堆排序：$O(n\log_2 n)$。

⑦ 归并排序：$O(n\log_2 n)$。

⑧ 基数排序：$O(d(n+r))$，d 表示关键字的位数，r 表示基数。

习　　题

1. 以排序码序列(231,99,123,65,332,120,421,211,500,87,100)为例，手工执行以下排序算法，给出每一趟排序的结果及其关键字比较次数。

（1）简单插入排序；

（2）简单选择排序；

（3）冒泡排序；

（4）快速排序；

（5）归并排序；

（6）希尔排序。

2. 对 n 个元素组成的线性表进行快速排序时，所需要的比较次数依赖于 n 个元素的初始排列状态。回答如下问题：

（1）$n=8$ 时，在最好的情况下需要比较多少次？说明理由。

（2）$n=8$ 时，给出一个最好情况下的初始排序实例。

3. 编写一个以单链表为存储结构的插入排序算法。

4. 已知关键字序列为(12,3,15,30,2,23,0,7,18,10,20)，试用基数法对其进行排序，并写出每一趟排序的结果

5. 编写一个以单链表为存储结构的选择排序算法。

6. 写出长度分别为 n1、n2、n3 的有序表的 3-路归并排序算法。

第二篇 操作系统

操作系统（operating system）是最重要的计算机系统软件，是其他系统软件和应用软件运行的平台，用以控制和管理计算机的硬件和软件资源，合理组织计算机工作流程，并方便用户充分有效地使用计算机硬件和软件资源的程序集合。

操作的主要任务是：① 指挥和管理计算机的硬件设备，包括主机和输入/输出设备等协调统一地工作；② 管理配置在计算机中的各种软件资源，有序地组织计算机的工作流程；③ 在用户和计算机之间架起一座相互沟通的桥梁。

操作系统的功能包括：处理器管理、存储管理、设备管理、文件管理和用户接口管理。本篇从操作系统的五大管理功能出发，系统地介绍操作系统的基本概念、进程管理、处理机调度与死锁问题、存储器管理、设备和文件管理等内容。

操作系统是计算机专业的经典课程之一，它是现代计算机系统中一种必不可少的系统软件。本课程分为理论和实践两个部分，在学习理论的同时注重实践，做到学以致用。本篇主要让用户了解操作系统的功能，以及如何使用它管理计算机资源，让用户更好地了解计算机是如何进行工作的。

第 9 章　操作系统引论

基本要求:

- 掌握操作系统的定义，操作系统的特征和主要功能
- 了解操作系统的发展历程、分时和实时操作系统的特点
- 了解操作系统在计算机系统中的地位、主要的操作系统产品系列

教学重点和难点:

- 操作系统的定义和作用
- 操作系统的发展历程

9.1　操作系统的概念

1. 操作系统的定义

操作系统是计算机系统中的系统软件，用于管理和控制计算机系统中的硬件及软件资源，合理地对各类作业进行调度，以方便用户使用。

2. 操作系统的地位

计算机系统由硬件资源和软件资源两大部分组成。硬件资源是计算机系统的物理实体，软件资源是计算机系统必须配备的部分。硬件资源包括处理机、存储器、输入/输出设备和各种通信设备。软件资源通常是对各个领域都适用的一些程序，如各种操作系统、语言处理程序、数据库管理系统以及服务性程序等。计算机系统中硬件和各种软件构成一个层次关系，计算机系统是在硬件"裸机"的基础上，通过一层层软件的支持，向用户提供的一套功能强大、操作方便的系统，如图 9-1 所示。

"裸机"是指没有任何软件支持的计算机，它是有局限性的，但它是构成计算机系统的物质基础。用户使用的计算机系统是经过若干层软件改造的。由图 9-1 可看出，裸机在最里层，它的外面是操作系统，经过操作系统提供的各种功能把裸机改造成为功能更强、使用更为方便的机器，我们通常把这种"功能更强"的机器

图 9-1　计算机系统层次关系

称为"虚拟机"。各种编辑软件、系统服务程序和应用程序运行在操作系统之上，以操作系统作为支撑环境，向用户提供完成其作业所需的各种服务。

3. 操作系统的作用

操作系统的作用可以从两个方面来理解。从一般用户的观点上看，操作系统是与计算机硬件系统之间的接口；从资源管理观点上看，操作系统则是计算机系统资源的管理者。因此，操作系统有以下两个重要的作用：

（1）为用户提供良好的界面

计算机只能识别二进制的信息或知识，但人们期望所表达的知识形式或描述的任务尽量符合日常习惯。操作系统为用户使用计算机提供了良好的界面，使用户无须了解太多有关硬件和系统软件的操作细节，就能方便、灵活地使用计算机。

（2）管理系统中的各种资源

计算机系统中存在着各类资源，合理地组织计算机工作流程、有效地协调这些资源，保证系统中的各种资源得以有效的利用是操作系统的管理职能。

9.2　操作系统的发展过程

由于操作系统与计算机的组成和体系结构有密切的关系，在计算机的发展过程中，操作系统经历了如下的发展过程：手工操作阶段、早期批处理、多道批处理系统、分时系统、实时系统、通用操作系统等。

1. 手工操作阶段

在第一代计算机时期，计算机运算速度慢，没有操作系统，甚至没有任何软件。用户要装入并运行一个程序，必须在人工控制下进行：把源程序卡片装入卡片输入机，启动输入机把程序和数据送入计算机，通过控制台开关启动程序运行，用户通过显示灯观察程序的运行状况。计算完毕，用户打印输出计算结果，卸下卡片。在这种工作方式下，程序执行的速度主要依赖操作员的操作速度。

2. 早期批处理

20 世纪 50 年代后期，计算机的运行速度有了很大提高，手工操作的慢速度和计算机的高速度之间形成矛盾，唯一的解决办法是摆脱手工操作，让机器自动执行，这样就出现了批处理。早期的批处理可分为以下两种方式：

（1）联机批处理

操作员事先把用户提交的作业有选择地组合成一批，利用监督程序将它们逐个输入到磁带中，然后监督程序将这些作业逐个装入主存中运行并输出结果。计算机系统就这样自动地一个作业一个作业地进行处理，直至磁带上的所有作业全部完成，这样就形成了早期的批处理。

（2）脱机批处理

联机批处理减少了人工干预的时间，但仍不能解决 CPU 和 I/O 设备之间速度不匹配的矛盾。脱机 I/O 技术解决了这个矛盾，该技术的特点是引入了一个专门负责与慢速外设打交道的卫星机。该卫星机是一台价格较低、能力较弱的计算机，它将卡片或纸带上的程序先后由卫星机逐个地读到磁带上，再送到主机上执行，同时将处理结果送入并快速输出到磁带上。然后，在卫星机的控制下将磁带的输出结果送到打印机或穿孔机上。其工作示例图如图 9-2 所示。

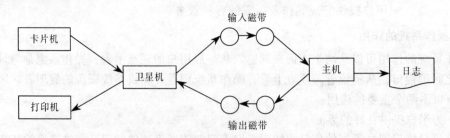

图 9-2　早期脱机批处理模型

主机与卫星机可以并行工作，二者分工明确，以充分发挥主机的高速计算能力。因此，脱机批处理和早期联机批处理相比大大提高了系统的处理速度。

由于系统对作业的处理都是成批进行的，且在内存中始终只保持一道作业，故上述两种批处理均称为单道批处理。单道批处理的工作示例图如图 9-3 所示。

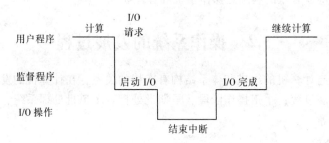

图 9-3　单道程序运行示例图

3. 多道批处理系统

在单道批处理系统中，整台机器只能执行一个作业，无法充分利用系统中的所有资源，致使资源利用率低。在计算机价格十分昂贵的 20 世纪 60 年代，提高设备的利用率成为批处理系统发展的首要目标。为此，人们设想能否在系统中多存放几道程序，这就引入了多道程序设计的概念。

在批处理系统中采用多道程序设计技术，就形成了多道批处理系统。要处理的许多作业存放在外部存储器中，形成作业队列，等待运行。当需要调入作业时，将由操作系统中的作业调度程序在外存中的一批作业，根据其对资源的要求和一定的调度原则，调几个作业进入内存，让它们交替运行。当某个作业完成，然后再调入另外一个或几个作业。因这种处理方式在内存中总是同时存在多道程序，所以使得系统资源能得到较充分的利用。

4. 分时系统

多道批处理系统能提高资源的利用率，但由于用户不能直接介入作业的运行，给程序开发带来很大的不便，程序员在调试程序时不能及时发现问题修改程序，延缓了程序开发进程。因此，在多道程序系统出现不久就出现了分时系统。

分时系统是指若干个终端连接在一台计算机上，用户通过这些联机终端设备采用问答方式控制和干预程序的运行。系统把处理机的运行时间分成很短的时间片，按时间片轮流把处理机分配给各联机作业使用。若某个作业在分配给它的时间片内不能完成，则该作业暂时中断，把处理机让给另一作业使用，等待下一轮再继续运行。由于时间片分割得很小，使每个用户感觉好像独占了一台计算机。而每个用户可以通过自己终端向系统发出各种操作控制命令，完成作业的运行。

5．实时系统

实时系统包括实时控制和实时信息处理两种。计算机在 20 世纪 60 年代中期进入第三代，其性能和可靠性有了很大的提高，造价也大幅度下降，促进计算机的应用越来越广泛。因计算机用于军事实时控制、工业过程控制或事务处理系统等，从而形成了各种实时处理系统。这类系统要求计算机对于外来信息能以足够快的速度进行处理，并在被控对象允许时间范围内作出快速响应。由于实时系统要求对外部事件的响应十分及时、快速，而外部事件一般都以中断方式通知系统，因此要求实时系统有较强的中断处理机构。典型的实时系统有火车或飞机的订票系统、情报检索系统等。

6．通用操作系统

多道批处理系统和分时系统的不断改进、实时系统的出现及其应用日益广泛，致使操作系统日益完善。在此基础上，出现了通用操作系统。它将以上三种类型的操作系统组合起来使用。例如，将批处理和分时处理结合起来，分时用户和批处理作业可按前后台方式处理，这样在分时作业的空隙中可以处理成批作业，以充分发挥计算机的处理能力。也可以将实时处理和批处理相结合构成实时批处理系统，它首先保证优先处理紧急任务，插空进行批作业处理。通常，把实时任务称为前台作业，批处理作业称为后台作业。

7．操作系统的进一步发展

进入 20 世纪 80 年代，个人计算机得以迅速发展，同时又向计算机网络、分布式处理和智能化方向发展。操作系统有了进一步的发展，例如：

① 个人计算机上的操作系统，例如 DOS 系统。

② 嵌入式操作系统。

③ 网络操作系统。

④ 分布式操作系统。

⑤ 智能化操作系统。

20 世纪 90 年代后期，由于个人计算机硬件功能的急剧增强，加上用户对安全性、网络功能等方面要求的提高，导致个人计算机操作系统也从 DOS 转向了通用操作系统，如 Windows 系列和 Linux 系列。

9.3　操作系统的基本特性

9.2 节所介绍的操作系统虽然都各有自己的特征，如批处理系统具有成批处理的特征；分时具有交互特征；实时具有实时特征，但它们也都具有并发性、共享性、不确定性这三个基本特征。

1．并发性

并发性是指两个或多个事件在同一时间间隔内发生。这种并发性体现在操作系统程序与用户程序以及系统应用程序一起并发运行，操作系统自身的各程序之间也是并发运行的，它们为用户提供并发服务。

2. 共享性

在操作系统环境下，共享是指系统中的资源可供内存中多个并发执行的程序共同使用。例如，多道程序对外设（打印机、磁带机等）的共享，多个用户共享一个程序副本、多个用户共享同一数据库等。这些对于提高资源利用率、消除冗余信息是极为有利的。

要实现资源的并发共享，操作系统须要解决一系列问题，如资源分配、资源的共用、资源的互斥使用时如何保证数据的完整性和一致性，以及多道程序执行时如何保护程序免遭破坏等。

3. 不确定性

对于计算机的使用者来说要求计算结果是确定的，即对于同一个程序、相同的数据，不论何时运行都应产生相同的结果。从这个意义上看，操作系统应该是确定的。但是在另一方面，它又必须对发生的不可预测事件进行响应。例如，用户请求系统服务的随机性，作业到达和离开系统的随机性，作业对资源要求的随机性，程序运行错误和系统故障发生时刻的随机性等。而操作系统必须随时响应并及时处理这类事件，它不是事先规定各种事件何时发生，而是事先安排好对各种可能事件的处理，并确保在处理任何一种事件序列中正确执行各道程序。

9.4 操作系统的主要功能

操作系统是用来管理和调度计算机资源，以方便用户使用的程序集合。计算机系统的主要硬件资源有处理机、存储器、I/O 设备等。软件资源则包括系统及用户的程序和数据，它以文件的形式存放在外存储器中。下面从资源管理和用户接口的观点分五个方面来说明操作系统的基本功能。

1. 处理机管理功能

在多道程序或多用户的情况下，要组织多个作业同时运行，就要解决对处理机分配调度策略、分配实施和资源回收等问题，这就是处理机管理功能。

2. 存储器管理功能

存储器管理的主要任务是为多道程序的运行提供良好的环境，方便用户使用存储器，提高存储器的利用率以及能从逻辑上扩充内存。为此，存储器管理应具有存储分配、存储保护、存储扩充等功能。

3. 设备管理功能

设备管理的任务就是根据一定的分配策略，把设备分配给请求输入/输出操作的程序，并启动设备完成实际的输入/输出操作，并且为用户使用各种设备提供简单方便的命令。

4. 文件管理功能

在现代计算机管理中，总是把程序和数据以文件的形式存储在外存中供用户使用。为此，在操作系统中必须配置文件管理机构。文件管理的基本任务是实现对文件的存取和检索，为用户提供灵活方便的操作命令以及实现文件共享、安全、保密等措施。

5. 提供用户接口

为了方便用户使用操作系统，操作系统还为用户提供一个友好的用户接口。一般来说，操作系统提供三种方式的接口来为用户服务。

（1）程序接口

该接口是为用户提供一组系统调用命令，是用户程序获得操作系统服务的唯一途径。它可以供用户在程序中直接调用，通过系统调用命令向系统提出各种资源请求和服务请求。

（2）命令接口

为了便于用户直接或间接地控制自己的作业，操作系统提供一组控制操作命令（或称作业控制语言，或像 UNIX 中的 Shell 命令）供用户去组织和控制自己作业的运行。

（3）图形接口

在后来出现的操作系统中，又向用户提供了图形接口。图形用户接口采用了图形化的操作界面，用非常容易识别的各种图标将系统的各项功能、各种应用程序和文件，直观、逼真地表示出来。

小　　结

操作系统是一个特殊的系统软件。它不仅管理着内层的硬件资源，还管理着外层各种软件资源，为用户提供了一个友好的界面。操作系统的主要类型有多道批处理系统、分时系统以及实时系统，将以上三种类型的操作系统组合起来使用，就构成了通用操作系统。20 世纪 80 年代后，操作系统又有了进一步发展。它的每一次发展都是性能上的提高、功能上的增强、新技术的引进以及对软件、硬件发展的支持和兼容。从资源管理和用户接口的观点来看，操作系统的主要功能有五大类：① 处理机管理功能；② 存储器管理功能；③ 设备管理功能；④ 文件管理功能；⑤ 为用户使用计算机提供接口。

习　　题

1. 设计现代操作系统的主要目标是什么？
2. 何谓脱机 I/O 和联机 I/O？
3. 试比较单道与多道批处理系统的特点及优缺点。
4. OS 具有哪几大特征？它的最基本特征是什么？
5. 操作系统的主要功能是什么？

第 10 章 进 程 管 理

基本要求：

- 了解进程的基本概念，进程控制块的概念及作用，进程的通信
- 理解程序的顺序执行和并发执行以及各自的特征
- 掌握进程的基本状态及相互转换
- 重点掌握进程的同步与互斥

教学重点和难点：

- 进程的顺序执行及并发执行
- 进程同步与互斥的概念
- 实现进程同步与互斥的几种方法

10.1 进程的基本概念

现代操作系统的重要特征是并发和共享，传统程序设计方法涉及的"程序"这个概念难以体现"并发"这个动态的含义，顺序程序的结构也不具备并发处理的能力，为此有必要在操作系统中引入进程的概念。下面就从程序的顺序执行和并发执行这两种方式的描述引入进程的概念。

1．程序的顺序执行及其特征

（1）程序的顺序执行

系统中只有一个程序在运行，这个程序独占系统中所有资源，其执行不受外界影响。通常，程序分成若干个程序段，程序段之间的执行顺序按照顺序执行的方式，仅当前一个程序段执行完后，才能执行后继操作。例如，在进行计算时，须先从外部设备输入用户的程序和数据，然后在处理机上进行计算，最后才能打印输出计算结果，这就是一个顺序执行的过程。

（2）程序顺序执行时的特征

① 顺序性：程序顺序执行时，其执行过程严格按程序规定的顺序执行，即每个操作开始执行之前必须是在前一个操作完成之后。

② 封闭性：用户程序运行时独占全机资源，资源的状态（除初始状态外）只有本程序才能改变它。程序的执行结果不受外界因素的影响，由给定的初始条件决定。

③ 可再现性：只要程序的初始条件相同，不论何时重复执行该程序都将获得相同的结果。

2．程序的并发执行及其特征

（1）程序的并发执行

为提高资源利用率和增强计算机系统的处理能力所采取的一种同步操作技术就是程序的并发执行。计算机不再是简单地顺序执行一道程序，而是可能在并发运行若干个程序。即一道程序的前一个操作结束后，系统并不一定立即执行其后续操作，而可能转而执行其他程序的某一个操作。因此，程序的并发执行可这样描述：多个互相独立的程序或程序段在运行过程中，其运行时间在客观上互相重叠，当一个程序段尚未结束运行时，另一个程序段的运行已经开始，但并不是这些程序段同时占用处理机在运行。

（2）程序并发执行时的特征

① 失去封闭性：在并发程序的执行过程中，多道程序共享系统中的资源，某个程序中的资源在用另一个程序输出时，其输出结果与各程序执行的相对速度有关，从而导致程序的运行失去了封闭性。

【例 10.1】假设有两个并发程序 A 和 B 互相独立地运行，如图 10-1 所示。程序 A 先执行，当执行到 K3 时，将控制转到程序 B，此时程序 B 执行 K4，打印出 n 的值为 1；而如果程序 A 执行完 K1 时就将控制转到程序 B，则程序 B 打印出 n 的值为 0，之后当程序 B 运行到 K5 时，又将控制转到程序 A 继续执行 K2。

A	B
K1: n=0	K4: 打印 n
K2: n=n+1	K5:
K3:	

图 10-1　并发程序的执行

② 不可再现性：由例 10.1 可看出，程序 B 的运行结果与执行速度有关，说明程序没有封闭性，执行速度不同导致运行结果失去可再现性。

③ 间断性：虽然每个用户程序都是相互独立的，但由于它们在并发执行时共享系统资源，因此并发程序之间形成了相互制约的关系。相互制约将导致并发程序具有"执行—暂停—执行"这种间断性的活动规律。

【例 10.2】假设有两个并发程序 A 和 B，它们共享程序 S，如图 10-2 所示。在程序 S 中，如果规定 K1～K3 的代码只能属于一个执行过程，则现假定程序 A 先调用程序 S，当执行到 K2 时由于某种原因将控制转到程序 B 执行，而当程序 B 执行到调用程序 S 时，由于这时已有程序 A 调用程序 S 的 K1～K3 的代码，所以程序 B 在 K1 处等待，控制又转到执行程序 A 调用程序 S 的过程，当运行完 K3 的代码后唤醒程序 B 调用程序 S 的过程。

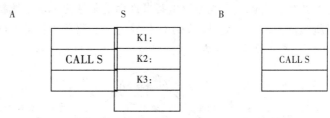

图 10-2　并发程序的制约

3．进程的定义与状态

（1）进程的定义

从并发程序的分析看出，在执行过程中它们互相制约，系统与其中各程序的状态在不断改变，这是一个动态过程。而程序是一个静态的概念，为此须要引入能够从变化的角度动态地反映并发程序的概念——进程。

所谓进程是指能和其他程序并发执行的程序段在某数据集合上的一次运行过程，它是系统进行资源分配和调度的一个独立单位。

从进程的概念可以看出，进程与程序有关，但它又与程序有着本质的区别，主要表现在以下几个方面：

① 进程是程序的执行过程，是一个动态的概念，有一定的生命期，是动态地产生和消亡的；而程序是指令的有序集合，是一个静态的概念，本身可以作为一种软件资源长期保存。

② 进程是一个能独立运行的单位，具有并发性，系统中的进程不但动态产生与消亡，而且多个进程并发活动，分别执行各自对应的程序段，为各自的目标而工作。而程序是静态性的，不反映执行过程，所以不具有并发性。

③ 程序和进程不是一一对应关系。一个程序可以对应多个进程，一个进程也可以包含多个程序，因为主程序执行时可以调用子程序。

（2）进程的基本状态及转换

由于进程并发执行和相互制约的特征，使得进程的状态不断发生变化。通常，一个进程可能具有以下三种状态：

① 就绪（ready）状态：处于就绪状态的进程已经分配到除了 CPU 之外的其他资源，一旦获得 CPU，便可立即投入执行。进程开始创建时，处于就绪状态，处于就绪状态的进程在内存的就绪队列中排队。在操作系统中，处于就绪状态的进程可以有多个。

② 执行（executing）状态：处于就绪状态的进程一旦获得 CPU，其程序就正在执行，这时的状态就是执行状态。这种状态的进程的个数不能大于 CPU 的数目。在单 CPU 的计算机中，任何时刻处于运行状态的进程至多有一个。

③ 等待（wait）状态：处在运行状态的进程由于发生某事件而暂时无法继续执行时所处的状态就是等待状态，等待状态有时也称为阻塞状态。导致进程等待的事件有：等待某一 I/O 操作完成，申请缓冲空间等。系统中处于这种状态的进程可以有多个。

进程的状态反映进程执行过程的变化，这些状态随着进程的执行和外界条件发生变化和转换。处于就绪状态的进程获得处理机时，该进程便可执行，其状态由就绪变为执行。当一个处于执行状态的进程由于分配给它的时间片已用完或出现高优先级别的进程而被暂停执行时，其状态便由执行变为就绪。当运行进程因发生某事件而受阻使之无法继续执行时，其状态又由执行变为等待。当所等待的事件发生时，如 I/O 传输完成，得到申请的空间等，其状态由等待变为就绪。图 10-3 列出了进程的三种基本状态以及各状态之间的转换关系。

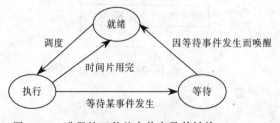

图 10-3　进程的三种基本状态及其转换

实际上，进程的状态是复杂的。例如，处于就绪状态的进程如果在内存中时间太长，就要被交换到外存中，这样就从内存就绪状态转入外存就绪状态。同样，等待状态也可分为内存等待和外存等待。在 UNIX 操作系统中，一个进程可以在两种不同方式下运行，即用户态和核心态。如果当前运行的是用户程序，那么对应进程就处于用户态运行；如果出现系统调用或者发生中断事件，就要运行操作系统（即核心）程序，进程状态就变成核心态运行。因此，在 UNIX 操作系统中，进程状态可进一步细分为 10 种：

① 用户态运行：在 CPU 上执行用户代码。

② 核心态运行：在 CPU 上执行核心代码。

③ 在内存就绪：具备运行条件，只等调度程序为它分配 CPU。

④ 在内存睡眠：因等待某一事件的发生，而在内存中排队等待。

⑤ 在外存就绪：就绪进程被交换到外存上继续处于就绪状态。

⑥ 在外存睡眠：睡眠进程被交换到外存上继续等待。

⑦ 在内存暂停：因调用 stop 程序而进入跟踪暂停状态，等待其父进程发送命令。

⑧ 创建态：新进程正在被创建但尚未完毕的中间状态。

⑨ 在外存暂停：处于跟踪暂停态的进程被交换到外存上。

⑩ 终止态：进程终止自己。

4. 进程的组成

（1）进程组成

用来描述进程当前的状态、本身特性的数据结构被称为进程控制块（process control block，PCB），所以进程实体通常由程序、数据集合和 PCB 这三部分组成，进程的这三部分构成进程在系统中的存在和活动的实体，有时也统称为"进程映像"。

（2）进程控制块中的信息

进程控制块中包含的信息随具体操作系统而异。一般 PCB 中包含以下信息：

① 进程标识符：为了区别每个进程，系统给每个进程一个唯一的代号。在识别一个进程时，进程标识符就代表该进程。

② 进程当前状态：记录进程当前所处的状态，以作为进程调度程序分配处理机的依据，如执行状态、就绪状态等。当进程处于等待状态时，须要在 PCB 中说明等待的原因。

③ 中断现场保护区：处理机在运行时，许多信息都存放在寄存器中。当进程由执行状态变为其他状态时，系统把有关寄存器的状态记录下来，以便再次投入运行时从被打断处正确恢复现场，继续执行。

④ 进程使用资源清单：资源清单列出了除 CPU 之外的、进程所需的全部资源及当前已分配到的资源。

⑤ 进程优先级：用于描述进程使用处理机优先级别的一个整数，优先级高的进程应优先获得处理机。

⑥ 进程家族信息：一个进程在运行中允许派生出其他进程，相对于原有进程，新创建的进程称为子进程，而原有进程称为父进程。父子进程的联系记录在家族信息区中。

⑦ 程序和数据的地址：程序和数据的地址用于存放进程的程序和数据所在的内存或外存地址，以便再调度到该进程执行时，能从 PCB 中找到其程序和数据。

⑧ 链接指针：链接指针给出了本进程所在队列中的下一个进程的 PCB 的首地址。

（3）进程控制块的组织形式

一个系统中通常有许多进程，它们所处的状态各不相同。为了能对它们加以有效的管理，应该用适当的方式将这些进程组织起来。对进程的组织方式通常有线性表和链接表两种。

线性表结构组织简单，可以有两种组织方式。第一种是将所有不同状态进程的 PCB 组织在一个表中。该方法适用于系统中进程不多的情况，比较简单，但其管理不方便。第二种方式是分别把具有相同状态进程的 PCB 组织在同一个表中。系统分别建立索引表，例如就绪索引表、阻塞索引表等，并把各索引表在内存的首地址记录在内存的一些专用单元中。

链接表方式是指按照进程的不同状态分类，把具有相同状态进程的 PCB 按优先级组成一个队列。链表方式的优点在于使系统的进程数目可以动态地申请而不受限制；又由于各种队列是分开的，管理起来比较方便。但这种结构需要较多的额外存储空间，实现起来也比线性表结构困难些。

10.2　进程的控制

进程管理的一个重要任务是进程控制，进程控制是对系统中所有进程从产生、存在到消亡的全过程实行有效的管理和控制。进程控制的实现主要是通过执行原语操作，原语是系统态下执行的某些具有特定功能的程序段，是一个不可分割的基本单位的原子操作。实现进程控制的原语有创建原语、阻塞原语、唤醒原语、挂起原语、激活原语、终止原语等。

1. 创建原语

在多道程序环境中，只有进程才能在系统中运行。一旦操作系统发现了要求创建新进程的事件（用户登录、作业调度、提供服务、应用请求等），便调用进程创建原语 create()创建一个新进程。

2. 阻塞原语

正在执行的进程当发生如下事件：请求系统服务时，操作系统并不立即满足该进程的要求；启动某种操作后，该进程必须在该操作完成之后才能继续执行等。进程便通过调用阻塞原语 block()把自己阻塞（注意：进程的阻塞是进程自身的一种主动行为）。阻塞原语在阻塞一个进程时，由于该进程正处于执行状态，故应先中断处理机和保存该进程的 CPU 现场。然后将被阻塞进程置"阻塞"状态后插入等待队列中，再转进程调度程序选择新的就绪进程投入运行。

3. 唤醒原语

当等待队列中的进程所等待的事件发生时，如 I/O 完成或其所期待的数据已经到达，等待该事件的所有进程调用唤醒原语 wakeup()而被唤醒。唤醒原语首先将被唤醒进程从相应的等待队列中摘下，将被唤醒进程置为就绪状态之后，送入就绪队列。当把被唤醒进程送入就绪队列之后，唤醒原语既可以返回原调用程序，也可以转向进程调度，以便让调度程序有机会选择一个合适的进程执行。

4. 挂起原语

当出现了引起进程挂起的事件（自身挂起、挂起具有指定标识符的进程、将其进程及其全部或部分"子孙"挂起等），系统将利用挂起原语 suspend()将指定进程或处于阻塞状态的进程挂起，中断该进程的运行，把 PCB 中的状态置为阻塞状态。

5．激活原语

当发生激活进程的事件（父进程或用户进程请求激活指定进程等）时，系统利用激活原语 active( )将指定进程激活，即把某阻塞进程置为就绪状态，等待分配 CPU。

6．终止原语

如果系统中发生了终止进程的某事件（如正常结束、异常结束、外界干预等），OS 便调用进程终止原语，释放它所占有的各种资源，删除该进程的 PCB。

UNIX 中也同样包括多个进程控制原语，其中用户常用的有以下几个：

① fork()：创建一新进程（0 进程由系统引导时创建）。

② wait()：挂起进程，等待子进程终止。

③ exec()：改变进程的原有代码。

④ sleep()：引起进程睡眠。

⑤ wake()：唤醒进程。

⑥ exit()：实现进程的自我终止。

10.3　进程的同步与互斥

多道程序并发运行后，虽然提高了资源的利用率和系统的吞吐量，但也给程序设计带来新的问题，如进程间的互相制约和通信问题、并行程序执行时对资源的共享问题，以及由于资源分配不当出现的死锁问题等。

多道程序中由于资源共享或进程合作，使进程间形成间接相互制约和直接相互制约关系。例如，两个进程 P1、P2 共用一个变量 count，且 count 的初始值为 0，R1 和 R2 为处理机中的两个寄存器，如图 10-4 和图 10-5 所示。

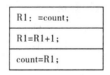

R1：=count;		R2：=count;
R1=R1+1;		R2=R2+1;
count=R1;		count=R2;

图 10-4　进程 P1　　　　图 10-5　进程 P2

进程 P1、P2 的执行顺序是随机的，可能是顺序执行，也可能是并发执行。如果 P1、P2 顺序执行，即先让 P1 执行完，再执行 P2，得到的 count 的值为 2；而并发执行时，P1 和 P2 交错执行，得到的 count 值为 1。由此可见，不同的执行顺序，count 的值会不同，而这是不允许的。所以，需要用进程同步与互斥机制来协调两种制约关系。

10.3.1　基本概念

1．进程同步与互斥的概念

系统中的多个进程原本是相互独立的，也就是说各进程的进展情况随系统中随时发生的各种事件而变化，因此是不确定的。进程同步是指相互合作的一组并发进程，要共同完成某一任务，那么它们之间必须协调配合，还要互相交换信息的制约关系。进程互斥是指当多个进程要求共享系统中的资源时，而这些资源却又要求排他性使用时，不能同时进行存取或使用，但进入的次序可以相互制约。

2．临界资源、临界区

上述所说的排他性资源，即一次只允许一个进程使用的资源称为临界资源，如变量、数据、绘图机、打印机等。一个进程使用完临界资源后将其还给系统，供其他进程使用，各进程间采取互斥方式实现对这种临界资源的共享，从而实现并行程序的封闭性。如上例变量中的 count 是临界资源。

进程对临界资源互斥使用，为实现对临界资源的互斥访问，应保证各进程互斥地进入自己的临界区。临界区即在每个进程中访问临界资源的那段代码。为此，每个进程在进入其临界区前，必须先申请，经允许后才能进入。要进入临界区的若干进程必须满足以下几个条件：

（1）空闲让进

当无进程处于临界区时，应允许一个请求进入临界区的进程立即进入自己的临界区，以有效地利用临界资源。

（2）忙则等待

当已有进程进入临界区时，其他试图进入临界区的进程必须等待，以保证对临界资源的互斥访问。

（3）有限等待

对要求访问临界资源的进程，应保证在有限时间内能进入自己的临界区，以免陷入"死等"状态。

（4）让权等待

如果不能进入自己的临界区，则应让出自己的临界资源，以免进程陷入"忙等"。

为了保证临界资源的正确使用，可把临界资源的访问过程分为以下四个部分，如图 10-6 所示。

其中，进入区用于检查将要访问的临界资源此刻是否被访问；退出区用于将临界资源的访问标志恢复为未被访问标志；剩余区指进程中除了进入区、临界区及退出区之外的其他部分的代码。

| 进入区 |
| 临界区 |
| 退出区 |
| 剩余区 |

图 10-6　临界资源的访问过程

3．解决互斥的几种方法

（1）软件方法

实现进程互斥的最初方法是软件方法，其基本思路是在进入区检查和设置一些标志，如果已有进程在临界区，则在进入区通过循环检查进行等待，在退出区修改标志。其缺点是：①需要较高的编程技巧；②忙等待；③实现过于复杂。

（2）硬件方法

用硬件方法来解决临界区问题，即定义一些特殊指令，如 TEST、SET、SWAP 等，有效地实现了进程互斥，但不满足"让权等待"。

（3）锁机制

提供一对上锁（LOCK）和开锁（UNLOCK）原语，以及一个锁变量 W，锁有两种状态：W=0 表示开锁，W=1 表示上锁。当进程要进入临界区使用临界资源时，利用锁变量来判断临界资源是否被占用，若未被占用，则立即进入且关上锁（W=1）；在用完退出时，把锁打开（W=0）。

【例 10.3】假设系统中只有一台打印机资源 W，有两个进程 A 和 B 都要求使用这台打印机来打印输出，它们分别执行下列程序：

进程 A	进程 B
…	…
LOCK(W)	LOCK(W)
C1	C2
UNLOCK(W)	UNLOCK(W)
…	…

C1 和 C2 分别表示进程 A 和 B 使用打印机资源的临界区。在执行上述程序时，W 置为 0，表示打印机资源空闲，当进程 A 想进入临界区 C1 使用打印机资源时，执行上锁操作 LOCK(W)，W 的值变为 1，在它未退出 C1 前，如果此时控制转到进程 B，当进程 B 也想使用打印机资源时，此时由于 W=1 而处于等待状态，此时由进程 A 得到 CPU 的运行机会，A 继续使用临界资源直至退出，执行 UNLOCK(W) 使 W 的值变为 0，当再次轮到进程 B 运行时，也必须先执行上锁操作，进入临界区 C2 使用打印机资源 W。

在用加锁法解决进程互斥的问题时，一个进程能否进入临界区是依靠进程自己调用 LOCK 过程去测试相应的锁定位。这样没有获得执行机会的进程当然无法判断，从而出现不公平现象。获得了测试机会的进程又因需要而反复进行循环测试，直到时间片耗尽为止，这样就损失了一定的 CPU 时间。

（4）信号量机制

锁机制只能解决互斥，不能用于同步，而信号量机制能更好地解决同步、互斥问题。

10.3.2　信号量机制

1. 信号量的概念

信号量的概念和下面所述的 P、V 原语是荷兰科学家 E.W.Dijkstra 在 1965 年提出来的。信号量是这样一种数据结构：由两个成员组成，其中一个成员是整型变量，表示该信号量的值，另一个是指向 PCB 的指针。信号量的值与相应资源的使用情况有关，当值大于 0 时，表示当前可用资源的数量，当值小于 0 时，则其绝对值表示等待使用该资源的进程个数，即在该信号量队列上排队的 PCB 的个数。信号量在使用过程中它的值是可变的，但只能由 P、V 原语操作来改变。

2. 信号量的分类

根据信号量的用途可分为两类：

（1）公用信号量

公用信号量通常用于进程间的互斥，也叫互斥信号量。若每次只允许一个进程进入互斥区，则取互斥信号量的初值为 1，例如各进程共同使用一台打印机时，互斥信号量为 1；若每次允许 n 个进程同时进入互斥区时，则取初值为 n。例如有 n 台打印机供 m 个进程使用（$n<m$），则互斥信号量初值为 n。

（2）私用信号量

私用信号量通常用于进程间的同步，也叫资源信号量。资源信号量的初值为当时可用资源的数量。例如，两个进程共同使用一个具有 n 个缓冲单元的缓冲区，此时可设置两个资源信号量：s1 表示缓冲区中的空单元数，初值为 n，因为开始时缓冲区是空的；s2 表示放入缓冲区中的数据个数，初值为 0，因为开始时没有放入数据。

3. P、V 原语操作

P 操作意味着请求分配一个单位资源，而 V 操作意味着释放一个单位资源，P、V 是一对不可分割的原语操作。假设信号量为 s，则 P、V 原语操作可分别描述为如下：

P 原语操作的主要动作如下：

① s=s−1。

② 若 s 减 1 后仍大于或等于零，则当前进程继续执行。

③ 若 s 减 1 后小于零，则置当前进程为等待状态，并将其加入到 s 的等待队列中。

V 原语的操作主要动作如下：

① s=s+1。

② 若相加结果大于零，则当前进程继续执行。

③ 若相加结果小于或等于零，则从该信号的等待队列中唤醒等待进程，将其转为就绪状态，然后再返回原进程继续执行或转进程调度。

4. 用 P、V 原语实现进程互斥

为使多个进程能互斥地访问某临界资源，只须为该资源设置一互斥信号量 s，其取值范围为（1，0，−1）。其中，s=1 表示各进程都未进入临界区；s=0 表示已有一进程进入临界区；s=−1 表示一个进程进入临界区，其他进程处于等待状态。将 s 的初始值设为 1，然后将各进程访问该资源的临界区 C 置于 P(s) 和 V(s) 之间，即可实现进程间的互斥。

【例 10.4】设两个进程 A 和 B，进程 A 想访问该临界资源，在进入临界区之前，必须执行 P 原语操作，以将信号量 s 减 1，使 s 的值变为 0，表示 A 可以进入临界区。在 A 未执行 V 原语操作之前如进程 B 想进入临界区的话，它也应先执行 P 原语操作，从而使 s 的值变为−1，因此，进程 B 将被阻塞。直到进程 A 执行 V 原语操作之后，s 的值变为 0，从而可唤醒进程 B 进入就绪队列，经调度后再进入临界区。在进程 B 执行完 V 原语操作之后，如果没有其他进程申请进入临界区的话，则 s 又恢复到初始值。执行过程如下所示：

```
进程A              进程B
P(s)              P(s)
C1                C2
V(s)              V(s)
 ...               ...
```

5. 用 P、V 原语实现进程同步

相互合作的一组进程，每一个进程都以各自独立的、不可预测的速度向前推进，但它们之间又须要交换一定的信息，当某进程未获得其合作进程发出的消息之前，该进程就等待，直到所需信息收到时才变为就绪状态以便继续执行，从而实现各进程的协调运行。

【例 10.5】假设有两个合作进程，计算进程 A 和打印进程 B，它们合作完成计算并输出结果，在工作过程中使用同一个缓冲区。其中，A 负责不断地计算数据并将结果送入缓冲区中，B 负责从缓冲区中取出数据去打印。由于共用一个缓冲区，所以必须遵循以下同步规则：① 当计算进程 A 算出一个计算结果并送入缓冲区时，应给打印进程 B 发出一个通知信号，B 收到通知信号后才能从缓冲区中取出结果进行打印，如果缓冲区中没有数据，则打印进程必须等待。② 当打印进程 B 从缓冲区中取出数据去打印后，计算进程 A 才能把下一次的计算结果送入缓

冲区，如果缓冲区中的数据没有送去打印，则计算进程必须等待。因此，打印进程 B 在取走缓冲区中的计算结果并打印后，也要给计算进程 A 发送一个信号，进程 A 只有在收到此信号后，才能向缓冲区送下一次的计算结果。

分析：以上叙述可知，这两个进程在执行并发操作时必须进行同步操作。所以，设信号量 s1 表示缓冲区中是否有可供打印的计算结果，其初值为 0，信号量 s2 表示缓冲区中是否有空位置来存放计算结果，其初值为 1。当计算进程 A 算出一个计算结果并准备放入缓冲区之前，必须先执行 P(s2)操作，若执行 P 操作后 s2=0，则计算进程可以接着执行，否则计算进程被阻塞，等待打印进程从缓冲区中取出数据后将其唤醒。此时 s2=0，表示缓冲区中有空位置，这时计算进程就可把计算结果送入缓冲区，并执行 V(s1)操作，此时 s1=1，表示已有可供打印的结果。打印进程在执行前必须先执行 P(s1)操作，若执行 P 操作后 s1=0，则打印进程可以接着执行，若 s1<0，表示此时缓冲区中没有数据可打印，打印进程被阻塞。此时 s1=0，打印进程可从缓冲区中取出数据去打印，并执行 V(s2)操作，此时 s2=1，计算进程又可以将计算结果放入缓冲区中。执行过程如下：

```
s1=0, s2=1;
A:                        B:
产生一个计算结果            P(s1)
P(s2)                     从缓冲区中取一个计算结果
送入缓冲区中               V(s2)
V(s1)                     输出计算结果
```

10.4　进　程　通　信

多个进程并发执行，这些进程间应经常保持联系，这种联系通常表现为进程之间须要进行信息交流，称为进程通信。

P、V 操作也是一种通信方式，但只适合传递少量信息，效率较低，称为低级通信方式。低级通信一般只传送一个或几个字节的信息，以达到控制进程执行速度的作用。除此以外，还有以较高效率传送大批数据的高级通信方式，操作系统隐藏了进程通信的实现细节，这样就大大减少了通信程序编制上的复杂性。高级通信要传送大量数据，其目的不是为了控制进程的执行速度，而是为了交换信息。

1. 进程通信的类型

实现进程通信有多种方式，可归结为以下三种：

（1）共享存储器方式

相互通信的进程通过共享某些数据结构或存储区来进行通信，可以分为基于共享数据结构的通信方式和基于共享存储区的通信方式两大类。

（2）消息通信方式

进程间的数据交换是以消息或报文（message）为单位，程序员利用一组通信命令（原语）来实现通信，可以分为直接通信方式和间接通信方式两种。

（3）共享文件方式

共享文件通信方式利用共享文件来实现进程间的通信。在 UNIX 系统中，利用一个打开的共享文件来连接两个相互通信的进程，该共享文件称为管道（pipe），因而该方式又称为管道通信。为了协调双方通信，管道通信必须提供三方面的协调能力：互斥、同步、确定对方是否存在。

2. 消息传递通信的实现方法

（1）直接通信方式

直接通信方式又可称为消息缓冲机制，是指发送进程直接发送一组消息给接收进程的通信方式。消息缓冲数据结构如表 10-1 所示。

此外，进程的 PCB 块中增加一些数据项以支持消息缓冲区通信机制的实现。例如，mq 为消息链首指针；mutex 为消息链互斥信号量；sm 为消息链同步计数信号量。

表 10-1　消息缓冲数据结构

sender	消息发送者
size	消息长度
text	消息正文
next	指向下一个消息缓冲区的指针

直接通信方式的通信机构是发送原语和接收原语，其中发送原语负责如下工作：向系统申请一个消息缓冲区，将发送消息从发送区复制到缓冲区中，每个 PCB 中增设一个指针 mq 指向发送到该进程的第一个消息缓冲区首地址，并把消息缓冲区插入接收进程的消息队列。接收原语负责如下工作：查看消息队列中是否有消息，若有，则把该消息缓冲区从队列中删除，将发送来的消息复制到自己的接收区，并释放消息缓冲区。

（2）间接通信方式

采用消息通信方式，要求通信的进程彼此知道对方是谁，很不方便，因此产生了间接通信方式。信箱通信方式就是一种间接通信方式，进程间发送或接收信件借助一个信箱来进行。当两个进程要进行通信时，发信进程创建一个链接两个进程的信箱，信箱的结构形式可分为信箱头和正文两部分，待要进行通信时只要把欲处理的信件投入信箱，不必过问谁来接收和处理，而接收进程也不必关心是谁发来的，可在任何时候取走。

小　结

虽然程序的并发执行能够提高系统的吞吐量，改善系统中各种软、硬件资源的利用率，但由于其不再拥有封闭性和可再现性，不能表达并发程序的执行过程，因此引入了进程的概念。进程在其生命周期内可处于不同的状态，其三个基本状态分别为就绪状态、执行状态及等待状态。进程各状态的转换主要是由控制原语来完成的，实现进程控制的原语有创建原语、阻塞原语、唤醒原语、挂起原语、激活原语、终止原语等。

并发进程在执行过程中，各进程间存在的直接制约关系称为进程的同步，是指相互合作的一组并发进程，要共同完成某一任务，那么它们之间必须协调配合，还要互相交换信息的制约关系；各进程之间存在的间接制约关系称为进程的互斥，是指当多个进程要求共享系统中资源，而这些资源却又要求排他性使用时，不能同时进行存取或使用，但进入的次序可以相互制约。系统提供了实现进程的同步与互斥的几种方法：锁机制和信号量机制等。

进程间的数据交换方式称为进程通信，通常用共享存储器、消息通信、共享文件这三种通信方式。

习 题

1. 程序并发执行为何会失去封闭性和可再现性？
2. 在操作系统中为什么要引入进程概念？它会产生什么样的影响？
3. 试从动态性、并发性和独立性上比较进程和程序？
4. 试说明进程在三个基本状态之间转换的典型原因。
5. 什么是临界资源和临界区？
6. 试说明同步与互斥的区别。
7. 试比较 P、V 操作和加锁法实现进程间互斥的区别。

第11章 处理机调度与死锁

基本要求：

- 了解处理机调度的基本概念、进程和作业的关系
- 掌握几种调度算法
- 了解死锁的概念、产生死锁的原因、产生死锁的必要条件
- 掌握处理死锁的四种方法
- 重点掌握死锁的避免和检测

教学重点和难点：

- 处理机的多级调度
- 处理机的几种调度算法
- 死锁的必要条件
- 死锁的避免
- 死锁的检测

11.1 处理机调度的基本概念

1. 多级调度

一个作业从提交开始，往往要经历三次调度：

（1）高级调度

高级调度又称为作业调度或宏观调度，用于决定把外存中的大量后备作业按一定的原则进行选择后调入内存，分配 I/O 设备等必要的资源，创建相应的进程，以使该作业的进程获得竞争处理机的权利，并为运行完成的作业做好善后处理工作。不同类型的操作系统对于高级调度的功能、调度时机以及工作形式是有差异的。

（2）中级调度

中级调度又称交换调度。引入中级调度的主要目的是为了提高内存利用率和系统吞吐量，主要涉及内存管理与扩充。中级调度按照给定的策略，决定哪些进程可参与竞争 CPU，用以实现将处于外存交换区中的就绪状态的进程调入内存，或把处于内存就绪状态的进程交换到外存交换区。中级调度常用于分时系统或具有虚拟存储器的系统。

（3）低级调度

低级调度也可称为进程调度或微观调度，其主要任务是按照某种原则将处理机分配给就绪

队列中的进程,然后系统必须进行进程上下文切换以建立与占用处理机进程相适应的执行环境。处理机在进程之间转换的速度和进程调度策略的优劣对整个系统性能有很大影响。

以上三种调度中,作业调度往往发生在一个(批)作业运行完毕,退出系统需要重新调入一个(批)作业进入内存时,故作业调度的周期较长,大约几分钟一次。进程调度的运行频率最高,在分时系统中通常是 10 ~ 100ms 便进行一次进程调度,因而进程调度算法不能太复杂,以免占用太多的处理机时间。中级调度的运行频率基本上介于上述两种调度之间。不管是哪种调度方式,其调度的原则基本是一致的,必须有利于充分利用系统资源,充分发挥处理机的处理能力,提高计算机系统的工作效率。

2. 进程和作业的关系

作业可被看做是用户向计算机提交任务的任务实体,例如一个控制过程、一次计算等。而进程则是计算机为了完成用户任务实体而设置的执行实体,是系统分配资源的基本单位。显然,计算机要完成一个任务实体,必须要有一个或多个执行实体。即一个作业总是由一个或多个进程组成的。作业调度主要用在批处理系统中,像 UNIX 这样的分时系统中,就没有作业的概念。而进程调度则用在所有的多道程序系统中。

11.2 调 度 算 法

调度算法是指根据系统的资源分配策略所规定的资源分配算法。对于不同的系统和系统目标,通常采用不同的调度算法。

1. 先来先服务和短作业优先调度算法

（1）先来先服务调度算法

这是最简单的一种调度算法,是按作业到达系统的先后次序进行调度的。该算法不管要求运行时间的长短而优先考虑在系统中等待时间最长的作业。它既可用于作业调度,也可用于进程调度。表 11-1 列出了 A、B、C、D 四个作业分别到达系统的时间、运行的时间、开始执行的时间及各自的完成时间,并计算出各自的周转时间和带权周转时间。

表 11-1 先来先服务调度算法

作 业	到达时间	运行时间	开始时间	完成时间	周转时间	带权周转时间
A	3	2	3	5	2	1
B	3.5	0.5	5	5.5	2	4
C	4	0.1	5.5	5.6	1.6	16
D	4.5	0.2	5.6	5.8	1.3	6.5

平均周转时间 T=1.725

平均带权周转时间 W=6.875

从表 11-1 看出,这种作业对短作业不利,因为短作业运行时间很短,若它等待较长的时间,则带权周转时间会很高,如作业 C 就是一个例子。所以这种算法容易实现,但效率较低,它没有考虑各个作业运行的特征和资源的差异,所以影响了效率的发挥。

（2）短作业（进程）优先调度算法

短作业（进程）优先调度算法,是指对估计的运行时间进行比较,然后选取运行时间短的作业作为下一次服务的对象。该算法也可分别用于作业调度和进程调度。

对上例的作业采用短作业优先调度算法，如表 11-2 所示。

表 11-2 短作业优先调度算法

作 业	到达时间	运行时间	开始时间	完成时间	周转时间	带权周转时间
A	3	2	3	5	2	1
B	3.5	0.5	5.3	5.8	2.3	4.6
B	4	0.1	5	5.1	1.1	11
D	4.5	0.2	5.1	5.3	0.8	4

平均周转时间 $T=1.55$

平均带权周转时间 $W=5.15$

从表 11-2 可以看出，这一算法易于实现，且效率比较高，但它只照顾短作业，而不考虑长作业。如果系统不断地接受新作业，就有可能使长作业长时间得不到运行。

比较以上两种调度算法可以看出，短作业优先调度算法的性能要好些，因为它能有效地降低作业的平均等待时间，提高系统吞吐量。

2．高响应比优先调度算法

由于以上两种调度算法各有各的优缺点，那么可以采用折中的方法，既优先短作业，又考虑长作业的利益。因此，引入高响应比优先调度算法。此算法常被用于批处理系统中，作为作业调度算法，也作为多种操作系统中的进程调度算法，还可用于实时系统中。由于等待时间与服务时间之和就是系统对该作业的响应时间，故响应比 R 可定义为

$$R=（作业等待时间+作业要求运行时间）/作业要求时间$$

每当要进行作业调度时，系统计算每个作业的响应比，选择其中 R 最大者投入执行。由于 R 与要求运行时间成反比，所以对短时间作业是有利的。而由于 R 与等待时间成正比，长作业随着等待时间的增加，也可获得较高的响应比，也就有机会获得调度执行。另外，由于每次调度前要计算响应比，系统开销也要相应增加。

表 11-3 是对上例的作业采用高响应比优先调度算法进行调度的情况。

表 11-3 高响应比优先调度算法

作 业	到达时间	运行时间	开始时间	完成时间	周转时间	带权周转时间
A	3	2	3	5	2	1
B	3.5	0.5	5.1	5.6	2.1	4.2
C	4	0.1	5	5.1	1.1	11
D	4.5	0.2	5.6	5.8	1.3	6.5

平均周转时间 $T=1.625$

平均带权周转时间 $W=5.675$

3．基于时间片的轮转调度算法

（1）时间片轮转调度算法

前几种算法主要用于批处理系统中，不能作为分时系统中的主调度算法，在分时系统中，都采用时间片轮转调度算法。系统将所有的就绪进程按先来先服务原则，排成一个队列，并将

CPU 的处理时间分成固定大小的时间片，时间片的大小从几 ms 到几百 ms。每次调度时把 CPU 分配给队首进程，并令其执行一个时间片。当该队首进程用完所规定的时间片，但未完成要求的任务，调度程序便停止该进程的执行并将它送到就绪队列的末尾，等待下一次调度执行；然后，把处理机分配给就绪队列中新队首进程，同时也让它执行一个时间片。这样就可以保证就绪队列中的所有进程，在某给定的时间内，均能获得处理机的一个时间片的执行机会。在时间片轮转算法中，时间片大小的选取直接影响系统开销和响应的时间。如果时间片太大，大到每个进程都能在该时间片内执行完毕，则时间片轮转算法便退化为先来先服务算法；相反，如果时间片太小，则调度程序剥夺处理机的次数增多，这将使进程上下文交换次数也大大增加，加重了系统开销。

（2）多级反馈队列调度算法

在多级反馈队列算法中，通常设置有多个就绪队列，并为各个队列分别赋予不同的优先级，如第一个队列的优先级最高，第二个队列次之，然后逐级降低。赋予每个队列的执行时间片长度也不同，如规定优先级越高则执行时间片越小。新进程进入内存后，先将它放入最高优先级的第一队列的末尾，按先来先服务算法等待调度；如果第一队列的一个时间片结束时未能执行完，则转入到第二队列的末尾，同样按先来先服务算法调度；如此下去，当一个长作业（进程）从第一队列依次降到第 n 队列后，在第 n 队列中便采取按时间片轮转的方式运行。仅当较高优先级的队列为空时，才调度较低优先级队列中的进程执行。如果进程执行时有新进程进入优先级较高的队列，此时新进程抢占正在运行进程的处理机，并把被抢先的正在运行的进程投入原队列的末尾，把处理机分配给新到的高优先权进程。

通过动态调整进程优先级和时间片大小，多级反馈队列调度算法提高了设备资源利用率；为提高系统吞吐量和缩短平均周转时间而照顾短进程；同时，也不必事先估计进程的执行时间。

11.3 死 锁

11.3.1 死锁的相关知识

1．死锁的定义

所谓死锁，是指在一组进程中的各个进程均占有不会释放的资源，但因互相申请被其他进程占用了不会释放的资源，各并发进程不能继续向前推进而处于的一种永久等待状态。

【例 11.1】图 11-1 是两个进程发生死锁时的例子。其中 P_1、P_2 分别表示进程，S_1、S_2 分别表示打印机和扫描仪两个资源。在运行过程中 P_1 已占有资源 S_1，P_2 已占有资源 S_2，此时 P_1 又申请 S_2 而 P_2 又申请 S_1，但系统只有一台打印机和扫描仪，因此 P_1、P_2 均无法运行，系统进入死锁状态。

2．产生死锁的原因

产生死锁的原因可归结为如下两点：

（1）竞争资源

当系统中供多个进程共享的资源如打印机等，其数目不能满足各进程的需要时，会引起各进程对资源的竞争而产生死锁。

（2）进程间推进顺序不当

进程在运行过程中，请求和释放资源的顺序不当，也同样会导致产生进程死锁。

3．产生死锁的必要条件

进程死锁时，下面四个条件同时成立：

（1）互斥条件

对于那些非共享性资源，是不能同时被两个以上进程使用或操作的。

（2）部分分配条件

进程在等待新资源的同时继续占用已分配到的资源。

（3）不剥夺条件

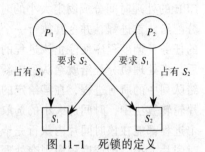

图 11-1　死锁的定义

进程所获得的资源在未使用完毕之前，其他进程不能强行剥夺，而只能由占有该资源的进程用完后自己释放。

（4）环路等待条件

一个进程已获得的资源同时被下一个进程所请求，从而形成一种进程循环链。

显然，要设法破坏上述四个必要条件中的某一个，则死锁就可以排除。

11.3.2　处理死锁的基本方法

解决死锁的方法一般可分为预防、避免、检测与解除等四种。

1．预防死锁

采用某种策略，设置某些限制条件，去破坏产生死锁的四个必要条件中的一个或几个条件，从而防止死锁的产生。

（1）打破资源的互斥条件

例如，允许进程采用共享方式同时访问某些资源，但有些资源如打印机、磁带机等只能互斥地使用。因此这种方法不能解决访问那些不允许被同时访问的资源时所带来的死锁问题。

（2）打破资源的部分分配条件

预先分配各并发进程所需要的全部资源，即静态分配。如某个进程的资源得不到满足时不能投入运行，一旦得到满足，就把要求的资源分配给该进程，该进程在运行期间一直保持着分配到的资源。但是，这种方法有如下缺点：

① 一个进程在执行之前需要提供它所需要的全部资源，这一点有些困难。

② 无论所需资源何时到达，一个进程只有在所有要求资源都得到满足之后才开始执行。

③ 对于那些使用时间可能很短或者不经常使用的资源，进程在生存过程期间一直占用它们，导致极大的资源浪费。

（3）打破资源的不剥夺条件

当某进程已经占有部分资源，还需要其他资源，如果得不到满足，则释放自己所占用的所有资源，以后再申请。但是如果某一进程暂时让出打印机，则会出现输出结果交叉的情况，因此只适合类似 CPU、存储器这样的资源。

（4）打破死锁的环路条件

即把资源分类按顺序排列，并对各类资源设置一个分配序号，使进程在申请、分配资源时不形成环路。规定每个进程只能按资源号递增的顺序申请资源，若进程 P_i 已分配到资源 R_i，则以后它只能再申请比 R_i 级别更高的资源 R_j（$R_i < R_j$），释放资源时必须是 R_j 先于 R_i 被释放，从而避免环路的产生。这种方法的缺点是当进程请求分配高级别的资源时，不得不提前请求以后需要的低级别资源，造成资源空闲等待的浪费现象，而且对资源的分类编序也耗去一定的系统开销。

2. 避免死锁

采用动态分配资源，在分配过程中预测出死锁发生的可能性并加以避免。这种方法的关键是确定资源分配的安全性。

（1）安全序列

一个进程序列$\{P_1, P_2, \cdots, P_n\}$是安全的是指系统中的所有进程能够按照某一种次序分配资源，并且依次地运行完毕。如果对于每一个进程 P_i（$1 \leqslant i \leqslant n$），它以后尚需要的资源量不超过系统当前剩余资源量与所有进程 P_j（$j < i$）当前占有资源量之和，这时系统处于安全状态，不会进入死锁状态。

虽然存在安全序列时一定不会有死锁发生，但是系统进入不安全状态（四个死锁的必要条件同时发生）也未必会产生死锁。当然，产生死锁后，系统一定处于不安全状态。

（2）银行家算法

最具代表性的避免死锁的算法，是 Dijkstra 于 1965 年提出的银行家算法。它把操作系统看做是银行家，操作系统管理的资源相当于银行家管理的资金，而使用资源的进程就像若干个借款人。该算法规定：

① 借款人第一次申请必须提供借款总额及每次提款数量、时间等信息。

② 若借款人贷款总额不超过银行家的资金总数，银行家要尽量满足借款人需求。

③ 借款人满足最大需求后要及时归还资金。

④ 若借出去导致银行资金周转不灵，则拒绝立即借出，让借款人暂时等待。

⑤ 当其他借款人还回必要数量的资金后，银行家决定借给哪个借款人及借出的数量。

【例 11.2】假设一个银行拥有 10 个资金单位，有三个客户 A、B、C 向银行借款。其中 A 客户要借 9 个资金单位，B 客户要借 4 个资金单位，C 客户要借 6 个资金单位，总计 18 个资金单位。他们目前已经分别借得 3 个、2 个、2 个资金单位，此时的状态如图 11-2 中（a）图所示。

对于（a）图，按照安全序列的要求，第一个客户应满足"该客户所需的借款小于等于银行当前所剩余的资金"，可以看出只有 B 客户满足：B 客户需 2 个资金，小于银行剩余的 3 个资金，于是银行家把 2 个资金借给 B 客户，如（b）图所示。B 客户完成工作并归还所借的 4 个资金，进入（c）图，此时银行家剩余 5 个资金。同理，银行家把 4 个资金借给 C 客户，使其完成工作，如（d）图所示。在（e）图中，只剩一个客户 A，它需 6 个资金，这时银行家有 7 个资金，所以进入（f）图，A 也能顺利借到钱并完成工作。最后银行家收回全部 10 个资金，保证不赔本（见图（g））。那么客户序列$\{B, C, A\}$就是一个安全序列，按照这个序列贷款，银行家才是安全的。否则，若在图（c）状态时，银行家把手中的 5 个资金借给了 A，则出现不安全状态：这时 A、C 均不能完成工作，而银行家手中又没有资金，系统陷入僵持局面，银行家也不能收回投资。

综上所述，银行家算法是从当前状态出发，逐个检查各客户谁能完成其工作，然后假定其完成工作且归还全部借款，再进而检查下一个能完成工作的客户。如果所有客户都能完成工作，则找到一个安全序列，银行家才是安全的。

3. 检测死锁

通过系统所设置的检测机构，及时地检测出死锁的发生，并指出死锁发生的位置和原因然后采取适当措施，从系统中将已发生的死锁清除掉。

客户	已借资金	最大需求	仍需资金
A	3	9	6
B	2	4	2
C	2	6	4
银行剩余资金		3	

（a）状态 1

客户	已借资金	最大需求	仍需资金
A	3	9	6
B	4	4	0
C	2	6	4
银行剩余资金		1	

（b）状态 2

客户	已借资金	最大需求	仍需资金
A	3	9	6
B	—		
C	2	6	4
银行剩余资金		5	

（c）状态 3

客户	已借资金	最大需求	仍需资金
A	3	9	6
B	—		
C	6	6	0
银行剩余资金		1	

（d）状态 4

客户	已借资金	最大需求	仍需资金
A	3	9	6
B	—		
C	—		
银行剩余资金		7	

（e）状态 5

客户	已借资金	最大需求	仍需资金
A	9	9	0
B	—		
C	—		
银行剩余资金		1	

（f）状态 6

客户	已借资金	最大需求	仍需资金
A	—	—	—
B	—	—	—
C	—	—	—
银行剩余资金		10	

（g）状态 7

图 11-2　银行家算法示例

死锁检测算法主要检查系统中是否存在进程的循环链，可以利用简化资源分配图的方法来检测系统在某一特定状态时是否处于死锁状态。资源分配图是描述进程申请资源和资源分配情况的关系模型图，表示系统中某个时刻进程对资源的申请和占有情况，如图 11-3 所示。

其中，圆表示进程，矩形表示资源，圆点表示该类型资源中的单个资源，从进程指向资源的箭头表示进程申请一个这类资源，从资源指向进程的箭头表示资源被分配给了这个进程。简化资源分配图的具体过程如下：

① 从资源分配图中查找既不阻塞又不孤立的进程结点 P_i，这些结点可以获得所需的资源，运行完后释放其占有的资源，即删除其所有的分配边和请求边。

② 查找只有分配边而没有请求边相连的进程结点，将其分配边删掉。

③ 查找虽有请求边，但请求边可立即全部转化成分配边

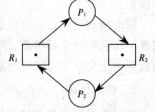

图 11-3　进程-资源有向图

的进程结点，将其请求边转化为分配边，再将分配边删掉。即由其他结点释放的资源可能会唤醒这些进程结点，它们运行完毕又释放其占有的资源。

④ 通过上述三个步骤简化后，若进程结点和资源结点全部成为孤立结点（即没有边相连），则称该图是完全可以简化的；否则，图中必定存在环路，说明该图是不可完全简化的。由此可得出死锁定理：如果一个系统状态为死锁状态，当且仅当该状态的资源分配图是不可完全简化的。

【例 11.3】系统中有进程 P_1、P_2 和 P_3 共享资源 R_1、R_2、R_3。在某一时刻资源使用情况如图 11-4 中的（a）图所示。从（a）图中找到只有分配边而没有请求边的进程结点 P_3，将它的分配边删去，得到（b）图。P_3 释放资源后，便可使 P_2 获得资源而继续运行，直至 P_2 完成后又释放出它占有的全部资源，即消去 P_2 结点所有的分配边和请求边形成（c）图。此时 P_1 获得 P_2 释放的资源 R_1 而得以运行，运行完成后释放资源，消去分配边和请求边，得到（d）图。此时，所有进程都成为孤立结点，即可称 a 图是可完全简化的，不存在死锁。

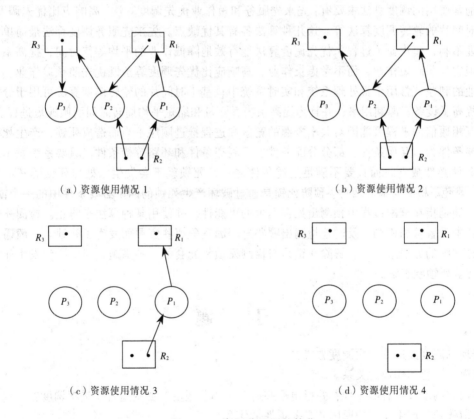

（a）资源使用情况1　　　　　　　　　　（b）资源使用情况2

（c）资源使用情况3　　　　　　　　　　（d）资源使用情况4

图 11-4　资源分配图的简化

4．解除死锁

解除死锁是与检测死锁相配套的一种措施。当系统发生死锁时，要设法把系统从死锁状态恢复到正常工作状态。

死锁解除法可归纳为两大类：

（1）剥夺资源

从其他进程剥夺足够数量的资源给死锁进程，以解除死锁状态。

（2）撤销进程

可以直接撤销所有死锁进程或者逐个撤销死锁进程，每撤销一个进程就检测死锁是否继续存在，若已没有死锁，就停止进程的撤销；或撤销代价最小的进程，直至有足够的资源可用，死锁状态消除为止；所谓代价是指优先级、运行代价、进程的重要性和价值等。撤销法的优点是简单明了，但有时可能撤销一些甚至不影响死锁的进程。

小　　结

作业从提交开始，需要经历三次处理机调度：高级调度，决定哪些作业可参与竞争 CPU 和其他资源，又可称为作业调度或宏观调度；中级调度，决定哪些进程可参与竞争 CPU，用以实现进程的活动状态和静止的挂起状态之间的转换，也可称为交换调度；低级调度，是处理机的终结调度，也可称为进程调度或微观调度。

通常使用的调度算法主要有：先来先服务和短作业优先调度算法、高响应比优先调度算法、基于时间片的轮转调度算法等。这几种算法各有其优缺点。先来先服务调度算法最简单，但对短作业不利；短作业（进程）优先调度算法能有效地降低作业的平均等待时间，提高系统吞吐量，但它只照顾短作业，而不考虑长作业；高响应比优先调度算法既优先照顾短作业，又考虑长作业的利益，常用于批处理系统和实时系统中；基于时间片的轮转调度算法可用于分时系统中，提高了设备资源利用率；并且为提高系统吞吐量和缩短平均周转时间而照顾短进程。

互相通信的进程可能因对共享资源的竞争和进程推进顺序不当而造成死锁，产生死锁的四个必要条件为：互斥条件、部分分配条件、不剥夺条件和环路等待条件。只要系统发生死锁，这些条件必然成立，而只要不满足上述条件之一，死锁就不会发生。处理死锁的基本方法有预防、避免、检测与解除四种。预防死锁是通过破坏产生死锁的四个必要条件中的一个或几个。避免死锁是指在分配过程中预测出死锁发生的可能性，并使用某种算法来防止。检测死锁是指在系统中设置检测机构，及时地检测出哪些进程因竞争哪些资源而发生了死锁。一般通过简化资源分配图的方法来检测。解除死锁是与检测死锁相配套的一种措施，当检测到发生死锁后，将进程从死锁状态解除。

习　　题

1. 处理机调度经历哪三次调度方式？
2. 试简述进程和作业的关系。
3. 常用的调度算法有哪几种？并指出哪些适合于作业调度？哪些适合于进程调度？
4. 何谓死锁？产生死锁的原因和必要条件是什么？
5. 详细说明可通过哪些途径预防死锁。

第 12 章 存储器管理

基本要求：

- 了解存储管理的功能
- 掌握各种存储管理技术，包括分区存储管理、覆盖和交换技术、分页管理、分段管理与段页式管理

教学重点和难点：

- 分区存储管理
- 覆盖和交换技术
- 分页管理
- 分段管理与段页式管理

12.1 存储器管理的基本概念

1．存储器的层次

用户的程序或数据都存储在外存上，但 CPU 不能直接读取外存上的数据，如何让 CPU 访问外存上的数据呢？操作系统让内存作为桥梁，因为内存和外存之间可以相互传递信息。也就是说，先将外存上的程序或数据移到内存中，然后被 CPU 访问，内存中已有的暂时不需要处理的程序和数据可以先移到外存中，以腾出更多空闲区域供众多进程使用。

由上面的思想我们将计算机的存储器分为三层：

① 高速缓冲存储器：又称缓存，其运行速度非常快，通常用来存放 CPU 与内存之间频繁使用的信息，由于其容量有限，因此价格昂贵。

② 主存储器：又称内存，是存放系统和用户指令及数据的设备。处理机只对主存和缓存中的数据进行操作执行。

③ 外部存储器：简称外存，如磁带、磁盘、光盘等，存取速度较主存慢，但它的容量较主存大得多，价格也便宜得多。但外存中的信息只有交换到主存后才能被处理机执行。存储器层次结构图如图 12-1 所示。

2．存储器管理的功能

（1）内存的分配与回收

存储管理模块要为每一个并发执行的进程分配内存空间。另外，当进程执行结束之后，

存储管理模块要及时回收该进程所占用的内存资源，以便给其他进程分配空间。

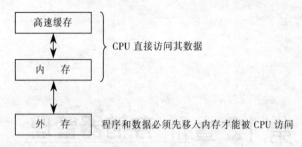

图 12-1　存储器层次结构图

（2）内存信息的共享与保护

在多道程序设计环境下，内存中的许多用户或系统程序和数据段可供不同的用户进程共享。这种共享将会提高内存的利用率。不过，除了被允许共享的部分之外，还要限制各进程只在自己的存储区活动，以保证内存中各个作业不会发生冲突，因此需要对内存中的程序和数据段采取保护措施。

（3）地址转换或重定位

由于用户不能事先确定程序在内存中的位置，一般使用的是相对地址。在此涉及地址空间和内存空间两个不同的概念。

① 地址空间。用户使用符号指令（汇编）或高级语言编制的程序叫源程序，存放源程序的空间称为名空间。源程序经编译后得到的目标程序所占有的地址范围称为地址空间，这些地址的编号是相对于起始地址而定的，一般定起始地址为零，称为逻辑地址或相对地址。

② 内存空间。内存空间是指当目标程序装入主存后占用的一系列物理单元的集合，这些单元编号称为物理地址或绝对地址。

所以当用户程序被调入内存时，必须要把程序中的相对地址转换成内存地址才能使程序正确执行，这一过程叫地址转换或重定位。

（4）内存扩充

在多道程序环境下，由于各个作业占用的内存空间是有限的，当内存容量不足时就必须采用内存扩充技术。在不改变实际内存容量的前提下，可借助于大容量的外存来解决内存不够用的问题。通常采用的内存扩充技术有覆盖、交换和虚拟存储技术。

3．用户程序的主要处理阶段

用高级语言或汇编语言编写的程序称为源程序。从用户的源程序变为一个可在内存中执行的程序，主要处理阶段有编辑、编译、链接、装入和运行。

（1）编辑阶段

使用高级语言或汇编语言创建源文件。

（2）编译阶段

由编译程序将用户源代码编译成若干个目标模块。

（3）链接阶段

由链接程序将编译后形成的一组目标模块，以及它们所需要的库函数链接在一起，形成一个完整的装入模块。

根据链接时间的不同，可把链接分成如下三种：

① 静态链接：在程序运行之前，先将各目标模块及它们所需的库函数，链接成一个完整的装配模块，以后不再拆开。这种事先进行链接的方式称为静态链接方式。

② 装入时动态链接：指将用户源程序编译后所得到的一组目标模块，在装入内存时，采用边装入边链接的链接方式。

③ 运行时动态链接：指对某些目标模块的链接，是在程序执行中需要该目标模块时，才对它进行的链接。

（4）装入阶段

由装入程序将装入模块装入内存。在将一个装入模块装入内存时，有以下三种装入方式：

① 绝对装入方式：在编译时，如果知道程序将驻留在内存的什么位置，编译程序将产生绝对地址的目标代码。绝对装入程序按照装入模块中的地址，将程序和数据装入内存。装入模块被装入内存后，由于程序中的逻辑地址与实际内存地址完全相同，故不需对程序和数据的地址进行修改。

② 可重定位装入方式：绝对装入方式只能将目标模块装入到内存中事先指定的位置，这种方式只适用于单道程序环境。在多道程序环境下，编译程序不可能预知所编译的目标模块应放在内存的何处。因此，采用可重定位装入方式，根据内存的当前情况，将装入模块装入到内存的适当位置，使装入模块中的所有逻辑地址与实际装入内存的物理地址不同。此时，就要用到地址转换（重定位），将其相对地址转换成内存地址。又因为重定位通常是在装入时一次完成的，以后不再改变，故称为静态重定位。

③ 动态运行时装入方式：由于可重定位装入方式在装入时地址修改就完成了，以后不能改变，因此在程序运行时不能改变内存地址，而实际情况是，在运行过程中程序在内存中的位置可能经常要改变，为了解决这个问题，出现了动态运行时装入方式。动态运行时的装入程序，在把装入模块装入内存后，并不立即把装入模块中的相对地址转换为绝对地址，而是在程序真正要执行时才进行地址转换。

（5）运行阶段

运行装入模块，得到运行的结果。

12.2　存储管理基本技术

本节将对五种基本的存储管理技术进行简要介绍，它们分别是分区法、可重定位分区法、覆盖技术、交换技术和虚拟存储技术。

1. 分区法

要实现多道程序，最简单的方法是系统在启动时，将内存划分成若干分区，每个分区里容纳一个作业，用静态重地位方式进行地址转换，并采用适当的保护手段，确保各个分区的作业不受干扰。按照分区的划分方式，可归为两种常见的分配方法：固定分区法和动态（可变）分区法。

（1）固定分区法

固定分区法就是内存中分区的个数固定不变，各个分区的大小也固定不变，但不同分区的大小可以不同，每个分区只可装入一道作业，这样把用户空间划分为几个分区，便允许有几道作业并发运行。系统为每个分区设置一个目录，说明该分区的大小、起始位置、分配状况等信息。图 12-2 给出了固定分区时分区说明表和对应内存状态的例子。图中，操作系统占用低地址部分的 20KB，其余空间被划分为四个分区，其中 1、2、3 号分区已分配，4 号分区未分配。

区 号	容 量	起始位置	状 态		OS
1	16KB	200KB	已分配	200KB	16KB
2	32KB	216KB	未分配	216KB	32KB
3	64KB	260KB	已分配	260KB	64KB

图 12-2　固定分区对应表

固定分区法实现了多个作业共享内存的目的，它的优点是分区的分配和回收算法十分简单。缺点是内存的利用不充分，因为方案中的分区大小是固定的，可是作业需要的存储空间和分区的大小一般不会恰好相等，这样每个分区中都有一部分空间被浪费了。这部分浪费空间称为"碎片"。

（2）动态（可变）分区法

基于固定分区法的缺点，又提出了动态分区法。此方案的分区是在相应作业要进入内存时才建立的，使其大小恰好适应作业的大小，这样就避免了"碎片"的产生。由于动态分区管理中分区的大小与个数随时变动，因此应使用链表结构来构造分区的目录。

要实现动态分区法，重要的是解决关于内存分配的问题。目前，常用的分配算法有三种：

① 首次适应算法：在分配内存时，从链首开始顺序查找，直至找到一个大小能满足要求的空闲分区为止；然后再按照作业的大小，从该分区中划出一块内存空间分配给请求者，余下的空闲分区仍留在空闲链中。该算法倾向于优先利用内存中低址部分的空闲分区，从而保留了高址部分的大空闲区。这为以后到达的大作业分配大的内存空间创造了条件。其缺点是低址部分不断被划分，会留下许多难以利用的、很小的空闲分区，而每次查找又都是从低址部分开始，增加了查找可用空闲分区时的开销。

② 循环首次适应算法：该算法是由首次适应算法演变而来的。在为进程分配内存空间时，不再是每次都从链首开始查找，而是从上次找到的空闲分区的下一个空闲分区开始查找。该算法能使内存中的空闲分区分布得更均匀，从而减少了查找空闲分区时的开销，但这样会缺乏大的空闲分区。

③ 最佳适应算法：将空闲块按其容量以从小到大的顺序组成链。用户提出申请时，总是把能满足要求、又是最小的空闲分区分配给作业。缺点是由于每次分配后所剩下的部分总是最小的，以致无法使用。

当进程运行完毕释放内存时，存储管理程序要收回已使用完毕的空闲区，并将其插入空闲区分区链。在空闲区回收时要进行空闲区拼接，以把不连续的零散空闲区集中起来。在将一个新可用区插入可用表或队列时，该回收区和上下相邻区的关系是下述四种关系之一：

① 该回收区的上下两相邻分区都是空闲区。
② 该回收区的上相邻区是空闲区。
③ 该回收区的下相邻区是空闲区。
④ 两相邻区都不是空闲区。

2．可重定位分区法

（1）动态重定位的引入

在可变分区分配中，内存区由于各作业多次请求和释放出现大量离散的碎片，如何将这些离散的碎片拼接成大的分区（这种方法叫"紧凑"）？要进行内存的紧凑，就要对内存中的用户作业进行移动。但移动作业必须对作业中所有与地址有关的项重新进行定位，否则，程序必将无法执行。由于这一工作是在程序执行过程中进行的，因此称为动态重定位。

（2）动态重定位的实现

动态地址重定位是在程序执行过程中，在 CPU 访问内存之前，将要访问的程序或数据地址转换成内存地址。动态重定位依靠硬件地址变换机构完成，即需在系统中增设一个重定位寄存器，用它来存放程序（数据）在内存中的起始地址。当处理器要访问内存时，操作系统将程序中的相对地址与重定位寄存器中的地址相加，得到内存的绝对地址去访问数据。动态重定位过程如图 12-3 所示。

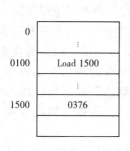
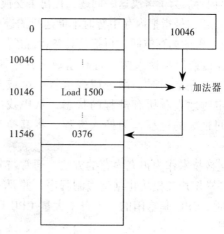

图 12-3   动态重定位

当系统对内存进行了"紧凑"而使若干程序从内存的某处移至另一处时，不需对程序做任何修改，只要用该程序在内存的新起始地址去置换原来的起始地址即可。

可重定位分区分配是在可变分区分配基础上增加内存紧凑功能，因此它的分配算法与可变分区基本上相同。

3. 覆盖技术

当用户作业大于内存所能提供的空间时，该作业将无法运行，这样就限制了大程序的研制。为了在较小的空间执行较大的程序，许多机器采用了覆盖技术。覆盖技术是基于这样一种思想提出来的，即一个程序并不需要一开始就把它的全部指令和数据都装入内存后再执行。在单 CPU 系统中，每一时刻事实上只能执行一条指令。因此，不妨把程序划分为若干个功能上相对独立的程序段，按照程序的逻辑结构让那些不会同时执行的程序段共享同一块内存区。通常，这些程序段都被保存在外存中，当有关程序段的先头程序段已经执行结束后，再把后续程序段调入内存，覆盖前面的程序段。这使得用户觉得好像内存扩大了，从而达到了内存扩充的目的。

对于要进行覆盖的作业，可以将它划分成树状的模块结构。如图 12-4 所示，其中根部为常驻内存部分（如 A 程序模块），其余均为覆盖部分，同层为一个覆盖段（如 B、C 程序块），由于

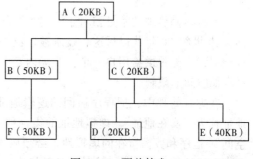

图 12-4   覆盖技术

同层程序模块在不同的时间执行，因此可以共享同一内存空间，其大小按该覆盖段中最大的程序模块分配，图中 B 和 C 可以覆盖，F、D、E 可以相互覆盖，这样采用覆盖技术后，只须内存空间 20+50+40=110KB，而不用覆盖技术需要内存空间为 20+50+30+30+20+40=180KB。

4．交换技术

要解决内存不足的矛盾，除了上面介绍的覆盖技术，还有交换技术。它的基本思想是只允许一个或几个用户作业保留在主存中。多道程序环境中，在内存中某些用户作业由于某些原因不能继续执行，如果让它继续驻留在内存中，将会造成存储空间的浪费。因此，应该把处于等待状态的进程换出内存。为了解决这一问题，提出了交换技术。在系统中增设了对换（也称交换）设施。所谓"对换"，是指把内存中暂时不能运行的进程或者暂时不用的程序和数据，调出到外存上，以便腾出足够的内存空间，再把已具备运行条件的进程或进程所需的程序和数据调入内存。

对换进程由换出和换入两个过程组成。其中换出过程是指当优先级高的作业要求处理，但又无足够的内存空间时，系统应强迫将一个或多个低优先级的进程退出内存。换入过程是指系统应定时地查看所有进程的状态，从中找出处于"就绪"状态但已换出的进程，将其中换出时间最久的进程作为换入进程，将其换入，直至已无可换入的进程或无可换出的进程为止。

覆盖和交换技术作为扩充内存的方法，通常与分区分配方法结合使用。但仍存在不足，例如覆盖技术要求用户按模块化结构编制程序，并要写出覆盖文件；采用交换技术，在执行作业的换入/换出时，CPU 是空闲的，浪费了大量 CPU 时间，因此效率很低。由此而引发了虚拟存储技术的出现。

5．虚拟存储技术

（1）虚拟存储器的引入

在前述的各种分区管理技术中，它们共同的特点是作业运行时整个作业的地址空间必须全部装入内存的一个连续空间中，这类存储管理技术叫做实存。实存在某些情况下有如下弊端：

① 有的作业很大，其所要求的内存空间超过了内存总容量，作业不能全部被装入内存，致使该作业无法运行。

② 有大量作业要求运行，但由于内存容量不足以容纳所有这些作业，只能将少数作业装入内存让它们先运行，而将其他大量的作业留在外存上等待。

出现上述两种情况的原因，都是内存容量不足。考虑从物理上增加内存容量，会受到机器自身的限制，而且要增加系统成本。所以应考虑从逻辑上扩充内存容量。这正是虚拟存储技术所要解决的主要问题。

虚拟存储管理技术是相对于"实存"的另一种存储管理技术。它使用软件方法来扩充存储器，20 世纪 70 年代以后这一技术被广泛采用。虚拟存储器是指一种实际上并不存在的虚拟假存储器，它能提供给用户一个比实际内存大得多的存储空间，使用户在编制程序时可以不必考虑存储空间的限制。

在虚存管理中，把程序访问的逻辑地址称为"虚拟地址"，而把处理器可直接访问的主存地址称为"实在地址"。虚拟地址的集合称为"虚拟地址空间"，把计算机主存称为"实在地址空间"。程序和数据所在的虚拟地址必须放入主存的实在地址中才能运行。因此要建立虚拟地址和实在地址的相应关系，这种地址转换由动态地址映像机构来实现。

　　当把虚拟地址空间与主存地址空间分开以后，这两个地址空间的大小就独立了，也就是说作业的虚拟地址空间可以远大于主存的实在地址空间。另一个相关的问题是作业运行时其整个虚拟地址空间是否必须全部调入主存中，如果必须的话，那么实在地址空间仍必须大于虚拟地址空间。但实际情况是程序运行中有些部分经常是不用的（如错误处理程序），有些程序用得很少（如程序中启动和终止处理部分），即使经常使用的部分也可以只将最近要执行的部分装入内存，其他部分到要用到时再调入内存，而这时又可以把暂时不用的部分调出内存，这一情况使虚拟存储管理技术有实现的可能。

　　操作系统把各级存储器统一管理起来，把一个程序当前正在使用的部分放在磁盘上，就启动执行它。操作系统根据程序执行时的要求和内存的实际使用情况随机地对每一个程序进行换入/换出。这样，就给用户提供了一个比真实的内存空间大得多的地址空间，这就是虚拟存储器（virtual memory），即是用户能作为可编址内存对待的存储空间，在这种计算机系统中虚拟地址被映像成实在地址。

　　（2）虚拟存储器的特征

　　虚拟存储器的基本特征有如下四点：

　　① 虚拟扩充：不是物理上，而是逻辑上扩充了内存容量。

　　② 多次对换：所需的全部程序和数据要分次调入内存。

　　③ 离散分配：不必占用连续的内存空间，而是"见缝插针"。

　　④ 部分装入：每个作业不是一次性装入，而是只装入一部分。

　　（3）虚拟存储器受到的限制

　　虚拟存储器受以下两方面的限制：

　　① 外存储器容量的限制。

　　② 指令中地址长度的限制。

　　综上所述，虚拟存储管理技术需要解决以下三方面问题：

　　① 什么时候把哪部分程序装入内存。

　　② 放在内存什么位置。

　　③ 当内存空间不足时，把哪部分程序移出内存。

　　常用的虚拟存储技术有分页存储管理、分段存储管理和段页式存储管理。

　　连续分配会形成许多"碎片"，虽然可通过"紧凑"方法将许多碎片拼接成可用的大块空间，但必须为之付出很大开销。如果允许将一个进程直接分散地装入到许多不相邻接的分区中，则无须再进行"紧凑"。基于这一思想产生了离散分散方式。如果离散分配的基本单位是页，则称为分页存储管理方式；如果离散分配的基本单位是段，则称为分段存储管理方式。分页存储管理结合分段存储管理，即段页式存储管理。

12.3　分页存储管理

1. 分页存储管理的基本概念

　　（1）页面、页块（架）

　　分页存储管理中，不需要将每个作业放到连续的一个存储区里，而是放到许多不相临的分区中，所以，它把内存空间分成大小相同的若干个存储块，称为（物理）块或页架，并为各块加以编号，从 0 开始，如第 0 块、第 1 块等；把一个进程的逻辑地址空间也按相同的大小分成相应的若干片，称为页面或页，相应地，也同样为它们加以编号。系统以块为单位把内存分配给各作业，每个作业占有的内存无须连续，而且作业的所有页面也不一定同时都装入内存。

（2）地址结构

分页存储管理中，每个虚拟地址用一个数对（p，d）来表示，其中 p 为页面号，d 是该虚拟地址在页面号为 p 中的相对地址，称为页内地址。为了方便计算，规定页的大小为 2 的次方。例如，某系统页面大小为 512D，相当于 1 000Q 字节，如果逻辑地址为 1530Q，该虚拟地址可以方便的写成（1，530）地址中的地址结构如下：

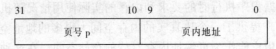

（3）页表

在分页系统中，每个作业的各页不一定全部都在内存中，而且还允许将各个页离散地存储在内存不同的物理块中，因此当进程要访问某个虚拟地址时，系统要判别该页是否在内存中，若在内存，还要判别在哪一块中。为此系统为每个进程建立一张页面映像表（PMT 表），简称页表。页表中应包含：

页号：作业各页的页号，每个作业页号从零开始。

块号：该页面在内存中的页块号。

状态：表示该页是否在内存中，通常用"0"表示不在内存，用"1"表示在内存中。

每当作业调度程序将某作业调入内存时，即为该作业建立页表，当撤销该作业时，同时去除其页表。此外系统还设置一个页表地址寄存器，它指示当前运行的作业页表的起始地址和页表表长。

2. 分页系统中的地址转换

分页系统中的地址转换分为如下四个步骤：

① 当调度一个作业执行时，首先将页表起始地址及大小装入页表寄存器。

② 作业执行过程中 CPU 产生的每一个逻辑地址，由硬件地址变换机构自动将其分成 p、d 两部分：一部分为页号，另一部分是页内位移量。

③ 这个页号先与页表寄存器中的当前页表大小进行比较。如果页号太大，表示访问越界，系统产生相应的中断。如果页访问是合法的，则由页表起始地址和页号计算出所对应的物理块号。

④ 取出其存取控制字段，作存取控制验证，若合法则将物理块号与逻辑地址中的位移量拼接，形成最终访问的物理地址；否则，产生相应访问非法中断。

分页地址转换如图 12-5 所示。

现以图 12-5 为例，当 CPU 执行一条指令 Load 1530 时，硬件地址变换机构把逻辑地址 1530 分解成（1，530），由页号查找到对应的页块号 12，再将 12 送到地址变换机构 p' 中，与 d 合并成实际地址 12530。

3. 页面置换算法

由于分页管理中分配给每道程序的页块数是有限的，因此内存中的页面要经常进行更换，即系统从内存中调出一页程序或数据，送入磁盘的对换区中。但应将哪个页面调出，需根据一定的算法来确定。通常，把选择换出页面的算法称为页面置换算法。置换算法的好坏，将直接影响到系统的性能。下面介绍几种常用的置换算法。

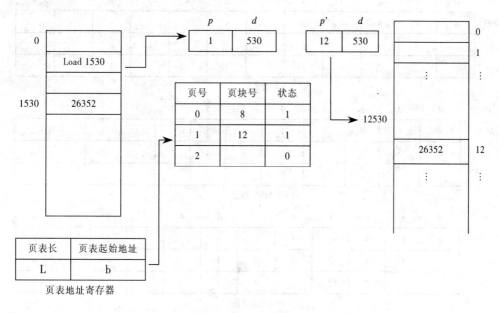

图 12-5 分页地址转换图

（1）最佳淘汰算法（OPT）

最佳淘汰算法所选择的被淘汰页面，将是以后永远不使用的，或许是在最长（未来）时间内不再被访问的页面。这是由 Belady 于 1966 年提出的。但由于哪一个页面是未来最长时间内不再被访问这一点是人们无法预知的，因此该算法是一个不实用的算法，但可以用它来比较其他算法的优劣。现举例说明如下：

设一用户进程共分为 5 页，系统为该进程分配页块数 M 为 3，其执行时页面变化的规律称为页面走向 P，其页面淘汰过程如表 12-6（a）所示。由图可看出，采用最佳淘汰算法发生了三次页面置换。

（2）先进先出算法（FIFO）

这一算法的思想是将最先进入内存的页面换出内存。该算法实现简单，只要把一个进程调入内存的页面，按先后次序链接成一个队列，并设置一个指针，称为替换指针，使它总是指向最老的页面。其页面淘汰过程如图 12-6（b）所示，由图可看出，采用 FIFO 算法发生了三次页面置换。

但该算法只适合于程序按线性顺序访问地址空间，不适合程序中有循环的情况，因为最先进入内存的页面可能是经常被使用的页面，这样就会引起页面频繁地变换。 另外，一般当系统为程序分配的实页面数 M 增大时，缺页率应该减少。

（3）最近最少使用（LRU）置换算法

LRU 的基本思想认为将最近一段时间里最久没有使用过的页面换出内存。LRU 算法的实现较为复杂，主要是难于确定页面访问的时间先后。此外，要求系统有硬件支持：① 设立一个逻辑时钟或计数器，每次访问主存时，该计数器加 1，并把计数器的值赋予每个页作为其最后的访问"时间"。此外还要有时钟溢出，以及在切换进程时更换相应的内容等。② 采用堆栈保留页面，每当访问一页时，就把它取出来放在栈顶，维护这样一个堆栈需要开销。

P=	4	3	2	1	4	3	5	4	3	2	1	5
M=3	4	4	4	4		4			4		4	
		3	3	3		3			3		1	
			2	1					5		5	

（a）OPT 算法

P=	4	3	2	1	4	3	5	4	3	2	4	5
M=3	4	4	4	1	1	1	5			2		2
		3	3	3						4		4
			2	2	2	2	3	3		3		5

（b）FIFO 算法

P=	4	3	2	1	4	3	5	4	3	2	4	5
M=3	4	4	4	1			5			2		2
		3	3	3	4	4	4			4		4
			2	2	2	3	3			3		5

（c）LRU 算法

图 12-6　几种置换算法

（4）近似的 LRU 置换算法（NRU 算法）

NRU 算法是 LRU 近似方法，比较容易实现，开销也比较小。当访问某一存储块中的页面时，其相应的"页面访问"位由硬件自动置"1"，而由页面管理体制软件周期性地（设周期为 T，其值通常为几百毫秒），把所有的页面访问位重新置为"0"。这样，在时间 T 内，某些被访问的页面，其对应的访问位为"1"而未访问的页面，其对应的访问位为"0"。

图 12-7 算法就是循环地通过相应的页表，查寻页面访问位为"0"的页面。在查找过程中，那些被访问的页所对应的访问位被重新置为"0"。由此可见，实际上这种近似 LRU 算法，已经退化成一种"最近不用"的算法 NRU（not recently used）。

4. 分页存储管理的存储保护

分页环境下的存储保护是通过页表地址寄存器中的页表长度来实现的，当 CPU 访问某逻辑地址时，硬件自动将页号与页表长度进行比较，如果合法才进行地址转换，否则产生越界中断。

5. 分页存储管理的优缺点

分页存储管理的优点如下：① 分页存储管理提供了内存和外存统一管理的虚存实现方式，使用户可以利用的存储空间大大增加。这既提高了主存的利用率，又有利于组织多道程序执行。② 由于它不要求作业或进程的程序段和数据在内存中连续存放，从而有效地解决了碎片问题。

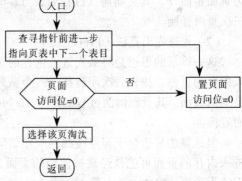

图 12-7　NRU 算法

分页存储管理的缺点如下：① 虽然消除了碎片，但每个作业或进程的最后一页内总有一部分空间得不到利用。如果页面较大，则这一部分的损失仍然较大。② 请求调页的算法如选择不当，有可能产生抖动现象。③ 增加了系统开销，例如缺页中断处理等。④ 要求有相应的硬件支持。例如地址变换机构，缺页中断的产生和选择淘汰页面等都要求有相应的硬件支持。这增加了机器成本。

12.4　分段存储管理

在前面介绍的分区存储管理和分页存储管理中，用户使用的逻辑地址都是连续的。而实际上目前程序设计都采用的是模块化结构，特别是一些大型的程序，它们可以由一个主程序、若干子程序、符号表、栈以及数据等若干模块组成。每一模块都有完整的逻辑意义，每一模块的程序都可独立编制，且每一模块的长度可以不同。对于这样的程序可以采用段式存储管理方案。

1. 分段存储管理的基本原理

（1）分段

分段管理把每个程序模块的地址空间称为段，每段有自己的名字。段的长度由相应的程序模块的长度决定，因而各段长度不等。由于整个作业的地址空间分成多个段，因此是二维的，其逻辑地址由段号 s（段名）和段内地址 w 组成，每个段的地址空间都从 0 地址开始。该地址结构如图 12-8 所示。

段式管理程序为每段在内存分配一块连续的分区，一个程序的各段不要求是连续分区，暂时不用的段可以不调入内存。

| 段号 s | 段内地址 w |

图 12-8　地址结构

（2）段表、段地址寄存器

与分页管理相似，段式管理程序在进行初始内存分配之前，首先根据用户要求的内存大小为一个作业或进程建立一个段映射表，称为段表。段表中包括：段号、段长（段的长度）、段的基址()（段在主存中的起始地址）、状态（段的状态）、存取权限、访问位等，如表 12-1 所示。

表 12-1　段表

段　号	段　长	段的基址	存取权限	状　态	访 问 位

在配置了段表后，执行中的进程可通过查找段表，找到每个段所对应的内存区。可见，段表实现每个逻辑段到物理内存中分区位置的映射。段表可以存放在一组寄存器中，这样有利于提高地址转换速度；但更常见的是将段表放在内存中。同时系统设立一个段表地址寄存器，指出当前运行作业的段表在主存中的起始地址和段表长度。

（3）地址变换机构

当作业要进行存储访问时，由硬件地址转换机构与段表地址寄存器找到段表中相应段的记录，从而将段式地址空间的二维地址转换成实际内存地址，如图 12-9 所示。

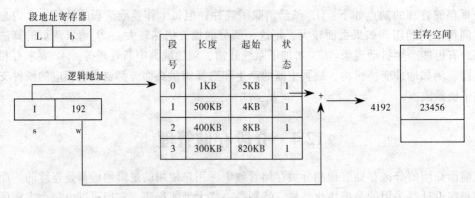

图 12-9 分段存储管理中的地址转换

2. 分段存储管理中的存储保护

（1）存取控制保护

由于分段情况下段是逻辑上完整的信息集合，因此要注意防止其中的信息被不允许共享者窃取或修改，往往用存取权限来控制各类用户对信息的共享程度。常用的控制类型有读、写、执行、修改等，为此在相应的段表表目中增加"存取权限"一项。

（2）地址越界保护

当 CPU 访问某逻辑地址时，硬件自动将段号与段地址寄存器中段表长度进行比较，同时还要将段内地址与段表中该段长度进行比较，如果合法则进行地址转换，否则产生越界中断。

3. 分段存储管理的优缺点

分段存储管理的优点如下：① 便于程序模块化处理。在分段系统中，每个程序模块构成各自独立的分段，并可采用段的保护措施使其不受其他模块的影响和干扰。② 便于对具有完整逻辑功能的信息段进行共享。③ 便于处理变化的数据。在段式管理中，段长可根据需要动态增长。这对那些需要不断增加或吸收新数据的段来说，将是非常有好处的。④ 便于实现动态链接。由于段式管理是按信息的逻辑意义来划分段，每段对应一个相应的程序模块。因此，可用段名加上段入口地址等方法在执行过程中调入相应的段进行动态链接。当然，段的动态链接需要一定的硬件支持。例如，需要链接寄存器存放被链接段的出口等。

分段存储管理的缺点如下：① 分段存储管理比其他几种方式要求有更多的硬件支持，这就提高了机器成本。② 每个段的长度受内存可用区大小的限制。③ 由于在内存空闲区管理方式上与分区式管理相同，在碎片问题以及为了消除碎片所进行的合并等问题上较分页式管理要差。另外，允许段的动态增长也会给系统管理带来一定的难度和开销。

表 12-2 分页与分段的区别

分　页	分　段
信息的物理单位	信息的逻辑单位
大小一样，由系统固定	大小不等，由用户确定
地址空间是一维的	地址空间是二维的

4. 分页和分段的主要区别

表 12-2 列出了分页与分段的主要区别。

12.5 段页式存储管理

分页系统能有效地提高内存利用率，而分段系统则能很好地满足用户需要。如果能对两种存储管理方式"各取所长"，则可以将两者结合成一种新的存储管理方式系统。把这种结合起来形成的新系统称为"段页式系统"。

1．基本概念

（1）段页结构

段页式管理是分页管理和分段管理相结合的结果，作业的地址空间采用分段方式，而作业的每一段又采用分页方式，并为每一段赋予一个段名。整个主存分为大小相等的存储块，称为页架，主存以页架为单位分配给每个作业。

（2）段页式管理的地址结构

在段页式系统中，其地址结构由段号 s、段内页号 p、页内相对地址 d 三部分组成，如图 12-10 所示。

（3）段表、页表、段地址寄存器

为了实现段页式管理，系统必须为每个作

段号 s	页号 p	页内相对地址 d

图 12-10　段页式管理的地址结构

业或进程建立一张段表，并为每个段建立一个页表，并设置一个段地址寄存器来指出当前运行作业段的段表长度和段表起始地址。

2．段页式管理的地址转换

在段页式管理系统中，要对内存中的指令或数据进行一次存取，至少要访问三次以上的内存。

① 访问段表，以段号为索引找到页表所在位置。

② 访问页表，以页号为索引找到该页所在的存储块号。

③ 在访问了段表和页表之后，得到作业所在的物理位置。

显然，上面的三次访问内存将使 CPU 的执行指令速度大大降低。

为了提高地址转换速度，可设置高速联想寄存器。每次访问它时，都必须同时利用段号和页号去检索高速联想存储器，若找到匹配的表项，便可从中得到相应页的物理块号，用来与页内地址一起形成物理地址；若未找到匹配表项，则仍需访问内存三次。

3．段页式管理的优缺点

优点：① 能有效地利用主存，为组织多道程序运行提供了方便。② 它提供了大量的虚拟存储空间。

缺点：① 需要更多的硬件支持，增加了硬件成本。② 增加了系统的复杂性和管理上的开销。

小　　结

本章介绍了各种常用的内存管理方法，它们是分区式管理、分页式管理、分段式管理和段页式管理。内存管理的核心问题是如何解决内存和外存的统一，以及它们之间的数据交换问题。内存和外存的统一管理使得内存的利用率得到提高，用户程序不再受内存可用区大小的限制。与此相关联，内存管理要解决内存扩充、内存的分配与释放、虚拟地址到内存物理地址的变换、内存保护与共享、内外存之间数据交换的控制等问题。

习　　题

1．存储管理的主要功能是什么？

2．什么是虚拟存储器，其特点是什么？

3. 实现地址重定位的方法有哪几类？形式化地描述动态重定位过程。

4. 动态分区管理的常用内存分配算法有哪几种？比较它们各自的优缺点。

5. 简述什么是覆盖，什么是交换及覆盖和交换的区别。

6. 什么是分页存储管理？静态分页管理可以实现虚存吗？

7. 什么是请求分页管理？试设计和描述一个请求分页管理时的内存页面分配和回收算法（包括缺页处理部分）。

8. 请求分页管理中有哪几种常用的页面置换算法？试比较它们的优缺点。

9. 描述一个包括页面分配与回收、页面置换和存储保护的请求页式存储管理系统。

10. 什么是分段存储管理？它与分页存储管理有何区别？

11. 分段存储管理可以实现虚存吗？如果可以，简述实现方法。

12. 为什么要提出段页式管理？它与分段存储管理及分页存储管理有何区别？

13. 段页式管理的主要缺点是什么？有什么改进办法？

第13章 设备管理

基本要求：

- 了解设备的分类、缓冲区的概念和功能
- 掌握常用的几种 I/O 控制方式、缓冲区管理
- 掌握设备分配技术、设备管理功能

教学重点和难点：

- I/O 控制方式
- 缓冲技术
- 虚拟设备和 SPOOLing 技术

13.1 设备管理的功能及基本概念

1. 设备管理的功能

设备管理的基本任务是按照用户的要求来控制外部设备的工作，以完成用户所希望的输入/输出操作。为了完成此任务，设备管理程序一般要提供下述功能：

① 分配设备：按照设备的不同类型和相应的分配算法把设备和其他有关的硬件分配给请求该设备的进程，包括分配相应的通道、设备控制器，并把未分配到所请求设备或其他有关硬件的进程放入等待队列。

② 提供和进程 I/O 请求的接口：当进程要求设备资源时，该接口将进程要求转给设备管理程序。

③ 对缓冲区进行管理：为了解决外部设备和内存与 CPU 之间的数据速度不匹配的问题，系统中一般采用缓冲技术。设备管理程序负责对缓冲区进行分配、释放及进行有关的管理工作。

④ 实现设备和设备、设备和 CPU 等之间的并行操作。这需要有相应的硬件支持。

2. 设备分类

设备的类型繁多，可从不同角度对它们进行分类。

（1）按传输速率分类

① 低速设备：传输速率仅为每秒几个字节至数百个字节的一类设备，如键盘、鼠标、语音的输入和输出等设备。

② 中速设备：传输速率在每秒数千个字节至数万个字节的一类设备，如行式打印机、激光打印机等。

③ 高速设备：传输速率在每秒数百千字节至数十兆字节的一类设备，如磁带机、磁盘机、光盘机等。

（2）按信息交换的单位分类

① 块设备：用于存储以数据块为单位的信息，如磁盘、磁带等。

② 字符设备：用于输入和输出以字符为单位的数据，如交互式终端、打印机等。

（3）按设备的共享属性分类

① 独占设备：指每次只能供一个作业，执行期间单独使用的设备，如输入机、磁带机、打印机等。

② 共享设备：允许若干个用户可以分时共享的设备，可提高利用率，如磁盘、光盘等。

③ 虚拟设备：通过虚拟技术把原来独占的设备变为共享的设备，以提高设备的利用率。

3. 设备控制器

通常，设备并不直接与 CPU 进行通信，而是与设备控制器通信，设备控制器是 CPU 与 I/O 设备之间的接口，它接收 CPU 发来的命令，并控制 I/O 设备工作，使处理机从繁杂的设备控制事务中解脱出来。其基本功能是接收和识别命令，实现 CPU 与控制器、控制器与设备之间的数据交换，识别其所控制的每个设备的地址，标识和报告设备的状态，能够进行数据缓冲，对由 I/O 设备传送来的数据进行差错检测。

由于设备控制器位于 CPU 与设备之间，它既要与 CPU 通信，又要与设备通信，还应具有按照 CPU 所发来的命令去控制设备工作的功能。因此，大多数控制器都由三部分组成：

① 设备控制器与处理机的接口：用于实现 CPU 与设备控制器之间的通信。

② 设备控制器与设备的接口：在设备控制器中有多个设备接口，每个接口用来连接一台设备。

③ I/O 逻辑：用于实现对设备的控制。

13.2 I/O 控制方式

随着计算机技术的发展，I/O 控制方式也在不断地发展。I/O 控制的发展经历了以下四个阶段：

1. 程序直接控制方式

该方式由用户进程来直接控制内存或 CPU 和外围设备之间的信息传送。由于 CPU 的高速性和 I/O 设备的低速性，致使 CPU 的绝大部分时间都处于等待 I/O 设备完成数据 I/O 的循环测试中，造成对 CPU 的极大浪费。所以该方式只适用于那些 CPU 执行速度较慢，而且外围设备较少的系统。

【例 13.1】以输出数据为例说明程序直接控制方式的工作过程。

① 将状态寄存器中的忙/闲标志 busy 设为 1。

② 将需输出数据送入数据缓冲寄存器。

③ 测试状态寄存器中的忙/闲标志 busy，若 busy=0，转步骤②，否则转步骤④。

④ 处理机将数据缓冲寄存器中的数据取走送入内存进行输出，接着再去启动下一个数据，并置 busy=1。

2.中断控制方式

为了减少程序直接控制方式中CPU等待时间以及提高系统的并行工作程度,可采用中断控制方式,控制外围设备和内存与CPU之间的数据传送。这时CPU启动外设后就可转向其他程序,只在发出I/O中断请求时,才转去进行输入/输出操作,因此大部分时间CPU可作它用,这样可使CPU和I/O设备都处于忙碌状态,从而提高了整个系统的资源利用率及吞吐量。

【例13.2】描述中断控制方式的工作过程。

① 当某进程要启动某个I/O设备工作时,将允许启动和允许中断的控制字写入设备控制状态寄存器中。

② 该进程放弃CPU,等待输入的完成。操作系统进程调度程序调度其他就绪进程占用CPU。

③ 一旦数据输入完成,控制器便通过控制线向CPU发送一个中断信号,CPU接收到此信号后,转向预先设计好的中断处理程序对数据传送工作进行相应的处理。

④ CPU检查输入过程中是否有错,若无错,便向控制器发送取走数据的信号,并通过控制器和数据线将数据写入内存指定单元中。

3.DMA控制方式

DMA控制方式的基本思想是在外围设备和内存之间开辟直接的数据交换通路。在DMA方式中,I/O控制器具有比中断方式和程序直接控制方式更强的功能。数据传输的基本单位是数据块,所传输的数据是从设备直接送入内存的,或者相反。整块数据的传送是在控制器的控制下完成的。可见,DMA方式与中断控制方式相比,大大减少了CPU对I/O的干预,进一步提高了CPU与I/O设备的并行操作程度。

【例13.3】以读入数据为例描述DMA方式的工作过程。

① CPU要从磁盘读入一个数据块时,CPU把准备存放输入数据的内存初始地址送入DMA控制器中的内存地址寄存器MAR,而要传送的字节数则送入传送字节计数器DC中。另外,将允许启动和允许中断的控制字写入设备控制状态寄存器中,从而启动设备开始进行数据输入。

② 启动DMA控制器进行数据传送,进程调度程序调度其他进程占用CPU。输入设备不断地挪用存储器周期传送数据字,并对MAR内容加1,DC内容减1,若减1后DC内容不为0,表示传送未完,继续传送下一个字节,直到所要求的字节全部传送完毕。

③ DMA控制器在传送数据完成时通过中断请求线发出中断信号,CPU在接收到中断信号后转到中断处理程序进行善后处理。

4.通道控制方式

I/O通道方式是DMA方式的发展,它可进一步减少CPU的干预,即把对一个数据块的读(或写)为单位的干预,减少为对一组数据块的读(或写)及有关的控制和管理为单位的干预。同时,又可实现CPU、通道和I/O设备三者的并行工作,从而更有效地提高了整个系统的资源利用率。

【例13.4】描述通道控制方式的工作过程。

① 当某进程要求设备输入数据时,CPU发Start指令指明I/O操作、设备号和对应通道。

② 对应通道接收到CPU发来的启动指令Start之后,读出存放在内存中的通道指令程序,设置对应设备的I/O控制器中的控制状态寄存器的初始值。

③ 设备根据通道指令的要求,把数据送往内存中的指定区域。

④ 若数据传送结束，I/O 控制器通过中断请求线发中断信号，请求 CPU 做中断处理。

⑤ 中断处理结束后，CPU 返回到被中断进程处继续执行。

13.3 缓 冲 技 术

设备在与处理机交换数据时，为了缓和 CPU 和 I/O 设备速度不匹配的矛盾，减少对 CPU 的中断次数，提高 CPU 和 I/O 设备之间的并行性而采用了缓冲技术。缓冲技术是指在内存中划出一个区域（即缓冲区），作为外部设备进行数据传输时的暂存区。根据需要可以采用不同的结构形式。

1. 单缓冲

单缓冲是操作系统提供的一种最简单的缓冲形式。当进程发出 I/O 请求时，操作系统便为该进程在主存中分配一个缓冲区，外设先把数据输入到缓冲区，再由 CPU 从缓冲区中取走数据，当 CPU 处理完数据并输出时，先把数据送入缓冲区中，再由外设输出。单缓冲技术由于只设置一个缓冲区，外设间的工作是串行的。

2. 双缓冲

双缓冲是设置两个缓冲区 buffer1 和 buffer2 供交换数据的双方使用。在设备输入时，CPU 先向 buffer1 写数据，buffer1 写满后可转向 buffer2 接着写。同时输出数据进程可以从 buffer1 取数据输出，当 buffer1 空时，又可向 buffer1 写入数据。这样双缓冲能使 CPU 和外设并行工作而完成一个任务。但在实际系统中很少采用这种方式，因为在计算机系统中外设很多，又有大量的输入/输出，若 CPU 和外设的速度相差甚远，双缓冲的效果则不够理想。因此引入了循环缓冲和缓冲池技术。

3. 循环缓冲

循环缓冲是指在主存中分配多个大小相等的缓冲区，并将这些缓冲区连接成环形多缓冲区。在该环形缓冲区中分别设一个输入指针和输出指针。输入指针指示输入设备输入时可用的缓冲区地址，输出指针指向进程下次可取用的缓冲区地址。CPU 把数据装入到输入指针所指的缓冲区中，输入指针沿着循环链指向下一个空缓冲区。输出设备从输出指针所指向的缓冲区中取出数据输出，同时输出指针沿着循环链指向下一个装满数据的可取用的缓冲区。

4. 缓冲池

缓冲池由多个既能用于输入又能用于输出的缓冲区组成。在缓冲池中至少应含有三种类型的缓冲区：空闲缓冲区、装满输入数据的缓冲区以及装满输出数据的缓冲区。每一种缓冲区链成一个队列，分别称为：空缓冲队列、输入队列和输出队列。在输入进程需要输入数据时，系统从空缓冲队列的队首取出一个空缓冲区，收容输入数据，并将该缓冲区挂在输入队列队尾；当计算进程要求输入数据时，从输入队列的队首取得一个缓冲区，作为提取输入工作缓冲区，计算进程从中提取数据，当计算进程用完该数据后，将该缓冲区挂到空缓冲队列上；当计算进程需要输出时，从空缓冲队列的队首取出一个空缓冲区，作为收容输出缓冲区，并将它挂在输出队列队尾；输出进程从输出队列的队首取出一个装满输出数据的缓冲区，作为提取输出工作缓冲区，提取完数据后，将该数据缓冲区挂到空缓冲区队列的队尾。

13.4 设 备 分 配

在多道程序环境下，系统中的设备不允许用户自行使用，而必须由系统统一分配。为了实现设备分配，必须在系统中设置相应的数据结构。

1. 设备分配中的数据结构

（1）设备控制表（DCT）

每个设备一张，描述设备特性和状态。反映设备的特性、设备和控制器的连接情况。DCT的内容主要包括：

① 设备标识：用来区别不同的设备。

② 设备类型：反映设备的特性；如块设备或字符设备。

③ 设备地址或设备号：统一内存编址或单独编址。

④ 设备状态：工作或空闲状态。

⑤ 等待队列指针：等待使用该设备的进程队列。

⑥ I/O 控制器指针：指向该设备相连的 I/O 控制器。

（2）系统设备表（SDT）

系统内一张，反映系统中设备资源的状态，记录所有设备的状态及其设备控制表的入口。SDT 表项的主要组成如下：

① DCT 指针：指向相应设备的 DCT。

② 设备使用进程标识：正在使用该设备的进程标识。

③ DCT 信息：为引用方便而保存的 DCT 信息，如设备标识、设备类型等。

（3）控制器控制表（COCT）

每个设备控制器一张，用于描述 I/O 控制器的配置和状态，如 DMA 控制器所占用的中断号、DMA 数据通道的分配。

（4）通道控制表（CHCT）

每个通道一张，描述通道工作状态，如 DCT（设备控制表）、SDT（系统设备表）、COCT（控制器控制表）及 CHCT（通道控制表），如图 13-1 所示。

DCT

设备类型
设备标识符
设备忙/闲标记
指向 COCT 的指针
重复执行次数或时间
设备队列的队首指针

SDT

设备类型
设备标识符
DCT 指针
获得设备的进程

COCT

控制器标识符
控制器忙/闲标记
CHCT 指针
控制器队列的队首指针
控制器队列的队尾指针

CHCT

通道标识符
通道忙/闲标记
COCT 指针
通道队列的队首指针
通道队列的队尾指针

图 13-1 数据结构表

2．设备分配的相关知识

（1）设备分配原则

设备分配的总原则是由设备特性、用户要求和系统配置情况决定的，一方面要充分发挥设备的使用效率，同时又要避免由于不合理的分配方法造成进程死锁、系统工作紊乱等现象，还要把具体的物理设备和用户程序隔离，即用户程序面对的是逻辑设备，而分配程序将在系统中把逻辑设备转换成物理设备，再根据要求的物理设备号进行分配。

从进程运行的安全性方面考虑，设备分配有两种分配方式：安全分配方式和不安全分配方式。在安全分配方式中，用户作业开始执行之前，由系统一次分配该作业所要求的全部设备、I/O 控制器和通道，分配后即归用户作业所有，直到该作业被撤销。这种方式排除了死锁"请求和保持"的必要条件，因而是安全的，但是效率比较低，不符合设备分配的总原则。而在不安全分配方式中，当进程需要设备时，通过系统调用命令向系统提出设备请求，由系统按照事先规定的策略给进程分配所需要的设备、I/O 控制器和通道，一旦使用完就立即释放。这种方式提高了运行效率，但是存在造成死锁的可能，因此设备分配程序中应该增加预测死锁的安全性计算，这在一定程度上增加了程序的复杂性。

（2）设备分配策略

根据设备自身的使用性质，可采取以下三种不同的分配策略：

① 独享分配：对独占型设备一般采用独享分配策略，如打印机等。当用户作业申请一个独占设备时，系统将这个设备分配给该用户作业后，便由该作业独占，直到该作业撤销，系统才能再将该设备分配给其他作业使用。这种分配策略要求一定的人工干预，浪费较多的系统运行时间。

② 共享分配：对共享分配的设备采用动态分配的策略，可交叉地分配给多个进程使用，有利于提高设备的使用效率，如磁盘、磁带等。这种策略应注意对这些进程访问共享设备的先后次序进行合理的调度。

③ 虚拟分配：虚拟设备是指一台物理设备采用虚拟技术后可变成多台逻辑上的虚拟设备，对这类设备的分配称为虚拟分配。

（3）设备分配算法

与进程调度算法相似，设备分配也是基于一定的分配算法的。通常采用以下两种分配算法：

① 先请求先分配：该算法根据提出请求的先后次序对进程进行排队，设备分配程序把设备首先分配给队首进程。

② 优先级高者优先：系统把设备分配给优先级高的进程，使它获得足够的资源以尽快完成，从而释放它所占用的所有资源。

3．SPOOLing 技术

利用 SPOOLing 技术（simultaneous peripheral operation on line，假脱机技术，也称虚拟设备技术）可把独享设备转变成具有共享特征的虚拟设备，从而提高设备利用率。

（1）引入

为了缓和 CPU 的高速性与 I/O 设备低速性间的矛盾而引入了脱机输入、输出技术。在多道程序系统中，该技术是利用其中的一道程序（SPOOLing 程序），来模拟脱机输入、输出时的外围控制机功能，把低速 I/O 设备上的数据传送到高速磁盘上或把数据从磁盘传送到低速输出设备上。这样，便可在主机的直接控制下，实现脱机输入、输出功能。此时的外围操作与 CPU 对数据的处理同时进行，这种在联机情况下实现的同步外围操作称为 SPOOLing 或称为假脱机操作，如图 13-2 所示。

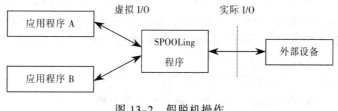

图 13-2　假脱机操作

（2）原理

一方面，SPOOLing 程序预先从外设输入数据并加以缓冲，在以后需要的时候输入到应用程序；另一方面，SPOOLing 程序接收应用程序的输出数据并加以缓冲，在以后适当的时候输出到外设。SPOOLing 程序和外设进行数据交换，可以称之为"实际 I/O"。而应用程序进行 I/O 操作时，只是和 SPOOLing 程序交换数据，称为"虚拟 I/O"。这时候的虚拟 I/O 实际上是从 SPOOLing 程序的缓冲池中读出数据或把数据送入缓冲池，而不是跟实际的外设进行 I/O 操作。

例如，打印机属于独占设备，利用 SPOOLing 技术可将其改造成供多个用户共享的设备，从而提高了设备的利用率。共享打印机技术已被广泛用于多用户系统和局域网络中。当用户进程请求打印输出时，SPOOLing 系统同意为它打印输出，但并不真正立即把打印机分配给该用户进程，而只为它做两件事：①在 SPOOLing 程序的缓冲区中为用户进程申请一个空闲磁盘块区，并将要打印的数据送入其中；②为用户进程申请一张空白的用户请求打印表，并将用户的打印要求填入其中，再将该表挂到请求打印队列上。如果打印机空闲，SPOOLing 程序将从请求打印队列的队首取出一张请求打印表，根据要求将要打印的数据送到内存缓冲区由打印机进行打印。

（3）特点

① 提高了 I/O 操作的速度：应用程序的虚拟 I/O 比实际 I/O 速度提高，缩短应用程序的执行时间，缓和了 CPU 与低速 I/O 设备之间速度不匹配的矛盾。

② 实现对独享设备的共享：由 SPOOLing 程序提供虚拟设备，可以对独享设备依次共享使用。

③ 实现了虚拟设备功能。宏观上，虽然是多个进程在同时使用一台独占设备，而对于每一个进程而言，它们都认为自己独占了一个设备（逻辑上的设备）。

13.5　设备处理

设备处理程序通常又称为设备驱动程序，它是 I/O 进程与设备控制器之间的通信程序。不同类型的设备应有不同的设备驱动程序，但大体上它们都可以分成两部分：设备驱动程序与设备中断处理程序。

设备驱动程序的主要工作是：

① 发出 I/O 指令，启动指定的 I/O 设备，进行 I/O 操作。但在启动之前还必须完成必要的准备工作，如检测设备是否"忙"等。

② 当 I/O 操作完成或发生其他事件时，I/O 设备向处理机发出中断请求，要求处理机作相应的处理。

对于中断处理程序，不论是哪种 I/O 设备，其中断处理程序的处理过程都是相同的，都包含以下几个步骤：

① 唤醒被阻塞的驱动程序（进程）。无论是哪一种中断，当中断处理程序开始执行时，都必须去唤醒阻塞的驱动（程序）；在采用信号机制时，则发送一信号给阻塞进程。

② 保护被中断进程的 CPU 环境。由硬件自动将处理机状态字（PSW）和程序计数器（PC）中的内容，保存在某个指定的位置。

③ 分析中断原因转入相应的设备中断处理程序。

④ 由设备中断处理程序根据中断原因，进行适当的处理。

⑤ 中断处理完后，恢复原来被中断进程或由调度程序新选中的进程的 CPU 环境。

⑥ 返回被中断的进程，或进入新选中的进程继续运行。

小　结

设备管理的主要任务是控制设备和 CPU 之间进行 I/O 操作。常见的 I/O 控制方式有四种：程序直接控制方式、中断控制方式、DMA 控制方式、通道控制方式。这四种方式各有其特点。引入缓冲的原因主要在于：① 提高硬件的并行操作程序；② 减少对 CPU 的中断次数，但归根到底还是为了增强系统的处理能力和提高资源的利用率。在单缓冲时外设间只能串行工作，在引入双缓冲后，实行并行操作，特别是当两者具有完全相同的速度时，可获得完全并行的操作。然而，若 CPU 和外设的速度相差甚远，双缓冲的效果则不够理想，这导致多缓冲的引入。为提高资源的利用率，又可把提供给某特定设备，只能做输入或输出的多缓冲器，改变为能供多个设备公用，且既能用于输入，又能用于输出的缓冲器，此时称之为缓冲池。本章最后还介绍了设备分配的原则、分配策略、算法、SPOOLing 技术以及设备处理过程。

习　题

1. 设备处理的主要功能是什么？
2. 试说明设备控制器的组成。
3. 有哪几种 I/O 控制方式，分别适用于何种场合？
4. 试说明通道控制方式的工作过程。
5. 引入缓冲的主要原因是什么？什么是单缓冲、双缓冲和循环缓冲？试分别说明它们的工作过程。
6. 何谓虚拟设备？实现设备虚拟时所依赖的关键技术是什么？
7. 设备驱动程序通常要完成哪些工作？
8. 设备中断处理程序通常要完成哪些工作？

第14章 文件管理

基本要求：

- 了解文件的分类及存取控制
- 掌握文件的逻辑组织和物理组织的概念及不同的组织形式、文件的目录结构
- 了解文件系统的功能
- 掌握文件存储空间的管理

教学重点和难点：

- 文件的逻辑结构和物理结构
- 文件的目录结构
- 文件存储空间管理的三种方法

14.1　基本概念及术语

1. 文件及文件系统

文件：指具有符号名字的一组相关元素的有序集合，例如各种源程序、机器语言程序、初始数据、各种报表等。各类文件都是由文件系统统一管理的。

文件系统：操作系统中与管理文件有关的软件和数据称为文件系统。文件系统方便用户实现对文件的按名存取和进行存取控制，还要实现对文件存储空间的组织、分配和文件信息的存储，并且要对文件提供保护和有效的检索等功能。

2. 文件的分类

在文件系统中，为了有效、方便地管理文件，常常把文件分成若干种类型。

（1）按用途分类

① 系统文件：由操作系统核心和各种系统应用程序和数据所组成的文件。该类文件只允许用户通过系统调用来执行它们，而不允许对其进行读写，更不允许修改。

② 库文件：主要由供用户使用的标准函数、常用实用程序等组成的文件。该类文件允许用户对其进行读取、执行，但不允许对其进行修改。

③ 用户文件：主要由源代码、目标程序、可执行文件、用户数据库等组成。用户文件是用户委托文件系统保存的文件。

（2）按存取权限分类

① 可执行文件：用户可以执行该文件，但不允许读也不允许修改该文件。

② 只读文件：允许读出该文件，但不允许修改。

③ 读写文件：既允许读也允许修改该文件。

（3）按文件信息流向分类

① 输入文件：指从输入设备上输入的文件，如从键盘上输入的文件。

② 输出文件：指从输出设备上输出的文件，如打印机打印出的文件。

③ 输入/输出文件：指既能输入又可输出的文件，如磁盘上的文件。

14.2 文件的组织结构和存取方式

任何一个文件都存在着两种形式的结构：逻辑结构和物理结构。文件的逻辑结构就是从用户角度看到的文件组织形式，也就是它的记录结构。文件的物理结构是从系统的角度看到的文件物理组织，即文件在外存上的存储组织形式。

1. 文件的逻辑结构

文件的逻辑结构有两种：记录式的有结构文件和字符流式的无结构文件。

在记录式的有结构文件中，记录的长度可分为定长和变长两类。在定长记录文件中，所有记录的长度都是相同的，文件的长度用记录个数来表示。定长记录方式处理方便、开销小，所以被广泛用于数据处理中。变长记录文件是指文件中各记录的长度不相同，是可变的。由于数据项本身的长度不定或者一个记录中所包含的数据项数目不同而产生变长记录文件。通常在每个记录的前面要用一个专门的单元来存放该记录的长度。

对于字符流式的无结构文件来说，其长度以字节为单位，文件内部无结构，源程序、目标代码、库函数等适于采用字符流的无结构方式。

2. 文件的物理结构

文件的物理结构是指一个逻辑文件在外存储器上的存放形式。为了有效地利用存储设备和便于系统管理，通常把外存储器划分成物理块，并以块为基本单位来存放文件记录（也称为物理记录）。由于物理记录的大小与外存储器的大小有关，而各文件的逻辑记录的长度也是不同的，因而逻辑记录与物理记录之间没有固定的对应关系。一个逻辑记录可以占用多个物理块，一个物理块中也可以存放多个逻辑记录。

3. 存取方式

由于各种文件应用场合不同，对文件的存取要求也不同，例如有的只对文件记录进行顺序访问，有的需要对记录进行随机访问，而有的则需要对文件记录进行插入或删除操作。根据文件在存储空间中的存取方式，文件物理结构可分为以下三种：

（1）顺序结构

顺序结构是一种最简单的文件存储结构。它把一个在逻辑上连续的文件信息依次存放到相邻的物理块中。在图 14-1 中，一个逻辑块号为 0、1、2 的文件依次存放在物理块 20、21、22 中。

顺序结构的优点是一旦知道了文件在文件存储设备上的起始地址和长度，就能很快地进行存取。但是这种结构要求在建立文件时必须确定文件的最大长度，且以后不能动态改变，而且对文件部分删除后可能会留下无法使用的零碎小空间。因此，顺序结构不宜用来存放数据库文件、用户文件等经常被修改的文件。

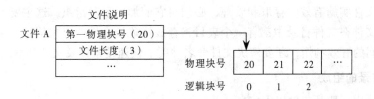

图 14-1　顺序结构

（2）链接结构

克服顺序结构的缺点的方法之一是采用链接结构。链接结构不采用连续的物理块，而是用非连续的物理块来存放文件信息，而且这些非连续的物理块也不是顺序排列的。在每个物理块中设有一个指针，指向其后续连接的下一个物理块，从而使得存放同一文件的物理块链接成一个串联队列。这种结构如图 14-2 所示。

链接结构的优点是不必事先指明文件的长度，文件长度可以动态地增长，而只要指明该文件的第一个块号，调整链接指针就可在任何一个信息块之间插入或删除一个信息块，且由于不必连续存放，因而不会造成整块空间的浪费。

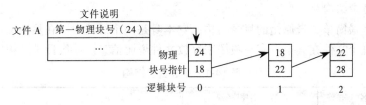

图 14-2　链接结构

由于链接结构只能按队列中的串联指针顺序搜索，而对一个较大的文件进行随机存取时需花较多的时间顺序地查找许多物理块号，因此，链接结构的搜索效率较低，不适宜随机存取。

（3）索引结构

当用户希望经常随机访问文件中某个记录时，采用索引结构比较理想。

索引结构要求系统为每个文件建立一张索引表，表中每个项目指出文件信息所在的物理块号，索引表的物理地址则在文件说明中指明。其结构如图 14-3 所示。

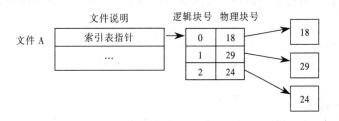

图 14-3　索引结构

索引结构既可以满足文件动态增长的要求，又适用于随机存取。当要读文件的第 n 个物理块时，可以方便地直接从索引表中找到第 n 个物理块号。但当文件太大，物理块太多时，增加了存储空间的开销，速度比较慢。为了克服这一缺点，可以采用多级索引表的方式，为物理块号再建立一级索引。由主索引表指出各级次索引表的位置，最后一级的次索引表指出文件的具体位置。

14.3 文件目录管理

为了能对文件实施有效的存取和管理，必须对它们加以妥善组织，这主要是通过文件目录实现的。每个文件在文件目录中都有一个表目，存放描述该文件的有关信息。文件目录的管理要解决存储空间的有效利用，还要解决文件命名冲突、快速搜索以及文件共享问题。

1. 文件目录的组成

在文件目录中一般都包含以下信息：

① 文件名：用于标识一个文件的符号名。在每个系统中，每一个文件必须有唯一的名字，用户利用该名字进行存取。

② 文件的逻辑结构和物理结构。

③ 文件物理位置：指文件在外存上的存储位置。

④ 有关存取控制的信息：包括文件主的存取权限、核准用户的存取权限、一般用户的存取权限。

⑤ 使用信息：包括文件的建立日期和时间、文件上一次修改的日期和时间以及当前使用信息等。

2. 文件目录结构

（1）单级目录结构

单级目录是最简单、最原始的目录结构，它本身是一个线性表。在整个文件系统中只建立一张目录表，每个文件在其中占有一项用来存放文件说明信息。单级目录结构如表 14-1 所示。

表 14-1　单级目录结构

文　件　名	第一物理块号	文件说明信息	状　态　位
文件名 1			
文件名 2			
文件名 3			
…			

利用单级目录，文件系统就可实现对文件系统空间的自动管理和按名存取，但也存在以下缺点：

① 查找速度慢：所有文件在一张目录表中，由于表目很多，查找时要扫描整个目录，增加查找时间。

② 不允许重名：在一个目录表中的所有文件名都不能相同，即不允许用户对不同文件起相同的名字。然而，重名问题在多道程序环境下是难以避免的。即使在单用户环境下，当文件数超过数百个时，也难于记忆。

（2）二级目录结构

二级目录结构中，可以为每个用户建立一个单独的用户文件目录（UFD），各用户目录表中的各项包括各文件的具体位置和其他一些属性。用户文件目录是由系统建立相应的主文件目录（MFD）来管理的。在主文件目录中，每个用户目录都有一个目录项，各目录项中说明了用户目录的名字、目录大小以及指向该用户目录文件的指针。这样，由 MFD 和 UFD 就形成二级目录。二级目录的结构如图 14-4 所示，图中的主目录中示出了两个用户名 Qian 和 Li。

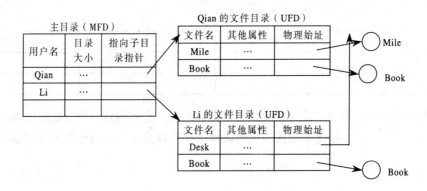

图 14-4 二级目录结构

二级目录结构解决了文件重名和共享问题，并提高了检索目录的速度。当用户要建立文件时，系统为其在主目录中分配一个表目，同时为新建立的文件在二级目录表中分配一个表目。在访问一个文件时，首先按用户名从 MFD 开始搜索，找到该用户的二级目录指针，然后在二级目录中按文件名找到该文件的物理始址进行访问。从系统管理的角度来看，文件名已演变成为用户名/用户文件名。因此，即使两个不同的用户具有同名文件，系统也会把它们区别开来。如图 14-4 中，用户 Qian 可以用 Book 来命名自己的一个文件，而用户 Li 也可以用 Book 来命名自己的一个不同于 Qian 的 Book 的文件，从而解决了文件重名的问题。要解决文件的共享问题，只要在被共享的文件说明信息中增加相应的共享管理项，并把共享文件的文件说明项指向被共享文件的文件说明项即可。在图 14-4 中，用户 Qian 的文件 Mile 即为被共享文件。

（3）多级目录结构

对于大型文件系统，可以为每个用户按任务的不同层次、不同领域建立多层次的分目录，以提高对目录的检索速度和文件系统的性能，这种分目录结构称为多级目录结构，它是二级目录在级数上的自然延伸。多级目录构成树形结构，最高级为根目录，也称为主目录，其他级目录可以是下级目录的说明，也可以是信息文件的说明。

14.4 文件存储空间的管理

文件管理要解决的重要问题之一是如何为新创建的文件分配存储空间。由于文件存储设备是分成若干个大小相等的物理块，并以块为单位来交换信息的，因此，文件存储空间的管理实质上是对一个空闲块的组织和管理问题，常用的管理方法有以下几种。

1. 空闲表法

空闲表法适用于连续结构文件，系统为外存上的所有空闲区建立一张空闲表，每个空闲表对应一个目录，其中每一个表目的内容包括表项序号、第一个空白块号、空白块数、物理块号，再将所有空闲区按其起始盘块号递增的次序排列，如表 14-2 所示。

表 14-2 空闲表法

序　　号	第一个空白块号	空白块数	物理块号
1	2	4	2，3，4，5
2	8	6	8，9，10，11，12，13

序　号	第一个空白块号	空　白　块　数	物　理　块　号
3	18	3	18, 19, 20
4	...	...	...

当要求分配存储空间时，系统依次扫描空闲目录表，直到找到一个合适的空闲文件为止。当用户撤销某个文件时，系统则把被释放的块号、长度以及第一块块号置入空闲目录文件的新表项中。

2. 空闲块链法

空闲块链将文件存储设备上的所有空闲块拉成一条空闲链。当用户因创建文件而需要空闲块时，系统从链首开始依次摘取所需要的空闲块分配给用户，然后调整链首指针。反之，当回收空闲块时，系统将释放的空闲块逐个插入空闲链尾上。

该方法只要求在主存中保存一个指针，使其指向第一个空闲块，节省了空闲块映像图所占空间，且分配和回收文件空间不需要查表。但由于每当在链上增加或移去空闲块时需要做很多I/O 操作，因而效率较低。

3. 位示图法

位示图是利用二进制的一个比特位来表示文件存储设备的一个物理块的使用情况。系统首先从内存中画出若干个字节，为每个文件存储设备建立一张位示图。如果比特位为"0"，则表示所对应的物理块空闲；反之，如果该位为"1"，则表示所对应的物理块已被分配出去。如表14-3 所示。

表 14-3　位示图法

	1	2	3	4	5	6	7	8	9	10	11	12	13	14	15	16
1	1	0	1	1	0	1	1	1	0	0	0	1	0	0	1	1
2	0	0	0	1	1	0	1	1	1	0	0	0	0	1	1	0
3	1	0	1	1	1	1	1	0	0	0	1	0	1	0	0	1
...																

利用位示图来进行空闲块分配时，只须查找图中的"0"位，并将其置为"1"。反之，利用位示图回收时只需把相应的比特位由"1"改为"0"即可。

小　结

本章首先介绍的是文件与文件系统的基本概念。文件是具有符号名字的一组相关元素的有序集合。一个记录是有意义的信息的基本单位，它有定长和变长两种基本格式。文件系统是操作系统中负责存取和管理文件信息的机构，它由管理文件所需的数据结构和相应的管理软件以及访问文件的一组操作组成。文件的组织结构有物理结构和逻辑结构两种，根据文件在存储空间中的存取方式，文件物理结构又分为三种：顺序结构、链接结构和索引结构。通过文件的目录对文件实施有效的存取和管理，文件的目录有单级目录、二级目录、多级目录三种结构。二级目录和多级目录是为了解决文件的重名问题和提高搜索速度而提出来的。对外存空间进行管理时，常用的方法有：空闲表法、空闲块链法和位示图法。

习　题

1. 什么是文件、文件系统？
2. 什么是文件的逻辑结构？什么是文件的物理结构？
3. 按文件的物理结构，可将文件分为哪几类？
4. 文件目录的作用是什么？一个目录表中应包括哪些信息？

第三篇　软件工程

从 1969 年软件工程概念提出以来，历经了将近 40 年的飞速发展，软件工程学逐渐成熟，现已成为计算机科学与技术领域中的一门重要学科。软件工程学的目标是以解决生产的质量和效率为宗旨，建立一套科学的工程方法，以及与此相应的方便的软件工具系统，用来指导和帮助软件的开发与研究工作，对软件的开发与研究起到重要的技术保障与促进作用。

软件开发工具是支持软件生存期中某一阶段的任务实现而使用的计算机程序。软件开发环境是一组相关的软件工具的集合，它们组织在一起支持某种软件开发方法或某种软件开发模型，软件开发工具与环境是软件工程的重要组成部分，对于提高软件生产率、改进软件质量有越来越大的作用。

软件工程是软件技术基础课程中非常重要的一部分。

本篇将系统地介绍软件工程学的内容，主要包括：软件工程概述、需求分析、设计、编码、软件测试与维护等章节。

软件工程是一个实践性极强的实用型学科，在学习中，不仅要能掌握其理论原则与方法，更重要的是能学会熟练的应用。计算机应用专业和相近专业的学生毕业后，有相当部分的同学要从事软件开发和相应的工作，通过软件工程理论与实践的学习，可以培养学生以软件工程的方法开发软件的习惯和素质，并在软件开发的工作过程中得以贯彻。

第 15 章　软件工程概述

基本要求：

- 了解软件的地位和作用
- 掌握软件的特点以及软件危机的概念
- 理解软件工程学科的形成
- 掌握软件生命周期及软件工程过程的基本概念

教学重点和难点：

- 软件工程学
- 软件危机
- 软件生存周期
- 软件工程模型

15.1　软件危机和软件工程的概念

1. 软件危机

软件危机指的是软件开发和维护工程中遇到的一系列严重问题。软件危机包含以下两个方面的问题：如何开发软件，怎样满足对软件的日益增长的需求；如何维护数量不断膨胀的已有软件，如软件产品质量差，软件的可维护性差，软件文档资料通常既不完整也不合格等。

2. 软件工程

为了解决软件危机，既要有技术方法与工具，又要有必要的组织管理措施。软件正是从管理和技术两方面研究如何更好地开发和维护计算机软件的一门新兴学科。

软件工程在不同的角度有不同的定义，其确切定义如何并不重要，各种不同定义的中心思想是一致的，即把软件当作一种工业产品，要求采用工程化的方法和原理对软件进行规范的计划、开发和维护。

软件工程学是将计算机科学理论与现代工程方法论相结合，围绕软件生产过程自动化和软件产品质量保证，展开对软件生产方式、生产管理、软件开发方法、生产工具和产品质量保证的系统研究。随着技术科学和软件产业的迅猛发展，软件工程学已经成为一个重要的专业学科、一个异常活跃的研究领域。

15.2　软件生命周期

一个软件项目从问题提出开始，直到软件产品最终退役（废弃不用）为止，称为软件生命周期（software life cycle）。一般地，软件生命周期划分成定义、开发和运行三个时期，每个时期又细分成若干阶段。

1995 年，国际标准化组织 ISO 正式公布了软件生命周期过程开发标准（standard for developing software life cycle process）。该标准的要点如下：

① 采用生命周期方法开发软件，必须从对任务的抽象逻辑分析开始，一个阶段一个阶段地进行。

② 划分阶段应遵循一条基本原则，就是各阶段的任务彼此之间尽可能相对独立，同一阶段各项任务的性质尽可能相同，从而降低每个阶段任务的复杂程度，简化不同阶段之间的联系，有利于软件开发过程的组织和管理。

③ 每个阶段有相对独立的任务，前一个阶段任务的完成是后一个阶段任务开始的前提和基础，而后一个阶段任务的完成通常是前一个阶段提出"解"的进一步具体化，加进了更多的实现细节。

④ 每一个阶段的开始和结束都有严格标准，对于任何两个相邻的阶段而言，前一阶段的结束标准就是后一阶段开始的标准。

⑤ 完成每个阶段的任务，应该采用适合该阶段任务特点的规范方法和系统化技术。

综上所述，软件生命周期方法学是实现软件生产工程化的重要方法。软件生命周期各阶段的划分，任务相对独立和简单，便于不同人员分工协作，降低了整个软件工程的难度，提高了软件开发的生产率；各个阶段都采用科学的、规范的方法和管理，并且在每个阶段结束之前进行严格审查，这样保证了软件的质量，提高了软件的可维护性和软件开发的成功率。

15.3　典型的软件工程模型

软件工程发展的前 20 年，软件工程模型的特征是"线性思维"，即把软件的开发活动分解成一系列线性的活动。这类软件工程模型主要有瀑布模型和快速原型模型。随着软件规模的不断增长，大部分复杂软件采用渐增式或迭代式的开发方法。这种开发方法的理念是描述、开发、有效性验证等主要开发活动交替进行，让所开发的软件在迭代过程中逐步完成和完善。该软件过程模型常见的主要有演化式原型模型、增量模型、螺旋模型。

1．瀑布模型

瀑布模型也称线性顺序模型。这种模型的各个阶段的工作顺序展开，恰如"奔流不息、顺流而下"的瀑布。

一个典型的软件过程的阶段划分为问题定义、需求分析、设计、实现（编码和集成）、测试和维护。瀑布模型如图 15-1 所示。

2．快速原型模型

对于相当数量的软件系统来说，瀑布模型仍然是迄今为止最有效的软件开发方法之一，但是用传统的瀑布模型开发某些应用系统，往往并不是很成功的。这是因为这类系统具有不确定性，属于用户驱动系统。其特点是：

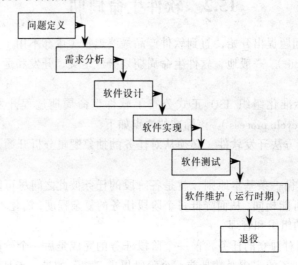

图 15-1 软件过程的瀑布模型

① 需求是模糊的，或者是随时间变化的，系统安装运行后，还会由用户驱动对需求进行动态修改。

② 人类认识能力有限，不能够预先指定所有要求。

③ 用户和通信员之间存在固有的通信鸿沟。

④ 用户需要一个"活"的系统模型，以便及早获得实践经验。

⑤ 在开发过程中，重复和反复是必要的和不可避免的。

多数商业的、行政的数据处理系统都属于用户驱动系统，这类系统若采用瀑布模型的过程方法进行开发，将花费大量精力去分析确定的需求并不能够真实反映用户的需求，鉴于此，应采用一种快速、灵活、交互式的，适合于进行反复试探的方法，原型模型方法便是很好的选择。

原型模型是一种系统原型化了的子集扩展式开发模式。它的主导思想是采用高度合理的抽象，快速地建立一个旨在展示目标系统主要功能的软件"样品"。原型模型采用的方法是：首先建立一个能够反映用户主要需求的原型系统，即"样品"，让用户运行和试用原型系统，了解未来目标系统的概貌，以便用户判断哪些功能符合要求，哪些功能是多余的，哪些功能应该修改，哪些功能需要补充……总之，用户通过实际试用原型系统，提出修改意见，开发者快速修改原型系统，然后再通过"试用—反馈—修改"的多次反复，最终开发出真正符合用户需求的应用系统。

快速原型模型一般有两种方案：抛弃式原型模型和演化式原型模型。

（1）抛弃式原型模型

抛弃式原型模型建立原型系统的目的是，评价目标系统的某一个或某一些特性，以便更准确地确定需求，或者更严格地验证设计方案。使用之后就把该原型系统抛弃掉，然后重新构造正式的目标系统。抛弃式原型模型如图 15-2 所示。

这种原型模型本质上仍属于瀑布模型，建立原型系统只不过是"需求分析"和"有效性验证"的一种辅助手段，需求分析阶段结束时其生命周期即终止。

（2）演化式原型模型

演化式原型模型是一种迭代式的动态开发方法。它不需要规格说明，而将原型本身作为规格说明，或者它的一部分。演化式原型模型的方法是：一开始从主要需求描述出发，先给出一个系统的最初实现模型，让用户去使用和评价；在对原型的讨论中不断发现新的需求，添加新的功能，满足所有需求的目标系统。演化式原型模型如图 15-3 所示。

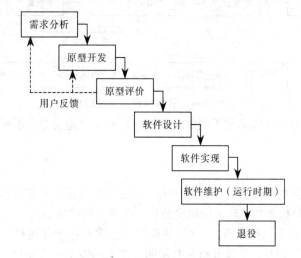

图 15-2　软件工程的抛弃式原型模型

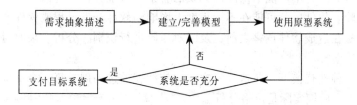

图 15-3　演化式原型模型

采用演化式原型模型的软件开发有以下特点：

① 演化式开发的原型系统最终要成为实际的目标系统。

② 演化式开发的原型系统在"演化"过程中，一定要有相当的可靠性、健壮性和可维护性。

③ 要有效地加快系统交付的速度，即快速进行原型的建立和迭代，提高开发效益。

④ 用户在软件开发过程中的积极参与，不仅使系统需求能更好地被理解，还可以提高系统与用户的友善性，并可以提早进行实际系统的应用培训。

演化式原型模型对于大规模、长周期的系统开发是最为重要的方法之一。例如，基于 Web 的系统、电子商务系统的开发。

3. 增量模型

增量模型（incremental model）是把瀑布模型的顺序特征和快速原型模型的迭代特征相结合的一种软件构件化的递增式模型。增量模型把软件描述、设计、实现活动分解成一系列相互有联系的增量（incremental）构件的迭代开发。

增量模型整个开发过程及其中一个增量构件（开发增量 i）的开发流程如图 15-4 所示。

增量式的开发过程：首先根据客户需要提供的服务的优先次序，确定一系列交付增量，每个增量提供系统内的一个子集。随着开发过程的进展，每次迭代一个可发布的（可执行的）软件增量构件。例如，用增量模型开发一个大型的字处理软件，第一个增量构件实现基本的文件管理、文档编辑和生成功能；第二个增量构件具有更加完美的文档编辑和生成功能；第三个增量构件完成拼写和语法检查；第四个增量构件实现页面布局等高级功能。

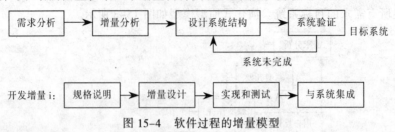

图 15-4　软件过程的增量模型

一个增量构件的开发可以采用不同的过程方法，但是，绝大多数都采用快速原型法来实现增量开发。

4. 螺旋模型

螺旋模型是高风险的系统开发中最常用的一种迭代开发模型。它将瀑布模型与演化模型结合起来，并且加入两种模型均忽略了的风险分析，弥补了两者的不足。

这里说明一下什么是风险分析。"软件风险"是普遍存在于任何软件开发项目中的实际问题。在制定软件开发计划时，系统分析员必须明确项目的需求、需要投入的资源以及开发进度的安排等，但对这些问题不可能给出准确无误的答案，系统分析员凭借经验给出初步的设想都会带来一定的风险。软件风险可能在不同程度上影响到软件开发过程或软件产品的质量。软件风险驾驭的目标是在造成软件危害之前，及时对风险进行识别、分析、采取对策，进而消除或减少由风险造成的损害。

螺旋模型是一种迭代模型，每迭代一次，螺旋线就前进一周。每一个螺旋周期都包括风险分析（在开发的中、后期实际是风格分析）。

采用螺旋模型的开发过程的步骤如下：

① 制定计划——确定软件目标，选定实施方案，弄清楚项目开发的限制条件。

② 风险分析——分析所选方案，考虑如何识别和消除风险。

③ 实施工程——实施软件开发。

④ 客户评估——评价开发过程，提出修正建议。

螺旋模型的特点是在项目的所有阶段直接考虑技术风险，能够在风险变成问题之前降低它的危害。当然，它也有不足之处。例如，它难以使用户相信演化方法是可控制的，过多的迭代周期也会增加开发周期和开发成本等。

5. 喷泉模型

喷泉模型体现了软件开发过程中所固有的迭代和无间隙的特征。喷泉模型表明了软件开发活动需要多次重复。例如，在编码之前，再次进行分析和设计，并添加有关功能，使系统得以演化。同时，该模型还表明活动之间没有明显的间隙，例如在分析和设计之间没有明确的界限。

在面向对象技术中，由于对象概念的引入，使分析、设计、实现之间的表达连贯而一致，所以，喷泉模型主要用于支持面向对象开发过程。

目前，随着面向对象技术的发展和 UML 建模语言的成熟，统一软件开发过程（unified software development process，USDP）被提出以指导软件开发，它是一个用例（use case）驱动的、以体系结构为中心的、增量迭代的开发过程模型，适用于利用面向对象技术进行软件开发。

小　　结

　　软件工程是建立在软件质量基础上的，分为过程、方法、工具三个层次的一门层次化技术。软件工程的基础层是软件开发过程，它是开发高质量软件需要完成的框架。

　　软件生命周期是从需求和概念考察开始，直到软件产品最终退役的整个时期。软件生命周期分成一系列有序阶段，包括软件定义、软件开发、软件运行三个时期，每个时期又细化为若干不同的阶段。软件生命周期的具体划分以及阶段与所采用的开发模型密切相关。

　　软件过程模型也就是软件说明周期模型，本章主要介绍了瀑布模型、快速原型模型、螺旋模型、增量模型。其中瀑布模型和快速原型模型是传统的顺序性软件过程模型，对于演化性软件则需要采用螺旋模型和增量模型，二者采用了系列化的结构化开发技术（SA–SD–SP），所以软件过程基本呈线性特征，开发活动有序、清晰、规范。但此类模型开发的软件可复用性和可维护性都比较差。

　　近几年来，面向对象方法学被广泛使用，面向对象方法符合人类习惯的思维方式，开发出的软件比较稳定，而面向过程的开发模型不能够满足需要。本章简单介绍了一种喷泉模型，其可复用性和可维护性等都比传统的软件开发工程要好。面向对象软件开发过程的特点是开发阶段界限模糊、开发过程逐步求精、开发活动反复迭代。

习　　题

1. 简述软件的发展过程。
2. 软件工程的目标是什么？
3. 什么叫软件生存周期？简述软件开发模型。
4. 软件开发与程序设计有什么不同？

第16章 传统软件工程设计

基本要求：

- 掌握需求分析的任务与原则
- 掌握软件设计的基本概念与原理
- 掌握结构化分析与设计
- 了解编码风格以及程序设计语言的种类
- 了解白盒测试和黑盒测试的概念及其区别
- 了解软件维护的定义及其特点

教学重点和难点：

- 结构化分析
- 结构化设计
- 编码风格
- 黑盒测试和白盒测试方法
- 软件的可靠性

16.1 软件需求分析

需求分析是指理解用户需求，就软件功能与客户达成一致，估计软件风险和评估项目代价，最终形成开发计划的一个复杂过程。软件需求分析是软件说明周期中最重要的一步，通过软件需求分析，把软件功能和性能的具体概念描述为具体的需求规格说明，奠定软件开发的基础。

从广义上理解：需求分析包括需求的获取、分析、规格说明、变更、验证、管理的一系列需求工程。各过程的关系如图 16-1 所示。

图 16-1 需求分析过程

狭义上理解：需求分析指需求的分析、定义过程。

1. 需求分析的任务

需求分析的任务就是深入描述软件的功能和性能，确定软件设计的限制和软件同其他系统元素的接口细节，定义软件的其他有效需求。

系统分析员通过需求分析，逐步细化对软件的需求，描述软件要处理的数据域，并给软件开发提供一种可转化为数据设计、结构设计和过程设计的数据与功能表示。在需求分析完成后，要出具软件需求规格说明书，为软件质量评价提供依据。

通常软件开发项目要实现目标项目的物理模型，即确定待开发软件系统的系统元素，它是软件实现的基础。而目标系统的具体物理模型是经它的逻辑模型实例而得到的。需求分析的任务就是借助于当前系统的逻辑模型导出目标系统的逻辑模型，解决目标系统"做什么"的问题。其步骤如图 16-2 所示。

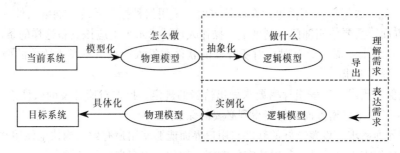

图 16-2　建立目标系统模型流程

一般地，软件需求分析从如下几个方面入手：

（1）功能需求

功能需求包括对系统应该提供的服务，如何对输入做出反应以及系统在特定条件下的行为的描述。有时，功能需求还要求明确系统不该做什么，这取决于开发的软件类型、软件未来的用户、开发的系统类型等。因此，功能性的系统需求，需要详细描述系统功能、输入和输出、异常等。

（2）非功能需求

非功能需求对系统提供的服务给出约束，包括时间约束、开发过程约束和标准等。

许多非功能需求关心的是系统整体特性而非个别的系统特性。因此，非功能需求比功能需求更关键。一个功能需求没有满足，可能降低系统的能力；而一个非功能需求没有满足，则可能使整个系统无法使用。

功能需求与非功能需求之间相互作用，有时又会发生冲突。理论上，功能和非功能需求在文档中要分开描述，实际上很难分开，或者用其他方式描述以区别于其他系统需求。

（3）领域需求

领域需求主要指系统应用领域的要求，通常反映应用领域的基本问题和特点。它们可能是某个功能需求，或非功能需求，也可能是一个新的特定的功能需求，对已经存在的功能需求的约束，或者是需要实现的一个特别计算等。这些需求不满足，系统就不可能正常运行，所以领域需求很重要。

（4）系统数据要求

多数软件系统本质上是信息处理系统。系统处理的信息和系统产生的信息在很大程度上决定了系统的面貌，对软件设计有着深远的影响。因此，必须分析系统的数据要求，这是软件需求分析的一个重要任务。

2．需求分析过程

需求分析阶段的工作可以分为四个方面：问题识别、分析与综合、制订规格说明书、评审。

（1）问题识别

从系统角度来理解软件，确定对所开发系统的综合要求，并提出这些需求的实现条件，以及需求应该达到的标准，这些需求包括：

① 功能需求：列举出所开发的软件应该做什么，这是最重要的需求。

② 性能需求：给出所开发的软件的技术性指标，包括存储容量限制、运行时间限制、安全保密性限制等。

③ 环境需求：这是对软件系统运行时所处环境的要求。例如，在硬件方面采用什么机型、有什么外部设备、数据接口通信等；在软件方面，采用何种操作系统、网络软件、数据库软件等；在使用方面，需要使用部门在制度上、操作人员技术水平上应该具备这样的条件。

④ 可靠性需求：需求分析时，对所开发的软件在投入运行后不发生故障的概率，按照实际的运行环境提出要求。

⑤ 安全保密需求：对安全保密要求做出恰当的规定，以便对所开发的软件给予特殊设计，使其在运行中其安全保密方面的性能得到必要的保证。

⑥ 用户界面需求：设置友好的软件与用户界面能够使用户有效、愉快地使用软件。

⑦ 资源使用需求：软件运行时所需的数据、软件、内存空间等各项资源。

⑧ 软件成本消耗与开发进度需求：在软件项目立项后，根据合同规定，对软件开发的进度和各步骤的费用提出要求，作为开发管理的依据。

⑨ 预先估计以后系统可能达到的目标：在开发过程中，可对系统将来可能的扩充与修改做准备，一旦需要，就比较容易。

（2）分析与综合

逐步细化所有的软件功能，找出系统各元素间的联系，接口特性和设计上的限制，分析它们是否满足需求，剔除不合理部分，增加需要部分。最后，综合成系统的解决方案，给出要开发的系统的详细逻辑模型（做什么的模型）。

（3）制订规格说明书

即编制软件需求规格的文档。

（4）评审

对功能的正确性、完整性和清晰性，以及其他需求给予评价。评审通过才可进行下一阶段的工作，否则重新进行需求分析。

3．需求分析的原型技术

在进行需求分析的问题评估和综合解决方案的过程中，软件客户和最终用户常常觉得他们的真正需求很难表达出来。要精确地确定系统需要什么，并真正使需求分析得到对方的认可，可以采用一种行之有效的需求分析策略——快速原型法。将建立原型系统作为一种需求分析工程可能采取策略的主要理由是：

① 人类认识能力的局限性，用户不能够预先指定所有的要求。

② 用户和系统分析员之间存在通信鸿沟，这是不可避免的。

③ 用户需要一个灵活的系统模型，以便获得实践经验。

④ 在分析过程中，重复和反复是必要的。

⑤ 有快速建立原型系统的工具可以使用。

原型化方法就是尽可能快地建造一个粗糙的系统，这个系统可实现目标系统的某些或全部功能，但是它可能在可靠性、界面的友好性或其他方面上存在缺陷。建造这样一个系统的目的是为了考察某一方面的可行性，如算法的可行性、技术的可行性，或考察是否满足用户的需求等。例如，为了考察是否满足用户的要求，可以用某些软件工具快速地建造一个原型系统，以后的目标系统就在原型系统的基础上开发。

原型主要有三种类型：探索型、实验型、进化型。

① 探索型：目的是要弄清楚对目标系统的要求，确定所希望的特性，并探讨多种方案的可行性。

② 实验型：用于大规模开发和实现前，考核方案是否合适，规格说明是否可靠。

③ 进化型：目的不在于改进规格说明，而是将系统建造得易于变化，在改进原型的过程中，逐步将原型进化成最终系统。

在使用原型化方法有两种不同的策略：废弃策略、追加策略。

① 废弃策略：先建造一个功能简单而且质量要求不高的模型系统，针对这个系统反复进行修改，形成比较好的思想，据此设计出较完整、准确、一致、可靠的最终系统。系统构造完成后，原来的模型系统就被废弃不用。探索型和实验型属于这种策略。

② 追加策略：先构造一个功能简单而且质量要求不高的模型系统，作为最终系统的核心，然后通过不断地扩充修改，逐步追加新要求，发展成为最终系统。进化型属于这种策略。

4．结构化需求分析

用户需求一般用自然语言描述，而详细的系统需求必须用专业的方式来描述。在这方面，一个被广泛采用的技术是用一系列结构化的系统模型来描述系统的需求。模型是软件设计的基础，也是创建规约的基础。

结构化分析方法是强调开发方法的结构合理性以及所开发软件的结构合理性的软件开发方法。结构是指系统内各个组成要素之间的相互联系、相互作用的框架。结构化开发方法提出了一组提高软件结构合理性的准则，如分解与抽象、模块独立性、信息隐蔽等。针对软件生存周期各个不同的阶段，它有结构化分析（SA）、结构化设计（SD）和结构化程序设计（SP）等方法。

结构化分析方法给出一组帮助系统分析人员产生功能规约的原理与技术。结构化分析模型主要有数据流模型、状态转换模型、实体—关系模型等。其中，数据流模型着重于数据的流动和数据转换功能，而不关心数据结构的细节。实体—关系模型关心的是寻找系统中的数据及其之间的关系，却不关心系统中包含的功能。结构化分析模型一般利用图形表达用户需求，使用的手段主要有数据流图、数据字典、状态转换图、实体—关系图等。结构化分析模型结构如图 16-3 所示。

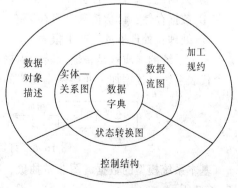

图 16-3 结构化分析模型的结构

分析模型的核心是数据字典（data dictionary，DD），包含了软件使用或生产的所有数据对象描述的中心库。

分析模型结构的中间层有三种视图。

① 数据流图（data flow diagram，DFD）：一方面指明数据在系统中移动时如何变换，另一方面是描述对数据流进行变换的功能和子功能。它是功能建模的基础。用数据流图描述系统处理过程是一种很直观的方法。数据流图的四种基本符号，如图 16-4 所示。

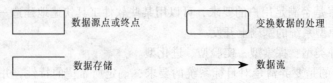

图 16-4　数据流图的基本符号

② 实体—关系图（entity-relationship diagram，E-RD）：描述数据对象间的关系。实体—关系图是用来描述数据建模活动的记号。实体—关系图的基本成分为实体、联系、属性。实体是客观世界中存在的且可相互区分的事物。实体之间的联系分为三类：一对一（1:1）联系，如部门与经理；一对多（1:N）联系，如教师与课程的"教"，每位教师可以教多门课程；多对多（M:N）联系，如学生和课程的"学"的联系，每位学生可以学多门课程，每门课程可以有多个学生来学习。

③ 状态转换图（state transition diagram，STD）：状态转换图表示系统的各种行为模式，以及在状态间转换的方式，是行为建模的基础。状态转换图描述系统中某些复杂对象的状态变化，主要有状态、事件、变迁三种符号，分别由如图 16-5 所示，"事件"由箭头上的文字标记。

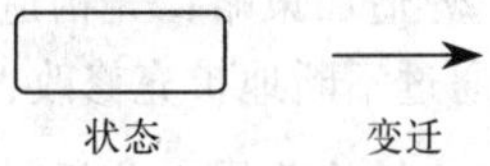

图 16-5　状态转换图的基本符号

【例 16.1】设一个工厂采购部每天需要一张订货报表。订货的零件数据有零件编号、名称、数量、价格、供应者等。零件的入库、出库事务通过计算机终端输入订货系统。当某零件的库存少于给定的库存临界值时，就应该再次订货。

从题目的描述中进行数据流分析，得到以下信息：

① 数据源点：仓库管理员（负责入库或出库事务的订货系统）。

② 数据终点：采购员（接收每天的订货报表）。

③ 数据流：事务、订货。

④ 数据存储：订货信息、库存清单。

⑤ 处理：处理事务、产生报表。

一个系统的本质就是将输入转换为输出。任何系统的基本模型都由若干数据源点、终点和一个代表系统对数据加工变换基本功能的处理组成。图 16-6 是订货系统基本模型的数据流图。

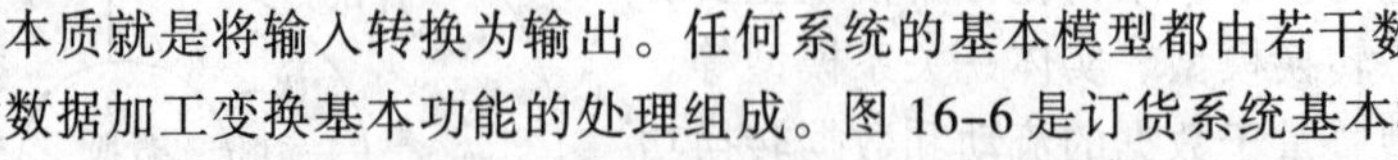

图 16-6　订货系统基本模型的数据流图

基本系统模型的数据流图非常抽象，因此需要把基本功能细化，描绘系统的主要功能，如图 16-7 所示。

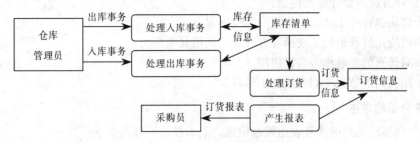

图 16-7 订货系统细化后的数据流图

数据流图通常作为与人交流的工具,是软件分析和软件设计的工具,对更详细的设计也有帮助。

【例 16.2】图 16-8 是一个学生管理系统的实体—关系图。

在学生管理系统中,学生实体具有学号、姓名、性别、系别、年级等属性。教师实体有工号、姓名、性别、职称、职务、学历等属性。课程实体有课程号、课程名、学时、学分等属性。教师"教"课程,是一对多的联系,学生"学"课程,是多对多的联系。

实体—关系模型在数据库中被广泛采用。关系数据库可以从实体关系模型得出其描述的概要设计。这是关系数据库必须具有的性质。

实体—关系模型缺乏对细节的描述,还要对实体、联系、属性做更详细的描述。这些具体描述可以集中在一个存储结构中,或者集中在数据字典中。

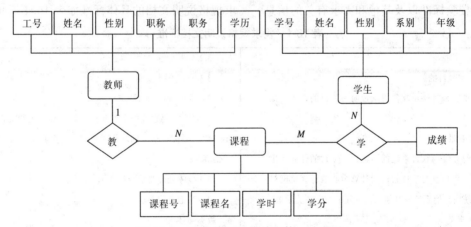

图 16-8 学生管理系统的实体—关系图

结构化设计方法给出一组帮助设计人员在模块层次上区分设计质量的原理与技术。它通常与结构化分析方法结合起来使用,以数据流图为基础得到软件的模块结构。SD 方法尤其适用于变换型结构和事务型结构的目标系统。在设计过程中,它从整个程序的结构出发,利用模块结构图表述程序模块之间的关系。结构化设计的步骤如下:

① 评审和细化数据流图。

② 确定数据流图的类型。

③ 把数据流图映射到软件模块结构,设计出模块结构的上层。

④ 基于数据流图逐步分解高层模块,设计中下层模块。

⑤ 对模块结构进行优化,得到更为合理的软件结构。

⑥ 描述模块接口。

结构化设计方法的设计原则包括：

① 每个模块执行一个功能（坚持功能性内聚）。

② 每个模块用过程语句（或函数方式等）调用其他模块。

③ 模块间传送的参数作为数据使用。

④ 模块间共用的信息（如参数等）尽量少。

5. 需求分析的描述

由于需要向不同类型的读者表达需求信息，需求描述可分为如下三类：

① 用户需求描述：用自然语言加上图表的形式，给出关于系统需要提供的服务以及系统操作受到的约束。

② 系统需求描述：以系统需求规格说明文档的形式，详细地给出系统将要提供的服务以及系统所受到的约束。需求规格说明文档应该是精确的，它成为系统买方和软件开发者之间合同的主要内容。

③ 软件设计描述：在系统需求描述的基础上，加入更新信息的内容构成对软件设计活动的概要描述。这是详细设计和实现的基础。

以上三类需要描述的内容均体现在规范的需求规格说明文档中。需求规格说明文档，即软件需求规格说明书（SRS）是需求分析任务的最终"产品"。需求规格说明文档通过分配给软件的功能和性能，建立完整的数据描述、详细的功能和行为描述、性能需求、设计约束的说明、合适的校验标准以及其他和需求有关的信息。需求规格说明文档的具体标准如表 16-1 所示。

表 16-1　需求规格说明文档标准

1　引言	3.2.3 灵活性
1.1 编写目的	3.3 输入/输出要求
（说明编写这份软件需求说明书的目的，指出预期的读者）	3.4 数据管理能力要求
1.2 背景	（说明需要管理的文件和记录的个数、表和文件的大小规模，要按可预见的增长对数据及其分量的存储要求作出估算）
（待开发的软件系统的名称；本项目的任务提出者、开发者、用户及实现该软件的计算中心或计算机网络；该软件系统同其他系统或其他机构的基本的来往关系）	3.5 故障处理要求
1.3 定义	3.6 其他专门要求
（列出本文件中用到的专门术语的定义和外文首字母组成的原词组）	4　数据描述
	4.1 静态数据
1.4 参考资料	4.2 动态数据
（列出用得着的参考资料）	4.3 数据库描述
2　任务概述	4.4 数据字典
2.1 目标	4.5 数据采集
2.2 用户的特点	5　运行环境规定
2.3 假定和约束	5.1 设备
3　需求规定	（列出运行该软件所需要的硬件设备）
3.1 对功能的规定	5.2 支持软件
	（包括要用到的操作系统、编译程序、测试支持软件等）

续表

（用列表的方式逐项定量、定性地叙述对软件所提出的功能要求）	5.3 接口
3.2 对性能的规定	（说明该软件同其他软件之间的接口、数据通信协议等）
3.2.1 精度	5.4 控制
3.2.2 时间性要求	（说明控制该软件的方法和控制信号，并说明这些控制信号的来源）

　　结构化系统分析（SA）方法是一种典型的分析建模技术，已经获得广泛应用。其指导思想是抽象和分解。结构化系统分析的模型工具有数据流图、数据字典、实体—关系图和状态转换图等。数据流图和数据字典常用于结构化系统分析，描述系统的数据流信息，它们一起被称为系统逻辑模型。实体—关系图和状态转换图辅助描述系统的动态变化。

　　需求规格说明文档（SRS）是经过验证的系统需求的全面描述，是客户与开发商之间的合同，是系统验收、开发、维护的基础。因此，它是需求分析的"产品"，是软件工程项目的第一份也是最重要的一份文档。

16.2　软 件 设 计

　　软件需求分析阶段是解决所开发的软件"做什么"的问题，而软件设计阶段是解决软件"怎么做"的问题。软件设计的任务是把分析阶段产生的软件需求说明转换为用适当手段表示的软件设计文档。所以，软件设计的"输入"是需求规格说明文档，"输出"是软件设计说明文档。而说明文档又是软件实现的"输入"，即编码的蓝图。

　　传统的结构化软件设计有两种基本的方法：一是面向行为的设计，二是面向数据的设计。前者主要是基于系统行为方式的设计，如面向数据流分析（data flow analysis，DFA）。后者则是基于数据结构的设计，例如 Jackson 方法和逻辑构造程序方法（logically constructed program，LCP），根据确定的输入/输出数据结构进行软件设计。两种方法都有其不足，面向数据的设计方法注重于数据/数据结构，并以此来确定软件的行为；面向行为的设计方法着眼于软件的行为，将数据放在次要地位。

1. 面向数据流分析的设计

　　面向数据流分析（DFA）的设计是一种结构化软件体系结构设计方法，它能够与大多数需求规格说明技术配合，可以使模块达到高内聚性。根据基本系统模型，数据信息必须以"外部"信息形式进入软件系统，鉴于数据信息的流动性，我们把数据流分成两类：

　　（1）变换型数据流

　　数据信息在"流"入系统的过程中由外部变换成内部数据形式，称为输入流。在软件的核心，输入数据经过一系列加工处理，称为变换流。通过变换处理后的输出数据，沿各种路径转换为外部形式"流"出软件，这被标识为输出流。整个数据流体现了以输入、变换、输出的顺序方式，沿一定路径前行的特征，就是变换型数据流。图 16-9 是某一问题的数据流图，其中加工"计算"是该数据流图的中心加工，它的左边"编辑"和"校验"都是预加工，预加工后将逻辑输入"有效数据"送入中心加工，经过处理后将逻辑输出"计算值1"和"计算值2"输出给右边的加工。

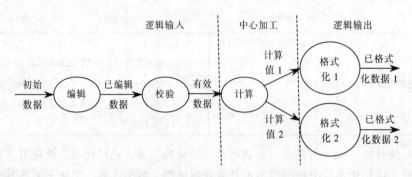

图 16-9　某问题的变换流模型

（2）事务型数据流

事务型数据流的中心加工称为事务中心。事务中心把数据流图分成若干活动路径，而每一条活动路径不能够作为输入或输出，它们只是"进一步"的处理。可以通过"事务分析"将具有事务特性的数据流图转换为程序结构图。需要指出的是，在一个大型系统的数据流图中，变换流和事务流可能会同时出现。例如，在一个事务型的数据流图中，分支动作路径上的信息流也可能会体现出变换流的特征。

图 16-10 所示为一般事务流模型图。

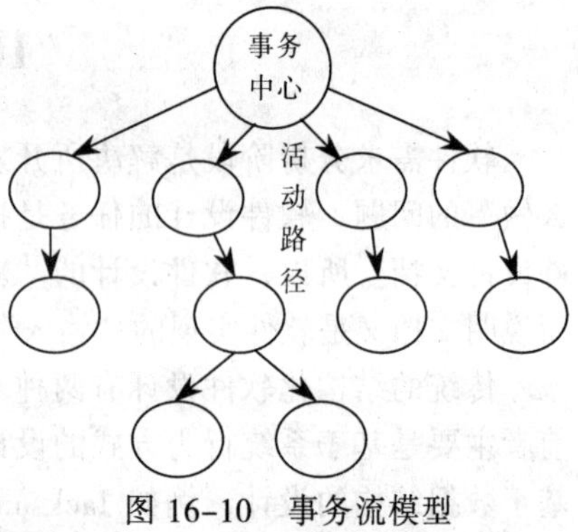

面向数据流分析的设计是以数据流图为基础的，根据数据流类型的特征，其设计也相应分成变换分析设计和事务分析设计。两种设计方法的步骤是相同的，具体如下：

① 复查基本系统模型，并精确数据流图。不仅要确保数据流图给出了目标系统正确的逻辑模型，也应使数据流图中的每个处理都表示一个规模适中、相对独立的子功能。

② 分析数据流图，确定数据流具有变换特征还是事务特征。一般地，大多数系统的全局特性都可以认为是变换流模型，当遇到全局或局部有明显事务流特征时，应采用相应的事务分析设计。

图 16-10　事务流模型

③ 若是变换流模型，确定输入流和输出流的边界（也叫最高输入/输出抽象点），输入流边界和输出流边界之间就是变换流，也称"变换中心"。变换流加工处理的是某些形式的内部数据。若是事务流模型，要确定"事务中心"和各个事务动作流。

④ 采用自顶向下、逐步求精的方式完成模块，确定相应的软件组成结构，并对每一模块给出简要说明，包括模块信息、模块信息、过程陈述以及约束等。

⑤ 根据模块独立性原理和运用设计度量标准，对导出的软件结构进行优化。

2. 面向数据的设计

面向数据的设计采用的方法之一是 Jackson 方法，是由英国的 M.Jackson 提出的，这个方法适应于数据处理，尤其是企事业信息管理系统。Jackson 方法是一种面向数据结构的设计方法。在许多应用领域中，信息都有清楚的层次结构。其中输入数据、内部存储信息、输出数据都可能有独特的结构。数据结构既会影响到程序的结构，又会影响到程序的处理过程。

（1）基本思想

Jackson 方法的基本思想是用数据结构作为程序设计的基础，其目标是得出数据处理过程。

这种设计方法并不明显地使用软件结构的概念，模块是设计过程的副产品，对于模块独立原理也没有给予应有的重视。因此这种方法最适合详细设计阶段使用。

（2）描述方法

一般数据处理系统中，尽管实际使用的数据结构种类繁多，但它们的数据元素之间的逻辑关系只有三种：顺序结构、选择结构、循环结构。

① 顺序结构：顺序结构的数据由一个或多个数据元素组成，每个数据元素按确定次序出现一次。结构图如图 16-11（a）所示。数据元素 A 由三个数据元素 B、C、D 组成。

② 选择结构：选择结构的数据包含两个或多个数据元素，每次使用这个数据时按一定的条件从这些数据元素中选择一个，如图 16-11（b）所示。其中 S(i) 表示选择条件，带符号"○"为选择模块。图中数据元素 A 根据条件决定是 B、C 或 D 中的某一个。

③ 循环结构：也叫重复结构。根据使用的条件是由一个数据元素出现零次或多次构成，如图 16-11（c）所示。其中，I(i) 表示重复条件，带"*"的模块为重复模块。数据元素 A 由数据元素 B 出现零次或多次组成。

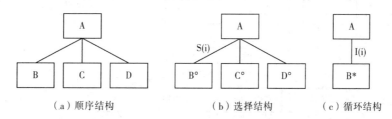

（a）顺序结构　　　　　　　　　（b）选择结构　　　　　（c）循环结构

图 16-11　Jackson 图的基本结构

（3）设计步骤

Jackson 结构程序设计方法的基本步骤为：建立输入和输出数据的逻辑结构；按数据结构对应地建立程序结构；列出程序中要用到的基本操作和条件，再将这些操作分配到程序中适当的模块；用某种形式的伪代码给出程序结构图对应的过程性描述。

Jackson 方法的优点是简单、易学、易用。在数据处理系统规模不大的情况下，运用 Jackson 方法是相当成功的。大型系统设计到的数据过于复杂，直接使用 Jackson 方法会有一定难度。此时，可以局部范围使用 Jackson 方法。

【例 16.3】设计一个打印表格的程序。其形式如图 16-12（a）所示。其中"类别"可以是"教师"或"学生"，"状态"为"职称"（当"类别"为"教师"时）或"年级"（当"类别"为"学生"时）。其数据结构如图 16-12（b）所示。显然，该统计表由"表头"和"表体"两部分顺序组成；而"表体"由"行"重复地组成（标有*号）；每行由"姓名"、"年龄"、"类别"、"状态"组成；"状态"由选择"职称"或"年级"组成（标有○号）。

以图 16-12（a）数据结构为基础可以画出对应的程序结构图，如图 16-12（c）所示。它表示："产生统计表格"的模块需要顺序地调用"产生表体"和"产生表头"的模块；"产生表体"的模块需重复地调用"产生行"模块；"产生行"的模块需有顺序地调用"产生姓名"、"产生年龄"、"产生类别"、"产生状态"的模块；"产生状态"的模块需有选择地调用"产生职称"或"产生年级"的模块。

得到程序结构图后，再列出程序中要用到的各种基本操作，最后将这些基本操作分配到程序结构的相应模块中，如图 16-12（c）所示。

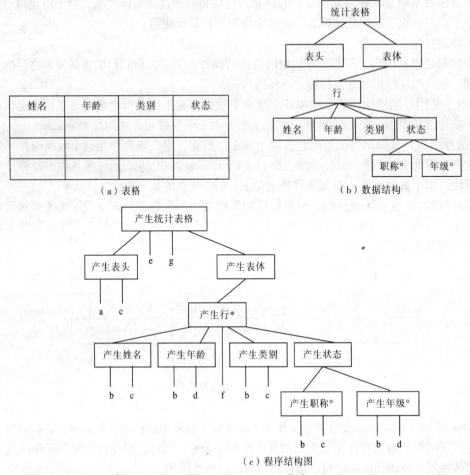

（a）表格　　　　　　　　　　　　（b）数据结构

（c）程序结构图

图 16-12　Jackson 方法

其中，各操作的内容分别为：

a：读表头数据项。

b：读行数据项。

c：打印符号。

d：打印数字。

e：读表头结束符。

f：读行结束符。

g：读文件结束符。

面向数据设计采用的另一个方法是 Warnier(LCP)方法。该方法是由法国信息学家 J.D.Warnier 提出的，又称为逻辑构造程序（logically constructed program，LCP）方法。同 Jackson 方法一样，LCP 方法也是以数据结构为出发点，以程序处理过程的详细描述为最终目标，设计步骤也有相似之处。

Warnier 图又称为 Warnier-orr 图，是用花括号、伪代码、少量说明和符号组成的有层次的"树"形式来描述数据，或者程序信息的逻辑结构（可以表示重复、条件、或、非等逻辑）。

相对于 Jackson 图，Warnier 图层次清晰、书写方便、修改容易，现在已经成为一种更为通用的表达工具，不限于仅在 LCP 方法中使用。关于 Warnier 方法的具体设计步骤，读者可以参照 Jackson 方法，此处不再赘述。

16.3　编　　码

1. 结构化程序设计

结构化程序设计技术是 20 世纪 60 年代中期提出来的，它主要包括两个方面：

① 在编写程序时，强调使用几种基本控制结构，通过组合嵌套，形成程序的控制结构。尽可能避免使用会使程序质量受到影响的 GOTO 语句。

② 在程序设计过程中，尽量采用自顶向下和逐步细化的原则，由粗到细，一步步展开。

结构化程序设计的原则如下：

① 使用语言中的顺序、选择、重复等有限的基本控制结构表示程序逻辑。

② 选用的控制结构只允许有一个入口和一个出口。

③ 程序语句组成容易识别的块，每块只有一个入口和一个出口。

④ 复杂结构应该用基本控制结构进行组合嵌套来实现。

⑤ 语言中没有的控制结构，可用一段等价的程序段模拟，但要求该程序段在整个系统中应前后一致。

⑥ 严格控制 GOTO 语句，仅在用一个非结构化的程序设计语言去实现一个结构化的构造，或者在某种可以改善而不是损害程序可读性的情况下才可以使用 GOTO 语句。

大量采用 GOTO 语句实现控制路径，会使程序路径变得复杂而且混乱，因此要控制 GOTO 语句的使用。但有时完全不用 GOTO 语句进行程序编码，比用 GOTO 语句编出的程序可读性差。例如，在查找结束时，文件访问结束时，出现错误情况要从循环中转出时，使用布尔变量和条件结构来实现就不如用 GOTO 语句更简洁易懂。

对于常用的高级程序设计语言，一般都具备前述的几种基本控制结构。即使不具备等同的结构，也可以采用仿真来实现。

【例 16.4】下面以 FORTRAN 77 为例进行说明，参看图 16-13。

2. 程序设计自顶向下、逐步求精

在详细设计和编码阶段，应当采取自顶向下、逐步求精的方法，把一个模块的功能逐步分解，细化为一系列具体的步骤，进而翻译成一系列用某种程序设计语言写成的程序。

基本控制结构	用 FORTRAN 77 模拟基本控制结构	

判断语句
if (p) S1;
else S2;
		IF (p) THEN
		　S1
		ELSE
		　S2
		ENDIF

先判断型循环语句
while (p)
　S;
	100	CONTINUE
		IF (p) THEN
		　S
		　GOTO 100
		ENDIF

后判断型循环语句 do S; while (p);	100	CONTINUE 　S IF (p) GOTO 100

图 16-13　用 FORTRAN 77 语句实现基本控制结构

3. 数据结构的合理化

结构化程序设计主要是从程序的控制结构入手，消除不适应的、容易引起混乱的 GOTO 语句。这只是问题的一个方面，而问题的另一方面，过去没有注意到的是数据结构的合理化问题，即数据结构访问的规范化、标准化问题。

4. 程序设计风格

在软件生存期中，人们经常要阅读程序。特别是在软件测试阶段和维护阶段，编写程序的人与参与测试、维护的人都要阅读程序。因此，阅读程序是软件开发和维护过程中的一个重要组成部分，而且读程序的时间比写程序的时间还要多。20 世纪 70 年代初，有人提出在编写程序时，应使程序具有良好的风格。

程序设计风格包括四个方面：源程序文档化、数据说明、语句结构和输入 / 输出方法，力图从编码原则的角度提高程序的可读性，改善程序质量。

（1）源程序文档化

① 符号名的命名：符号名即标识符，包括模块名、变量名、常量名、子程序名、数据区名、缓冲区名等。这些名字应能反映它所代表的实际内容，应有一定实际意义。名字不是越长越好，过长的名字会使程序的逻辑流程变得模糊，给修改带来困难。所以应当选择精炼、意义明确的名字，改善对程序功能的理解。必要时可使用缩写名字，但缩写规则要一致，并且要给每一个名字加注释。在一个程序中，一个变量只应用于一种用途。就是说，在同一个程序中一个变量不能身兼几种工作。

② 程序的注释：加在程序中的注释是程序员与日后的程序读者之间通信的重要手段。正确的注释能够帮助读者理解程序，可为后续阶段进行测试和维护，提供明确的指导。因此，注释绝不是可有可无的，大多数程序设计语言允许使用自然语言来写注释，这就给阅读程序带来很大的方便。一些正规的程序文本中，注释行的数量占到整个源程序的 1/3 到 1/2，甚至更多。

③ 视觉组织：利用空格、空行和移行，提高程序的可视化程度。恰当地利用空格，可以突出运算的优先性，避免发生运算的错误。自然的程序段之间可用空行隔开；对于选择语句和循环语句，把其中的程序段语句向右做阶梯式移行。这样可使程序的逻辑结构更加清晰，层次更加分明。

（2）数据说明

在编写程序时，需注意数据说明的风格。为了使程序中数据说明更易于理解和维护，必须注意以下几点：

① 数据说明的次序应当规范化，使数据属性容易查找。

② 当多个变量名用一个语句说明时，应当对这些变量按字母的顺序排列。

③ 如果设计了一个复杂的数据结构，应当使用注释来说明在程序实现时这个数据结构的固有特点。

（3）语句结构

在设计阶段确定了软件的逻辑流结构，但构造单个语句则是编码阶段的任务。语句构造力求简单、直接，不能为了片面追求效率而使语句复杂化。

（4）输入和输出（I/O）

输入和输出信息是与用户的使用直接相关的。输入和输出的方式和格式应当尽可能方便用户的使用。因此，在软件需求分析阶段和设计阶段，就应基本确定输入和输出的风格。系统能否被用户接受，有时就取决于输入和输出的风格。

在交互式系统中，这些要求应成为软件需求的一部分，并通过设计和编码，在用户和系统之间建立良好的通信接口。

5. 程序设计语言

程序编码阶段的任务是将软件的详细设计转换成用程序设计语言实现的程序代码。因此，程序设计语言的性能和设计风格对于程序设计的效能和质量有着直接的关系。

目前，用于软件开发的程序设计语言已经有数百种之多，对这些程序设计语言的分类有不少争议。同一种语言可以归到不同的类中。从软件工程的角度，根据程序设计语言发展的历程，可以把它们大致分为四类。

① 机器语言（第一代语言）：它是由机器指令代码组成的语言。对于不同的机器有相应的一套机器语言。用这种语言编写的程序都是二进制代码的形式，且所有的地址分配都是以绝对地址的形式处理。存储空间的安排，寄存器、变址的使用都由程序员自己计划。因此使用机器语言编写的程序很不直观，在计算机内的运行效率很高但编写出的机器语言程序出错率也高。

② 汇编语言（第二代语言）：汇编语言比机器语言直观，它的每一条符号指令与相应的机器指令有对应关系，同时又增加了一些诸如宏、符号地址等功能。存储空间的安排可由机器解决。不同指令集的处理器系统就有自己相应的汇编语言。从软件工程的角度来看，汇编语言只是在高级语言无法满足设计要求时，或者不具备支持某种特定功能（例如特殊的输入/输出）的技术性能时，才被使用。

③ 高级程序设计语言（第三代语言）：即传统的高级程序设计语言，如 FORTRAN、COBOL、ALGOL、BASIC 等。这些程序语言曾得到广泛应用。目前，它们都已有多种版本。有的语言得到较大的改进，甚至形成了可视的开发环境，具有图形设计工具、结构化的事件驱动编程模式、开放的环境，使用户可以既快又简便地编制出 Windows 下的各种应用程序。

④ 第四代语言（4GL）：4GL 用不同的文法表示程序结构和数据结构，但是它是在更高一级抽象的层次上表示这些结构，它不再需要规定算法的细节。4GL 兼有过程性和非过程性的两重特性。程序员规定条件和相应的动作（这是过程性的部分），并且指出想要的结果，这是非过程部分。然后由 4GL 语言系统运用它的专门领域的知识来填充过程细节。

16.4　软　件　测　试

随着信息技术的飞速发展，软件产品应用到社会的各个领域，软件产品的质量自然成为人们共同关注的焦点。众所周知，无论采用哪一种开发模型所开发出来的大型软件系统，由于客观系统的复杂性，人的主观认识不可能完美无缺地协调，每个阶段的技术复审也不可能毫无遗漏地查出和纠正所有的设计错误，加上编码阶段也必然会引入新的错误，这样在软件交付使用以前必须经过严格的软件测试，通过测试尽可能找出软件计划、需求分析、概要设计、详细设计、软件编码中的错误，并加以纠正，才能得到高质量的软件。软件测试不仅是软件设计的最后复审，也是保证软件质量的关键。软件设计的错误，将会造成更大的损失，可见软件测试至关重要。

统计表明，软件测试的工作量通常占软件开发总工作量的 40% 以上，开发费用的近 1/2 用在软件测试上，对于一些与人的生命安全相关的软件，如飞行控制、核反应堆监控软件等，其测试费用可能相当于软件工程其他步骤总成本的 3 ~ 5 倍。本节主要讨论软件测试的基本概念与软件测试的常用方法。

1. 软件测试的目的

软件测试的目的决定了如何去组织测试。如果测试的目的是为了尽可能多地找出错误，那么测试就应该直接针对软件比较复杂的部分或是以前出错比较多的位置。如果测试目的是为了给最终用户提供具有一定可信度的质量评价，那么测试就应该直接针对在实际应用中会经常用到的商业软件。

不同的机构会有不同的测试目的，相同的机构也可能有不同测试目的，可能是测试不同区域或是对同一区域的不同层次的测试。

在谈到软件测试时，许多人都引用 Grenford J. Myers 在 *The Art of Software Testing* 一书中的观点：

① 软件测试是为了发现错误而执行程序的过程。

② 测试是为了证明程序有错，而不是证明程序无错误。

③ 一个好的测试用例是在于它能发现至今未发现的错误。

④ 一个成功的测试是发现了至今未发现的错误的测试。

这种观点可以提醒人们测试要以查找错误为中心，而不是为了演示软件的正确功能。但是仅凭字面意思理解这一观点可能会产生误导，认为发现错误是软件测试的唯一目的，查找不出错误的测试就是没有价值的，事实并非如此。

首先，测试并不仅仅是为了要找出错误。通过分析错误产生的原因和错误的分布特征，可以帮助项目管理者发现当前所采用的软件过程的缺陷，以便改进。同时，这种分析也能帮助我们设计出有针对性的检测方法，改善测试的有效性。

其次，没有发现错误的测试也是有价值的，完整的测试是评定测试质量的一种方法。详细而严谨的可靠性增长模型可以证明这一点。例如，Bev Littlewood 发现一个经过测试而正常运行了 n 小时的系统有继续正常运行 n 小时的概率。

2. 软件测试的基本方法

软件测试的技术与方法是多种多样的，对于软件测试技术，可以从不同的角度加以分类：从是否需要执行被测软件的角度，可分为静态测试和动态测试；从测试是否针对系统的内部结构和具体实现算法的角度来看，可分为白盒测试和黑盒测试。

（1）静态测试和动态测试

静态测试技术是不执行被测软件，只对需求规格说明书、软件设计说明书、源程序做结构检查、流图分析、符号执行等来找出软件错误。静态分析可以使用人工分析，也可以用自动化测试工具来进行静态分析。静态测试工具的代表有 Telelogic 公司的 Logiscope 软件、PR 公司的 PRQA 软件。

① 结构检查是手工分析技术，由一组人员对程序设计、需求分析、编码测试工作进行评议，虚拟执行程序，并在评议中作错误检验。此方法能找出典型程序 30% ~ 70% 有关逻辑设计与编码的错误。

② 流程图分析是通过分析程序流程图的代码结构，来检查程序的语法错误信息、语句中标识符的引用情况、子程序和函数调用状况及无法执行到的代码段。此方法便于分析编码实现

与测试结果分析。

③ 符号执行是一种符号化定义数据，并为程序中的每条路径给出符号表达式，对特定路径输入符号，经处理输出符号，从而判断程序是否有错，达到分析错误的方法。这种方法一般只适合于数值计算程序的测试，故使用较少。

动态测试技术是执行被测软件，由执行软件输出的结果来分析软件可能出现的错误。动态测试可以使用人工设计测试用例，也可以由自动化测试工具动态分析程序来做检查与分析，如 Compuware 公司的 DevPartner 软件、Rational 公司的 Purify 系列。我们可以把一个程序看做一个函数，输入的全体称为函数的定义域，输出的全体称为函数的值域，函数则描述了输入的定义域与输出值域的关系。一般可以把动态测试的方法步骤归纳为：

① 选取定义域中的有效值，或定义域外无效值。

② 对已选取值决定预期的结果。

③ 用选取值执行程序。

④ 观察程序的执行情况并记录执行结果。

⑤ 将执行结果与预期结果进行比较，如果不吻合则表明程序有缺陷。

动态测试既可以采用白盒测试技术对模块进行逻辑结构的测试，又可以用黑盒测试技术做功能性测试。

（2）白盒测试和黑盒测试

"黑盒"、"白盒"都是比喻。"黑盒"表示看不见盒子里头的东西，意味着黑盒测试不关心软件内部设计和程序实现，只关心外部表现，通过观察输入与输出即可知道测试的结论。任何人都可以依据软件需求来执行黑盒测试。

白盒测试关注的是被测对象的内部状况，需要跟踪源代码的运行。白盒测试者必须理解软件内部设计与程序实现，并且能够编写测试驱动程序，一般由开发人员兼任测试人员的角色。

黑盒测试与白盒测试的对比如表 16-2 所示。

表 16-2　黑盒测试与白盒测试的对比

测试方式	特　　征	依　据	测试人员
黑盒测试	只关心软件的外部表现，不关心内部设计与实现	软件需求	开发人员、独立测试人员和用户
白盒测试	关注软件的内部设计与实现，还要跟踪源代码的运行	设计文档	由开发人员兼任测试人员的角色

① 白盒测试技术：白盒测试也称结构测试或逻辑驱动测试，它是已知产品内部工作过程，通过测试来检测产品内部动作是否按照规格说明书的规定正常运行。按照程序的内部结构测试程序，检验程序中的每条路径是否都能按照要求正确运行。本节主要讲解逻辑覆盖的白盒测试技术，逻辑覆盖指有选择地执行程序中某些最有代表性的通路，是对穷尽测试的唯一可行的替代办法。

逻辑覆盖是对一系列测试过程的总称，这组测试过程逐渐进行越来越完整的通路测试。测试数据执行（或叫覆盖）程序按逻辑覆盖的程度可以划分成不同的等级，从覆盖源程序语句的详尽程度分析，大致有以下一些不同的覆盖标准。

a. 语句覆盖：为了发现程序中的错误，至少每个语句都应该执行一次。那么语句覆盖的含义是，选择足够多的测试数据，使被测程序中每个语句至少执行一次。

【例16.5】图16-14是被测程序模块的流程图。

如果要使每个语句执行一次，程序执行的路径可以是 a、b、d。由此可以选择语句覆盖的测试数据为：

x=4，z=5，y=5

语句覆盖对程序的逻辑覆盖很少，在上面例子中两个判定条件都只测试了条件为真的情况，如果条件为假时处理有错误，显然不能被发现。此外，语句覆盖只关心判定表达式的值，而没有分别测试判定表达式中每个条件取不同值时的情况。要想测试每个语句，只须两个判定表达式(x>3)&&(z<10)和(x=4)||(y>5)都取真值，这里可以选择测试用例 x=4，y=6，z=8。但是，如果程序中把第一个判定表达式中的逻辑运算符"&&"错写成"||"，或把第二个判定表达式中的条件"<5"错写成">5"，使用上面的测试用例并不能查出这些错误。

由此可以看出语句覆盖的逻辑覆盖能力很弱，为了更充分地测试程序，还需研究其他的测试准则。

b. 判定覆盖：判定覆盖又称分支覆盖，它不仅要求每个语句至少被执行一次，而且每个判定的每种可能的结果都应该至少执行一次，也就是每个判定的每个分支都至少执行一次，即真假分支均被满足一次。我们可以设计测试满足判定覆盖的测试数据：

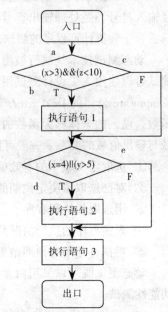

图16-14　被测程序模块流程图

x=4，y=6，z=8，覆盖路径 abd，覆盖两个取真条件；

x=2，y=4，z=11，覆盖路径 ace，覆盖两个取假条件。

由上可以看出判定覆盖对程序的覆盖程度比语句覆盖要强，判定覆盖不仅覆盖了所有的语句，还覆盖了程序的部分路径。但是由于上面的测试数据只覆盖了程序的一半路径，所以判定覆盖对程序逻辑的覆盖程度仍然不高。

c. 条件覆盖：条件覆盖不仅每个语句至少被执行一次，而且使判定表达式中的每个条件都取到各种可能的结果。图16-13中，对两个判定的4个条件可以确定8种情况：T1 x>3；F1 x<=3；T2 z<10；F2 z>=10；T3 x=4；F3 x≠4；T4 y>5；F4 y<=5。所以现在我们设计测试用例的目的就是要使每个条件的取真取假都要执行一次，于是可以设计如下测试数据：

x=4，y=6，z=8，覆盖路径 abd，覆盖条件 T1、T2、T3、T4；

x=2，y=4，z=11，覆盖路径 ace，覆盖条件 F1、F2、F3、F4。

显然条件覆盖比判定覆盖能力要强，因为条件覆盖使判定表达式中的所有条件都取到了两个不同的结果，而判定覆盖只关心整个判定表达式的取值。但是，满足条件覆盖不一定满足判定覆盖，如下测试数据：

x=4，y=4，z=6，覆盖路径 abd，覆盖条件 T1、T2、T3、F4；

x=2，y=6，z=11，覆盖路径 acd，覆盖条件 F1、F2、F3、T4。

虽然满足了所有的条件覆盖，但是第二个判定表达式两次都取真值。

d. 判定/条件覆盖：判定/条件覆盖要求设计足够的测试用例，执行被测程序，使得判断中每个条件的所有可能取值至少被执行一次，同时每个判断的所有可能判断结果也至少被执行一次。

根据定义只须设计以下两个测试用例便可以覆盖 8 个条件值以及 4 个判断分支，如表 16-3 所示。

表 16-3　判定/条件覆盖测试用例

测 试 用 例	通 过 路 径	条 件 取 值	覆 盖 分 支
x=4，y=6，z=8	abd	T1, T2, T3, T4	bd
x=2，y=5，z=11	ace	F1, F2, F3, F4	ce

分支条件覆盖从表面来看，它测试了所有条件的取值，但是实际上某些条件掩盖了另一些条件。例如对于条件表达式(x>3)&&(z<10)来说，必须两个条件都满足才能确定表达式为真。如果（x>3）为假，则一般的编译器不在判断 z<10 条件了。对于第二个表达式（x==4）‖（y>5）来说，若 x=4 测试结果为真，就认为表达式的结果为真，这时不再检查（y>5）条件了。因此，采用判定/条件覆盖，逻辑表达式中的错误不一定能够查出来。

e. 条件组合覆盖：条件组合覆盖就是设计足够的测试用例，运行被测试对象，使得每一个判断的所有可能的条件取值组合至少执行一次。

现在对例子中的各个判断的条件取值组合加以标记如下：

Ⅰ. x>3, z<10　　　记做 T1 T2，第一个判断的取真分支；
Ⅱ. x>3, z>=10　　　记做 T1 F2，第一个判断的取假分支；
Ⅲ. x<=3, z<0　　　记做 F1 T2，第一个判断的取假分支；
Ⅳ. x<=3, z>=10　　　记做 F1 F2，第一个判断的取假分支；
Ⅴ. x=4, y>5　　　记做 T3 T4，第二个判断的取真分支；
Ⅵ. x=4, y<=5　　　记做 T3 F4，第二个判断的取真分支；
Ⅶ. x!=4, y>5　　　记做 F3 T4，第二个判断的取真分支；
Ⅷ. x!=4, y<=5　　　记做 F3 F4，第二个判断的取假分支。

根据定义取 4 个测试用例，就可以覆盖上面 8 种条件取值的组合。测试用例如表 16-4 所示。

表 16-4　条件组合覆盖测试用例

测 试 用 例	通 过 路 径	条 件 取 值	覆 盖 组 合 号
x=4, y=6, z=5	abd	T1, T2, T3, T4	ae
x=4, y=5, z=15	acd	T1, F2, T3, F4	bf
x=2, y=6, z=5	acd	F1, T2, F3, T4	cg
x=2, y=5, z=15	ace	F1, F2, F3, F4	dh

上面的测试用例覆盖了所有条件的可能取值的组合，覆盖了所有判断的可取分支，但是却丢失了一条路径 abe。

f. 路径覆盖：路径覆盖测试就是设计足够多的测试用例，覆盖被测试对象中的所有可能路径。

在上面的测试用例中再添加一个测试用例则可对程序进行全部的路径覆盖。测试用例如表 16-5 所示。

表 16-5 路径覆盖测试用例

测 试 用 例	通 过 路 径	覆 盖 条 件
x=4，y=6，z=5	abd	T1，T2，T3，T4
x=4，y=5，z=15	acd	T1，F2，T3，F4
x=2，y=6，z=15	ace	F1，F2，F3，F4
x=2，y=6，z=5	abe	F1，F2，F3，F4

路径覆盖测试保证程序中每条可能的路径都至少执行一次，因此这样的测试数据更有代表性，暴露错误的能力也比较强。但是，路径覆盖只须考虑每个判定表达式的数值，并没有检验表达式中条件的各种可能组合情况。如果把路径覆盖和条件组合覆盖结合起来，可以设计出检错能力更强的测试数据。

② 黑盒测试技术：黑盒测试方法包括等价类划分、边界值分析、因果图、判定表等。这里重点介绍常用的黑盒测试方法：等价类划分和边界值分析方法。

a．等价类划分：等价类划分方法是黑盒测试技术最常用的一种测试技术。黑盒测试需要使用所有的有效和无效的输入数据来测试程序，它是根据数据测试的等效性原理来进行划分的。所谓数据测试等效性是指将分类的数据取其子集中的一个数据做测试，与子集中的其他数据测试的效果是等效的，即子集中的一个数据能测出软件错误，那么子集中的其余数据也能测出错误。相反，要是子集中的一个数据测试不出程序的错误，那么子集中的其余数据也测不出错误。

等价类划分是把程序的输入数据集合按输入条件划分为若干个等价类，每个等价类相对于输入条件表示为一组有效或无效的输入，然后为每一个等价类设计一个测试用例。在确定输入等价类时还需要分析输出数据的等价类，以便根据输出数据的等价类导出对应的输入等价类。以下给出划分等价类的一般原则：

如果某个输入条件规定了输入值的范围（如数值 1~100），则可划分一个等价类（大于等于 1 而小于等于 100 的数）和两个无效等价类（小于 1 和大于 100 的数）。

如果某个输入条件规定了输入数据的个数（如每位老师每个学期最多只能教 3 门课），则可以划分一个等价类（教 1~3 门课）和两个无效等价类（不教课和教课超过 3 门）。

如果规定了输入数据的一组值，而且程序对不同的输入值做不同的处理（如小明的兴趣爱好只有下棋、看书和旅游），那么可以确定一个有效等价类（如下棋、看书和旅游三种），同时对这组值可以确定一个无效等价类（非下棋、看书和旅游，如跳舞）。

如果某个输入条件规定了必须成立的条件（如标识符的第一个字符必须是字母），则可以划分一个有效等价类（第一个字符是字母）和若干个无效等价类（第一个字符不是字母，如数字）。

如果规定了输入数据为整型，则可以划分出正整数、零和负整数。

等价类划分方法设计测试用例步骤如下：

设计一个新的测试用例，尽可能多地覆盖尚未覆盖的有效等价类，重复这一步骤直到覆盖到所有的有效等价类为止。

设计一个新的测试用例，使它覆盖一个而且只覆盖一个尚未覆盖的无效等价类，重复这一步骤直到覆盖所有的无效等价类为止。

b．边界值分析：实践表明，处理边界情况时，程序最容易发生错误。所以，在测试程序时，常常选用一些边界值来对程序进行测试，这就是边界值分析技术。

在使用边界值分析技术来设计测试用例时，首先应该确定边界情况。通常，输入等价类和输出等价类的边界应该着重测试边界情况，选取测试数据刚好等于、稍小于或稍大于边界的值作为测试数据。例如，一个程序的输入域是[1，10]，那么可以选取"0.9"、"1"、"1.1"、"9.9"、"10"、"10.1"作为边界值分析的测试数据。

16.5　软件维护

1．软件维护概述

软件维护是软件生命周期的最后一个阶段，它处于系统投入生产性运行以后的时期。如果想要延长软件生命周期，充分发挥软件的作用，产生良好的经济效益和社会效益，必须搞好软件的维护。

软件维护是生命周期中耗费最多、延续时间最长的活动。不同类型的软件维护成本差别很大，通常大型软件的维护成本高达开发成本的四倍左右。目前，国外许多软件开发组织把 60% 左右的人员用于维护软件，随着软件数量的增多和使用寿命的延长，这个百分比还在持续上升，将来维护工作甚至可能会束缚软件开发组织的"手脚"，使他们没有太多的余力开发新的软件。所以应该尽可能地提高软件的可维护性，为减少维护工作量奠定基础。

2．软件维护的类型

所谓软件维护就是在软件已经交付用户使用之后，为了改正错误或满足新的需求而进行修改软件的过程。按照维护的性质不同，软件维护可以分为：改正性维护、适应性维护、完善性维护和预防性维护。

（1）改正性维护

由于前期的测试不可能发现软件系统中所有的潜在错误，并且软件本身存在着不可消除的错误，导致用户在使用软件时仍然会发现错误，诊断和改正这些错误的过程称为改正性维护。

（2）适应性维护

由于新的硬件设备不断推出，操作系统和编译系统也在不断升级，为了使软件能适应新的环境而引起的程序修改活动称为适应性维护。

（3）完善性维护

在软件的正常使用过程中，用户还会不断提出新的需求。为了满足用户新的需求而增加或扩充软件工程的活动称为完善性维护。

（4）预防性维护

为了改进未来的可维护性或可靠性，或为了给未来的改进奠定更好的基础而修改软件的活动称为预防性维护。这类维护比上面三种要少得多。这类维护的特点是采用再造工程技术。

国外的统计数字表明，完善性维护占全部维护活动的 50% ~ 60%，改正性维护占 17% ~ 21%，适应性维护占 18% ~ 25%，其他维护占 4% 左右。

3．软件维护技术

一个降低维护工作量的方式是在开始时就注意软件质量。尽量把好的设计和结构加入到原有的在开始没有正确设计的系统里。除了良好的习惯，还有其他几个加强理解、提高质量的技术。

（1）结构管理

系统越复杂，改变影响的系统组件就越多。由于这个原因，在开发阶段很重要的结构管理在维护中是紧急的，或者说是很重要的。

因为很多维护的改变是客户或者用户提出来的，我们建立一个结构控制部来俯瞰改变的过程。该部门包括所有对它感兴趣的部门的代表，包括顾客，开发人员，用户。每个问题都是用下述方式处理的：

① 由用户、开发人员、顾客提出的问题，他们以形式的改变控制方式记录这些症状。作为选择，顾客、用户或者开发人员需要进行系统加强：定义新函数、旧函数的变异，或者删除现有的函数。

② 将建议的改变报告给结构控制部。

③ 结构控制部开会讨论这个问题。首先，讨论这个建议是否违背需求或系统增强的需要。这个决定将影响谁将支付进行改变需要的资源。

④ 对于报告上来的故障，结构控制部讨论可能的错误根源。对于要求的系统加强，该部讨论这个改变可能影响系统的哪些部分。在每一种情况下，程序员和分析员会描述改变的范围以及预期实现这一改变需要的时间。控制部给各个需求分配优先级或者紧急程度，程序员和分析员负责进行适当的系统改变。

⑤ 指派分析员或程序员定位问题根源或者改变涉及的系统组件。使用一个测试副本进行工作，而不是现在正在运行中的版本，程序员或分析员实现并改变它们以确保系统能正常工作。

⑥ 程序员和分析员与程序管理人员一起控制改变后的系统的安装，并对所有的相关文档进行更新。

⑦ 程序员和分析员书写报告详细描述这些改变。

（2）影响分析

传统的软件生命周期把维护描述成在软件投入使用后开始的。然而，软件的维护依赖于并且开始于用户需求。因此，好的软件开发方法将用于整个开发和维护过程。因为好的软件开发支持软件的改变，改变是在软件产品的生命周期中必须考虑的问题。而且一个看起来不重要的改变常常比预料的范围更广。影响分析是对许多改变可能产生的冒险的评估，包括对资源、工作量、工作计划的影响的评估。

小　结

需求分析的目标是确定软件系统或者软件产品"做什么"的问题。分析工作主要是提取对系统需求的理解、表达、验证，并以某种准确的描述形成需求说明书。需求分析之所以重要，就是因为它具有决策性、方向性、策略性的作用，在一个大型软件系统的开发中，它的作用要远远大于程序设计。

软件设计的主要任务是根据需求规格说明导出系统的实现方案。软件设计在技术上可分为总体结构设计、数据设计、过程设计和界面设计四个活动；软件设计中用到的基本概念包括：抽象与逐步求精，模块化与信息隐藏，软件总体结构、数据结构与软件过程。

编码的目的是把详细设计的结果翻译成用选定的语言书写的源程序，程序的质量主要是由设计的质量决定的。但是，编码的风格和使用的语言，对编码的质量也有重要的影响。

良好的编码风格应该以结构程序设计的原则为指导。使用单入口单出口的控制结构，有规律地使用 GOTO 语句以及提倡源代码的文档化，是实现良好风格的重要途径。

　　软件测试是软件开发时期最繁重的任务，也是保证软件可靠性的最主要的手段。测试的目的是发现程序的错误，而不是证明程序没有错误。大型软件的测试通常分为三个阶段进行：编码阶段完成单元测试，包括静态分析与动态测试；测试阶段应完成集成测试与确认测试；系统测试则放在安装与验收阶段进行。

　　软件运行、维护阶段对软件产品所进行的修改就是维护。在软件维护时，必然会对源程序进行修改，但对源程序的修改要有计划地进行，为了正确有效地修改，需要经历以下三个步骤：分析和理解程序、修改程序、重新验证程序。

习　题

1. 什么是软件生命周期？简述软件开发模型。
2. 软件开发与程序设计有什么区别？
3. 什么是模型的内聚？什么是模型的耦合？
4. 简述黑盒测试与白盒测试的概念及其区别。
5. 什么是对象？它的构成要素有哪些？
6. 如何提高软件的可维护性？

第 17 章　面向对象的软件工程

基本要求：

- 理解面向对象软件工程的基本思想
- 理解类与对象的概念
- 掌握面向对象的系统分析和设计的思路和方法
- 了解 UML 统一建模语言
- 掌握用 UML 语言进行面向对象分析和设计建模的基本方法

教学重点和难点：

- 类与对象的概念
- 面向对象的需求分析
- 面向对象的设计

17.1　面向对象的基本概念

面向对象方法学的出发点和基本原则，是尽可能地模拟人类习惯的思维方式，使开发软件的方法和过程尽可能接近人类认识世界、解决问题的方法与过程。根据面向对象的思想，客观世界都是由对象构成的。例如，一个人、一本书、一条信息、一个图书馆、一座城市等，都可以是一个对象。一个对象可以包含若干小的对象，对象可以层层组合得到更大的对象。因此，整个客观世界就是一个最大的对象。

将面向对象的思想运用到软件开发过程中，并指导软件开发活动，叫做软件工程的面向对象方法。这个方法主要分为两个过程：对现实世界中的问题进行抽象分析，并通过面向对象的思想进行描述的过程，称为面向对象的分析；实现前一过程中所描述的功能，解决如何实现所描述功能的过程，称为面向对象设计。

1. 对象

在现实世界中每个事物都是对象（object）。任何事物都有区别于其他事物的特点，而且任何事物都是运动变化的，因此，每个对象都有静态特性和动态特性。概括地说，对象是指具有一组属性及对这些属性的专用操作组成的封装体。属性通常是一些数据，也可以是其他对象。操作是对象进行运动变化的驱动方法。

众所周知，客观世界中事物不是孤立存在的，而是相互联系的，因此对象之间具有各种关联关系。例如，对象间的包括关系，一个对象包括其他的对象；通信关系，一个对象可以向另一个对象发送消息来请求这个对象的服务，等等。

2．类

类（class）是具有相同属性和相同操作的对象的集合，是对这些相同对象的抽象，相当于对象的模板。对象是类的具体化的一个实例。例如，电视机是一个类型，包括型号、厂家、产地等属性。我家的电视机是电视机类的一个对象，它的型号是 2519，厂家是康佳，产地是深圳，如图 17-1 所示。

图 17-1　类和对象的关系

对象是在执行过程中由其所属的类动态创建的，一个类可以创建多个不同的对象。在面向对象的编程语言中创建对象的方法为：

类型名 对象名=new 类型名();

假如电视机类的名称为 TVClass，我家的电视机的对象名为 mytv，则创建我家的电视机对象的语句为：TVClass mytv=new TVClass()。

3．类的封装性

类中的数据是私有的，类中数据的访问必须通过类的公共接口来访问，类的这种访问机制称为类的封装性。封装是一种信息隐藏技术，用户只能见到对象封装界面上的信息，对象内部对用户是隐藏的，用户只知道对象是"做什么"的，不知道对象是"怎么做"的。

封装体现了良好的模块性，它将定义模块和实现模块分开，使得模块内部的数据受到很好的保护，避免外部干扰。封装大大增强了软件的可维护性和可修改性，这也是软件技术追求的目标。

4．类的继承性

继承性是共享类、子类和对象中的方法和数据的机制。当类 A 不但具有类 B 的属性，而且还有自己独特的属性时，这时称类 A 继承了类 B。类 A 称为类 B 的子类，类 B 称为类 A 的超类。子类 A 由两部分构成，继承部分和增加部分。

继承具有传递性，如果 C1 继承 C2，C2 继承 C3，则 C1 间接继承 C3。所以，一个类实际上继承了层次结构中在其上面的所有类型。因此，属于某个类的对象除了具有该类的属性外，还具有该类上面所有类描述的全部特性。

继承分为单重继承和多重继承。如果一个类只能继承一个类，这种继承方式为单重继承；如果一个类可以直接继承多个类，这种继承方式为多重继承。

5．类的多态性

在类中同样的方法可以有不同的实现方式，这就是类的多态性。类的多态性主要有两种情况，第一种情况就是在同一个类中给同一个方法传递不同类型的参数调用，可以有不同的实现方式。第二种情况就是，在类等级的不同层次中可以共享一个方法的名字，然而不同层次中的类可各自按照自己的需要来实现这个方法，并得到不同的结果。

17.2　面向对象的系统分析和设计

面向对象的分析和设计与传统软件工程的分析和设计不同，传统软件工程的分析和设计是两个独立的过程，面向对象的分析与设计并没有明显的分界线，两个过程往往是反复迭代进行的。面向对象的分析和设计主要包括以下三个过程。

1. 功能需求分析

面向对象分析的核心就是利用面向对象的概念和方法为软件需求构建模型，使用户需求逐步得到满足。用面向对象思想构建出的需求分析模型可以更好地反映用户对软件的需求，同时为面向对象的设计做好必要的准备工作。

软件需求分析的目的是，开发者通过与用户的充分交流，全面获取用户对软件的各个方面的需求，需求分析的好坏直接影响到软件的成功与否，是软件生命周期中最重要的一个环节。

面向对象的需求分析采用用例（use case）的方法来收集用户的需求。首先，需求分析人员标示出软件系统的所有参与者，也就是使用系统的不同角色（actor）。参与者可以请求系统的服务，也可以被系统请求服务，通过与系统的服务请求会话与系统进行交互。需求分析人员标示出每个参与者需要系统提供的功能，也就是每个参与者所构建的场景。每一个场景就是一个用例。把所有的用例结合在一起就得到系统完整的用例图。图 17-2 所示就是一个列车查询系统的用例图。

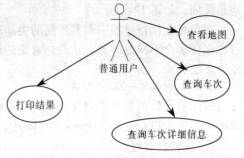

图 17-2　列车时刻查询系统用例图

2. 问题域类与对象的分析和设计

在对系统进行了需求分析，确定了所有的用例后，就要进行类与对象的分析和设计工作，包括对象的识别、类的结构和层次关系的定义，对象的属性和行为的定义。

（1）对象的识别

对象是问题域空间中具有意义的个体或概念实体，对象应该具有记忆自身状态和特征的能力，并且对象之间可以通过消息传递进行交互，也可以通过某种方式与系统关联。

识别对象可以从用户需求的描述开始，找出用户需求中所有的名词和等价于名词的名词词组，把这些标示为潜在对象。对潜在对象还要进行筛选，得到目标系统所需要的最终对象。

（2）对象属性的定义

在进行了对象的识别后，就要进行对象的属性和行为的定义。对象的属性标明了对象当前的状态，通过对象的操作对这些属性进行更改也就改变了对象的状态。

在识别对象的属性过程中，分析人员要仔细研究用户的需求描述。通常，属性都对应带有形容词或所有格的名词。

（3）对象行为的定义

对象的行为是对象所能完成的功能，是对象实现的外部服务的总和。在面向对象模型中，对象的职责和功能都是通过对象的行为完成的。一般对象的行为包括两种：计算性行为和监视性行为。

（4）类的设计

在确定了对象的属性和行为后就要进行类的设计，类是对象的抽象，类的设计就是要确定该类对象中的成员，包括属性成员和行为成员。在类的设计中要遵循类的三大特性：封装性、继承性和多态性。

一个工程中往往要涉及很多类，要以包的形式对这些类进行组织和管理，也就是把这些类按照功能的不同放到不同的包中。

3．人机交互界面的分析和设计

在完成了系统中的类与对象的分析和设计后，就要考虑以什么样的方式把系统的功能提供给用户，以及如何实现用户与系统的交互，这就是人机交互界面的分析和设计。人机交互界面的分析和设计从以下三个方面进行。

（1）了解不同类型用户的详细工作流程和操作习惯

设计人员要深入用户的工作环境，充分了解用户的工作任务和操作环境，并按照用户使用工具的熟练程度、工作性质和访问权限对用户进行分类，在界面设计时，要尽量满足各类用户的操作要求。

（2）设计和优化命令系统

在设计和优化命令系统时，要尽量参考一些优秀的商业软件，尽量遵循用户界面设计的一般规范和原则。命令系统一般表现为菜单、工具栏和按钮。优化命令系统的时候应考虑尽量减少用户操作所执行的动作，并为熟练用户提供操作的捷径。

（3）设计用户界面类

用户界面类的设计一般依赖不同操作系统的图形界面接口的支持。通常，集成的开发环境都会提供功能强大的图形界面接口类库，如微软的 VS 提供了强大的框架窗口视图，Java 开发环境中提供了 AWT、Swing、SWT 等。在系统设计的初期，就可以建立用户界面的原型，征求用户的意见。再根据用户的反馈意见，进一步改进界面的设计。

4．业务流程的分析和设计

系统的功能体现在系统的整个业务流程之中，系统中必须要有对整个业务流程进行控制和管理的部件。该部件的分析和设计应遵循以下步骤：

（1）定义业务

定义的内容包括业务的名称、业务的功能、与其他业务的关系和协同方式。

（2）定义业务的驱动方式

业务的驱动方式有事件驱动和时间驱动两种方式。事件是指来自于设备或者用户的处理请求，如当用户在窗口系统中点击了某个菜单项，就触发了该菜单项所对应的业务。事件驱动的业务是与时间相关的业务，通常由系统的定时器来进行触发，如系统的整点报时功能。

一个业务的发生往往体现在一个对象状态的改变上，因此可以用状态图的形式来表示一个业务。

（3）定义业务的时序流程

把系统中定义的所有业务按照时间的顺序组织起来，就得到了系统的序列图，该图反映了系统的运行过程，直接体现了系统的功能。

17.3　UML 统一建模语言

软件建模方法有很多种，至今为止最广泛使用的是 UML。UML（unified modeling language，统一建模语言）主要由 Booch、Rumbaugh 及 Jacobson 三人提出，他们三人把自己分别提出的建模方法 Booch、OMT、OOSE 融合为一种方法，称为 UML。Booch 在 *The Unified Modeling Language User Guide* 中对 UML 的定义是"UML 是对软件密集型系统中的制品进行可视化、详述、构造和文档化的语言"。UML 是软件建模的一种语言，它的特色是使用图形化的方法来进行软件建模。UML 的目标就是为开发团队提供标准通用的设计语言来开发和构建计算机应用。UML 提出了一套统一的标准建模符号。通过使用 UML，IT 专业人员能够阅读和交流系统架构和设计规划，就像建筑工人多年来所使用的建筑设计图一样。

UML 的特点如下：

① 统一的标准，UML 已经被接受为标准的建模语言，而且越来越多的开发人员使用 UML 语言进行开发。

② UML 是支持面向对象技术的建模语言。

③ 可视化、表示能力强大。

④ 独立于过程，UML 不依赖于特定的软件开发过程。

⑤ 概念明确，建模表示法简洁，图形结构清晰，容易掌握和使用。

作为一种建模语言，UML 的定义包括 UML 语义和 UML 表示法两个部分。UML 语义描述了基于 UML 的精确元模型定义，元模型为 UML 的所有元素在语法和语义上提供了简单、一致、通用的定义性说明，使开发者能在语义上取得一致。UML 表示法定义了 UML 的符号表示方法，为开发者使用这些符号进行建模提供了标准。这些图形符号表达的是应用级模型，在语义上它是 UML 元模型的实现。

常用的 UML 图包括：用例图、类图、状态图、序列图和部署图等。

1. 用例图

用例图描述了系统提供的一个功能单元。用例图的主要目的是帮助开发团队以一种可视化的方式理解系统的功能需求，包括基于基本流程的"角色"（actors，也就是与系统交互的其他实体）关系，以及系统内用例之间的关系。用例图一般表示出用例的组织关系——要么是整个系统的全部用例，要么是完成具体功能（例如，所有安全管理相关的用例）的一组用例。要在用例图上显示某个用例，可绘制一个椭圆，然后将用例的名称放在椭圆的中心或椭圆下面的中间位置。要在用例图上绘制一个角色（表示一个系统用户），可绘制一个人形符号。角色和用例之间的关系使用简单的线段来描述，如图 17-3 所示。该图中描述了一个学生选课系统的用例，学生可以进行课程的查找搜索，可以进行课程的注册。

2. 类图

类图显示了系统的静态结构。类图可用于表示逻辑类，逻辑类通常就是业务人员所谈及的事物种类，如摇滚乐队、CD、广播剧；或者贷款、住房抵押、汽车信贷以及利率。类图还可用于表示实现类，实现类就是程序员处理的实体。

类的 UML 表示是一个长方形，垂直地分为三个区，如图 17-4 所示。顶部区域显示类的名字。中间的区域列出类的属性。底部的区域列出类的操作。当在一个类图上画一个类元素时，必须要有顶端的区域，下面的两个区域是可选择的（当图描述仅仅用于显示分类器间关系的高层细节时，下面的两个区域是不必要的）。图 17-4 显示一个航线班机如何作为 UML 类建模。正如我们所能见到的，名字是 Flight，可以在中间区域看到 Flight 类的三个属性：flightNumber，departureTime 和 flightDuration。在底部区域中可以看到 Flight 类有两个操作：delayFlight 和 getArrivalTime。

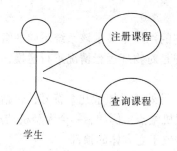

图 17-3　用例示例图

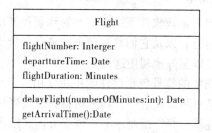

图 17-4　类图示例

3. 状态图

状态图表示某个类所处的不同状态和该类的状态转换信息。每个类都有状态，但不是每个类都应该有一个状态图。只对"感兴趣的"状态的类（也就是说，在系统活动期间具有三个或更多潜在状态的类）才进行状态图描述。

如图 17-5 所示，状态图的符号集包括五个基本元素：初始起点，它使用实心圆来绘制；状态之间的转换，它使用具有带箭头的线段来绘制；状态，它使用圆角矩形来绘制；判断点，它使用空心菱形来绘制；以及一个或者多个终止点，它们使用内部包含实心圆的圆来绘制。要绘制状态图，首先绘制起点和一条指向该类的初始状态的转换线段。状态本身可以在图上的任意位置绘制，然后只需使用状态转换线条将它们连接起来。

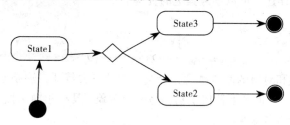

图 17-5　状态图示例

4. 序列图

序列图显示对象之间的动态合作关系，它强调对象之间消息发送的顺序，同时显示对象之间的交互。

序列图有两个维度：垂直维度以发生的时间顺序显示消息/调用的序列；水平维度显示消息被发送到的对象实例。

序列图的绘制非常简单。横跨图的顶部，每个框表示一个对象。在框中，对象名称和类名称之间用空格/冒号/空格来分隔。如果某个类实例向另一个类实例发送一条消息，则绘制一条具有指向接收类实例的带箭头的连线，并把消息/方法的名称放在连线上面，如图 17-6 所示。阅读序列图也非常简单，从左上角启动序列的"驱动"类实例开始，然后顺着每条消息往下阅读。

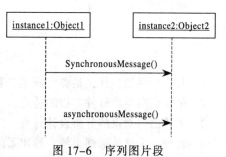

图 17-6　序列图片段

5. 部署图

部署图表示该软件系统如何部署到硬件环境中。它的用途是显示该系统不同的组件将在何处物理地运行，以及它们将如何彼此通信。因为部署图是对物理运行情况进行建模，系统的生产人员就可以很好地利用这种图。

部署图中的符号包括组件图中所使用的符号元素，另外还增加了几个符号，包括结点的概念。一个结点可以代表一台物理机器，或代表一个虚拟机结点（例如，一个大型机结点）。要对结点进行建模，只需绘制一个三维立方体，结点的名称位于立方体的顶部。

在用 UML 建立分析和设计模型时，应该尽量避免把模型建立在某种特定的面向对象语言上，模型仅仅是理解和分析系统架构的工具，过早考虑编码问题不利于建立简单、正确的模型。

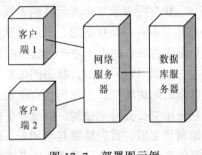

UML 模型还可以应用于测试阶段，不同的测试小组使用不同的 UML 图作为测试的依据，在单元测试中使用类图和类的规格说明来进行测试；集成测试则使用部件图来进行部件的集成测试；系统测试使用用例图来验证系统的功能能否达到用例的要求。

总之，UML 语言适用于以面向对象技术来描述的各种系统，并且适用于系统开发的各个阶段。目前，UML 绘制软件主要有 IBM 公司的 Rose、微软公司的 Visio 等，关于这两个软件的应用不再详述，可以参考其他的资料。

图 17-7　部署图示例

小　结

本章主要介绍了类和对象的基本概念，介绍了类的三大特征，这是面向对象软件工程的基础。根据面向对象的思想，世界上任何事物都是一个对象，具有相同属性的对象抽象为一个类。类具有封装性、继承性和多态性。

面向对象的需求分析首先要进行角色分析，找出应用系统的所有角色；然后进行应用场景分析，每一个角色的每一个应用场景称为一个用例，所有的用例组织在一起就是系统的功能模型图。

面向对象的设计主要包括静态设计和动态设计两个方面。静态设计主要是类与对象的设计，动态设计主要是业务流程的设计。

UML 统一建模语言是目前应用最广泛的面向对象分析和设计的建模语言，应用 UML 语言可以绘制系统的用例图、类图、状态图、序列图、部署图等。UML 绘制软件主要有 IBM 公司的 Rose、微软公司的 Visio 等。

习　题

1. 什么是对象？什么是类？简述二者的关系。
2. 简述面向对象软件工程的特点。
3. 简述面向对象的分析设计过程。
4. 设计一个学生选课系统，画出系统的用例图、类图、状态图和序列图。
5. 下载安装 Rose 或者 Visio 软件，练习绘制 UML 模型图。

第 18 章 软件工程项目管理

基本要求：

- 了解什么是软件项目管理
- 了解项目管理的内容及其特点，制定项目计划书
- 了解软件配置管理的内容以及质量管理的相关内容

教学重点和难点：

- 软件项目管理的特点
- 软件项目计划书的制定
- 软件配置管理
- 软件质量管理

18.1 软件项目管理

1. 软件项目管理的概念

软件项目管理是为了使软件项目能够按照预定的成本、进度、质量顺利完成，而对成本、人员、进度、质量、风险等进行分析和管理的活动。

软件项目管理的根本目的是为了让软件项目尤其是大型项目的整个软件生命周期都能在管理者的控制之下，以预定成本按期、按质地完成软件交付用户使用。而研究软件项目管理为了从已有的成功或失败的案例中总结出能够指导今后开发的通用原则、方法，同时避免前人的失误。

美国在 20 世纪 70 年代中期提出软件项目管理，当时美国国防部专门研究了软件开发不能按时提交，预算超支和质量达不到用户要求的原因，结果发现 70% 的项目是因为管理不善引起的，而非技术原因。于是软件开发者开始逐渐重视起软件开发中的各项管理。到了 20 世纪 90 年代中期，软件研发项目管理不善的问题仍然存在。据美国软件工程实施现状的调查，软件研发的情况仍然很难预测，大约只有 10% 的项目能够在预定的费用和进度下交付。

软件项目管理和其他的项目管理相比有相当的特殊性。首先，软件是纯知识产品，其开发进度和质量很难估计和度量，生产效率也难以预测和保证。其次，软件系统的复杂性也导致了开发过程中各种风险的难以预见和控制。Windows 这样的操作系统有 1 500 万行以上的代码，同时有数千个程序员进行开发，项目经理有上百个。这样庞大的系统如果没有很好的管理，其

软件质量是难以想象的。

软件项目管理的内容主要包括如下几个方面：人员的组织与管理、软件度量、软件项目计划、风险管理、软件质量保证、软件过程能力评估、软件配置管理等。

这几个方面都是贯穿、交织于整个软件开发过程中的，其中人员的组织与管理把注意力集中在项目组人员的构成、优化；软件度量关注用量化的方法评测软件开发中的费用、生产率、进度和产品质量等要素是否符合期望值，包括过程度量和产品度量两个方面；软件项目计划主要包括工作量、成本、开发时间的估计，并根据估计值制定和调整项目组的工作；风险管理预测未来可能出现的各种危害到软件产品质量的潜在因素并由此采取措施进行预防；软件质量保证是保证产品和服务充分满足消费者要求的质量而进行的有计划、有组织的活动；软件过程能力评估是对软件开发能力的高低进行衡量；软件配置管理针对开发过程中人员、工具的配置、使用提出管理策略。

2．软件项目管理的组织模式

软件项目可以是一个单独的开发项目，也可以与产品项目组成一个完整的软件产品项目。如果是订单开发，则成立软件项目组即可；如果是产品开发，需成立软件项目组和产品项目（负责市场调研和销售），组成软件产品项目组。公司实行项目管理时，首先要成立项目管理委员会，项目管理委员会下设项目管理小组、项目评审小组和软件产品项目组。

（1）项目管理委员会

项目管理委员会是公司项目管理的最高决策机构，一般由公司总经理、副总经理组成。主要职责如下：

① 依照项目管理相关制度，管理项目。

② 监督项目管理相关制度的执行。

③ 对项目立项、项目撤销进行决策。

④ 任命项目管理小组组长、项目评审委员会主任、项目组组长。

（2）项目管理小组

项目管理小组对项目管理委员会负责，一般由公司管理人员组成。主要职责如下：

① 草拟项目管理的各项制度。

② 组织项目阶段评审。

③ 保存项目过程中的相关文件和数据。

④ 为优化项目管理提出建议。

（3）项目评审小组

项目评审小组对项目管理委员会负责，可下设开发评审小组和产品评审小组，一般由公司技术专家和市场专家组成。主要职责如下：

① 对项目可行性报告进行评审。

② 对市场计划和阶段报告进行评审。

③ 对开发计划和阶段报告进行评审。

④ 项目结束时，对项目总结报告进行评审。

（4）软件产品项目组

软件产品项目组对项目管理委员会负责，可下设软件项目组和产品项目组。软件项目组和产品项目组分别设开发经理和产品经理。成员一般由公司技术人员和市场人员构成。主要职责是：根据项目管理委员会的安排具体负责项目的软件开发和市场调研及销售工作。

（5）软件项目管理的内容

从软件工程的角度讲，软件开发主要分为六个阶段：需求分析阶段、概要设计阶段、详细设计阶段、编码阶段、测试阶段、安装及维护阶段。不论是作坊式开发，还是团队协作开发，这六个阶段都是不可缺少的。根据公司实际情况，公司在进行软件项目管理时，重点将软件配置管理、项目跟踪和控制管理、软件风险管理及项目策划活动管理四方面内容导入软件开发的整个阶段。在 20 世纪 80 年代初，著名软件工程专家 B.W.Boehm 总结出了软件开发时需遵循的七个基本原则，同样，在进行软件项目管理时，也应该遵循这七条原则。它们是：

① 用分阶段的生命周期计划严格管理。

② 坚持进行阶段评审。

③ 实行严格的产品控制。

④ 采用现代程序设计技术。

⑤ 结果应能够清楚地审查。

⑥ 开发小组人员应该少而精。

⑦ 承认不断改进软件工程实践的必要性。

18.2 编写"软件项目计划书"

项目组成立的第一件事是编写"软件项目计划书"，在计划书中描述开发日程安排、资源需求、项目管理等各项情况的大体内容。计划书主要向公司各相关人员发放，使他们大体了解该软件项目的情况。对于计划书的每个内容，都应有相应具体实施手册，这些手册是供项目组相关成员使用的。

"XX 公司质量数据分析软件项目计划书"结构如下（详见附录 A）：

1 引　言

1.1　编写目的

1.2　背景

1.3　参考资料

1.4　术语和缩写词

2 任务概要

2.1　工作内容

2.2　产品

2.2.1　程序

2.2.2　文档

2.2.3　服务

2.2.4　验收标准和验收计划

3 实施总计划

3.1 阶段划分
3.2 人员组成
3.3 任务的分解和人员分工
3.4 进度和完成的最后期限
3.5 经费预算
3.6 关键问题
3.7 独立确认测试工作计划和安排

4 支持需求

4.1 计算机系统支持
4.2 需要交办单位承担的工作
4.3 需要其他单位提供的条件

5 质量保证

5.1 评审和审查计划
5.2 标准、条例和约定
5.3 人员
5.4 对任务间接承办单位的管理

6 软件配置管理

6.1 基线
6.2 配置标识规则
6.3 配置控制
6.3.1 更改控制
6.3.2 更改规程
6.4 人员

18.3 软件配置管理

是否进行配置管理与软件的规模有关，软件的规模越大，配置管理就显得越重要。软件配置管理简称 SCM（software configuration management），是在团队开发中，标识、控制和管理软件变更的一种管理。配置管理的使用取决于项目规模和复杂性以及风险水平。

1. 目前软件开发中面临的问题

在有限的时间、资金内，要满足不断增长的软件产品质量要求；开发的环境日益复杂，代码共享日益困难，需跨越的平台增多；程序的规模越来越大；软件的重用性需要提高；软件的维护越来越困难。

明确区分软件维护和软件配置管理是很重要的。维护是发生在软件已经被交付给用户，并投入运行后的一系列软件工程活动，而软件配置管理则是由软件项目开始时就开始，并且仅当软件退出后才终止的一组跟踪和控制活动。

2．软件配置管理应提供的功能

在 ISO 9000.3 中，对配置管理系统的功能作了如下描述：唯一地标识每个软件项的版本；标识共同构成一个完整产品的特定版本的每一个软件项的版本；控制由两个或多个独立工作的人员同时对一给定软件项的更新；控制由两个或多个独立工作的人员同时对一给定软件项的更新；按要求在一个或多个位置对复杂产品的更新进行协调；标识并跟踪所有的措施和更改；这些措施和更改是在从开始直到发行期间，由于更改请求或问题引起的。

3．版本管理

在实际的项目开发中为了纠正和满足不同用户的需求，往往一个项目保存多个版本，并且随着岁月及系统开发的展开，版本数目明显增多。软件配置管理分为版本管理、问题跟踪和建立管理三个部分，其中版本管理是基础。版本管理应完成以下主要任务：

① 建立项目。
② 重构任何修订版的某一项或某一文件。
③ 利用加锁技术防止覆盖。
④ 当增加一个修订版时要求输入变更描述。
⑤ 提供比较任意两个修订版的使用工具。
⑥ 采用增量存储方式。
⑦ 提供对修订版历史和锁定状态的报告功能。
⑧ 提供归并功能。
⑨ 允许在任何时候重构任何版本。
⑩ 权限的设置。
⑪ 晋升模型的建立。
⑫ 提供各种报告。

18.4 软件质量管理

无论任何产业，其产品的质量如何都是生产者、消费者以及中间商十分关注的问题。市场的竞争很大程度上反映了在质量方面的竞争，生产者（也称供方）为使自己提供给客户的产品达到并保持一定的质量水平，必须进行质量管理。随着软件开发的规模越来越大，软件的质量问题显得越来越突出。软件质量的控制不单单是一个软件测试问题，在软件开发的所有阶段都应该引入质量管理。

1．软件质量保证计划

在进行软件开发前，需要有一个"软件质量保证计划"。目前较常用的是 ANSI/IEEE STOL 730-1984，983-1986 标准，包括以下内容：

1 计划目的
2 参考文献
3 管理

3.1. 组织

3.2. 任务

3.3. 责任

4 文档

4.1. 目的

4.2. 要求的软件工程文档

4.3. 其他文档

5 标准和约定

5.1. 目的

5.2. 约定

6 评审和审计

6.1. 目的

6.2. 评审要求

6.2.1. 软件需求的评审

6.2.2. 设计评审

6.2.3. 软件验证和确认评审

6.2.4. 功能评审

6.2.5. 物理评审

6.2.6. 内部过程评审

6.2.7. 管理评审

7 测试

8 问题报告和改正活动

9 工具、技术和方法

10 媒体控制

11 供应者控制

12 记录、收集、维护和保密

13 培训

14 风险管理

2．质量管理的基本原则

质量管理工作包括确定质量的方针和目标，确定各个岗位的职责和权限，建立质量体系，并使其有效运行。质量管理遵循如下基本原则：

① 控制所有过程的质量。

② 过程控制的出发点是预防产品不合格。

③ 质量管理的中心任务是建立并实施文件化的质量体系。

④ 持续的质量改进。

⑤ 有效的质量体系应满足顾客和组织内部双方的需要和利益。

⑥ 定期评价质量体系。

⑦ 搞好质量管理关键在于领导。

3．软件质量因素

软件的质量因素包括以下几个方面：

　　① 正确性：系统满足规格说明和用户目标的程度，即在预定环境下能正确地完成预期功能的程度。

　　② 健壮性：在硬件发生故障、输入的数据无效或操作错误等意外环境下，系统能做出适当响应的程度。

　　③ 效率：为了完成预定的功能，系统需要的计算资源的多少。

　　④ 完整性（安全性）：对未经授权的人使用软件或数据的企图，系统能够控制（禁止）的程度。

　　⑤ 可用性：系统在完成预定应该完成的功能时令人满意的程度。

　　⑥ 风险：按预定的成本和进度把系统开发出来，并且为用户所满意的概率。

　　⑦ 可理解性：理解和使用该系统的容易程度。

　　⑧ 可维修性：诊断和改正在运行现场发现的错误所需要的工作量的大小。

　　⑨ 灵活性（适应性）：修改或改进正在运行的系统需要的工作量的多少。

　　⑩ 可测试性：软件容易测试的程度。

　　⑪ 可移植性：把程序从一种硬件配置和（或）软件系统环境转移到另一种配置和环境时，需要的工作量多少。有一种定量度量的方法是：用原来程序设计和调试的成本除以移植时需用的费用。

　　⑫ 可再用性：在其他应用中该程序可以被再次使用的程度（或范围）。

　　⑬ 互运行性：把该系统和另一个系统结合起来需要的工作量的多少。

4. 软件评审

　　软件评审并不是在软件开发完毕后进行评审，而是在软件开发的各个阶段要进行评审。因为在软件开发的各个阶段都可能产生错误，如果这些错误不及时发现并纠正，会不断地扩大，最后可能导致开发的失败。下面这组数据可以清楚地看出前期的错误对后期的影响。

　　软件评审是相当重要的工作，也是目前国内开发最不重视的工作。

　　（1）评审目标

　　① 发现任何形式表现的软件功能、逻辑或实现方面的错误。

　　② 通过评审验证软件的需求。

　　③ 保证软件按预先定义的标准表示。

　　④ 已获得的软件是以统一的方式开发的。

　　⑤ 使项目更容易管理。

　　（2）评审过程

　　① 召开评审会议：一般应有 3～5 人参加，会前每个参加者做好准备，评审会每次一般不超过 2 小时。

　　② 会议结束时必须做出以下决策之一：接受该产品，不需做修改；由于错误严重，拒绝接受；暂时接受该产品。

　　③ 评审报告与记录：所提出的问题都要进行记录，在评审会结束前产生一个评审问题表，另外必须完成评审简要报告。

　　（3）评审准则

　　① 评审产品，而不是评审设计者（不能使设计者有任何压力）。

　　② 会场要有良好的气氛。

③ 建立议事日程并维持它（会议不能脱离主题）。

④ 限制争论与反驳（评审会不是为了解决问题，而是为了发现问题）。

⑤ 指明问题范围，而不是解决提到的问题。

⑥ 展示记录（最好有黑板，将问题随时写在黑板上）。

⑦ 限制会议人数和坚持会前准备工作。

⑧ 对每个被评审的产品要建立评审清单（帮助评审人员思考）。

⑨ 对每个正式技术评审制定时间进度表。

⑩ 对全部评审人员进行必要的培训；及早地对自己地评审做评审（对评审准则的评审）。

5. ISO 9003 软件质量认证体系

ISO 9003 是 ISO 9000 质量体系认证中关于计算机软件质量管理和质量保证标准部分。它从管理职责、质量体系、合同评审、设计控制、文件和资料控制、采购、顾客提供产品的控制、产品标识和可追溯性、过程控制、检验和试验、检验/测量和试验设备的控制、检验和试验状态、不合格品的控制、纠正和预防措施、搬运/贮存/包装/防护和交付、质量记录的控制、内部质量审核、培训、服务、统计系统等两个方面对软件质量进行了要求。

小　结

软件项目管理是软件工程中的保护性活动。它先于任何技术活动之前开始，贯穿于软件工程的始终。具有无可替代的重要作用。要实现软件工程的目标、控制开发成本、改进组织的过程能力、跟踪项目的进度等都有赖于项目管理活动。

软件项目管理活动涵盖人员的组织与管理、软件质量保证、软件项目计划、软件配置管理等内容，项目管理的重点是对人员、问题和过程的管理。

习　题

1. 软件项目管理的范围是什么？
2. 软件项目质量管理的基本原则是什么？
3. SCM 的主要目标是什么？
4. 根据 ISO 组织的软件质量度量模型包括软件的正确性、可靠性、效率、可用性、可维护性、可移植性，你认为哪些要素便于定量度量？

附录 A　项目开发计划文档

XX 公司	文 档 编 号	产 品 版 本	密 级
	XK-DN-2000-10-11-03	V. 01	内 部
	产品名称：		共 页

项目开发计划

（仅供内部使用）

文 档 作 者：　_____　　　　日期：___/___/___

开发/测试经理：　_____　　　　日期：___/___/___

产 品 经 理：　_____　　　　日期：___/___/___

管 理 办：　_____　　　　日期：___/___/___

XX 公司

项目开发计划

1 引言

1.1 编写目的

本开发计划的目的是:

1.1.1 把在开发过程中对各项工作的人员、分工、经费、系统资源条件等问题的安排用文档形式记载下来,以便根据本计划开展和检查本项目工作,保证项目开发成功

1.1.2 制订项目组开发过程中的评审和审查计划,明确相应的质量管理负责人员;规定软件配置管理的活动内容和要求,明确配置管理工作的人员

特别要求:需求分析必须详细,并且有相关专家合作进行

1.2 背景

本项目软件名称为《XX 公司质量数据分析软件》

任务来源于(略)公司

交办单位:(略)公司

承办单位:(略)有限责任公司

1.3 参考资料

无

1.4 术语和缩写词

暂无

特别说明:有关公司内部秘密的内容用(略)代替。

2 任务概要

2.1 工作内容

本项目开发过程中需要进行的各项主要工作为:

编制符合软件需求要求的软件功能的软件

文档计划建立

软件开发计划

软件目录

软件需求规格说明

项目开发计划

可行性报告

软件标准规范

软件测试计划

软件测试办法

概要设计说明

软件可靠性和安全性设计指南

硬件总体设计报告

详细设计说明

软件详细设计报告

软件代码（略）

测试分析报告

软件可靠性和安全性设计检查单

软件评审检查单

软件使用说明

2.2 产品

2.2.1 程序

见软件需求

2.2.2 文档

文档内容见 2.1 中文档计划建立

文档格式要求按照软件模式化要求进行，模式按照如下名称模板要求规定：

软件开发计划→项目开发计划

文档目录→软件目录

需求分析报告→软件需求规格说明

概要设计文档→概要设计说明

详细设计文档→详细设计说明

源代码→软件标准规范

软件使用说明书→软件使用说明

软件测试报告→测试分析报告

软件审查报告→软件评审检查单

2.2.3 服务

培训：

时间：1 天

内容：软件使用及安装

软件支持：略

2.2.4 验收标准和验收计划

验收测试：

时间：1 天

内容：软件使用

软件确认：

时间：1 天

内容：确定软件的可使用性、软件功能的完整性

3 实施总计划

3.1 阶段划分

需求分析：2周

概要设计：6天

详细设计：1.5周

编码：3周

测试：2周

验收：2天

项目启动时间：2000-11-14

3.2 人员组成

姓名	职责	参加时间
李明	负责软件的总体	设计时段：全部。开发时段：部分
张三	软件设计、开发	全部
王学	设计、开发	全部
曾进	说明书、部分文档	部分
冯磊	需求	部分

3.3 任务的分解和人员分工

软件开发任务按软件种类采取逐层分解的方法把任务落实到实处

管理、协调人员：李明，冯磊

质量保证人员：李明

配置管理人员：张三

形式化检查人员：冯磊

使用者：冯磊

软件任务：系统需求

负责人：市场部经理冯磊

职责：提供需求

软件任务：需求分析

负责人：李明

职责：进行需求分析，提供需求分析报告

软件任务：概要设计

负责人：李明，张三，王学

职责：进行概要设计，画出概要设计框图，编写相应文档

软件任务：详细设计

负责人：李明，张三，王学

职责：进行详细设计，画出详细设计流图，编写报告

软件任务：编码

负责人：张三，王学

职责：编码，调试及编写报告

软件任务：测试

负责人：李明，张三，王学

职责：路径测试

软件任务：更新

负责人：李明，张三，王学，冯磊

职责：由冯磊根据测试后的软件提出问题，变更需要更改的地方

软件任务：文档编制

负责人：曾进

职责：编写软件使用说明书、部分其他文档

3.4　进度和完成的最后期限

进度包括：

需求分析

软件概要设计

软件详细设计

编码

测试

完成的最后期限（不包括测试及验收）为：2000/12/15 日（中间有一周软件培训，延误一周）

3.5　经费预算

（略）

3.6　关键问题

（略）

3.7　独立确认测试工作计划和安排

测试由长峰新康进行

测试数据由长峰华辉提供

时间：编码结束后一周内

设备：

普通 PC

Windows XP

（略）电能分析仪

4 支持需求

Windows XP 操作系统

Delohi 5.0 开发工具（软件开发）

C++（VC 或 C-Builder 5）开发工具

Paradex 数据库软件

4.1 计算机系统支持

本软件的开发需要工作平台：PC

4.2 需要交办单位承担的工作

需要（略）公司提供

需求，在本周提供

PF 1 文件格式或读/写代码

4.3 需要其他单位提供的条件

测试数据项目列表

5 质量保证

质量审核：冯磊，李明

5.1 评审和审查计划

见评审表

5.2 标准、条例和约定

代码每日发送到小组共享区，由李明提取

5.3 人员

冯磊，李明

5.4 对任务间接承办单位的管理

略

6 软件配置管理

6.1 基线

开发编码结束后一周内，交齐文档、代码

6.2 配置标识规则

软件开发计划：2000-10-1-1

文档目录：2000-10-1-0

需求分析报告：2000-10-1-2

概要设计文档：2000-10-1-3

详细设计文档：2000-10-1-4

源代码：2000-10-1-5

软件使用说明书：2000-10-1-6

软件测试报告：2000-10-1-7

软件审查报告：2000-10-1-8

其他（略）

6.3　配置控制

　　6.3.1　更改控制

　　　　　软件设计的更改权限为：李明

　　　　　软件需求的更改权限为：冯磊

　　　　　需求分析的更改权限为：李明

　　　　　编码的更改权限为：张三，王学

　　　　　文档的更改权限为：李明，曾进

　　6.3.2　更改规程

　　　　　软件需求的更改→需求分析的更改→软件设计的更改→编码的更改→文档的更改

6.4　人员

姓名	职责
李明	设计，需求分析
张三	编码
王学	编码
曾进	编写说明书、部分文档
冯磊	需求

参 考 文 献

[1] 严蔚敏，陈文博．数据结构及应用算法教程[M]．北京：清华大学出版社，2001．

[2] 张海藩．软件工程[M]．北京：人民邮电出版社，2002．

[3] 陈世鸿，朱福喜，黄永松．软件工程原理与应用[M]．武汉：武汉大学出版社，2000．

[4] 孙桂茹，赵国瑞．软件工程引论[M]．天津：南开大学出版社，2000．

[5] 刘振鹏，等．操作系统[M]．北京：中国铁道出版社，2003．

[6] 冯萍，朱明，等．计算机软件技术及应用基础[M]．北京：清华大学出版社，2004．

[7] [美]KRUSE，R L 等．数据结构与程序设计：C 语言[M]．敖富江，译．北京：清华大学出版社，2005．

[8] 吴企渊．计算机操作系统[M]．北京：清华大学出版社，2006．

[9] 郁红英，冯庚豹．计算机操作系统[M]．北京：人民邮电出版社，2004．

[10] 汤子瀛，哲凤屏，汤小丹．计算机操作系统[M]．西安：西安电子科技大学出版社，2006．

[11] 沈被娜，等．计算机软件技术基础[M]．北京：清华大学出版社，2000．

[12] 冯博琴，等．计算机软件技术基础[M]．西安：西安交通大学出版社，2002．

[13] 徐士良．计算机软件技术基础[M]．北京：清华大学出版社，2002．

[14] 徐士良，葛兵．计算机软件技术基础[M]·2 版．北京：清华大学出版社，2007．

[15] 李芷，窦万峰，任满杰．软件工程方法与实践[M]．北京：电子工业出版社，2004．

[16] 张乃孝，等．算法与数据结构——C 语言描述[M]．北京：高等教育出版社，2002．

[17] 唐策善，李龙澍，黄刘生．数据结构——用 C 语言描述[M]．北京：高等教育出版社，1996．

[18] 严蔚敏，吴伟民．数据结构（C 语言版）[M]．北京：清华大学出版社，2001．